Diogenes Taschenbuch 24051

de
te
be

Hans Werner Kettenbach

Das starke Geschlecht

Roman

Diogenes

Die Erstausgabe
erschien 2009 im Diogenes Verlag
Umschlagillustration:
Ramón Lombarte, ›Noche de caricias‹, 1998

Veröffentlicht als Diogenes Taschenbuch, 2011

www.diogenes.ch
60/11/52/1
ISBN 978 3 257 24051 1

I

Sie hat mir seinen Wagen geschickt. So sagt man doch, nicht wahr? Den Wagen. Den Chauffeur erwähnt man nicht eigens.

Sie also hat mir den Wagen geschickt, den Wagen ihres Mannes. Ihres Gatten. Es ist ja auch sie gewesen, die zuvor den Termin mit mir vereinbart hatte. Und dabei hatte sie mich gefragt, wie ich zu ihnen kommen wolle.

Ich hatte geantwortet, das sei kein Problem; ich hätte zwar für den Tag unseres Termins mein Auto zur Inspektion angemeldet, aber ich nähme ein Taxi. Sie erwiderte, o nein, o nein, das sei aber nicht nötig. Sie werde mich abholen lassen. Ich versuchte zu widersprechen, doch das erwies sich als schwierig, und am Ende gab ich es auf, weil mir der Gedanke kam, es gehöre sich nicht, das Angebot einer Dame abzulehnen, die nach meiner Vermutung um die vierzig Lebensjahre älter war als ich.

Gegen halb elf heute Morgen trat dann wahrhaftig ein graulivrierter, nicht mehr junger Mann, der eine Schirmmütze in der Hand hielt, in unser Sekretariat ein. Ich stand gerade bei Simone Berger, weil ich sie bitten wollte, einen Brief, den ich ihr diktiert hatte, zu ändern. Frau Enke fragte den Mann, was sie für ihn tun könne. Der Mann antwortete, er sei im Auftrag von Frau Klofft gekommen, um Herrn

Doktor Zabel abzuholen. Frau Enke und Simone sahen mich an. Ich sagte zu dem Mann, es dauere noch einen Augenblick, er möge sich bitte gedulden. Der Mann erwiderte, selbstverständlich, aber er werde im Auto warten, wenn es recht sei, er stehe nämlich vor der Tür im Parkverbot, und ging mit einer leichten Verbeugung.

Als ich vor unseren Eingang trat, saß er nicht hinter dem Steuer des Autos, einer schwarz-spiegelnden, bulligen Karosse, sondern stand daneben auf dem Gehsteig. Er nahm die Mütze ab, schien die Linke mit der Mütze an die Hosennaht zu legen, langte zur Seite und öffnete mit einem schnellen Griff der Rechten die Tür zum Fond. Ich war so überrascht, dass ich ganz gegen mein Selbstverständnis auf den Rücksitz einstieg und mich mit meinem Aktenkoffer auf dem üppigen, mausgrauen Lederpfühl niederließ.

Ich bin mir fast sicher, dass Simone das hohe Fenster im ersten Stock geöffnet hatte und hinunterschaute und dass auch Frau Enke der Versuchung nicht hatte widerstehen können und über Simones Schulter lugte; vermutlich amüsierten sie sich gackernd über die herrschaftliche Zeremonie, zu deren Objekt/Subjekt ich so überraschend befördert worden war. Aber ich versagte mir, während die Karosse geräuschlos anfuhr, den Blick hinauf zu den Fenstern der Kanzlei.

Die Polster des Rücksitzes waren weich und zugleich glatt und fest. Kalbsleder? Lamm? Rindsleder? Keine Ahnung. Teuer jedenfalls. Und sehr angenehm. Teuer auch die Paneelteile im Fond, irgendein rötlich schimmerndes, marmoriertes Edelholz. Zwischen den beiden hochgeklappten Reservesitzen gegenüber meinem Pfühl gab es einen regelrechten kleinen Schrank aus diesem Holz. Die Bordbar wahrscheinlich.

Ich fragte: »Ist das eine Bar hier in der Mitte?«

Der Chauffeur reagierte nicht, er blickte unbewegt geradeaus auf die Straße. Ich begann mich zu wundern, aber dann merkte ich, dass eine gläserne Trennwand zwischen dem Fahrersitz und dem Fond hochgefahren war. Irgendwo würde es einen Schalter geben, mit dem sich ein Lautsprecherkontakt zwischen dem Fahrer und dem Herrn im Fond herstellen ließe. »Können Sie denn nicht eine Umgehung fahren, Georg? Wie lange sollen wir denn noch hier herumkriechen?«

Hochkeppel hatte gesagt, dieser Mandant werde vielleicht ein bisschen schwierig sein. Er habe sich aus kleinen Anfängen emporgearbeitet, ein nicht sehr großes, aber florierendes Unternehmen aufgebaut und die autokratischen Allüren, deren es dazu vielleicht bedurft habe, nie ablegen können. Das nicht sehr große Unternehmen schien tatsächlich zu florieren, wenn der Chef sich in einer solchen Karosse herumkutschieren ließ. Aber wie war es, wenn er so gern die Leute bevormundete, zu erklären, dass seine Frau nicht nur an seiner statt Termine für ihn absprach, sondern auch, ohne ihn zu fragen, über seinen Wagen verfügte?

Der Chauffeur nahm einen anderen Weg, als ich genommen hätte. An der Grenze der Innenstadt bog er nicht zu der quirligen Hauptstraße des alten Vororts ab, hinter dessen Ausläufern vor fast hundert Jahren die begüterten Kreise ihre Villen in den Wald gesetzt haben. Statt auf diese direkte Verbindung fuhr er hinunter auf die Schnellstraße, die am Ufer des Stroms entlangführt. Man kommt dort natürlich besser voran, aber es gibt weniger zu sehen. Nicht die dicht bewohnten, vierstöckigen Mietshäuser aus dem späten 19. Jahrhundert, nicht das Gewimmel vor den Läden, mit denen die Türken den Vorort koloriert haben. Nur hier und da ein Lastschiff, das mit breiter Bugwelle stromauf stampft, ein anderes, das geschwind und fast lautlos zu Tal gleitet.

Von der Schnellstraße aus gelangt man ziemlich überraschend in das Villenviertel. Eine einsame Ampel gibt einem ohne Ankündigung die Gelegenheit, aus dem Verkehrsstrom auszuscheren in eine schmale Seitenstraße. Rechts und links dieser Abzweigung stehen noch ein paar bröckelnde Wohnhäuser, auf der Ecke auch eine alte Schenke mit niedrigen Fensterbänken, früher vielleicht die erste Rast der Fuhrleute, die stromab mit ihren Pferdekarren in die Stadt kamen. Aber keine hundert Meter weiter verwandelt sich die Straße unversehens zu einer auf beiden Seiten mit hohen Ulmen bestandenen, engen Allee.

Es war ein heißer Tag Ende Juni, und ich hatte unter dem Blättergewölbe plötzlich das Gefühl, in eine Art Refugium eingelassen zu sein. Das stoßartige Rauschen und Zischen des Gegenverkehrs auf der Schnellstraße verebbte, Stille breitete sich aus. Eine seit langer Zeit verschüttete Erinnerung regte sich in mir, an einen der wenigen Tage, an denen ich schon einmal in diesem Viertel gewesen bin. Meine Großtante, die hier bei einem Universitätsprofessor als Haushälterin gearbeitet hat, war zum Sonntagskaffee bei uns zu Hause gewesen, und ich hatte sie auf dem Heimweg begleiten sollen, um ihr ein Paket mit irgendeinem ausgefallenen Küchengerät zu tragen, das mein Vater für sie besorgt hatte.

Ich wäre lieber zu Hause geblieben, um mich vor den Fernseher zu hocken, und das Paket schien mir die Mühe auch nicht wert, die Tante hätte es leicht selber tragen können. Aber nein, ich musste es ihr nicht nur bis vor die eichene Tür unter dem vorspringenden Dachrand bringen, sondern auch noch ins Haus hinein, und dann hieß sie mich zum Überfluss, mich in die Küche zu setzen und bei einem Glas Johannisbeersaft, den ich nicht mochte, einen Augenblick auf sie zu warten.

Es war still in diesem Haus, und totenstill in der unheimlich großen, rundum gefliesten, schimmernden Küche, die Abendsonne verbreitete eine rötliche Melancholie, und es roch befremdlich – nicht übel, gut sogar, aber irritierend, ein wenig süß und zugleich herb, es mussten Gewürze sein, oder besondere Speisen, die ich nicht kannte, die man hier aber alle Tage aß.

Schließlich kam die Tante zurück, sie lächelte, als sei sie voller Erwartung, aber auch ein wenig beklommen, und dann erschien hinter ihr der Professor. Mittlerweile habe ich begriffen, dass sie ihm ihren kleinen schlauen Großneffen hatte präsentieren wollen. Doch die Vorführung fiel aus. Der Professor, vermute ich, hatte sich nach dem Mittagessen aufs Ohr gelegt und hatte verschlafen, die Tante hatte ihn zur Unzeit vom Sofa aufgeschreckt, er kam mit seinen struppigen weißen Haaren und dem weißen Schnauzbart in die Küche getapert, rannte dabei mit der Schulter gegen den Türpfosten, rieb sich die Schulter mit einer wilden Grimasse, rang sich ein Lächeln ab, als ich in sein Blickfeld geriet, nickte und brummte etwas Unverständliches.

Ich stand auf, aber bevor ich, was auch immer, antworten

konnte, war er an mir vorbeigetapert, er öffnete die Tür des gewaltigen Kühlschranks, holte eine Milchpackung heraus und öffnete den Verschluss. Zu Weiterem kam er freilich nicht, denn die Tante trat mit zwei langen Schritten neben ihn, nahm ihm die Milch ab und füllte ein Glas, das sie ihm reichte. Er trank es glucksend leer, hielt es ihr vor die Brust, sie füllte es abermals, und er gluckste auch noch ein drittes hinunter, bevor er einhielt. Die beiden standen einen Augenblick voreinander, die Tante mit der Milchpackung, er mit dem Glas in der Hand, der Professor ins Leere blickend, als erwarte er eine Art hilfreicher Eingebung.

Unversehens blies er die Backen auf. Die Tante nahm die Schultern zurück und fixierte ihn mit unverkennbarer Schärfe, der Professor zögerte eine Sekunde lang, dann ließ er mit einem unterdrückten Grunzen die aufstoßende Luft durch die Nase entweichen. Ohne sich weiter zu äußern, wandte er sich von der Tante ab, er stutzte, als er mich abermals wahrnahm, nickte mir zu, lächelte auch noch einmal und verließ die Küche.

Auf der Heimfahrt in der Straßenbahn versuchte ich, meine Eindrücke zu verarbeiten, aber es fiel mir schwer, zu entscheiden, was bemerkenswerter gewesen war – die abgehobene, makellose Stille in diesem Viertel, in dem niemand herumschrie; der Geruch des Hauses, der Geruch der Küche, bei dem es sich vermutlich um den heimischen Geruch der besseren, der reichen Leute handelte; oder die Aufführung des Professors, der – da war ich mir sicher – die Milch aus dem Tetrapack getrunken hätte, wäre die Tante nicht davor gewesen; und ich hatte sogar wenig Zweifel daran, dass er nach den drei Glas sehr laut und mit offenem Mund gerülpst, wenn die Tante ihn nicht so streng angesehen hätte.

Auch die Villa unseres Mandanten, in einer verwinkelten Seitenstraße gelegen, hatte ein tief herabgezogenes Dach und eine Tür aus Eichenholz. Ich konnte zwar, indem ich beschleunigt ausstieg, sobald die Karosse in die Einfahrt abgebogen war und vor dem Eingang hielt, die erneute Ehrenbezeigung des Chauffeurs vermeiden, ich verließ die Karosse und winkte ihm zu, während er um die Kühlerhaube bog, rief: »Danke schön!«, und ging ohne sein Geleit die drei Stufen zur Haustür empor. Aber das ließ er nicht auf sich sitzen, er überholte mich noch auf den Stufen und läutete auch an meiner statt.

Ich erwartete, dass über den Lautsprecher, der neben der Tür eingebaut war, zunächst ein Befragungsritual abgehalten und dass dann ein schwarzgekleidetes Hausmädchen mit weißem Schürzchen oder auch ein Butler mir Einlass gewähren würde. Aber die Tür öffnete sich auf der Stelle, und es erschien eine mittelgroße Frau mit dichten, kurzgeschnittenen grauen Haaren und grauen Augen. Sie streckte die Hand aus und sagte: »Guten Tag, Herr Doktor Zabel. Ich bin Cilly Klofft.« Die Hand war kühl und trocken.

Sie lächelte, doch die Augen musterten mich gründlich. Ich folgte ihr, während der Chauffeur die Haustür von außen zuzog. Sie trug ein buntgeblümtes Sommerkleid und an den bloßen Füßen Sandalen. Die Frau konnte die siebzig Jahre nicht alt sein, auf die ich sie nach den Mitteilungen meines Chefs über ihren Mann geschätzt hatte. Wären ihre Haare nicht so grau gewesen, hätte man sie von hinten für eine Frau von dreißig oder vierzig halten können. Ich nahm den vagen, fremden Geruch wahr, der mich plötzlich anrührte. Nein, nein, es war nicht der abweisende Geruch der reichen Leute; es musste ihr Parfum sein. Es war sehr sympathisch.

Sie führte mich in ein weiträumiges Wohnzimmer, dessen Außenwand im Wesentlichen aus Glas bestand. Dahinter lagen die Terrasse und ein anscheinend nicht sehr großer, aber reich bepflanzter Garten.

Sie fragte mich, ob ich einen Saft trinken möchte. Ich sagte, nein, danke; vielleicht nachher. Sie sagte, ich könne mich aber doch einen Augenblick lang zu ihr setzen; sie werde mich gleich zu ihrem Mann bringen. Ich setzte mich in den Sessel, auf den sie gewiesen hatte, sah hinaus in den Garten und sagte, dieser Garten sei aber sehenswert. Sie sagte: »Nun ja. Der Gärtner kommt zweimal die Woche.« Sie lächelte und setzte sich mir gegenüber.

Ihr Gesicht war gebräunt, ebenso wie ihre Arme und Füße und die Beine bis über die Knie. Wahrscheinlich besuchte sie regelmäßig ein Sonnenstudio. Oder sie hatte die Sonnenbank zu Hause. Neben dem Fitnessraum im Kellergeschoss.

Die unteren Ränder ihrer Augen und die Augenwinkel waren von winzigen kleinen Fältchen gesäumt. Die Mundwinkel auch, übrigens. Sie war wohl doch schon ein wenig älter.

Vielleicht legte sie sich trotzdem auf die Terrasse, um zu bräunen; dieser Garten war natürlich von außen nicht einsehbar.

Mir wurde jäh bewusst, dass ich sie anstarrte, stumm wie ein Fisch. Ich holte Luft, aber sie kam mir zuvor. Sie sagte: »Arbeiten Sie schon lange bei Herrn Doktor Hochkeppel?«

»Etwas mehr als ein Jahr.« Meine Stimme klang belegt, ich räusperte mich. »Ein und ein Vierteljahr in der nächsten Woche, ja.«

Sie nickte. »Und er hat jetzt also den Ruhestand angetreten, mehr oder weniger?«

»Herr Hochkeppel, meinen Sie?« Während ich noch die Frage stellte, hörte ich die Alarmglocken läuten. Sie hatte doch mit Hochkeppel telefoniert, bevor er mir den Auftrag gab, sie anzurufen. Hatte er ihr etwa erzählt, er habe sich zur Ruhe gesetzt? Und warum das?

Sie nickte. »Ja, natürlich. Herrn Hochkeppel meine ich.«

»Nun ja … mehr oder weniger, ja. Eine Art Ruhestand. So kann man vielleicht sagen.«

Sie nickte. Nach einer kleinen Pause sagte sie: »Sicher. Das Alter hat er ja nun auch erreicht.« Ich hob die Schultern, lächelte – ein ziemlich dummes Lächeln, fürchte ich. »Ich weiß offen gestanden gar nicht, wie alt er ist.«

»Siebenundsiebzig.« Sie schwieg wieder einen Augenblick lang. Dann sagte sie: »Ein Jahr jünger als mein Mann.«

»Ah ja!«

In der Diele schlug eine Klingel an, zweimal kurz, doch sie schien das Signal zu ignorieren. Sie warf einen Blick hinaus in den Garten. Dann sah sie mich wieder an. »Aber … es geht ihm doch gut, hoffe ich?«

»Herrn Hochkeppel?« Schon wieder – war ich denn blöd?! Ich hätte mir auf die Zunge beißen können. »O ja, o ja, ich denke schon! Es geht ihm gut … soweit ich das beurteilen kann. Er ist … wohlauf.«

Sie nickte. Nach einer Weile sagte sie: »Sagen Sie ihm einen schönen Gruß von mir.« Sie stand auf, lächelte. »Dann bringe ich Sie jetzt mal zu meinem Mann. Er scheint ungeduldig zu werden.«

Ich folgte ihr hinaus. Sie ging mir voran zur Treppe, die in das ausgebaute Dachgeschoss führte. Am oberen Ende der Treppe sah ich einen dieser Sitzlifte aus den kleinen Inseraten. *Treppen im Haus? Kein Problem!*

Im letzten Augenblick fiel mir ein, was mein Vater mir aus seiner Tanzstunden-Erziehung in den sechziger Jahren überliefert und anempfohlen hat – es sei denn, ich wolle, dass Frauen mich für einen Flegel hielten: Ich schob mich an Frau Klofft vorbei und ging ihr voraus die Treppe empor.

Als wir oben angekommen waren, fasste sie nach meinem Arm und blieb stehen. Ich sah sie an.

Sie sagte halblaut: »Mein Mann hat … gewisse Ausfälle. Unvorhersehbare. Verlieren Sie bitte nicht die Geduld. Auch nicht, wenn er vielleicht einmal … grob wird.«

2

Herbert Klofft saß in einem Lehnstuhl an der offenen Balkontür. Vor ihm stand ein mittelgroßer Arbeitstisch, auf dem einige Bücher, Papiere und Zeitungen lagen. Ich erkannte das BGB, auch das dicke, blau eingeschlagene »Personalbuch«, das juristische Kompendium, dessen sich nicht zuletzt Leute, die heuern und feuern, gern bedienen. Daneben standen ein schwerer kristallener Aschbecher und ein Trinkglas, ebenfalls aus Kristall. Auf einem anderen, kleineren Tisch hinter der Balkontür waren ein Laptop und ein Drucker zu sehen. In der Luft hing noch der würzige Geruch der Zigarre, die Klofft offenbar schon zu dieser Morgenstunde geraucht hatte.

Der Unternehmer trug ein dunkelbraunes Hemd mit offenem Kragen, das einen Teil seiner graubehaarten Brust und seine sehnigen Unterarme freiließ. Sein Haupthaar war mit Ausnahme der angegrauten Schläfen dunkel, er trug es kurz geschnitten. Dunkel waren auch seine dichten, buschigen Augenbrauen. Seine Haut war blass, nur auf der Stirn und auf den Wangen zeigte sich eine leichte Röte.

Er ließ die Zeitung sinken, wartete, bis seine Frau die Tür von außen geschlossen hatte, fixierte mich und sagte: »*Sie* sind Herr Zabel?«

»Ja. Alexander Zabel. Guten Tag, Herr Klofft.«

Er faltete umständlich die Zeitung zusammen, legte sie ab, sah mich an. »Sie sind also der junge Mann von Bruno Hochkeppel?«

»Ich bin nicht der junge Mann von wem auch immer. Ich bin Rechtsanwalt und arbeite in der Kanzlei von Herrn Doktor Hochkeppel. Wie Sie ja auch schon wissen.«

Er zog die Augenbrauen hoch, hielt sie eine Weile in dieser Position und fragte schließlich: »Wie alt sind Sie denn?«

Ich legte meinen Aktenkoffer auf seinen Arbeitstisch, zog mir den Stuhl heran, der danebenstand, und setzte mich. »Ich bin neunundzwanzig.«

Er starrte eine Weile auf den Aktenkoffer, hob dann die Augen. »Und wie lange sind Sie schon Rechtsanwalt?«

Nach einer kleinen Pause sagte ich: »Zwei Jahre. Warum?«

Er begann, verhalten den Kopf zu schütteln, zeigte ein Lächeln, als sei er amüsiert, brach plötzlich diese Darbietung ab und starrte mich an. Nach einer Weile fragte er langsam und akzentuiert: »Haben Sie überhaupt irgendeine nennenswerte Erfahrung mit Arbeitsgerichtsprozessen?«

Ich sagte: »Wissen Sie was, Herr Klofft? Rufen Sie Herrn Hochkeppel an, und sagen Sie ihm, er solle Ihnen einen anderen Kollegen schicken.«

Ich stand auf und nahm mein Köfferchen vom Tisch.

Er hob beide Hände. »He, he, Moment mal! Sind Sie meschugge?! Was soll denn das jetzt, zum Teufel?!«

Mir fiel ein, dass die sympathische Frau Klofft mich gewarnt und um Geduld mit diesem Kotzbrocken gebeten hatte, aber es war zu spät; ich weiß auch nicht, ob ich anders reagiert hätte, wenn es mir beizeiten eingefallen wäre. Ich sagte: »Das ist ganz einfach. Ich kann Sie nicht vertreten, wenn Sie mich für ungeeignet halten.«

»Wer hat denn das gesagt? Ich glaub, Sie spinnen?«

»*Sie* haben das gesagt, mehr oder weniger deutlich. Und nehmen Sie bitte zur Kenntnis, dass ich nicht spinne und auch nicht meschugge bin und dass ich mir schon gar nicht so etwas von Ihnen sagen lasse.«

Er warf beide Hände in die Luft. »Du meine Güte, was sind Sie denn nur für ein Sensibelchen?! Jetzt beruhigen Sie sich erst mal!« Er wies auf den Stuhl. »Und setzen Sie sich wieder!« Als er bemerkte, dass ich stehen blieb, hob er den Blick. Nach einem Zögern sagte er: »Ich entschuldige mich auch, Herrgott noch mal! Natürlich spinnen Sie *nicht*! Und meschugge sind Sie auch nicht!« Nach einer kleinen Pause fügte er hinzu: »Genügt das denn nun?«

Ich nahm betont langsam wieder Platz.

Er schnaufte auf, als habe er gerade einen störrischen Esel in den Stall gezerrt, schob die Papiere auf dem Tisch auseinander und zog einen Aktendeckel hervor, starrte darauf, sah dann mich an. Die Röte auf seiner Stirn und den Wangen war ein wenig kräftiger geworden. Er holte einmal tief Luft. »Also, es geht um Folgendes.« Er starrte wieder auf den Aktendeckel, blickte auf. »Sie wissen über meinen Betrieb Bescheid?«

Ich zögerte. »Nicht im Detail, ich habe ...«

»Was soll das heißen? Hat der alte Schwätzer Ihnen etwa nur erzählt, dass wir zusammen auf die Jagd gegangen sind? Oder ein paar Geschichten aus unserem Kegelklub?«

Ich antwortete, nein, natürlich nicht. Aber Herr Hochkeppel habe sich darauf beschränkt, mir zu sagen, dass er, Klofft, vor nicht ganz fünfzig Jahren einen kleinen Handwerksbetrieb übernommen und zu einem weltweit operierenden Unternehmen mit fast hundert Mitarbeitern gemacht habe, von denen die meisten –

Er winkte ab: »Ja, ja, den Schmus können Sie sich sparen. Wir haben nicht fast hundert, sondern genau zweiundsechzig festangestellte Mitarbeiter«, er hob den Aktendeckel halb hoch, »einundsechzig jetzt, nachdem ich ... diese Dame rausgeschmissen habe.«

Ich sah, dass der Aktendeckel in seiner Hand zu zittern begann, er ließ ihn nach einem kurzen Zögern auf den Tisch fallen, legte die Hand darauf, schien die Finger fest auf den Deckel zu pressen, als wolle er das Zittern unterdrücken. Sein Blick wich ab, er wanderte hinaus auf die Wipfel der Bäume, kehrte dann zu mir zurück.

Er sagte: »Spezialisiert. Wir sind Spezialisten, deshalb läuft der Laden so gut. Und natürlich sind wir besser als die anderen. Dosiertechnik. Mess- und Regeltechnik, ich weiß nicht, ob Sie sich darunter etwas vorstellen können. Druck…« Er stockte. Seine Augen wurden starr, dann stieß er jäh hervor: »Druckmesssysteme. Durchflusssensoren.« Er hielt ein, starrte auf die Akte. Nach einer kleinen Pause sagte er: »Sagen wir: Ventile. Wir verkaufen sie auch ins Ausland, ja. Schauen Sie sich die Prospekte an, ich hab sie zu der Akte heften lassen.«

Er hob die Hand, deutete auf den Aktendeckel, legte die Hand sofort wieder darauf. »Und wir… und wir haben in den deutschsprachigen Ländern die Generalvertretung für zwei führende ausländische Hersteller. Eine englische Firma. Und einen Schweden.« Er richtete den Blick hinaus in den Garten.

Unversehens griff er nach dem Trinkglas, das zur Hälfte mit Wasser gefüllt war, setzte es an und trank es leer. Seine Hand zitterte, ich hörte das leise Klappern, mit dem das Glas gegen seine Zähne schlug.

Er stellte das Glas ein wenig zu heftig ab, bückte sich zur Seite und brachte eine Mineralwasserflasche hervor, die neben seinem Lehnstuhl gestanden hatte. Dann zögerte er, warf einen Blick auf die Flasche. Es sah so aus, als frage er sich, ob es ihm gelingen werde, das Glas nachzufüllen.

Ich streckte die Hand nach der Flasche aus. »Darf ich?« Er überließ mir, offenbar überrascht, die Flasche, ich füllte das Glas und stellte es auf den Tisch. Die Flasche stellte ich daneben.

Er sah mir schweigend zu. Dann wandte er den Blick

wieder hinaus in den Garten. Nach einer Weile fing er an, die Lippen stumm zu bewegen.

Ich sagte: »Und in welcher Abteilung hat die Dame gearbeitet?«

Er sah mich an, als verstehe er die Frage nicht.

Ich sagte: »Die Dame, die Sie… entlassen haben?«

»Ah ja. Ja, natürlich.« Er nickte. »Diplomingenieurin. Wirklich vielversprechendes Mädchen. Ich hab sie vor elf Jahren eingestellt. Sie hatte… hatte gerade Examen gemacht.« Er lächelte. »Damals hatte sie noch lange Haare. Eine Mähne bis auf den Hintern. Wie diese… Wetterfee im Fernsehen. Wirklich sehr schön. Oder sagen wir… na egal, wie!« Er lachte. »Ich hab sie natürlich nicht wegen der Mähne eingestellt.«

Er wollte nach dem Glas greifen, brach die Bewegung ab, legte die Hand wieder auf den Aktendeckel. Eine Weile schwieg er, sah vor sich hin. Dann rieb er sich die Stirn. Unversehens hob er den Blick. »Ja, richtig! Ich hatte eine Anzeige im *Ingenieur* aufgegeben. Hab schon in den ersten Tagen drei Dutzend Bewerbungen… oder so… oder so bekommen. Lauter Männer. Sie war die einzige Frau. Aber sie hatte das beste Examen.« Er lachte.

Es dauerte eine ganze Weile. Am Ende, nach mehreren absonderlichen Abschweifungen und einigen Pausen, in denen er einfach schwieg, hatte ich immerhin eine ungefähre Vorstellung von der Geschichte des Rechtsstreits, in dem ich ihn vor Gericht vertreten sollte.

Fristlos gekündigt hat er die stellvertretende Leiterin seiner Fertigungsabteilung, die Diplomingenieurin Katharina Fuchs, 34 Jahre alt und unverheiratet. Er sagte, sie habe zehn

Jahre einwandfrei für ihn gearbeitet, ungewöhnlich gut sogar, aber dann, vor etwa einem Jahr, habe sich das deutlich verändert.

Sie sei wiederholt verspätet zur Arbeit gekommen, habe den Betrieb auch schon einmal über Tag für ein oder zwei Stunden verlassen oder sei vor fünf Uhr, vor dem Büroschluss also, nach Hause gegangen. Insgesamt habe sie deutlich erkennen lassen, dass sie – ganz im Gegensatz zu den vorangegangenen Jahren – an ihren Aufgaben nicht mehr sonderlich interessiert gewesen sei, sondern die Arbeit eher als lästige Notwendigkeit betrachtet habe.

Ihm sei nichts anderes übriggeblieben, als sie abzumahnen. Sie habe daraufhin ihr Verhalten auch geändert, aber das sei nicht von langer Dauer gewesen. Vor zwei Wochen nun, Mitte des Monats, ja, oder ungefähr um diese Zeit, es sei jedenfalls ein Mittwoch gewesen, aber das könne ich ja alles in der Akte finden, an diesem Mittwoch also sei sie zu Herrn Pauly, seinem Geschäftsführer, gekommen und habe gesagt, sie müsse in der darauffolgenden Woche Urlaub machen. Aus dringenden privaten Gründen. Die ganze Woche.

Pauly habe gefragt, was das denn für Gründe seien. Daraufhin sei sie patzig geworden, sie habe dem Geschäftsführer geantwortet, ob er denn nicht gehört habe, dass es private Gründe seien, und das dürfe doch wohl genügen. Nein, habe Pauly gesagt, das genüge eben nicht, und deshalb werde er über diesen Urlaubsantrag auch nicht entscheiden, sie müsse sich damit schon zum Chef persönlich bemühen.

Am nächsten Morgen sei sie dann hier angetanzt und habe ihm dasselbe erzählt, private Gründe, und er habe sie dasselbe wie Pauly gefragt, nämlich, was das denn heiße, private Gründe, und ein bisschen genauer müsse er das schon wissen, und sie habe saufrech geantwortet, nein, das müsse er ganz bestimmt nicht genauer wissen, und private Gründe, das heiße ja gerade, dass diese Gründe niemanden außer ihr etwas angingen. Und dann...

Er verstummte plötzlich, blickte wieder hinaus in den Garten, begann unversehens, mit dem Kopf zu nicken.

Nach einer Weile sagte ich: »Und dann haben Sie den Urlaub abgelehnt?«

Er sagte, ohne mich anzusehen: »Ja, natürlich.«

Ich fragte: »Sie haben den Urlaub abgelehnt, weil sie Ihnen nicht sagen wollte, was das für private Gründe waren?«

Er wandte sich wieder mir zu, lächelte. »Nein, natürlich nicht.« Er warf noch einmal einen Blick in den Garten, dann sagte er: »Ich habe sie darüber informiert, dass ich für die kommende Woche, also die Woche, in der sie in Urlaub gehen wollte, dass ich genau für diese Woche einen dicken Auftrag erwartete. Von einem sehr interessanten Kunden im Ausland. Und dass ich die Konditionen noch nicht genau wüsste, aber damit rechnete, dass wir sehr schnell liefern müssten, dass wir also alle Mann an Bord brauchten. Und dass sie deshalb ihren Urlaub leider aufschieben müsste.«

Nach einem schweren Nicken sagte er, die Dame freilich, dieses Weibsstück habe das anscheinend nicht einsehen wollen. Sie habe doch tatsächlich eingewendet, über einen solchen Auftrag habe Herr Pauly aber kein Wort verloren. Darauf habe er ihr gesagt, das sei Herrn Pauly auch nicht möglich gewesen, der wisse nämlich bis zur Stunde von dem Auftrag noch gar nichts. Er selbst, Klofft, habe das letzte Gespräch mit dem Kunden erst an diesem Morgen geführt und Pauly noch nicht verständigen können, weil er, statt die wirklich wichtigen und notwendigen Sachen zu erledigen, sich eben jetzt mit ihren extravaganten Urlaubswünschen herumschlagen müsse.

Ja. Und das sei es dann gewesen. Sie sei abgezogen, wütend wie ein Stier.

Er schwieg. Dann begann er die Lippen zu bewegen, als habe er etwas zu nagen zwischen den Vorderzähnen.

Ich sagte: »Aber das war noch nicht alles.«

»Nein, das war noch nicht alles. Weiß Gott nicht alles.« Er zog den Aktendeckel heran, öffnete ihn, als wolle er etwas nachschlagen, schaute aber gar nicht hinein. »Sie ist danach, also nach diesem Gespräch, das ich mit ihr geführt habe, in den Betrieb gegangen und hat... hat ihre Arbeit getan, als ob nichts gewesen wäre. Über den Urlaub hat sie keinen Piepser mehr von sich gegeben. Auch zu Pauly nicht. Auch am Freitag nicht, das war der darauffolgende Tag.«

Er schlug den Aktendeckel zu, begann wieder zu nicken, hörte nach einer Weile auf damit und sagte: »Aber am Samstag!«

Er nickte, und dann sagte er, an diesem Samstag nach dem Gespräch mit ihm habe sie die Bombe platzen lassen. Auf eine geradezu hinterhältige Art. Und das habe sie wie folgt inszeniert, eiskalt: Pauly sei, wie er das schon einmal tue, am arbeitsfreien Samstagmorgen in den Betrieb gefahren, um ein paar Sachen aufzuarbeiten. Bevor er dann gegen Mittag nach Hause gefahren sei, habe er der Ordnung halber noch einmal in den Briefkasten am Eingang des Betriebs geschaut. Und dabei habe er einen Brief gefunden, der offenbar durch einen Boten und nicht durch den Briefträger eingeworfen worden war, jedenfalls sei er nicht frankiert gewesen und habe auch keinen Poststempel getragen.

»Ja.« Er beugte sich vor. »Und mit diesem Brief hat die Dame sich dann krankgemeldet, wie aus heiterem Himmel!« Und zwar habe sie sage und schreibe behauptet, sie leide an einem LWS, einem Lendenwirbelsyndrom. »Früher hat man das ganz schlicht einen Hexenschuss genannt! Und man hat sich eine Wärmflasche mit ins Bett genommen oder ein Heizkissen und ist am anderen Morgen wieder zur Arbeit gegangen!« Nicht diese Dame, o nein! Ein ärztliches Attest habe sie gleich dazugelegt. Und dieser Arzt, ihr Haus- und Leib-und-Magenarzt, wie er zufällig wisse, habe sie offenbar ohne Skrupel für die ganze nächste Woche krankgeschrieben. »Die ganze Woche! Merken Sie was?«

Ich fragte ihn, was er damit sagen wolle. Er antwortete, während sich unübersehbar die Röte in seinem Gesicht vertiefte, er wolle damit sagen, dass die Dame ausgerechnet auf die Dauer der Woche, in der sie eigentlich habe Urlaub nehmen wollen, krank geworden sei. Und wenn ich – das wolle er mir gleich *auch* noch sagen für den Fall, dass ich diesen Zufall noch immer nicht merkwürdig fände –, wenn ich nun etwa glaubte, dass sie diese Woche zu Hause im Bett verbracht habe, dann sei ich gewaltig auf dem Holzweg.

Ich fragte: »Und wieso?«

»Und wieso? Wieso?« Er starrte mich an. »Weil sie sich mit ihrem süßen Arsch, mit ihrem angeblich so schlimm verrenkten Gesäß nicht ins Bett gelegt hat, sondern in die

Schweiz geflogen ist! Nach Genf, und nicht per Holzklasse, versteht sich. Ein Kerl mit einem BMW 6er Coupé hat sie auf dem Flughafen abgeholt. Und zusammen sind diese beiden dann in ein Luxushotel in der Waadt/Léman gefahren. Fünf Sterne, darunter hat sie's natürlich nicht getan! Man möchte ja schon was haben von so einer Krankheit!«

Er griff mit einer jähen Bewegung nach dem Glas, ein paar Tropfen schwappten über, als er es zum Mund führte, er beugte sich vor und schnappte mit den Lippen nach dem Rand des Glases, trank es mit lauten Schlucken halb leer, stellte es ab, ein wenig zu heftig. Vornübergebeugt musterte er die Wassertropfen, die er versprengt hatte. Dann zog er ein Taschentuch hervor, tupfte das Wasser vom Tisch, tupfte auch sein Hemd ab, wischte noch einmal über den Tisch und steckte das Tuch wieder ein.

Ich sagte: »Und daraufhin haben Sie Frau Fuchs fristlos gekündigt.«

»Ja, was denn sonst?!« Er sah mich an. »Ich hab mir das gestattet, sobald ich erfahren hatte, *wo* die Dame ihre Krankheit pflegte! Wollen Sie genau wissen, wo? Im *Beauté du Lac*, so nennt sich der Schuppen!« Sein Mund verschob sich zu einem bösen Grinsen. »Das heißt, bevor die Kündigung rausgegangen ist, hab ich mich natürlich kundig gemacht. Aber so bald wie möglich ist der Brief ihr dann zugestellt worden, am Freitag, in ihren Briefkasten zu Hause. Durch einen Boten, der einen Zeugen bei sich hatte.«

Ich fragte: »Bei wem haben Sie sich kundig gemacht?«

Er wies auf die Bücher: »Na, im Gesetz, wo denn sonst? Ich hab ihr geschrieben, dass sie sich … dass sie sich …«

Einen Augenblick lang irrte sein Blick hin und her, er

streckte die Hand nach der Akte aus, als wolle er sich bei ihr Rat holen, aber dann zog er die Hand zurück und sagte hastig: »… dass sie sich offenbar ein ärztliches Attest erschlichen hat! Ja. Natürlich!« Er lehnte sich zurück, lachte. »Ich meine – wenn sie das widerlegen will, kann sie ja erklären, dieser Hausarzt habe ihr aus freien Stücken angeboten, sie krankzuschreiben, obwohl sie nicht krank gewesen sei. Oder er habe ihr den Gefallen getan, weil sie ihm was Schönes versprochen habe. Und das wird sie wohl kaum ausplaudern, nehme ich an! Oder sehen Sie das anders, Herr Anwalt?«

Er lachte, und dann beugte er sich vor. »Und zweitens habe ich ihr geschrieben, dass sie eigenmächtig einen Urlaub angetreten hat, der ihr nicht genehmigt worden war! Und dass sie damit zwei wesentliche Gründe geliefert hat, wie sie für eine fristlose Kündigung erforderlich sind.«

Er sah mich an, schwieg, lächelte offenbar selbstzufrieden.

Ich fragte: »Ihren Betriebsrat haben Sie angehört?«

Er fixierte mich. »Halten Sie mich für beschränkt? Natürlich habe ich den Betriebsrat angehört.« Er setzte noch einmal dieses böse Grinsen auf. »Und stellen Sie sich vor: Er hat sogar zugestimmt!«

Ich nickte. Dann fragte ich: »Abgemahnt haben Sie Frau Fuchs vorher nicht?«

»Nein.« Er zog die Augenbrauen hoch. »Das war in diesem Fall auch nicht erforderlich. Wie Sie sicher wissen!«

Ich sagte: »Nein, tut mir leid. Das weiß ich nicht.«

Er sah mich giftig an, richtete sich in seinem Lehnstuhl auf: »Die Abmahnung ist nicht erforderlich bei einer besonders schweren Pflichtverletzung des Arbeitnehmers!« Er deutete auf seine Papiere: »Soll ich Ihnen das Urteil raussuchen?!«

»Nein danke, das ist nicht nötig. Wissen Sie ... die Frage ist nur, ob auch der Richter, den wir in einem Prozess bekommen, das, was Frau Fuchs verbrochen hat, für eine besonders schwere Pflichtverletzung hält.«

Er fixierte mich. »Das ist doch wohl keine Frage?!«

»Da bin ich nicht so sicher.« Ich lächelte ihn an. »Lassen Sie mir ein wenig Zeit, mich mit dem Fall auseinanderzusetzen. Aber was ich noch wissen wollte: Wie hat Frau Fuchs auf die Kündigung reagiert? Von der Reise ist sie doch zurück, nehme ich an?«

»Das wäre ja auch noch schöner!« Er schüttelte heftig den Kopf. Unversehens hörte er auf damit. Ich sah, wie innerhalb von Sekunden seine Stirn feucht wurde. Er fingerte das Taschentuch aus der Hosentasche hervor, rieb sich über die Stirn und die Wangen, die sich hochrot färbten. Aber wenig später glänzte die Haut schon wieder von Schweiß.

Er sagte: »Sie ist am vergangenen Sonntag zurückgekommen. Und am Montag ist sie im Betrieb erschienen und hat sich pro forma gesundgemeldet. Und dann hat sie Pauly wegen der Kündigung ... wegen der Kündigung ... einen Riesenzirkus gemacht. Typisch für diese Frau! Pauly hat sie vor die Tür setzen müssen. Mehr oder weniger.« Er atmete tief.

Ich nickte. Einen Augenblick lang zögerte ich, dann fragte ich: »Geht es Ihnen gut? Oder sollen wir eine Pause machen?«

Er zog die Augenbrauen zusammen. »Was soll denn das?! Ich bin okay, also machen Sie gefälligst weiter!« Er fuhr sich einmal hastig mit dem Tuch über die Stirn.

Nach einer kleinen Pause fragte ich: »Und sie hat Ihrem Geschäftsführer angekündigt, dass sie gegen die Kündigung klagen wird?«

»Aber logo!« Er lachte. »Ich hätte mich auch sehr gewundert, wenn sie uns damit nicht auf der Stelle gedroht hätte!«

Ich nickte, und dann schwieg ich. Ich vergegenwärtigte mir noch einmal seine Schilderung des Falles. Er beobachtete mich, offenbar misstrauisch.

Am Ende sagte ich: »Woher wussten Sie eigentlich, dass Frau Fuchs in die Schweiz gereist ist?«

Er lächelte. »An dem Samstag vor einer Woche, an dem Pauly die Krankmeldung im Briefkasten gefunden hat, an demselben Samstag habe ich einen Detektiv engagiert.«

»Einen Detektiv?«

»Aber ja! Wer dieses Weib aufs Kreuz legen will, der muss sich was einfallen lassen!« Er lachte. »Pauly hat mich gleich mittags informiert, und ich habe den Detektiv engagiert. Am Samstagnachmittag hat er schon seinen Posten vor ihrer Wohnung bezogen. Während der Nacht hat er sich vertreten lassen, und am Sonntagmorgen ist er ihr gefolgt. Als sie zum Flughafen fuhr, verstehen Sie? Er hat mich von dort angerufen und mir gesagt, dass sie nach Genf fliegt, und ich habe ihm gesagt, er soll mit ihr fliegen.« Er lachte. »Am anderen Morgen, als klar war, dass sie bis zum nächsten Sonntag bleiben würde, ist er dann zurückgekommen.«

Ich nickte.

Er sagte: »Sonst noch Fragen?«

Ich dachte einen Augenblick nach, dann sagte ich: »Ja, eine noch.«

»Und das wäre?« Ich sagte: »Haben Sie eine Aushilfe einstellen müssen… anstelle von Frau Fuchs? Um diesen großen Auftrag erledigen zu können?«

Er warf den Kopf nach hinten, als erinnere er sich an etwas Ärgerliches. »Ach, der Auftrag, ja!« Er sah mich an, schüttelte den Kopf. »Den habe ich nicht bekommen, leider. Ein Konkurrent hat ihn mir weggeschnappt, in letzter Minute. Hat dem Kunden einen Dumpingpreis gemacht. Wie's heutzutage unter ordentlichen Kaufleuten so zugeht.« Er schüttelte den Kopf. »Aber bei so was mache ich nicht mit. Nicht mit mir!«

Ich blieb noch einen Augenblick sitzen, dann stand ich auf.

Er sah mich prüfend an. »Das war's?«

»Ja.« Nach einer Pause sagte ich: »Es sei denn, Sie hätten mir noch etwas zu sagen?«

Er schüttelte den Kopf. »Nicht dass ich wüsste.«

Ich nahm meinen Aktenkoffer. »Sagen Sie mir bitte Bescheid, sobald das Gericht sich meldet.«

»Na klar, werde ich.«

Ich deutete auf seinen Aktendeckel. »Das ist für mich?«

»Ja, sicher, sicher.« Er nahm die Akte auf, hielt sie in der Schwebe, sah mich an. »Und… wie geht der Prozess aus?«

Ich sagte: »Ich weiß es nicht.« Nach einer Weile, in der er mich mit offenbar wachsendem Groll anstarrte, sagte ich: »Ich bin nicht sicher, dass wir ihn gewinnen werden.«

»Was?!« Er funkelte mich an. »Können Sie mir dann mal sagen, warum Sie mich hier so lange aufgehalten haben?«

Bevor ich antworten konnte, warf er den Aktendeckel vor mich auf den Tisch. »Ach, hol's doch der Teufel! Da, packen Sie das Ding ein, und amüsieren Sie sich damit!«

3

Während ich noch die Treppe hinunterging, schlug die Klingel in der Diele wieder an, zweimal. Cilly Klofft kam aus dem Wohnzimmer und mir entgegen. Sie sagte, einen Augenblick hätte ich doch hoffentlich noch Zeit, ich solle bitte auf sie warten, es werde sicher nicht lange dauern. Ich blieb auf der Treppe stehen und ließ sie vorbei.

Wieder nahm ich, als sie an mir vorüberging, das Parfum wahr.

Bevor ich ins Wohnzimmer trat, hörte ich plötzlich eine entfernte Stimme von oben, Kloffts Stimme. Ich konnte nicht verstehen, was er sagte, aber er schien ziemlich laut und grob zu sprechen. Dann hörte ich eine Tür ins Schloss fallen. Ich tat einen schnellen Schritt ins Wohnzimmer und setzte mich wieder in meinen Sessel.

Cilly Klofft lächelte, als sie hereinkam. Sie fragte, ob ich denn jetzt einen Saft möchte, und ich sagte, obwohl es ziemlich spät geworden war, ja. Sie goss den Saft aus einer kristallenen Karaffe ein, brachte ihn mir und setzte sich mir gegenüber, schlug die Beine übereinander. Ich trank, setzte das Glas ab. Als ich den Blick wieder auf sie richtete, sah ich, dass sie noch immer lächelte. Die kleinen Fältchen traten ein wenig deutlicher hervor.

Nach einem Augenblick sagte sie: »Sie haben ihm widersprochen, nicht wahr?«

Um ein Haar hätte ich gefragt: »Wem? Ihrem Mann?« Aber auf der Stelle wurde mir auch klar, dass diese Frau solche rhetorischen Ausweichmanöver nicht mochte und dass sie mich nicht entkommen lassen würde.

Ich sagte: »Ich habe ihm gesagt, dass wir nach meiner Einschätzung diesen Prozess noch nicht gewonnen haben.«

»Ah ja.« Sie nickte. »Das überrascht mich nicht. Ich habe es gleich gewusst, dass … sein Temperament wieder einmal mit ihm durchgegangen ist. Um es freundlich auszudrücken.« Sie sah hinaus in den Garten. »Man könnte auch sagen, dass er wieder einmal die Kontrolle verloren hat. Er glaubt noch immer, dass er Menschen, die nicht das tun, was er möchte, ganz einfach überfahren kann.«

Sie wandte sich mir wieder zu, lächelte. »Das war gut, dass Sie ihm die Meinung gesagt haben! Und halten Sie's auch weiter so! Leute, die einmal vor ihm kneifen, haben ausgespielt. Er glaubt, er kann mit ihnen machen, was er will. Und meistens gelingt ihm das ja auch.«

Mir wurde unbehaglich. Die Frau war mir sympathisch, ja. Aber war sie etwa darauf aus, in mir einen Verbündeten gegen ihren despotischen Ehemann anzuwerben? Ich mochte den Mann überhaupt nicht, aber er war mein Mandant, immerhin. Mit der Akte, die fast vor meinen Füßen gelandet war, hatte ich, mehr oder weniger explizit, seinen Fall übernommen.

Ich stand auf. »Es tut mir leid, aber …«

»Natürlich. Sie haben ja sicher noch mehr zu tun, als sich um… um einen Betriebsunfall meines Mannes zu kümmern.« Sie stand auf, lächelte. »Einen Augenblick noch, ich sage Karl Bescheid.«

Karl also, nicht Georg. Aber Karl war genauso passé. Wer hieß heute noch Karl?

Als sie aus irgendeinem hinteren Bereich des Hauses, vielleicht der Küche, zurückkam, fasste sie mich am Arm und geleitete mich zur Haustür. »Vergessen Sie bitte nicht, Herrn Hochkeppel von mir zu grüßen.«

»Nein, natürlich nicht.«

An der Tür ließ sie meinen Arm los. Sie trat vor mich, lächelte mich an. »Und wann sehen *wir* uns wieder?«

Die kleinen Fältchen prägten sich aus. Vielleicht bildete ich es mir nur ein, aber sie ließen sie nicht alt aussehen, eher alert und zugleich hintergründig – ein Mensch mit Erfahrung, der sein Gegenüber durchschaut und sich insgeheim darüber ein bisschen lustig macht.

Ich sagte: »Ich weiß nicht… wahrscheinlich, wenn der Anwalt der Gegenpartei sich geäußert hat.«

»Natürlich.« Sie lachte. »Sie werden ja nicht auch noch freiwillig hierherkommen.«

»Oh, bitte, das…«

Sie streckte mir die Hand entgegen. »Auf Wiedersehen, Herr Doktor Zabel!«

Ich nahm die Hand. Ich wollte meinen Oh-bitte-Satz vollenden, aber mir fiel nicht ein, wie. Ich sagte: »Auf Wiedersehen, Frau Klofft.«

Karl stand bereits neben dem Wagen, die Mütze in der Linken, er öffnete die Tür zum Rücksitz. Ich ging auf ihn zu, hörte den Kies unter meinen Füßen knirschen, aber nahm das kaum wahr, weil die Überlegung mich absorbierte, ob dieser Abschied etwas zu bedeuten hatte, was ich nicht verstand. Hatte sie erwartet, dass ich ihrer Vermutung, ich würde nicht freiwillig in ihr Haus kommen wollen, entschiedener widersprach? Aber warum sollte sie Wert auf ein solch plattes Kompliment legen?

Ich war schon im Begriff, auf den Rücksitz einzusteigen, als ich einhielt. Ich sah Karl an, der den Blick ein wenig überrascht erwiderte. »Haben Sie etwas dagegen, wenn ich mich nach vorn zu Ihnen setze?«

Er zögerte einen Augenblick, dann sagte er: »Aber nein, natürlich nicht.«

Ich konnte es nicht verhindern, dass er mir die Tür zum Beifahrersitz öffnete, ich stieg ein. Als wir durch die Einfahrt hinausfuhren, sagte ich: »Ich heiße Alexander Zabel. Und wie heißen Sie?«

Er antwortete: »Karl Schaffrath. Sie können mich Karl nennen.«

Nach einer kleinen Pause sagte ich: »Ach, wissen Sie…, Herr Schaffrath…, das sollte ich aber nicht tun, denke ich.«

Er lächelte, ohne mich anzusehen. Ich fragte: »Wie lange arbeiten Sie schon für Herrn Klofft?«

Er warf einen Blick in den Rückspiegel, schaute dann wieder voraus auf die schattige Straße. Schließlich sagte er: »Mehr als vierzig Jahre.«

»O Donnerwetter! Das ist ja ein ganzes Arbeitsleben!«

»Ja.« Er lächelte. »Kann man so sagen.«

Ich schwieg eine Weile. Dann sagte ich: »Das wird nicht immer einfach gewesen sein.«

Er schwieg noch ein wenig länger als ich. Am Ende sagte er: »Ich kann mich nicht beklagen.«

Wahrscheinlich vermutete er, dass ich ihn über seinen Herrn ausholen wollte, was ja auch nicht falsch war. Aber ich sah ein, dass der Versuch mir nicht viel einbringen würde. Ich sagte: »Wie schön für Sie.« Dann schloss ich demonstrativ die Augen.

Als wir unter den Ulmen der Allee entlangfuhren, sah ich hinter dem rötlichen Vorhang meiner Lider die unruhigen, flirrenden Lichter, die die Sonne durch die Baumkronen warf.

Ob Frau Klofft mittlerweile schon auf der Terrasse lag und etwas für ihre Bräune tat? Es gelang mir gerade noch, das unwillige Kopfschütteln zu unterdrücken, das mich überkommen wollte.

Was zum Teufel brachte mich auf so einen Gedanken? Cilly Klofft beim Sonnenbaden! Diese Frau war doch nicht der Typ, der nichts anderes zu tun fand, als sich um sein Aussehen zu kümmern! Außerdem ... dafür war sie nun wohl doch zu alt!

Wirklich? Was hatte das denn mit dem Alter zu tun?

Ich öffnete die Augen, als wir wieder auf die Schnellstraße fuhren, und sah hinaus auf das glitzernde Wasser. Vor dem jenseitigen, begrünten Ufer kroch ein Verband von Schubleichtern stromauf. Die bunten Wimpel hingen schlaff an den Masten.

Unversehens wurde mir klar, warum Hochkeppel ihr gesagt hatte, er habe den Ruhestand angetreten. Er war mit ihr befreundet gewesen, mit ihr nicht weniger als mit ihrem Mann, aber ja! Und deshalb hatte sie mir auch aufgetragen,

Hochkeppel von ihr zu grüßen, zweimal hatte sie das getan. Und ebendeshalb hatte er ihr zuvor, als sie in der Kanzlei anrief und ihn fragte, ob er ihren Mann vor Gericht vertreten könne, auch nicht unverhohlen nein sagen wollen, nein, ich will ihn nicht vertreten, dieses Ekel, mit dem du verheiratet bist.

Aber er hatte ihn unter gar keinen Umständen vertreten wollen. Er kannte ihn ja, das Ekel. Sie hatten gemeinsam gekegelt, und später waren sie gemeinsam zur Jagd gegangen und – wie ich schon von Hochkeppel selbst erfahren hatte – abermals später, als sie beide bei ihren so unterschiedlichen Tätigkeiten jeweils Geld und Nimbus genug eingeheimst hatten, gemeinsam auch in den Golfclub.

Sie mussten einige Erinnerungen teilen, saftige, robuste Erinnerungen der männlichen Art, vielleicht an Ausflüge in ein polnisches oder tschechisches Jagdrevier oder zum Golfen nach Andalusien oder in eine exquisite portugiesische oder tunesische Destination. Und so, wie ich Herbert Klofft kennengelernt hatte, würde er bei Vergnügungen ebenso ungehemmt und ebenso unangenehm aus der Rolle fallen wie im Gespräch mit einem Anwalt, den er für unfertig hielt. Vielleicht waren Hochkeppel und er einmal aneinandergeraten, wegen einer schwarzhaarigen Dame vielleicht, die mit wachen Augen im Hotel der Golfer an der Bar gesessen und auf Herren aus Deutschland gewartet hatte.

Diesen Mandanten mit den aufgekrempelten Ärmeln wollte Hochkeppel sich nicht aufhalsen. Er hatte Cilly Klofft gesagt, es tue ihm leid, aber er habe faktisch den Ruhestand angetreten. Er sei nur noch gelegentlich im Büro, und es sei ein Zufall, dass sie ihn gerade erwischt habe. Aber er werde ihr, wenn sie einverstanden sei, einen jungen Anwalt schicken, der seit einiger Zeit für seine Sozietät arbeite, einen sehr tüchtigen Anwalt. Und sie hatte ja gesagt, und er hatte sie mit mir verbunden, und sie hatte den Termin mit mir ausgemacht. Und mir den Wagen geschickt, ja.

Als wir die Innenstadt erreicht hatten und an einer Ampel hielten, wandte Karl sich unversehens mir zu und fragte: »Wird das ein schwieriger Prozess?«

Ich zuckte die Schultern. »Das kann schon sein. Aber so etwas lässt sich schwer vorhersagen.«

Er nickte, dann sah er wieder auf die Straße.

War das ein Friedensvorschlag gewesen?

Als die Ampel auf Grün sprang, sagte er: »Na ja, der alte Klofft hat schon eine Menge schwieriger Prozesse hinter sich gebracht.« Er lachte. »Das ist für ihn nichts Neues.«

Ja, er wollte den Kontakt mit mir nicht einfrieren. Ich wartete eine Weile ab, dann sagte ich: »Er ist ein ziemlich streitbarer Charakter, nicht wahr? Das ist jedenfalls mein Eindruck.«

Er lachte. »Das können Sie laut sagen. So, da sind wir.«

Er hielt den Wagen vor der Kanzlei an. Ich gab ihm die Hand. »Bleiben Sie bitte sitzen, Herr Schaffrath. Wir sehen uns wieder, denke ich.«

»Das denke ich auch.« Er schüttelte mir die Hand.

Ich stieg aus, beugte mich noch einmal in den Wagen. »Und halten Sie die Ohren steif!«

Er lachte, zeigte mir den emporgestreckten Daumen.

4

Hochkeppel saß entgegen meiner Erwartung noch an seinem Schreibtisch. Er hatte seine Mittagspause anscheinend aufgeschoben, weil er wissen wollte, wie mein Besuch bei seinem Freund verlaufen war.

Er blieb leicht vornübergebeugt sitzen, hob nur die Augen von dem Schriftsatz, in dem er las, und lächelte. »Na, wie war's?«

»Ich nehme an, Sie haben eine ziemlich genaue Vorstellung davon, wie es war.« Ich ließ mich in seinem Besucherstuhl nieder und holte Kloffts Aktendeckel aus meiner Tasche. »Aber bevor ich's vergesse: Vor allem anderen soll ich Sie von Frau Klofft grüßen. Sie hat mir das aufgetragen. Zweimal.«

»Ach ja. Hat sie das?« Er rückte sich in seinem Sessel zurecht. Dann ließ er sich langsam gegen die Lehne zurücksinken. »Und was haben Sie … was für einen Eindruck haben Sie von ihr?«

»Von ihr?« Ich zuckte die Schultern. »Eine sehr sympathische Dame. Und klug, denke ich. Aber ich glaube, sie hat es nicht leicht mit diesem Mann.«

»Da haben Sie wohl recht, ja.« Plötzlich richtete er sich auf, sah mich an. »Hat er sie etwa … Ich meine, er hat sie hoffentlich nicht schlecht behandelt? In Ihrer Gegenwart?«

»Nein, nein. Sie war ja gar nicht dabei, bei unserem Gespräch. Sie hat mich zu ihm gebracht und sich dann gleich zurückgezogen. Ich hab damit nur sagen wollen, der Mann ist doch nicht … ganz gesund, offenbar. Und es würde mich nicht wundern, wenn er das gelegentlich an ihr ausließe.«

Er nickte, verzog den Mund. »Nein, das würde mich auch nicht wundern.«

Fast sah es aus, als müsse er sich beherrschen, um nicht Schlimmeres über seinen Freund zu sagen.

Nach einer kleinen Pause fragte ich: »Was fehlt ihm denn eigentlich?«

»Die Rücksicht auf andere!« Er räusperte sich heftig, nahm in seinem Sessel eine andere Position ein. Dann sagte er: »Nein, sie nimmt an, dass er die Parkinson'sche Krankheit ausbrütet. Oder sie schon hat.«

Ich nickte. »Ich weiß nicht genau, wie sich das äußert, aber mir ist aufgefallen, dass seine Hände schon mal … nun ja, ins Zittern geraten. Und dass er manchmal … den Faden verliert. So war jedenfalls mein Eindruck.«

»Ja, ja, der Tatterich gehört dazu, und diese Aussetzer auch. Und … wie soll ich sagen? Gehstörungen. Sie hat mir gesagt, dass er ein paarmal ohne jeden Anlass hingefallen ist. Es zieht ihn vornüber, sozusagen.« Nach einer kleinen Pause sagte er: »Deshalb geht er ja auch nicht mehr vor die Tür. Und schon gar nicht mehr in seinen Betrieb.« Er sah mich an, lächelte grimmig. »Er hat Angst, dass seine Leute sehen, was mit ihm los ist. Das könnte er nicht ertragen.«

»Das kann man ja auch verstehen, denke ich. Nur … Sie haben gesagt, seine *Frau* nimmt an, dass er diese Krankheit hat?«

Er nickte. Ich sagte: »Aber was sagt denn sein Arzt dazu? Oder die Ärzte?«

Er lachte. »Sie glauben doch wohl nicht, dass dieser Kraftlackel sich einmal gründlich untersuchen ließe? Nein, nein. ›Ich hab in meinem ganzen Leben noch nicht einen

Tag krankgefeiert.‹ Sie kennen doch solche Narren, nehme ich an. ›Habe noch nie im Betrieb gefehlt!‹« Nach einer kleinen Pause sagte er erbittert: »Da fällt er lieber seiner Frau zur Last!«

Er schwieg, starrte vor sich hin. In einer solchen Stimmung hatte ich ihn selten gesehen. Nein, ich hatte ihn noch nie so gesehen. Und hinter dieser Verdüsterung steckte mehr als der Zorn auf einen Freund, der einen mit seinem Machogehabe herausfordert.

Mir war ein leiser Verdacht, eine Ahnung schon gekommen, als ich Cilly Klofft von Hochkeppel hatte sprechen hören, aber nun war ich mir fast sicher: Zwischen den beiden war etwas gewesen, vielleicht ja nur eine zarte Neigung zueinander, vielleicht auch eine starke Sympathie, die jedoch von beiden unter Kontrolle gehalten wurde, von beiden oder nur von ihr. Vielleicht hatte es aber auch einen nicht zu bändigenden Ausbruch von Leidenschaft gegeben, eine handfeste Affäre. Ein höchst riskantes Abenteuer, wenn man ihren Ehemann in Betracht zog; er hätte einen Liebhaber seiner Frau, wenn er ihm auf die Schliche gekommen wäre, vermutlich kurzerhand totgeschlagen.

Dass Hochkeppel verwegen genug hätte sein sollen, ein solches Risiko einzugehen, wunderte mich. Aber wer wusste, was für ein Kerl er in seinen jüngeren Jahren gewesen war. Und dass Cilly Klofft dazu imstande gewesen wäre, schien mir durchaus möglich. Traute ich ihr nicht sogar immer noch ein solches Abenteuer zu?

Ich erschrak, als er sich plötzlich heftig räusperte. Er fragte: »Was hat er Ihnen denn zu sagen gehabt?«

Ich antwortete, dass Klofft zunächst einmal meine Kompetenz in Frage gestellt habe. Ich sei ihm offenbar zu jung gewesen, und auch zu unerfahren.

Hochkeppel lachte. »Machen Sie sich nichts draus. Wenn es das nicht gewesen wäre, hätte er etwas anderes gefunden. Und wie haben Sie reagiert?«

»Ich habe ihm gesagt, dass er Sie bitten solle, ihm einen anderen zu schicken.«

»Und trotzdem hat er mit Ihnen über sein Problem geredet?«

Ich nickte.

Er lachte. »Donnerwetter! Das war aber schon mal ein starker Anfang!«

Es dauerte, wie zuvor bei seinem Freund, eine ganze Weile, bis wir auf den Punkt kamen. Er verlor sich immer wieder in seine Erinnerungen an die Rücksichtslosigkeit, mit der Klofft zeit seines Lebens seinen Willen gegen Widerstände und Widersacher durchgesetzt habe, und nicht zuletzt gegen seine eigene Frau.

Schließlich, und nachdem ich wie beiläufig einen Blick auf meine Uhr geworfen hatte, sagte er: »Also, und was ist nun mit dem Fall, in dem wir ihn vertreten sollen? Seine Frau hat mir nur gesagt, er hat eine langjährige Mitarbeiterin fristlos rausgeworfen; und jetzt ist ihm anscheinend bange geworden, dass er sich damit in die Nesseln gesetzt hat?«

Ich sagte, das sei wohl der Kern der Geschichte; allerdings müsse ich die Akte, die Klofft mir gegeben habe, noch durchsehen, und auch die Klage der Mitarbeiterin stehe noch aus. Aber nach dem, was er mir erzählt habe, seien die Kündigungsgründe, die er ihr genannt habe, reichlich wacklig.

Ich erzählte ihm die Vorgeschichte dieser Kündigung, so wie Klofft sie mir berichtet hatte, und sagte dann, der Herr Unternehmer sei der Meinung, dass die Mitarbeiterin sich erstens ein ärztliches Attest erschlichen und zweitens einen Urlaub genommen habe, der ihr nicht genehmigt worden sei.

Hochkeppel starrte mich an. »Wer hat ihm denn das erzählt?«

»Niemand. Das heißt… er selbst, könnte man sagen. Mir hat er jedenfalls gesagt, er habe sich im Gesetz kundig gemacht.«

»Ist der denn jetzt total übergeschnappt?!«

Ich zuckte die Schultern.

»Er will sich doch wohl nicht im Ernst auch noch mit dem Arzt anlegen?« Er sah mich an, mit offenem Mund. Als ich noch einmal die Schultern zuckte, beugte er sich vor. »Ich rate Ihnen dringend: Lassen Sie die Finger von diesem Argument! Ich hab noch keinen Prozess gewonnen, weil ich einem Arzt hätte nachweisen können, dass er jemanden zu Unrecht krankgeschrieben hat.«

»Ja, das glaube ich Ihnen gern. Bloß… Er braucht natürlich dieses Argument. Er kann es ja gar nicht fallenlassen.«

Er starrte mich einen Augenblick lang an, dann nickte er. »Ich verstehe.«

Ich sagte: »Wenn er akzeptiert, dass Frau Fuchs zu Recht krankgeschrieben wurde, dann löst auch sein zweiter Kündigungsgrund sich in heiße Luft auf.«

Er nickte. »Ja. Natürlich. Denn dann hat die Dame eben nicht sich eigenmächtig beurlaubt. Sondern sie war halt krank.« Er schüttelte den Kopf. »Das sieht aber wirklich finster aus.«

»Das habe ich ihm auch gesagt.«

Er sah mich an. »Und wie hat er reagiert?«

»Ich hab gedacht, er wirft mich raus. Aber dann hat er mir nur diese Akte zugeschmissen.« Ich nahm Kloffts Aktendeckel und tat, als wolle ich ihn Hochkeppel zuwerfen.

Anscheinend fühlte er sich versucht zu lachen, aber er unterdrückte das. Nach einer Weile sagte er: »Wie wollen Sie vorgehen?«

»Ich werde mir erst mal in aller Ruhe die Akte ansehen. Und dann werde ich mir überlegen, was sich eventuell noch ausgraben und ins Feld führen lässt. Es wäre ja zum Beispiel möglich, dass man Frau Fuchs ein genesungswidriges Verhalten vorwerfen kann. Es war zwar ein Luxushotel, in dem sie die Woche verbracht hat, und man wird sie von vorn und hinten bedient haben, aber vielleicht lässt sich darlegen, dass diese ganze Reise zu strapaziös war. Und dass sie den Heilungsprozess zumindest verzögert hat. Notfalls müsste man einen Gutachter bemühen.«

Er hob den Finger. »Vorsicht! Der Gutachter kann Ihnen jede Menge bescheinigen, aber die Gerichte sind ziemlich großzügig in diesen Fällen. Wie Sie auch sicher wissen. Man muss ja nicht unbedingt das Bett hüten, wenn man krankgeschrieben ist. Und nicht einmal das Haus.«

»Ich weiß.« Ich lachte. »Ist da nicht sogar mal einer durchgekommen, der krankgeschrieben war und dann verreist ist, weil er an einer Wallfahrt teilnehmen wollte?«

Er winkte ab. »Ja, und das ist nur eines von einer ganzen Reihe von Urteilen. Erst vor ein, zwei Jahren hat's noch eins gegeben, ich glaube, das war das LAG Hamm, da ist eine Frau, die krankgeschrieben war, zu einem Fußballspiel gegangen, und dann hat sie sich auch noch ein Ordnerleibchen angezogen, weil sie bei dem Verein hin und wieder als Ordnerin gearbeitet hat, und der Arbeitgeber hat geglaubt, jetzt kann er sie fristlos kündigen, wegen genesungswidrigem Verhalten und ohne Abmahnung. Ja, Pustekuchen. Er hat vor dem Arbeitsgericht mit Pauken und Trompeten verloren, und dann auch noch die Berufung.«

Nach einer kleinen Pause fügte er hinzu: »Diese Frau hat's übrigens auch am Rücken gehabt.« Er lächelte. »Womöglich auch ein LWS.«

»Okay, ich werd mir alles genau ansehen.«

Er nickte. »Halten Sie mich auf dem Laufenden. Und noch etwas!« Er richtete sich in seinem Sessel auf, sah mich eindringlich an. »Tun Sie alles, was für dieses Mandat nötig ist. Und alles, was möglich ist! Darum bitte ich Sie dringend!« Er fuhr sich übers Kinn. Nach einem Zögern sagte er: »Ich möchte unter allen Umständen den Eindruck vermeiden, ich... oder vielmehr wir, wir hätten den Fall ohne Not gegen die Wand gefahren. Und dafür sei letzten Endes *ich* verantwortlich.« Wieder nach einer Pause fügte er hinzu: »Weil ich gewollt hätte, dass er den Prozess verliert. Um ihm eins auszuwischen.«

»Ich werd mir Mühe geben.« Ich stand auf, nickte ihm zu, nahm Kloffts Aktendeckel und ging zur Tür. Als ich schon hinausgehen wollte, sagte er: »Moment mal, Alexander, einen Augenblick noch!«

Ich blieb stehen, wandte mich zurück. Er saß da in seinem Sessel, hatte die Arme aufgestützt, rieb sich die Stirn. »Was haben Sie gesagt, wie hieß diese Mitarbeiterin noch mal... Frau Fuchs?«

Ich sagte: »Ja. Frau Fuchs, genau.«

»Doch nicht etwa Katharina?«

»Doch. Katharina Fuchs. Diplom-Ingenieurin.«

Er stöhnte auf. »Nein!« Er wandte den Blick hinaus. »Auch das noch!«

Ich fragte: »Was denn?«

Er winkte mich heran. »Kommen Sie noch mal, bitte. Und schließen Sie die Tür!«

Als ich schließlich wieder vor ihm saß, räusperte er sich, beugte sich über den Schreibtisch und sagte: »Mit dieser Frau Fuchs hat er jahrelang ein Verhältnis gehabt. Ich weiß es nicht genau, aber ich glaube, das hat schon angefangen, als er sie eingestellt hat.«

Ich sagte: »Das war aber vor elf Jahren? Und damals wäre er immerhin auch schon siebenundsechzig gewesen, oder?«

»Ja, das war er wohl. Aber nicht, dass Sie glauben, das sei bei ihm ein Anfall von Torschlusspanik gewesen. Von Alters... Altersgeilheit, oder wie man das nennt. Mit fremden Frauen hat er zu allen Zeiten geschlafen. Der gute Herbert hat keine Gelegenheit ausgelassen. Und wo es keine gab, da hat er sie gesucht. Und meist auch gefunden.« Er richtete den Blick hinaus durchs Fenster, dann sah er mich an. »Aber das hier war anders, diese Sache mit der Frau Fuchs. Ich glaube, er hat ihr sogar eine Wohnung gekauft. Gekauft und geschenkt, wenn ich nicht irre.«

Nach einer Weile, in der er nachzudenken schien, sagte er: »Er hat diese Liaison auch nicht breitgetreten, im Unterschied zu seinen sonstigen Eroberungen. Bei mir allerdings hat er hin und wieder einen Satz fallenlassen. Vielleicht, um mich neidisch zu machen.« Er lächelte. »Oder weil ihm ganz einfach der Mund überlief. Bemerkungen über sein Käthchen, so hat er sie genannt. Käthchen, die so tüchtig war im Betrieb. Die die ganzen Kerle in die Tasche steckte und die zugleich so ein... so ein Vollweib war. Die Traumfrau.« Er lächelte. Und dann schwieg er. Er betrachtete seine Hände, die er auf dem Schreibtisch zusammengelegt hatte.

Nach einer Weile sagte ich: »Aber dieses Verhältnis scheint mittlerweile ja doch ernstlich gestört.«

Er sah mich an, als verstehe er nicht. Dann sagte er hastig: »Ja, ja, das scheint wohl so.«

Ich sagte: »Und wenn ich mir vergegenwärtige, wie er von ihr spricht, dann kommen mir auch starke Zweifel, ob er sie jemals... ich meine, ob er jemals etwas Tiefergehendes für sie empfunden hat.«

Er sah mich an. »Wie spricht er denn von ihr?«

»Na ja... er kennt mich doch gar nicht. Aber er berichtet mir wortwörtlich von ihrem... ›Hintern‹, und nicht nur das, nein, er spricht auch von... na, von ihrem ›süßen Arsch‹, ich meine, das hört sich ja nicht gerade so an, als respektiere er diese Frau!«

»Ah ja, nun...« Er rieb sich das Kinn. Ich traute meinen Augen nicht, aber er lächelte tatsächlich und musste sich offenbar große Mühe geben, dieses Lächeln zu unterdrücken. Schließlich sagte er: »Also, wissen Sie, Alexander... vielleicht missverstehen Sie da etwas. Dieser... diese Formulierung bedeutet für ihn ein Kompliment. Ihr... der Körperteil, den er da so plump benannt hat...«, er hob die Schultern, hielt sie eine Weile oben, ließ sie dann fallen und lächelte, »er liebt sie halt so, wie sie ist, auf seine Art. Sein

Käthchen. Und dieser Körperteil… der ist nun mal ein wesentlicher Bestandteil von ihr. In seinen Augen.«

Ich sah ihn eine Weile stumm an, dann sagte ich: »Na gut. Wenn Sie meinen.«

Er nickte, lächelte. Ich fragte: »Wegen ihr also haben Sie gesagt: ›Auch das noch‹?«

Er seufzte. »Ja.« Dann beugte er sich vor. »Ich vermute nämlich auch noch, dass sie ihm den Laufpass gegeben hat. Er selbst…«, er schüttelte den Kopf, »aus eigenem Antrieb hätte er sich nicht von ihr getrennt. Sie nicht vor die Tür gesetzt. Aber sie hat vielleicht einen Jüngeren gefunden. Einen, der zu ihr passt. Und es wäre durchaus vorstellbar, dass diese Kündigung nicht mehr bedeutet als seine höchstpersönliche Art, darauf zu reagieren. Unkontrolliert und maßlos.« Er ließ sich zurücksinken. »Und wenn das so ist, dann bekommen Sie wirklich Probleme mit diesem Fall. Dann wird er nämlich nicht nur Sie, sondern auch jedes Gericht nach Strich und Faden belügen. Und sogar Beweise fälschen, wenn's sein muss. Nur, um sich an dieser Frau zu rächen.«

Ich dachte eine Weile nach. Dann fragte ich: »Halten Sie es für möglich, dass er auch den Auftrag aus dem Ausland erfunden hat? Damit er ein Argument hatte, ihr den Urlaub abzulehnen? Ich meine diesen Auftrag, den es hernach gar nicht gegeben hat, weil angeblich…«

Er fiel mir ins Wort: »Natürlich, natürlich! Unterschätzen Sie ihn mal nicht: Der braucht keinen Rechtsberater, um zu wissen, dass er ohne einen triftigen Grund ihr diesen Urlaub gar nicht hätte verweigern können.«

Ich blieb noch sitzen. Mir war gar nicht wohl.

Schließlich sagte er: »Tut mir leid, Alexander, aber... Sie müssen da durch! Ich weiß, das ist ein schwieriger Fall. Und ich werde Ihnen assistieren, wo ich nur kann. Aber diese Sache ist auch für mich sehr... sehr unangenehm. Sehr heikel.« Er schwieg einen Augenblick, dann sagte er: »Ich brauche Ihre Hilfe, verstehen Sie?«

»Ja, das... Ich glaube, ich hab das verstanden.«

5

Während des Nachmittags kam ich nicht dazu, mir Kloffts Akte gründlich anzusehen. Gebhard Witzigmann, einer der Partner Hochkeppels, den Simone Berger und die anderen Sekretärinnen unter sich Schwitzigmann nennen, hatte mich gebeten, an einem Gespräch teilzunehmen, das er mit einer etwas überdrehten Mandantin führen musste. Sie hatte einen nicht minder überdrehten Erbschaftsstreit angezettelt, und ich sollte, weil sie auf junge Männer weniger zickig reagiert, Witzigmann bei der Therapie assistieren und gleich nach dem Gespräch ein Protokoll samt Kommentar für ihn anfertigen, das er am Abend mit nach Hause nehmen konnte.

Das Gespräch dauerte gut zwei Stunden, und während ich dabei war, Simone das Protokoll zu diktieren, rief Frauke an. Sie war noch in der Redaktion und konnte nicht anschließend zu mir nach Hause kommen, wie wir verabredet hatten, sondern musste zu einer Vernissage, über die sie berichten sollte und die in der Nähe ihrer Wohnung stattfand. Mir wurde bewusst, dass ich mich erleichtert fühlte, und natürlich hatte ich deshalb auf der Stelle ein schlechtes Gewissen. Ich sagte, das sei aber schade. Und wie es denn morgen Abend aussehe.

Frauke fragte: »Wieso *morgen* Abend? Ich hatte gedacht, du gehst vielleicht *mit* mir zu dem Termin. Da könntest du ja mal ein paar interessante Leute kennenlernen. Und hernach gehen wir zusammen zu mir.«

Ich sagte, das passe leider nicht gut. Ich müsse noch eine Akte durcharbeiten, die ich heute erst bekommen hätte.

Sie blaffte: »Ach nein! War das etwa deine Vorstellung, wie wir den Abend verbringen? Du studierst deine Akte, und ich sitze daneben? Und kraule dir den Rücken, womöglich?«

Ich antwortete: »Natürlich nicht!«

»Und wie sonst?«

Simone Berger blickte mit der betont ruhigen, ein wenig gelangweilten Miene auf ihren Bildschirm, aus der sich ablesen ließ, wie gespannt sie sich bemühte, das zu erraten, was Frauke zu diesem Dialog beizutragen hatte.

Ich sagte: »Tut mir leid, Frauke, aber ich bin mitten im Diktat. Und ich glaube, das lässt sich nicht so gut am Telefon diskutieren.«

»So! Glaubst du?! Na schön, ich wünsche dir einen angenehmen Abend!«

Ich rief: »Frauke?! Frauke!«

Sie gab keine Antwort, aber ich hörte auch nicht, dass sie auflegte. Ich sagte: »Bist du noch dran, Frauke?«

»Ja. Was gibt's denn noch?«

Ich fragte: »Wo findet das statt?«

»Was?«

»Diese Ausstellung, was denn sonst!«

»Woher soll ich wissen, was du meinst?!« Sie legte eine Pause ein, aber bevor mir der Geduldsfaden riss, sagte sie: »In der Galerie Novotna. Bismarck-, Ecke Baumschulstraße.«

»Und wann?«

»Halb acht.«

Ich sah auf meine Uhr. »Das werde ich aber kaum rechtzeitig schaffen.«

»Sorry, aber das ist nun wirklich *dein* Problem. Bis dann.« Sie legte auf.

Um fünf vor acht kam ich vor dem Schaufenster der Galerie an. Dahinter drängten sich Leute, die allesamt in die mir abgewandte Richtung schauten. Ein junger Mann in dunklem Anzug öffnete mir die Glastür und legte, bevor er mich einließ, den Zeigefinger über die Lippen. Aus dem Hintergrund war die Stimme eines Mannes zu hören, der im Plauderton eine Art Vortrag hielt, unter Verwendung der Scherzfrage »Was lernen wir daraus?« und dergleichen abgewetzten Schnörkeln mehr. Die Leute lachten, als er einen weiteren Witz machte, den ich akustisch nicht verstand. Ich schob mich an der Wand entlang langsam nach vorn, wobei ich darauf achtete, keines der Bilder zu berühren, deren grelle Farben mir ein wenig zu dick aufgetragen schienen.

Der Redner stand am Ende des Raums neben einem zierlichen Schreibtisch mit eingelegter Platte und geschwungenen Beinen. Er trug einen grünen Blazer mit schwarzen Knöpfen und betonte die Souveränität seines Vortrags, indem er sich mit dem Oberschenkel des Standbeins leicht an den Schreibtisch anlehnte, das Spielbein darüberkreuzte und mit der Schuhspitze auf den Boden setzte. Hinter dem Schreibtisch stand eine schwarzhaarige, hochgewachsene Dame, die auf ihrem Dekolleté einen fein gearbeiteten Silberschmuck trug und so aussah, als heiße sie Frau Novotna.

Auf der anderen Seite des grünen Blazers, nicht weit davon entfernt, aber in der zweiten Reihe, entdeckte ich Frauke, sie hielt einen Notizblock in der Linken und schrieb anscheinend mit, was dieser Redner von sich gab. Eine Weile hörte ich dem Geplätscher zu, aber dann gab ich das auf, weil es mich anödete und ich zudem die meisten der offenbar zahlreichen Anspielungen nicht verstand. Ich musterte die Leute durch, die ich von meinem Platz aus sehen konnte.

Der dünne Lange mit dem Sektglas vor der Brust, der in der Mitte der ersten Reihe dem Redner gegenüberstand, musste der Künstler sein, dessen Œuvre hier gewürdigt wurde. Er trug ein weißes, graugestreiftes Hemd mit offenem Kragen und eine schwarze Hose, dazu Sandalen an den nackten Füßen, aber entgegen meiner Erwartung war er nicht langhaarig und bärtig, sondern glattrasiert und kurzgeschoren. Der Mann war mir auf Anhieb sympathisch, weil die starre Miene, mit der er dem Redner zuhörte, ganz unmissverständlich ein gequältes Lächeln war. Ich vertiefte mich eine Weile in sein Gesicht. Plötzlich glaubte ich zu spüren, dass ich beobachtet wurde.

Ich löste meinen Blick und sah in die Runde. Mir gegenüber, auf der anderen Seite des Raums, stand Cilly Klofft, in einem schlichten schwarzen Kleid mit kurzen Ärmeln. Sie lächelte mich an und hob ihr Glas. Ich zeigte ihr meine beiden leeren Hände, lächelte und zuckte mit den Schultern. Sie bewegte die Lippen. Ich verstand nicht, was sie sagen wollte. Ich nickte und wandte den Blick ab. Aber nach ein paar Sekunden fühlte ich mich veranlasst, noch einmal zu ihr zurückzuschauen. Sie sah mich noch immer an. Sie lächelte wieder.

Als die Leute zu klatschen begannen, schloss sie sich symbolisch dem Beifall an, indem sie mit den Fingern der freien Hand auf die Hand klopfte, die das Glas hielt, kam dann aber sofort zu mir herüber. Sie traf fast gleichzeitig mit Frauke bei mir ein. Frauke sah ein wenig verwundert zu, als sie mir die Hand reichte. Nachdem Cilly Klofft auch sie begrüßt hatte, fragte Frauke: »Sie kennen Herrn Zabel schon?«

»O ja!« Frau Klofft lächelte. »Wir kennen uns gut.« Einen Augenblick lang schien sie die Betroffenheit zu genießen, die Frauke anzusehen war. Dann sagte sie: »Alex Zabel vertritt meinen Mann in einer Rechtssache.«

»Ach ja?«

»Ja, tatsächlich!« Sie lächelte Frauke an, dann mich, dann wieder Frauke. »Und woher kennen *Sie* Herrn Zabel?«

Frauke öffnete den Mund, aber dann schloss sie ihn wieder. Mich überfiel die Vorstellung, dass die beiden im nächsten Augenblick übereinander herfallen und sich an den Haaren reißen würden. Ich sagte: »Wir sind ... wir sind befreundet. Schon einige Zeit.«

Frauke lächelte honigsüß. »Könnte man so sagen, ja.«

Die Konversation gestaltete sich mühsam. Ich fragte, um die Lage zu entspannen, wer der Redner gewesen sei, und Cilly Klofft antwortete, das sei Herr Albers gewesen, Dr.

Guido Albers, der zweite Mann des Kulturdezernats der Stadt. Ich sagte, nach den rhetorischen Klimmzügen zu schließen, die er unternommen habe, sei ihm das aber entschieden zu wenig. Frau Klofft lächelte. Frauke sagte, was denn das heißen solle. Sie finde, er habe seine Sache gut gemacht. Willy Ferber sei ja auch ein ziemlich kompliziertes Thema.

Ich fragte: »Ist das der Künstler? Willy Ferber, meine ich?«

Frauke wandte den Blick von mir ab, sie richtete ihn über Cilly Klofft hinweg zur Decke und atmete schwer auf. Frau Klofft lächelte. Sie sagte: »Ja, das ist der Künstler.«

Ich war drauf und dran, Frauke zu fragen, aus welchem Grund zum Teufel ich Willy Ferber kennen müsste, als Frau Novotna zu uns trat. Frauke dachte anscheinend nicht daran, mich vorzustellen, Cilly Klofft zögerte keine Sekunde, bevor sie die Lücke füllte und meinen vollen Namen nannte, mit dem kompletten Alexander und Titel und Berufsbezeichnung.

Frau Novotna musterte mich mit dem gewinnenden Lächeln der Geschäftsfrau, dann wandte sie sich zu Frau Klofft und fragte, ob sie sie hernach einen Augenblick sprechen könne. Frau Klofft antwortete, natürlich, und warum nicht gleich – es sei denn, Herr Dr. Zabel, und dabei lächelte sie mich an, Herr Dr. Zabel müsste schon sehr bald wieder gehen? Ich sagte: »Nein, nein, ein Weilchen kann ich schon noch bleiben.«

Als die beiden sich in eine Ecke zurückgezogen hatten, sagte Frauke: »Da du ja noch ein Weilchen bleiben willst, kann ich sicher auch mal gerade mit Willy Ferber reden?

Ich nehme an, du bist nicht daran interessiert, ihn persönlich kennenzulernen?«

Ich antwortete: »Ich möchte dein Fachgespräch nicht stören, danke. Aber kannst du mir mal sagen, was mit dir los ist?«

Sie riss die Augen auf, warf einen Blick zur Seite, als sei sie nicht sicher, dass ich sie gemeint hatte, und suche einen anderen Adressaten. »Mit mir? Was soll denn mit mir los sein?«

»Bist du etwa eifersüchtig auf Frau Klofft?«

Nach einer Art von Schrecksekunde, die sie durch Aufsperren des Mundes verdeutlichte, ließ sie eine ziemlich laute Lache los. Ein paar Leute, die in der Nähe standen, blickten herüber. Sie beugte sich ein wenig zu mir und fragte eindringlich: »Cilly Klofft? Meinst du das ernst?«

»Ja, natürlich. Du führst dich jedenfalls genau so auf.«

»Also weißt du!« Sie nahm den Kopf und die Schultern zurück, betrachtete mich mit einem penetranten Lächeln. »Ich traue dir ja einiges zu, mein Lieber, aber auf die Idee, dass du dich an ehrwürdigen Altertümern vergehen könntest, bin ich bisher wahrhaftig nicht gekommen.«

Ich spürte, dass mir das Blut in den Kopf stieg. »Was soll denn so eine Geschmacklosigkeit? Frau Klofft mag vieles sein, aber ein… ein Relikt ist sie mit Sicherheit nicht!«

»Interessant! Du scheinst sie ja schon gründlich besichtigt zu haben!« Sie überlegte anscheinend, ob sie noch eine Unflätigkeit draufsetzen könnte, vielleicht fiel ihr auf Anhieb keine mehr ein, vielleicht entschied sie sich auch dagegen. Jedenfalls sagte sie knapp: »Entschuldige mich bitte!« Sie wandte sich ab und ging zu den Leuten, die sich um

Willy Ferber geschart hatten. Der Kreis nahm sie auf, Ferber gab ihr die Hand zur Begrüßung.

Ich war zugleich wütend und entgeistert. Hatte sie mir im Ernst unterstellen wollen, ich hätte mit Cilly Klofft geschlafen? Und wenn sie das tat, was um Himmels willen hatte sie auf diesen abenteuerlichen Gedanken gebracht? Und warum, wenn sie schon eine solche Affäre für möglich hielt, äußerte sie sich auf so hässliche Art über Cilly Kloffts Alter?

Ich dachte schon daran, diese Veranstaltung, auf der ich ja eigentlich auch nichts zu suchen hatte, möglichst umgehend zu verlassen. Ich schob den Jackenärmel zurück und sah auf meine Uhr. Kurz nach halb neun. Als ich aufblickte, traf ich auf Cilly Kloffts Blick; sie stand mit Frau Novotna, die mit beiden Händen auf sie einredete, noch immer in der Ecke, hob, als ich sie ansah, die Augenbrauen und bewegte den erhobenen Zeigefinger hin und her. Die Geste war unmissverständlich: Ich durfte noch nicht gehen.

Na schön. Sie hatte mir zwar keine Anweisungen zu geben. Das hatte sie wohl auch nur zum Scherz tun wollen; aber warum sollte ich nicht noch ein paar Minuten bleiben und mit ihr reden, sobald Frau Novotna sie aus den Fängen ließ?

Ich griff mir ein Pils von dem Tablett, das eine kleine Blonde mir anbot, und als dahinter eine magere Schwarzhaarige mit einer Platte voller Cocktailwürstchen erschien, langte ich zu. Ich stopfte mir gleich zwei hintereinander in den Mund, und als die Schwarzhaarige weitergehen wollte, sagte ich: »Augenblick bitte!«, und spießte ein drittes auf. Das Abendessen bei Frauke konnte ich vermutlich abschreiben. Und ich hatte nicht die geringste Lust, mich in einer

Kneipe an einem kalten Kotelett abzuarbeiten oder mir zu Hause eine Büchsensuppe zu wärmen.

Ich hatte Glück. Frau Novotnas junge Damen brachten auch noch warme Fleischklößchen und Kanapees mit einer harten, scharfen Wurst. Mit dem letzten Kanapee und einem frischen Pils zog ich mich von der Hauptversorgungsstraße in einen ruhigeren Winkel zurück, in dem ein großformatiges, knallbuntes Gemälde hing. Ich versuchte, während ich kaute und trank, das Bild zu entziffern, aber außer einer Vielzahl verschiedenfarbiger, unregelmäßiger Rechtecke, die der Künstler ineinandergeschachtelt hatte, vermochte ich nichts zu erkennen. Es nutzte auch nichts, dass ich sehr nahe an das Bild heranging und dann wiederum eine größere Distanz ausprobierte.

Ich warf einen Blick zur Seite, weil mich plötzlich die Furcht überkam, dass irgendein Kunstfreak mich beobachtet und seine Sippschaft auf mich aufmerksam gemacht hatte und dass sie jetzt grinsend beisammenstanden und mir zusahen bei meinen hoffnungslosen Bemühungen, mich in Willy Ferbers Werk einzuarbeiten. Nein, niemand nahm Notiz von mir. Ich sah jedoch, dass Frau Novotna sich mit einer Umarmung von Cilly Klofft verabschiedete. Cilly Klofft bewegte sich in meine Richtung, wurde aber gleich wieder aufgehalten von dem grünen Blazer, der ihr mit erhobenen Händen in den Weg trat. Ich wandte mich noch einmal Ferbers Rechtecken zu.

Was hatte eine Frau wie Cilly Klofft mit diesen exzentrischen Gestalten zu tun? Gehörte sie zu den reichen Leuten, die sich als Sammler oder Mäzene in eine Welt einzukaufen versuchen, von der sie wenig oder gar nichts verstehen, mit deren Fluidum sie sich aber allzu gern ausstaffieren möchten?

»Interessiert es Sie?«

Ich erschrak, als ich plötzlich Frau Novotna hinter mir entdeckte. »Oh, ich … bin noch dabei, mich damit … bekannt zu machen.«

Sie nickte. »Aber es ist nicht sperrig. Oder finden Sie?«

»Nein, nein, das nicht! Aber …«

Ich verfluchte mich auf der Stelle, denn ich wusste, dass mir kein halbwegs intelligentes und schon gar kein elegantes Argument zu diesem Aber einfallen würde. Ich lächelte, bewegte den Oberkörper leicht hin und zurück, als feilte ich an dem, was ich zu sagen hatte. Unversehens sagte sie: »Und Sie vertreten jetzt Herrn Klofft in einem Prozess?«

Was war denn das?

»In einem Prozess? Nein, nein, so weit sind wir nicht. Das steht ja noch gar nicht fest.«

Sie nickte mit nachsichtigem Lächeln, als wolle sie mir bedeuten, dass sie mehr wisse, als ich glauben mochte. Ich fragte: »Wie kommen Sie denn darauf?«

»Ach, wissen Sie … Cilly Klofft und ich sind schon lange befreundet. Schon sehr lange. Zu lange, als dass ich einem charmanten jungen Mann verraten würde, *wie* lange.« Sie lachte.

Ich hatte das Gefühl, dass ich widersprechen sollte, aber bevor mir einfiel, wie, sagte sie: »Sie ist übrigens von Ihnen sehr angetan!«

Ich wusste noch weniger, was ich auf diese Offenbarung antworten sollte, aber schließlich sagte ich: »Ach ja. Und woher … woher kennen Sie sich?«

»Na, hören Sie!« Sie schüttelte lächelnd den Kopf. »Eine Galeristin in dieser Stadt, die Cilly Klofft nicht kennen würde, die hätte wohl ihren Beruf verfehlt. Finden Sie nicht?«

Also doch! Sie kaufte Bilder. Aber vielleicht betrieb sie dieses müßige, dieses eitle Geschäft gar nicht aus eigenem Antrieb, ja, vielleicht schickte vielmehr er sie los, um sein überflüssiges Geld anzulegen und sich die Aura anzueignen, die er mit seinen Ventilen nicht erwerben konnte. Ich sagte: »Ich verstehe. Sie ist Sammlerin.«

»Aber nein!« Sie hob die Augenbrauen, musterte mich ein wenig indigniert. »Sie ist Malerin! Wussten Sie das denn nicht?«

6

Am anderen Morgen war ich zunächst zwei Stunden bei Gericht beschäftigt, und als ich ins Büro zurückkam, war Hochkeppel außer Haus. Ich war enttäuscht, denn seit der vergangenen Nacht beschäftigte mich die Frage, was für eine Art Malerin Cilly Klofft war und ob sie ein Ansehen genoss und warum, wenn sie tatsächlich eine ernstzunehmende Künstlerin war, sie sich mit diesem rüden Klotz von einem Kerl eingelassen hatte.

Am Vorabend hatte ich keine Antwort gefunden. Sie war tatsächlich zu mir gekommen, aber bevor ich noch eine Chance hatte, ihre Malerei ins Gespräch zu bringen, war Frauke ihr gefolgt und hatte sie in einen Dialog verwickelt, von dem ich allenfalls die Hälfte verstand, weil er vor allem Leute betraf, von denen ich kaum jemanden kannte. Ich hätte Frauke am liebsten gefragt, ob sie meine Gesellschaft nur ertragen könne, wenn Frau Klofft sich mir näherte. Nach Frauke kamen auch noch andere Leute, die aber alle nichts mit mir im Sinn hatten, sondern nur mit Cilly Klofft reden wollten.

Ich stand noch immer unverrichteter Dinge dabei, als ich plötzlich Karl in seiner grauen Livree eintreten sah. Er blieb an der Tür stehen, die Mütze in der Linken. Ich hob die Hand und winkte ihm zu, er lächelte und nickte. Als auch Frau Klofft ihn gesehen hatte, wandte er sich ab und verließ die Galerie. Frau Klofft verabschiedete sich wenig später von ihren Gesprächspartnern. Zu mir sagte sie, wir sähen uns hoffentlich ja schon bald wieder. Sie wechselte noch ein paar Worte mit Willy Ferber und mit Frau Novotna und ging.

Hatte dieser Despot ihr nur einen begrenzten Ausgang gewährt? Ich mochte nicht glauben, dass sie es ihm gestattete, ihre Freiheiten so erheblich einzuschränken. Vielleicht hatte sie den Chauffeur nicht länger seiner Frau und seiner Familie vorenthalten wollen?

Hochkeppel kam erst nach der Mittagspause zurück. Ich nutzte einen halbwegs plausiblen Vorwand, um zu ihm zu gehen, einen Fall von Schuldübernahme, wie er ihn vor einiger Zeit einmal – das wusste ich von ihm selbst – vertreten hatte und der meinem jüngsten Fall entfernt ähnelte. Ich war mir des Risikos bewusst, dass er in eine endlose Plauderei geraten würde, nicht nur über die Prozessmaterie, sondern auch den Mandanten, den Richter, den Anwalt des Gegners, womöglich auch noch dessen Frau und Tochter, kurzum über jeden, der eine Verbindung zu diesem Prozess hatte oder auch nicht und so oder so ein gerade noch interessanter Charakter war.

Zu meiner Überraschung fasste er sich jedoch kurz. Und noch bevor ich eine Kurve ansteuern konnte, die mich halbwegs reibungslos zu meinem Thema bringen würde, fragte er: »Übrigens, hat sich schon was mit Klofft getan?«

»Nein, noch nicht.« Ich räusperte mich, dann sagte ich: »Aber ich bin gestern Abend seiner Frau begegnet.«

»Ach ja?« Er musterte mich durch die getönten Gläser. »Wie denn das?«

»Bei einer Vernissage. In der Galerie Novotna.«

»Wie sind Sie denn da hineingeraten?« Er traute mir offenbar nicht zu, mich aus eigenem Antrieb unter solche Leute zu begeben.

»Na ja. Frauke Leisner hat mich mitgenommen. Sie sollte für ihr Blatt darüber schreiben. Über Willy Ferber, meine ich.« Er nickte. Ich fragte: »Kennen Sie ihn?«

»Ja, natürlich. Kein schlechter Maler. Ich hab selbst zwei Bilder von ihm.«

»Ach ja.« Nach einer kleinen Pause fügte ich hinzu: »Frau Klofft malt übrigens ja auch, nicht wahr?«

»Ja.« Ich dachte schon, er wollte es damit bewenden lassen, aber unversehens sagte er: »Auch keine schlechte Malerin.« Er blickte über mich hinweg, sah mich dann an. Nach einem kurzen Zögern sagte er sehr entschieden: »Und vielleicht wäre sie sogar eine große geworden.«

Es war mir klar, dass ich mich auf dünnem Eis bewegte, aber ich mochte die Frage nicht unterdrücken. Ich sagte: »Sie wäre? Ich meine, was hat sie daran gehindert? Oder wer?«

»Wer wohl?!« Er blies die Luft verächtlich durch die Lippen. »Dieses Monster von Ehemann, wer denn sonst!«

Er schwieg, blickte aus dem Fenster auf die Wipfel der Bäume im Hof. Ich hütete mich, ihm noch eine Frage zu stellen, und tatsächlich begann er nach einer Weile von selbst zu erzählen.

Er sprach stockend, und in einigen der Pausen, zu denen er sich zu zwingen schien, spürte ich abermals den Zorn, die Wut, die so überraschend bereits hervorgetreten war, als wir über Kloffts Krankheit sprachen. Es dauerte auch diesmal ziemlich lange, aber schließlich hatte ich erfahren, dass er Cilly Klofft schon kennengelernt hatte, als sie noch gar nicht verheiratet war. Er hatte als junger Anwalt ihren Vater, Franz Gehrke, einen Lebensmittelgroßhändler, mit Erfolg gegen eine Schadensersatzklage vertreten.

»Spezialität: Gurken. *Gehrkes Gurken.*« Als er sah, dass ich nicht reagierte, lächelte er. »Na ja, ist natürlich schon eine Weile her. Es gibt sie auch gar nicht mehr in den Läden, glaube ich. Aber damals hatten sie einen Namen. Zumindest in dieser Region hier.« Er rückte sich in seinem Sessel zurecht. »Er hat … der Alte, meine ich, er hat ein paar kleinen Bauern im Vorgebirge ihre ganze Ernte abgekauft, und dann hat er das Zeug in einer Rübenkrautfabrik, die auf dem letzten Loch pfiff, in Gläser füllen lassen und diese Etiketten draufgeklebt. *Gehrkes Gurken.*« Er lachte. »Und noch ein Spruch stand drauf: *Nach alten rheinischen Rezepten*, oder so ähnlich.«

Er rieb sich das Kinn. »Tatsächlich hat seine Frau die Tunke erfunden. Nein, die Lake, heißt das, glaube ich, diese Brühe, in der die Gurken eingelegt werden. Oder Zwiebeln.

Und diese Gräser, die darin herumschwimmen. Oder Kräuter. Jedenfalls hat *sie* das ausgeknobelt, seine Frau, in ihrer Küche. Und es war wohl auch sie, die ihn überhaupt auf den Gedanken mit den Gurken gebracht hat. Und hernach ist sie jeden Morgen in die Fabrik gegangen und hat diese Suppe gekocht, die Lake. Und bevor sie damit anfing, mussten alle anderen rausgehen. Sie machten ein Staatsgeheimnis aus dem Rezept. Na, egal, wie... die beiden haben jedenfalls ein Schweinegeld verdient. Mit den Gurken und mit einigen anderen cleveren Ideen.«

Er lachte. »Auf diese Weise waren sie ein glückliches Paar, kann man sagen.« Er hörte auf zu lachen, nickte ein paarmal stumm, dann sagte er: »Nur eine störte den Frieden.«

»Doch nicht etwa die Tochter?«

»Doch. Genau die. Das einzige Kind, Cäcilia.« Er seufzte. »Cilly. Sie dachte gar nicht daran, BWL zu studieren, wie der Alte sich das vorgestellt hatte. Und dann mit Diplom und möglichst auch als Frau Doktor die Firma zu übernehmen. Nein, nein, sie wollte partout Malerin werden. Ja. Und solange sich das auf den Kunstunterricht beschränkte und die Einsen, die sie nach Hause brachte, und die Ausstellungen in der Eingangshalle des Gymnasiums, war er sogar stolz darauf. Er hat ihr eine teure Staffelei gekauft und das Material, alle Farben, die sie haben wollte. Aber als es nach dem Abitur dann ernst wurde, hat er versucht, sich querzulegen.«

Er schwieg, schaute vor sich hin, lächelte, nickte.

Nach einer Weile fragte ich: »Versucht? Er hat's versucht, sagen Sie?«

»Ja. Mehr nicht. Sie hat sich durchgesetzt.« Er lachte. »Allerdings hat sie auch eine Verbündete gehabt, eine, die sogar den Chef das Fürchten lehren konnte. Ihre Mutter. Die hat eben nicht nur aus Gurken Delikatessen machen können. Sie hat dem Alten erklärt, dass ihr Kind es einmal besser haben sollte als sie. Die solle eben nicht jeden Morgen aufstehen müssen und in die Fabrik oder ins Lager gehen und die Salamiwürste zählen. Die solle genau das tun und lassen, was ihr Spaß mache.«

Er schüttelte lächelnd den Kopf. »Also hat er klein beigeben müssen. Ich weiß nicht, ob sie ihm den Beischlaf verweigert hat. Obwohl ich ihr so etwas durchaus zugetraut hätte. Jedenfalls hat er nachgegeben. Die einzige Konzession, die er erreicht hat, bestand darin, dass das Töchterlein an der Akademie einen Studiengang belegte, mit dem sie auch Kunstlehrerin hätte werden können, am Gymnasium. Durch ein Ergänzungsstudium, Pädagogik und was sonst so dazugehört. Aber sobald sie ihr Diplom als Malerin hatte, hat sie mit dem Studium aufgehört und sich selbständig gemacht.«

»Geht das denn so ohne weiteres? Ich meine, dazu braucht man doch auch ein richtiges Atelier, oder?«

»Nicht unbedingt. Aber wie auch immer: Gurken-Gehrke hat ihr eins spendiert.« Er lachte. »Ja, ja, er war nicht nur ein cleverer Geschäftsmann. Er war, alles in allem, auch ein guter Vater, muss man sagen. Sie konnte sich ein hübsches Atelier in einem Gemäuer einrichten, das der Alte ihr gekauft hat. Eine aufgelassene Fabrikationshalle, nicht riesig groß, aber mit gutem Licht. Gehörte zu einer Bauschlosserei, die während des Booms damals kräftig expandiert hatte und dann kürzertreten musste. Na ja, und das lief alles auch ganz gut an mit ihr. Und als sie ihre erste eigene Ausstellung bekommen hatte, die erste ohne die Akademie im Rücken, meine ich, da war der Alte dann auch zufrieden. Er war sogar wieder stolz. Natürlich.«

Er schwieg, sah hinaus, nickte ab und zu. Als die Amsel, die in den Bäumen des Hofs zu Hause ist, sich unversehens meldete, lächelte er. Ich überlegte, ob er noch wusste, warum er diese Geschichte, Cilly Kloffts Geschichte, zu erzählen begonnen hatte; aber am Ende fürchtete ich, dass er den Ausgangspunkt vergessen würde. Ich räusperte mich, dann fragte ich: »Und wie ist Klofft ins Spiel gekommen? Ich meine – Ventilbauer und Malerin, die haben normalerweise doch wenig miteinander zu tun?«

»Wie wahr!« Sein Gesicht verzog sich zu einem grimmigen Lächeln. »So gut wie gar nichts, würde ich sagen! Aber Sie vergessen die Bauschlosserei. Er hat damals da gearbeitet. Ich weiß es nicht genau, über seinen Werdegang hat er nie viel geredet, aber ich glaube, er hatte ganz einfach Schlosser gelernt. Und später hat er dann noch diesen Schmalspur-Ingenieur gemacht. In der Bauschlosserei war er aber schon wer, so eine Art Polier, oder wie man das nennen soll. Jedenfalls sind sie sich, nachdem sie das Atelier im Hof bezogen hatte, auf dem Gelände immer wieder mal begegnet.«

Er schwieg.

Nach einer Weile fragte ich ein wenig ungläubig: »Und dabei hat sie sich in ihn verliebt?«

Er sah mich an, lächelte, zuckte die Schultern, wandte sich dann wieder zum Fenster. Nach einer Weile sagte er: »Sieht so aus, nicht wahr?«

»Ja, aber …« Ich brach den Satz ab, weil mir plötzlich klar wurde, dass dieses Gespräch ihm mehr und mehr zusetzte. Was immer ich gesagt hätte, um zu begründen, warum ich Cilly Kloffts Entscheidung für diesen Mann nicht verstand, ja, warum ich sie für unglaublich hielt – es hätte Hochkeppel verletzt, da war ich sicher. Denn ich hätte ihn darauf gestoßen, dass es zugleich einen hässlichen Zweifel an ihr selbst, an ihrem Geschmack, ihrer Urteilsfähigkeit bedeutete.

Auch er schwieg einige Zeit. Als ich schon darunter zu leiden begann, dass die Stille peinlich werden könnte, sagte er unversehens: »Wissen Sie, Alexander … Ich habe auch keine ausreichende Erklärung dafür. Na schön … er sah ziemlich gut aus, damals. Ein Frauentyp, so sagte man. Der Teufel weiß, was das heißen soll.« Nach einer Pause sagte er: »Und unter den Studenten, den Malern, mit denen sie bis dahin meist zu tun gehabt hatte, gab es halt ziemlich viele … ziemlich blutleere Gestalten. Da machte er schon Einiges mehr daher. Als Mann sozusagen. Keine Frage.«

Er verzog den Mund. Dann sagte er: »Vielleicht hat ihr auch das technische Genie, der Erfinder imponiert. Ich bin sicher, dass er das Genie hat heraushängen lassen. Er hatte tatsächlich damals schon ein paar Sachen erfunden. Und hat Patente dafür bekommen. Irgendwelche Ventile, Messapparate. Apparaturen zum Dosieren. Ich erinnere mich an eine Bierzapfanlage. Aber auch weitaus Komplizierteres. Und er hat seinen Chef damals, den Eigentümer der Schlosserei, bekniet, er solle in die Produktion dieser Dinger einsteigen. Aber der war wohl zu alt, zu unbeweglich. Und so ist er auf seinen Erfindungen sitzengeblieben, zunächst mal.«

Er nickte. Dann sagte er: »Das verkannte Genie, verstehen Sie?« Nach einer kleinen Pause fügte er mit einem galligen Lächeln hinzu: »Ungeheuer interessant, so was! Und ungeheuer attraktiv, vermute ich.« Er schloss die Augen bis auf einen Spalt, schwieg.

Unversehens richtete er sich auf, sah mich an, als sei er eben erwacht. Er sagte: »Haben Sie was in der Akte gefunden?«

»In der Akte?« Ich brauchte einen Augenblick, um mir klar zu werden, was er meinte. »In Kloffts Akte, nein. Jedenfalls nichts, womit ich Frau Fuchs in die Klemme bringen könnte.« Ich zögerte, dann sagte ich: »Eher im Gegenteil. Eher etwas, womit sie uns ... in die Klemme bringen könnte.«

Er zog die Stirn zusammen, sah mich scharf an. »Und das wäre?«

»Sie hat in diesem Hotel in der Schweiz ein paar Anwendungen gebucht. Medizinische Anwendungen offenbar. Schon gleich für den ersten Tag. Das steht im Bericht des Detektivs. Und er hat auch berichtet, dass das Hotel vor allem mit seinen Wellnessangeboten wirbt. Medizinischen Angeboten.«

»Hat dieser Sherlock Holmes denn keinen Prospekt des Hotels mitgebracht, keinen Katalog der Angebote?«

Ich zögerte, dann sagte ich: »Er hat in seinem Bericht auf so etwas verwiesen. Aber in der Akte ist nichts davon zu finden.«

»Na und?!«

Ich sah ihn fragend an. Er sagte: »Haben Sie Klofft schon danach gefragt?«

Nach einer kleinen Pause sagte ich. »Nein. Noch nicht.«

Er sagte: »Dann aber nichts wie los! Rücken Sie ihm auf die Bude! Den dürfen Sie nicht in Ruhe lassen. Der glaubt sonst, er könnte uns für dumm verkaufen!«

Ich stand auf, zögerte einen Augenblick lang, dann sagte ich: »Okay. Bis später dann.« Ich ging zur Tür. Als ich im Hinausgehen einen Blick zurückwarf, sah ich, dass er die Brille abgenommen hatte. Er hatte den Kopf geneigt, drückte Daumen und Zeigefinger auf die Augen.

7

In meinem Zimmer herrschte die träge Stille des frühen Sommernachmittags. Ich zögerte einen Augenblick lang, aber dann griff ich zum Telefon und gab Kloffts Privatnummer ein. Es meldete sich der Anrufbeantworter: »Hier ist der Anschluss von Cilly und Herbert Klofft …«

Es war ihre Stimme. Ich lauschte und war am Ende der Ansage so verwirrt, dass ich nach dem Sprechsignal zunächst einmal schlucken musste. Schließlich sagte ich hastig: »Guten Tag, Frau Klofft, hier … guten Tag, Herr Klofft … hier ist Alexander Zabel. Ich müsste … müsste dringend Herrn Klofft sprechen. Bitte, sagen Sie mir Bescheid, wann ich ihn erreichen kann. Vielen Dank und … ach, es wäre am besten, wenn ich zu Ihnen kommen könnte! Möglichst … bald. Danke … ja, danke schön und auf Wiedersehen!«

Ich legte auf und ließ die Hand auf dem Hörer. Nach dem, was ich mir da zusammengestottert hatte, musste sie glauben, ich sei nicht ganz bei Trost. Ich spürte die Sonnenhitze, die sich trotz der Klimaanlage im Zimmer bemerkbar machte. Meine Hand auf dem Hörer begann zu schwitzen.

Ich ging zum Fenster und öffnete es, weil ich plötzlich ein Bedürfnis nach den Geräuschen der Außenwelt verspürte, vielleicht auch nach einem Windhauch. Aber der Schwall warmer Luft, der schlagartig eindrang, ließ mich das Fenster sofort wieder schließen. Ich blieb einen Augenblick stehen, dann setzte ich mich an meinen Schreibtisch, griff nach der obersten der Akten, die Simone mir auf die linke Ecke gelegt hatte, und schlug sie auf.

Eine geraume Zeit starrte ich auf den Vermerk Hochkeppels, den Simone aufgenommen und auf das erste Blatt der Akte geheftet hatte. Als mir bewusst wurde, dass ich nicht einen Satz dieses Kommentars wahrgenommen, geschweige denn verstanden hatte, schlug ich die Akte zu und schob sie von mir. Ich zögerte einen Augenblick lang, dann streckte ich die Hand zum Telefon und drückte die Taste der Wahlwiederholung.

Wieder meldete sich der Anrufbeantworter. Ich hörte ihrer Stimme zu, bis der Signalton einsetzte, unterbrach dann hastig die Verbindung.

Eine Weile versuchte ich, mich zu entspannen. Ich lehnte mich zurück, stützte die Ellbogen auf die Lehnen des Stuhls, legte die Fingerspitzen aneinander, schloss die Augen. Aber solch Hokuspokus, wie Frauke ihn betreibt und mir immer wieder einmal empfiehlt, hat mir noch nie geholfen. Ich schlug die Augen wieder auf, griff nach Kloffts Aktendeckel und begann darin zu blättern.

Nach einer nicht sehr langen Zeit hob ich den Blick von

der Akte. Ich sah auf das Telefon, dann auf meine Uhr. Es war keine Entscheidung, die ich überlegt und aufgrund dieser Überlegung getroffen hätte; es war mehr ein Reflex, der ohne Beteiligung meines Verstands funktionierte: Ich legte Kloffts Unterlagen in meinen Aktenkoffer, verließ mein Büro und steckte den Kopf durch die Tür des Sekretariats. »Ich bin bei Herrn Klofft. Weiß nicht, wie lange das dauert. Bis später!«

Ich fuhr nicht über die belebte Hauptstraße des alten Vororts. Ich nahm wie Karl Schaffrath den Weg über die Schnellstraße stromauf. Der Verkehr war noch nicht allzu dicht, ich hatte das Fenster geöffnet, und über das Wasser des Stroms schlug der halbwegs kühle Fahrtwind herein. Ein wohliges Gefühl breitete sich in mir aus. Aber mir war auch klar, dass es nicht allein am Windzug lag.

Ich wusste, dass es die Aussicht war, Cilly Klofft schon heute wiederzusehen, unter einem Vorwand, den Hochkeppel persönlich mir geliefert hatte und der sogar plausibel klang.

Es war, als hätte mein Chef mich beauftragt, mit dem Feuer zu spielen, und zugleich jegliche Haftung übernommen. Es war wie ein Hauptgewinn in einer Art himmlischer Lotterie, ein Ausflug ins Paradies, ohne Auflage, ohne Strafandrohung für den Fall, dass ich gegen die Gesetze verstieß. Die mir übergeordnete Instanz hatte mir erlaubt zu sündigen und mir im Voraus die Absolution erteilt.

Natürlich wusste ich, dass dieses Wohlgefühl sich sehr bald als Täuschung erweisen musste. Der alte Hochkeppel war nicht der liebe Gott. Und er hatte mich gewiss nicht so Hals über Kopf zu den Kloffts geschickt, damit ich seiner einstigen großen Liebe näher rückte. Vielmehr wollte er genauer wissen, ob der durchtriebene Ehemann uns schon jetzt in eine Sache hineingezogen hatte, aus der wir nicht unbeschädigt herauskommen würden.

Das alles war mir klar, und doch überkam mich, als ich in das Refugium der alten Allee hineinfuhr, eine abenteuerliche, indezente, eine ganz und gar unmögliche Vorstellung. Es war die gleiche Vorstellung, wie sie mich schon einmal verstört hatte, als ich neben Karl Schaffrath von meinem ersten Besuch bei den Kloffts zurückkehrte und wir die Allee passierten und ich durch meine geschlossenen Lider die flirrenden Sonnenstrahlen wahrnahm, die das Blättergewölbe der Ulmen durchdrangen.

Ich sah Cilly Klofft beim Sonnenbad auf ihrer Terrasse, im Versteck des kleinen Gartens, der sie mit seinem üppigen Grün vor neugierigen Blicken abschirmte. Ich wehrte mich, aber einen Augenblick lang sah ich, was mir bei unseren Begegnungen verborgen geblieben war und verborgen bleiben würde. Ich sah sie nackt.

Dann gewann das Gefühl, mich auf peinliche, unerträgliche Art zu vergehen, die Oberhand. Was geschah da mit mir? Hatte Frauke mit ihrer lächerlichen Verdächtigung vielleicht ins Schwarze getroffen? Wenn auch die Unterstellung, ich sei mit Cilly Klofft intim gewesen, falsch war – war es nicht das, was ich mir insgeheim wünschte? Und wenn das zutraf – musste ich mir dann nicht eine abscheuliche Entgleisung vorwerfen lassen? Und nicht zugleich eine unverschämte Beleidigung dieser Frau?

Als ich in die Einfahrt einbog und mein Auto nach einem Zögern vor der Garage parkte, bedauerte ich, dass ich nicht unterwegs noch einen Augenblick angehalten und versucht hatte, den Wirrwarr meiner Gefühle zu beruhigen. Zu spät. Ich stieg die drei Stufen empor und läutete. Das kleine Glockenspiel erklang im Inneren des Hauses.

Danach war eine ganze Weile lang nichts mehr zu hören. Der Gedanke überfiel mich, ohne Aufschub die Rückfahrt anzutreten und der Konfrontation mit dieser Frau aus dem Weg zu gehen. Aber mir wurde auf der Stelle klar, dass der Wunsch, sie wiederzusehen, viel zu stark war. Ich wartete.

War sie vielleicht mit ihm unterwegs? Irgendwann würde er ja auch mal das Haus verlassen wollen. Vielleicht war Karl mit ihnen auf dem Weg zu einem Gartenlokal, wo Herr Klofft Kaffee trinken wollte.

Ich überlegte, ob ich noch einmal klingeln sollte, als plötzlich die Tür sich öffnete, langsam und lautlos. Im Spalt erschien Cilly Klofft, in einem grauen Kittel, der von farbigen Flecken gescheckt war. Ich sah ihre Augen im Halbdunkel schimmern. Sie lächelte mich an.

»Das ist aber eine schöne Überraschung! Ich hab ja gar nicht damit gerechnet, dass ich Sie so schnell wiedersehen würde! Kommen Sie herein!« Sie zog die Tür weit offen.

Meine Skrupel lösten sich auf. Ich sagte: »Ich wollte Sie nicht so überfallen. Ich hatte angerufen und Ihnen eine Nachricht hinterlassen.«

»Ich hab das Ding nicht abgehört. Und mein Mann wahrscheinlich auch nicht.« Sie warf einen Blick die Treppe empor. »Ich nehme an, er hält noch seine Siesta.«

»Es tut mir leid, wenn ich …«

»Nein, nein, das ist kein Problem.« Sie richtete ihren Blick nach unten, musterte ihren Kittel. Mir kam der Gedanke, dass sie sich der Hitze angepasst hatte und unter dem Kittel nicht sehr viel trug. Sie sagte: »Gehen Sie bitte einen Augenblick ins Wohnzimmer, ich ziehe mir nur schnell was anderes an.«

»Nein, nein, bitte nicht! Ich … ich will Sie nicht bei der Arbeit stören! Ich bin nur gekommen, weil ich dringend einmal mit Ihrem Mann sprechen müsste.«

Sie sah mich an, als frage sie sich, was davon zu halten sei. »Aber eine Tasse Tee werden Sie doch mit mir trinken können?«

»Ja doch, das … sollte möglich sein.«

»Dann kommen Sie. Wir schauen zuerst mal nach, was mein Mann macht.«

Ich stieg ihr voran die Treppe hinauf. Auf dem Weg wandte ich mich zurück und sagte mit gedämpfter Stimme: »Ich wusste gar nicht, dass Sie hier auch ein Atelier haben?«

»Ach, es ist nur etwas Provisorisches. Ich hab mir's eingerichtet, nachdem mein Mann … nicht mehr rausgegangen ist. Er wollte … na ja.« Als wir oben angelangt waren, bedeutete sie mir zu warten. Sie ging zu einer Tür neben dem Zimmer, zu dem sie mich bei meinem ersten Besuch geführt hatte, öffnete sie vorsichtig und warf einen Blick hinein. Dann schloss sie die Tür wieder, schüttelte den Kopf. »Nein, im Bett liegt er nicht mehr.«

Sie ging zu Kloffts Zimmer, öffnete die Tür, schaute hinein. »Herbert? Herr Doktor Zabel ist hier.«

Ich hörte keine Antwort. Sie nickte mir zu, ich ging an ihr vorbei, sie schloss die Tür hinter mir.

Klofft saß an dem Laptop hinter der Balkontür, auf dem Bildschirm war eine Stellung aus einer Schachpartie zu sehen. Zwischen den Lippen hielt er eine dünne Zigarre, von der ein blauer Rauchfaden aufstieg. Er wies mit der Hand, ohne sich umzudrehen, ins Unbestimmte hinter sich und sagte undeutlich, die Zigarre wippte: »Setzen Sie sich. Es dauert einen Augenblick.«

Ich hatte den Eindruck, dass er mich mit seinem ungehobelten Benehmen provozieren wollte. Ich trat heran, ließ meinen Aktenkoffer auf seinen Arbeitstisch fallen, beugte mich vor und musterte die Stellung auf dem Bildschirm. Dann sagte ich: »Rodzynski gegen Aljechin. Paris 1913, stimmt's?«

Einen Augenblick lang blieb er regungslos sitzen. Dann wandte er sich langsam zu mir. »Sie bluffen.«

»Wie bitte?«

»Tun Sie nicht so, als ob Sie diese Partie im Kopf hätten. Glauben Sie, Sie können mich verarschen?« Er setzte sein böses Grinsen auf. »Sie haben sie genauso wie ich vor zwei Wochen im *prisma* gefunden. Mit dem Kommentar von Norbert Heymann.«

Ich lächelte. »Hab ich was anderes behauptet?«

»Das wäre wohl auch der Gipfel der Unverschämtheit gewesen.« Er warf einen Blick auf das Stellungsbild. »Ziemlich witzige Veranstaltung. Ich meine nicht Ihre Schau. Sondern die Art, in der Aljechin da seinen Gegner demontiert hat. Vorsintflutlich, aber witzig.«

»Ja, kann man sagen. Das Zwei-Springer-Opfer.«

Er wandte sich mir wieder zu. »Sie spielen also Schach.«

»Hab' mal. Zu wenig Zeit jetzt.«

Er nickte. »Genauso wie bei mir. Aber bei mir schon seit einigen Jährchen.«

»Wo haben Sie gespielt?«

»Bei Turm 1899.«

»Oh!« Ich kratzte mir die Wange. »Das war ja Oberliga?!«

»Zwei Jahre lang, damals. Aber ich hab meist in der Landesliga gespielt.«

»Immerhin!«

Er zuckte die Schultern. Dann sagte er: »Machen wir eine?«

Ich tat einen tiefen Atemzug. »Ein andermal.«

Er grinste. »Sie kneifen!«

»Ich kneife nicht. Aber momentan gibt es ein wichtigeres Thema.«

Er sah mich an, zog die Augenbrauen zusammen.

Ich sagte: »Haben Sie den Prospekt dieses Hotels in der Schweiz, den Ihr Detektiv, der Herr … Herr Manderscheidt mitgebracht hat, haben Sie den an sich genommen? In seinem Bericht bezieht der Herr Manderscheidt sich darauf; also sollte er auch mit dem Bericht in der Akte abgeheftet sein. Aber das ist er nicht.«

Er machte eine wegwerfende Geste. »Ach, dieser Wisch, ja! Den hab ich hier irgendwo.« Er schob ein paar Papiere hin und her, tat, als ob er den Prospekt suchen müsse. »Was wollen Sie denn damit?«

»Ich will wissen, was das für medizinische Anwendungen sind, die Frau Fuchs während ihres Urlaubs genommen hat. Und die demzufolge zum Angebot dieses Hotels gehören!«

Er fixierte mich wütend. »Wieso Urlaub?! Das war kein Urlaub, wie Sie wissen! Urlaub hat ihr niemand gewährt!«

»Richtig. Sie war vielmehr krankgeschrieben. Und ich fürchte, dass sie tatsächlich auch krank *war.*«

»Und das wollen Sie aus diesem Wisch herauslesen? Warum versuchen Sie's nicht gleich mit Voodoo?« Er hörte auf zu suchen, starrte mich an.

»Ich möchte aus diesem Wisch herauslesen, ob ein neutraler Beobachter, ein Richter zum Beispiel, daraus den Eindruck gewinnen kann, dass Frau Fuchs begründeten Anlass hatte, in dieses Hotel zu fahren, um sich dort kurieren zu lassen.«

»Das ist doch alles Kiki! Man meint ja fast, Sie lebten auf einem anderen Stern! Menschenskind, kennen Sie denn nicht die Werbefuzzis?! Diese Schuppen versprechen den Leuten Wellness, wenn ich den Mist schon höre, *Wellness* und gleich auch noch das ewige Leben, und dann geben sie ihnen Möhren zu fressen und Radieschen und setzen sie mit dem Arsch ins Schlammbad oder in den Whirlpool, und dann werden sie abkassiert bis auf die Knochen! Das hat doch mit medizinischer Behandlung nichts zu tun! Wo leben Sie denn?!«

Ich sah ihn schweigend an. Am Ende blieb ihm nichts anderes übrig, als weiterzusuchen. Er brauchte nicht mehr lange. Nach ein paar Sekunden zog er ein farbig gedrucktes Heft in schmalem Hochformat hervor, blickte darauf und warf es vor mich.

Es war kein Wisch, sondern eher eine kleine Broschüre. Ich schlug sie auf und sah schon auf der dritten Seite fünf Namen mit Doktortitel, einen auch noch mit dem Professor davor, Ärzte, die den Gästen des Hotels zur Verfügung standen. Es war wohl der Detektiv gewesen, der auf die Rückseite einen überstehenden, gelochten Pappstreifen geklebt hatte, so dass man dieses Dokument in einer Akte abheften und lesen und umblättern konnte.

Ich schlug die Akte auf, heftete die Broschüre an der Stelle ein, an die sie gehörte, und nahm mir Zeit dabei. Er sah mir schweigend zu.

Ich sagte: »Es war ein Fehler, Herr Klofft, dass Sie diesen Prospekt aus der Akte genommen haben. Wenn ich Ihnen misstrauen würde, könnte ich auf den Gedanken kommen, Sie wollten mich im Unklaren darüber lassen, was für einen kippligen Fall ich mir und unserer Kanzlei hier ans Bein binde. Und wenn Sie das täten, wäre es ein schwerer Fehler, weil es weder Ihnen noch mir etwas nutzen würde. Sie können nämlich sicher sein, dass der Anwalt von Frau Fuchs die medizinischen Qualitäten dieses Hotels mit allen möglichen Gutachten belegen wird. Und Sie können ebenso sicher sein, dass wir dann vor Gericht ziemlich dumm aussehen werden.«

Er sagte: »Finden Sie nicht, dass Sie reichlich unverschämt sind?«

Ich sagte: »Nein, das finde ich nicht.« Ich packte die Akte in meinen Koffer und stand auf. »Ich werde Sie verständigen, wenn sich etwas Neues ergeben sollte. Und Sie sagen mir bitte Bescheid, sobald der Anwalt von Frau Fuchs sich meldet.« Ich stand auf. »Auf Wiedersehen, Herr Klofft.«

Er starrte mich finster an, aber er sagte nichts. Ich hatte kaum die Tür hinter mir geschlossen, als seine Klingel anschlug, zweimal. Ich ging zur Treppe, weil ich erwartete, dass ich seiner Frau unterwegs oder im Erdgeschoss begegnen würde. Aber unversehens öffnete sich gegenüber von Kloffts Zimmer eine Tür. Cilly Klofft erschien.

Sie trug noch immer ihren Malerkittel. Sie lächelte mich an, trat beiseite und hielt die Tür offen.

8

Die Erkenntnis war peinlich, aber sie war nicht zu umgehen: Ich war ein blöder, stumpfsinniger Banause. Die Bilder, die ich in diesem hellen, ziemlich großen Zimmer, ihrem provisorischen Atelier, zu sehen bekam, trugen alle dieselbe unverwechselbare Handschrift. Sie waren in kräftigen Farben gemalt und mit großzügigen, oft breiten Pinselstrichen aufgetragen. Es waren Porträts, auch ein Akt; dazu Stillleben mit alltäglichen Gegenständen; der Ausblick auf ein brachliegendes Gelände, dessen Horizont aus den entfernten Dachfirsten einer Reihe von fleckigen, fünfstöckigen Mietshäusern bestand.

Es schien mir dieselbe Handschrift wie die des Porträts einer älteren Frau, das in Hochkeppels Büro hing, an der Wand gegenüber seinem Schreibtisch. Dorthin hatte er über mich hinweggesehen, als er sagte, Cilly Klofft wäre vielleicht eine große Malerin geworden, wenn sie nicht an diesen Mann geraten wäre. Ich hatte Tag um Tag sein Büro aufgesucht, ohne auch nur ein einziges Mal zu fragen, wer dieses Bild gemalt hatte. Ich hatte es so wenig wahrgenommen wie die mit dunklem Leder bezogene Sitzgruppe, die darunter stand. Kalbsleder? Lamm? Rindsleder? Keine Ahnung.

Sie hatte mich, nachdem sie gegenüber von Kloffts Tür

erschienen war, in das Atelier eintreten lassen, hatte gesagt: »Einen Augenblick, bitte«, und war, ohne die Tür zu schließen, hinübergegangen zum Zimmer ihres Mannes. Während ich noch versuchte, die Fülle der Bilder zu fassen, die ringsum an den Wänden hingen, auf dem Boden standen und auf zwei Feldstaffeleien, hörte ich von der anderen Seite des breiten Flurs seine Stimme, entfernt, aber so grob und laut, dass ich sie verstand. Er hatte seine Frau offenbar nicht einmal dazu kommen lassen, die Tür hinter sich zu schließen.

Er bellte: »Lass diesen Schnösel nicht noch einmal unangemeldet herein!« Sie gab eine Antwort, die ich nicht verstand. Dann wieder sein penetrantes Organ: »Quatsch! Und zeig dich gefälligst nicht in diesem Aufzug an der Haustür! Geschweige denn vor einem Wildfremden!«

Die Tür seines Zimmers fiel zu. Cilly Klofft erschien. Sie lächelte, schloss die Tür des Ateliers hinter sich. Sie sagte: »Der Tee ist sofort fertig. Setzen wir uns?«

»Gerne.«

Sie hatte das Service, dazu einen Teller mit Butterkeksen, auf einem kleinen, runden Tisch unter einem der Fenster aufgestellt. Das Schweigen, während wir uns setzten und sie mir den Tee eingoss, dauerte mir zu lange, sie hätte glauben können, ich hielte es für ihre Schuld, dass ich zum Ohrenzeugen einer ehelichen Szene geworden war, und schwiege, weil ich mich von ihr und ihren Problemen belästigt fühlte. Ich sagte: »Ich hab erst jetzt begriffen, dass das Porträt in Herrn Hochkeppels Büro von Ihnen stammt.«

»Ja.« Sie lächelte. »Seine Mutter. Hat er Ihnen das nie gesagt?«

»Nein.« Ich zögerte, aber dann fügte ich hinzu: »Ich

muss Ihnen aber auch gestehen, dass ich ihn nie gefragt habe, wer das Bild gemalt hat.«

»Warum sollten Sie?«

Ich sagte: »Hätte nicht jeder … jeder halbwegs aufmerksame Mensch ihn danach gefragt? Außer einem Banausen, wie ich einer bin? Wissen Sie … ich bin an Bildern bisher vorbeigelaufen wie ein Blinder.«

»Sie sind kein Banause.«

Ich sah sie an. Sie lächelte. »Immerhin ist Ihnen aufgefallen, dass das Porträt in Hochkeppels Büro aus meiner Werkstatt stammt.«

»Nun ja. Es war ja auch … eine Art Offenbarung, als ich mich hier auf einmal mitten in dieser … Fülle wiederfand.« Ich warf einen Blick ringsum. Wieder fiel mir die spanische Wand auf, die an einem der Fenster stand und über deren Rand der Kopf einer großen Staffelei zu sehen war. Auch der Bildhalter und der oberste Streifen der Leinwand, die er fixierte, schauten hervor, aber es war nicht zu erkennen, wie weit das Gemälde, das dort zu entstehen schien, gediehen war, und auch nicht, was es darstellte.

Unversehens sagte sie: »Können Sie mir verraten, warum Sie mit meinem Mann aneinandergeraten sind? Oder fällt das unter das Anwaltsgeheimnis?«

»Nun ja …« Ich zögerte, aber dann sagte ich: »Er hat mir eine Information vorenthalten. Vielleicht unabsichtlich, vielleicht auch nicht. Ich weiß es nicht. Ich habe ihm jedenfalls gesagt, dass es nur der Gegenseite dient, wenn ich nicht Bescheid weiß.«

Sie sah mich aufmerksam an. »War das eine Information, die ihn ins Unrecht setzt?«

Nach einem Zögern sagte ich: »Kann man so sagen. Ja.«

Sie nickte. »Dann können Sie davon ausgehen, dass er sie mit Absicht unterschlagen hat. Er erträgt es nicht, wenn er nicht recht behält. Und wenn das passiert, dann lügt er ohne jede Hemmung und versucht, sich mit Ausflüchten durchzumogeln, so lange, bis wirklich nichts mehr geht.« Sie schnaufte verächtlich. »Aber eine Entschuldigung kommt auch dann nicht in Frage. Stattdessen wird er ausfällig.«

Sie schwieg. Ich sagte: »So wie vorhin bei Ihnen?«

»Sie haben alles gehört?«

»Ja. Und ich muss Ihnen sagen …«

Sie winkte ab. »Ich hätte ihm eine Antwort geben können. Aber ich wollte Ihnen das nicht länger zumuten.« Sie lachte. »Er hat wieder einmal gelogen. Hat sich dumm gestellt. Er wusste nämlich, dass Sie nicht ohne Anmeldung gekommen waren. Er hatte Ihren Anruf abgehört. Die Aufzeichnung. Ich hab's an seinem Telefon gesehen. Das Lämpchen für die Anrufe blinkte nicht, es brannte nur. Er hatte Ihren Anruf abgehört, aber noch nicht gelöscht.«

Ich nickte. »Wenn er es zugegeben hätte, hätte er keinen Grund gehabt, über Sie herzufallen.«

»Richtig. Das heißt … Er hat ja noch einen anderen gefunden.« Sie lachte, schüttelte den Kopf, sah an sich hinunter. »Diesen Kittel hier.« Sie öffnete beide Handflächen, hielt sie rechts und links ihrer Oberschenkel, als wolle sie den Malerkittel präsentieren.

Dann blickte sie auf und fragte: »Finden Sie dieses Kleidungsstück etwa sexy?«

Ich starrte unwillkürlich auf den Kittel, die bunt befleckten kurzen Schöße, die ihre gebräunten Knie freiließen, den schmalen, schattigen Spalt, der zwischen ihren Oberschenkeln offen stand.

Ich sagte: »Ich… nun, vielleicht hat er…« Ich wollte sagen, vielleicht habe Klofft sagen wollen, sie sehe schlampig aus, nein, nicht schlampig, aber vielleicht ein wenig abgerissen, nein, auch nicht, Herrgott noch mal, ich wusste nicht, was ich sagen konnte, und statt eines halbwegs plausiblen Satzes brachte ich nur einen unartikulierten Laut heraus. Ich spürte, dass die Röte mir ins Gesicht stieg.

Sie sagte: »Was für eine blöde Frage aber auch! Was sollen Sie denn darauf antworten?« Sie lachte. »*Nein* geht nicht, weil es unhöflich wäre. Und *ja* geht schon gar nicht. Entschuldigen Sie bitte!« Sie beugte sich vor und warf einen Blick in meine Tasse. »Noch ein wenig Tee?«

Während sie eingoss, streifte mich ein Hauch ihres Parfums. Sie fragte, ob der Tee denn schmecke. Ich sagte ja, sehr gut. Sie sagte, manche Leute möchten ihn in dem Farbgeruch überhaupt nicht. Eine Freundin von ihr sage immer, in diesem Atelier schmecke der Tee nach Terpentin, was natürlich Unsinn sei. Ich sagte, das fände ich aber auch ziemlich unverständlich.

Als wir beide einen Schluck getrunken hatten, trat ein Schweigen ein. Ich begann zu überlegen, wie ich die Konversation fortführen konnte, und für einen Augenblick erschreckte mich der Gedanke, ich könne sagen, ich fände, wenn sie erlaube, diesen kurzen, leichten Kittel aber doch ziemlich sexy. Ich presste die Lippen zusammen.

Unversehens sagte sie: »Sie sollten vielleicht wissen, dass mein Mann mit dieser Mitarbeiterin, die er fristlos entlassen hat, ein Verhältnis hatte. Rund zehn Jahre lang. Er wird

Ihnen das nicht sagen, aber Sie sollten es wissen, denke ich. Weil Sie sonst diesen Fall nicht richtig verstehen können.«

Nach einer Pause fuhr sie fort: »Vor einem Jahr ungefähr hat sie ihm den Laufpass gegeben. Es sieht so aus, als hätte sie einen anderen Mann kennengelernt. Einen jüngeren, wahrscheinlich. Jedenfalls einen, mit dem sie eine Zukunft haben kann.« Sie stieß die Luft durch die Nase. »Sie ist gerade über dreißig. Und mein Mann kurz vor den achtzig.« Nach einer kleinen Pause fragte sie: »Können Sie sich vorstellen, wie diese Verabschiedung auf ihn gewirkt hat?«

Sie sah mich an, lächelte ein wenig mühsam.

Ich sagte: »Ich glaube, schon. Ja.«

»Vielleicht doch nicht ganz.« Sie hörte auf zu lächeln. »Seitdem verfolgt er sie. Mit einem … nun ja, wenn es nicht so pathetisch klänge, würde ich sagen: mit einem geradezu biblischen Hass. Er hat sie schikaniert, im Betrieb, wo immer sich eine Gelegenheit ergab. Solange er noch in den Betrieb ging. Hat sie vor anderen heruntergemacht. Und als er sich nicht mehr aus dem Haus wagte, weil er Angst hatte, dass jeder merkt, was mit ihm los ist, da hat er Herrn Pauly, das ist sein Geschäftsführer, angewiesen, ihr schärfer auf die Finger zu sehen als jedem anderen. Und ich weiß nicht, wo sonst er ihr noch Knüppel zwischen die Beine geworfen hat! Unglaublich, wirklich!«

Nach einer Weile fragte ich: »Woher wissen Sie das alles? Ich meine … er wird Ihnen doch von dieser … diesem Verhältnis nichts gesagt haben? Oder?«

»Natürlich nicht.« Sie lachte. »Vielleicht kennen Sie noch nicht die Rituale, nach denen sich solche Komödien … nein, solche Tragikomödien abwickeln, meistens jedenfalls: Die

Ehefrau kommt dahinter, dass sie betrogen wird. Aber sie spricht den Fall nicht an, vielleicht, weil es ihr zu weh tut, vielleicht auch, weil sie hofft, die Sache läuft sich tot. Und der Ehemann weiß, dass seine Frau es weiß. Aber er wird sich hüten, darüber zu reden. Denn solange sie ihn ungestört sich die Freundin halten lässt, ist doch alles in Ordnung. Und so wird von heute auf morgen eine Ehe zur Lüge, und das ständig aufs Neue, mit jeder neuen Freundin ein bisschen mehr. Und am Ende bleibt nur noch der große Ekel. Der abgrundtiefe.«

Ich zögerte, aber dann fragte ich: »Aber es gibt ja auch Ehemänner, die von ihrer Frau betrogen werden?«

Sie sah mich verblüfft an, dann lachte sie. »Ach ja, Sie Guter, da haben Sie natürlich recht. Die gibt es, die gehörnten Ehemänner, freilich. Sie sind ja geradezu klassisch.« Sie schwieg einen Augenblick lang, dann fragte sie: »Aber haben Sie schon mal einen Ehemann gesehen, der kuscht und schweigt, wenn er seiner Frau dahinterkommt, dass sie ihn betrügt?«

Ich zuckte die Schultern. »Ich weiß nicht… na ja, wahrscheinlich haben Sie recht.«

Plötzlich sagte sie, mit einer wegwerfenden Geste: »Ach, ist ja auch egal! Ich will Sie doch nicht in Verwirrung bringen!«

Sie sah mich an. »Sie müssen nur wissen, dass diese Kündigung nicht mehr als einen einzigen, dass sie nur *einen* wahren Grund hatte, den einzig ausschlaggebenden: Er will sich an ihr rächen. Und das ist auch der einzige Grund, den er selbst ernst nimmt. Ich weiß nicht genau, was für Gründe er ihr genannt hat. Und Ihnen, natürlich. Aber Sie können sicher sein: Die meisten, wenn nicht alle, hat er sich mühsam zusammengekratzt. Vielleicht hat er sie sogar erfunden. Oder sogar gefälscht.«

Sie nickte entschieden, als wolle sie diese schwere Anschuldigung noch bekräftigen. Dann sagte sie: »Und wenn sie sich einen halbwegs cleveren Anwalt nimmt, werden Sie großen Ärger bekommen.«

Ich sagte: »Davon gehe ich aus, ja.«

Sie sagte: »Es tut mir leid, dass ich Sie in diese Geschichte hineingezogen habe.«

»Ach wo, das haben Sie doch gar nicht!«

»Doch! Aber es war nicht meine Idee, glauben Sie mir!« Es schien ihr viel daran zu liegen, dass ich ihr dieses Mandat, das mir wahrscheinlich ein paar böse Beulen einbringen würde, nicht übelnahm. Sie sagte: »Er hat wohl kalte Füße bekommen, als sie sofort angedroht hat, die Kündigung anzufechten. Und dann hat er von mir verlangt, dass ich Hochkeppel anrief. Und damit begann die Rankünе schon: Er wollte seinen alten… Freund mit dieser verfahrenen Geschichte in die Klemme bringen. Dass Hochkeppel sich dann so… sich so aus der Affäre ziehen würde, hat er nicht erwartet. Ich auch nicht.«

Sie seufzte. Dann beugte sie sich vor, legte ihre Hand auf meinen Arm, suchte meinen Blick. Ich spürte, dass mir das Blut in die Wangen stieg.

Sie sagte: »Und ich habe auch nicht erwartet, dass Hochkeppel einen so sympathischen Jungen wie Sie ins Feuer schicken würde. Es tut mir leid, wirklich!« Unversehens lächelte sie. »Wenn es mir auch nicht leidtut, dass ich auf diese Weise Sie kennengelernt habe.«

Dass sie mich einen Jungen nannte, ernüchterte mich ein wenig. Ich dachte einen Augenblick nach, dann sagte ich: »Ich muss Sie aber doch noch einmal fragen, woher Sie das alles wissen. Diese Schikanen im Betrieb, zum Beispiel. Oder seine Anweisung an den Geschäftsführer.«

Sie lächelte. Nach einer Pause antwortete sie: »Ich habe meine Freunde. Auch in seinem Betrieb. Oder sagen wir: Leute, die mich mögen. Leute, denen es gegen den Strich geht, wie er mich ein Leben lang behandelt hat.« Sie trank einen Schluck Tee, stellte die Tasse ab, richtete den Blick hinaus.

Nach einer Pause sagte sie, ohne mich anzusehen: »Und ich weiß noch mehr. Mein Schlafzimmer liegt neben seinem Zimmer, dem, das Sie kennen. Dem Zimmer, in dem er sich über Tag aufhält.« Sie legte wieder eine Pause ein, dann sagte sie: »Und der Tag, an dem sie ihn besucht hat… Sie wissen schon, der Tag, an dem Pauly sie zu ihm geschickt hat, weil er selbst nicht über ihren Urlaubsantrag entscheiden wollte… das war ein trockener, ziemlich warmer Tag.«

Sie wandte ihren Blick zurück, sah mich an. »Und sein Zimmer und mein Schlafzimmer sind durch den Balkon verbunden. Der Balkon läuft durch, auf der Gartenseite des Hauses.«

Ich erwiderte ihren Blick. Mir wurde einiges klar. »Die Türen zum Balkon standen offen? Und Sie haben das Gespräch, das er mit ihr führte… mitgehört? Oder zumindest einen Teil davon?«

Sie antwortete: »Wissen Sie, was ein normaler Mensch kaum verstehen würde? Was ich jedenfalls nicht verstehen würde, wenn ich ihn nicht so gründlich kennte?« Sie beugte sich ein wenig vor. »Er hat sie rausgeschmissen, vor die Tür gesetzt wie eine… einen räudigen Hund, eine Hündin, er hat das Tischtuch nun wirklich total zerschnitten… Aber er ist noch immer… nun ja: scharf auf sie, genau das! Möchte sie weiter zu seiner Verfügung haben. Zumindest tut er so, als würde er alles, was er angerichtet hat, rückgängig machen, wenn sie ihn nur einmal noch…«

Sie brach ab, schüttelte den Kopf.

Nach einer kleinen Pause fragte ich: »Sie meinen, er wollte Sex von ihr?«

Sie sagte: »Sie können mir glauben, diese Frau ist mir wirklich nicht besonders sympathisch. Aber ich kann sie sehr gut verstehen. Gegen einen Mann, der versuchen würde, mich so zu erniedrigen, wäre mir auch jedes Mittel recht. Und das Geringste wäre noch, dass ich ihm drohte. Ich würde ihm drohen, o ja, und ich würde ihn täuschen und ihn betrügen, dass ihm die Augen übergingen.« Sie atmete schwer auf. Dann sagte sie: »Ich kann sie sehr gut verstehen.«

In mir hatte eine Alarmglocke angeschlagen. Ich ließ ein paar Sekunden vorübergehen, dann fragte ich: »Sie hat ihm gedroht? In diesem Gespräch, in dem sie ihn um einen Urlaub bitten wollte?«

Sie sagte aufgebracht: »Na und?!«

Ich sagte: »Nun ja… Man könnte…«

Plötzlich wurde die Tür geöffnet. Sie schwang zur Seite, in der Öffnung erschien Klofft, auf einen Karren mit vier Rädern gestützt, eine dieser Gehhilfen, mit Sitz und Einkaufskorb. Er musterte mit zusammengezogenen Brauen die Szene. Dann sagte er: »Kommst du mal bitte?«

Er trat mühsam den Rückweg an, wandte sich noch einmal zurück und warf mir einen Blick zu. »Das wird länger dauern!«

Er verschwand. Die Tür hatte er offen stehen lassen.

Ich schaute auf meine Uhr. »O Gott, es wird sowieso höchste Zeit für mich!«

Sie sagte: »Schade!«

Ich stand auf. Sie trat einen Schritt an mich heran, näherte ihren Mund meinem Ohr und sagte unterdrückt: »Ich werde Sie anrufen!« Ich roch ihr Parfum.

9

Ich war in eine Verschwörung geraten. Verschwörung?! Ja doch, ein stillschweigendes Arrangement hinter dem Rücken meines Mandanten! Und es war meine Schuld. Ich hatte mich in diese, dieses Engagement verwickelt.

Ich tat gut daran, Hochkeppel nichts davon wissen zu lassen. Und nicht einmal ahnen durfte er, dass der Umgang zwischen Cilly Klofft und mir mittlerweile von einer absonderlichen, beunruhigenden Spannung beherrscht wurde.

Nein, nicht mittlerweile. Mein Kontakt zu ihr hatte von Anfang an unter dieser … Spannung gestanden. Spannung, ja, das ist das richtige Wort.

Und noch mehr als das: Es war möglich, dass ich mich irrte, aber mir schien ihr Verhältnis zu mir genauso … aufgeladen wie das, was mich mit ihr verband.

Es hätte doch, verflucht noch mal, auch zu einer anderen, weniger unmöglichen Spielart einer solchen Beziehung kommen können, nicht wahr! Es wäre zum Beispiel vorstellbar gewesen, dass diese alte, alternde Frau sich in mich ganz einfach vergafft hätte und dass ich, wie es normal gewesen wäre, auf solche… verfallenden, noch einmal aufflackernden Gefühle mit einer instinktiven Abwehr reagiert hätte, mit einer Art von Frösteln, mit einem Grausen.

Und vielleicht hätte es sogar umgekehrt passieren können, nämlich dass ich, der Teufel mochte wissen, aufgrund welcher seelischen oder körperlichen Störung, dass ich von einer ganz… abartigen Neigung für diese, diesen welkenden Menschen ergriffen worden wäre; und dass dieses Mal *sie* es gewesen wäre, die einen klaren Kopf und den Blick für die natürliche Ordnung bewahrt und mich in meine Schranken gewiesen hätte, vielleicht sanft, vielleicht mit Hohn und Spott, über den ich mich nicht hätte wundern dürfen.

Aber so war es nun mal *nicht*, weder so noch so. Seit unserer ersten Begegnung hatte es mich danach verlangt, sie wiederzusehen, sie vor Augen zu sehen, mit ihr zu sprechen. Sie zu berühren? Ja, natürlich, auch das, zum Teufel! Und ich war sicher, dass es ihr ebenso ergangen war.

Als ich auf die Schnellstraße einbog, fiel mir ein Buch ein, das Frauke inmitten ihrer prächtigen Kunstbände aufbewahrt, ein kleines, broschiertes Buch, das sie einmal bei einem Antiquar gefunden und erstanden hat und dessen Seiten sich schon aus der Bindung gelöst haben. Es sind vierzig Zeichnungen des ungarischen Malers Mihály Graf Zichy, den der Zar 1859 zum russischen Hofmaler ernannt hat. Erotische Zeichnungen, Pornografie, genau genommen, des 19. Jahrhunderts, aber als Kunstwerke geschätzt, wie Frauke mir gesagt hat.

Eins dieser Blätter zeigt den Blick in ein Atelier, und auf einer hohen Liegestatt, vor der Staffelei im Hintergrund, ein altes Weiblein, nicht liegend, sondern auf der Kante der Liegestatt hockend, von der Seite gesehen, zahnloser, gefältelt eingezogener Mund, Kopftuch, Bluse und Weste, den langen Rock bis zum Bauch hochgeschlagen, die Beine in den Kniestrümpfen angewinkelt, und zwischen den Beinen steht der Maler, offenbar im Begriff zu kopulieren, mit heruntergelassener Hose, nacktem Gesäß, die langstielige Pfeife, weil er sie gleich danach wohl weiterrauchen möchte, in der Linken bereithaltend.

Es ist keine Vergewaltigung, nein, nein. Während seiner Verrichtung blickt der Künstler lächelnd auf die Alte hinunter, die mit geschlossenen Augen seinen Rücken umschlungen hält, die Füße über seinem Gesäß kreuzt, um ihn an sich zu ziehen. Nein, er lächelt nicht. Er grinst. Sie hat ihm frisches Gemüse gebracht, und es hat ihn gerade gejuckt, also tut er ihr den Gefallen, und in einem Aufwaschen verschafft er sich halt Erleichterung.

Das Bild war mir arg zuwider, und ich sagte das Frauke, aber sie reagierte so schroff und harsch, wie das gelegentlich ihre Art ist. Sie sagte, wenn ich nach Sujets suchte, die sich mit irgendwelchen Paragraphen bearbeiten ließen, könne ich in diesem Büchlein weit geeignetere finden als dieses; und sie finden sich dort tatsächlich: ein Greis, der ein kleines Mädchen entblößt hat und befingert, eine Matrone mit plissierter Haube, hingebungsvoll bei der Fellatio eines Knaben, eine andere Frau auch noch, die einem vielleicht Zweijährigen gezielt unter das Hemdchen greift, und das mit der dreisten Inschrift »Afin que l'enfant ne pleure«.

Ich solle, bemerkte Frauke, allerdings nicht vergessen, dass das Büchlein den Titel »Liebe« trage, genau: »Oh, Liebe!« Die Kunst sei nun einmal nicht so reinlich wie das Gesetzbuch, und das Leben und die Liebe seien es schon gar nicht.

Liebe?!

Ja, Liebe, was denn sonst? Sie verwies mich auch noch auf den Text von Kurt Tucholsky, der auf der Rückseite des Buchs abgedruckt ist, eine Art Suchanzeige. Auch er hatte diese Sammlung von Zichy besessen und hatte das Buch oftmals in der Hand gehabt, und es war ihm, als er für die *Vossische Zeitung* nach Paris umsiedelte, mit anderen Kostbarkeiten gestohlen worden. Er trauerte ihm nach, weil es ihn an die Zeit erinnert hatte, als er noch jung war und neugierig, die Zeit, »wo noch nicht ein Auge immer zuguckte, wenn das andere leuchtete«.

Ich war konsterniert. Ausgerechnet Frauke tat so, als seien solche hitzigen und hemmungslosen, solche destruktiven, unverantwortlichen Begierden nichts Besonderes? Frauke, die oft so kalt ist wie ein Fisch?!

Frauke also. Und der berühmte Graf Zichy. Und der noch berühmtere Kurt Tucholsky, ja, gut, der auch noch. Allesamt ehrenwerte Zeugen, gewiss. Bloß helfen sie allesamt mir nicht weiter mit meinem Problem.

Dieses, zum Überfluss nun auch noch berufliche Problem besteht doch darin, dass ich auf der einen Seite zumindest Gefahr laufe, gegen meine anwaltlichen Pflichten zu verstoßen, wenn ich ohne Wissen meines Mandanten mit seiner Ehefrau, die ihm ganz gewiss nicht wohlgesonnen ist, seinen Fall erörtere – dass ich aber auf der anderen

Seite Informationen, die ich brauche, um ihn pflichtgemäß vertreten zu können, anscheinend nicht von ihm selbst, wohl aber von ebendieser Ehefrau erhalte.

Warum hat er mir nicht gesagt, dass Katharina Fuchs ihm gedroht hat? So jedenfalls habe ich Cilly Klofft verstanden und gewiss auch verstehen müssen: Sie hat, als sie das Gespräch der beiden belauschte, offenbar gehört, dass die Angestellte sich zu einer Drohung verstiegen hat. Die Ehefrau hat diese Entgleisung ja ausdrücklich gutgeheißen, als sie mir sagte, gegen einen solchen Mann wäre auch ihr jedes Mittel recht – und das Geringste wäre noch, dass sie ihm *drohte*.

Aber wenn das Gespräch tatsächlich durch Frau Fuchs eine derartige Zuspitzung erfahren hat: Warum hat er das nicht nur mir verschwiegen, sondern auch in seinem Kündigungsschreiben an sie nicht angeführt?

Und womit hat sie ihm gedroht?

Nein, er hatte dergleichen bisher nicht einmal mit einer Andeutung erwähnt. Und deshalb musste ich davon ausgehen, dass er auch nicht gesonnen war, es mir noch anzuvertrauen. Über die Gründe mochte ich lange grübeln, doch viel würde dabei nicht herauskommen. Die Wahrheit ließe sich, wenn Klofft sich verschloss, natürlich von seiner Gesprächspartnerin erfahren, von Katharina Fuchs. Aber die war als voraussichtliche Prozessgegnerin für mich, den Anwalt Kloffts, nicht ansprechbar. Ganz abgesehen davon, dass sie von allen guten Geistern hätte verlassen sein müssen, mir auch noch die Munition gegen sich selbst zu liefern.

Blieb also nur Cilly Klofft.

Der Himmel mochte mir beistehen.

Zu meiner Erleichterung war Hochkeppel, als ich in die Kanzlei zurückkam, bereits nach Hause gefahren. Er hatte hinterlassen, dass er mit seiner Frau das Wochenende im Wald verbringen werde. Im Wald bedeutet das Ferienhaus, das er sich schon vor einer ganzen Reihe von Jahren im Bergland südwestlich der Stadt zugelegt hat.

Auf seinem Schreibtisch steht ein Foto, das ihn auf der Veranda dieser stattlichen Blockhütte unter hohen Fichten zeigt, die eine Hand auf der Schulter seiner molligen, herzlich lächelnden Frau, die andere auf den blonden Haaren eines dünnen, blassen Mädchens von zehn oder elf, das sich offenbar vor den beiden hat aufstellen müssen und mit ernstem Gesichtsausdruck in die Kamera schaut.

Das ernste Mädchen, seine Enkelin, ist schon lange mit ihren Eltern nach Unna gezogen, wohin ihr Vater als Oberstudiendirektor und Leiter eines Gymnasiums berufen wurde. So kommt es, dass ich Hochkeppel, wenn er in den Wald gefahren ist, stets nur allein auf dieser Veranda sehe, im Liegestuhl ausgestreckt, ein aufgeschlagenes Buch oder eine Zeitung über das Gesicht gebreitet, leise schnarchend, während man aus dem Inneren des Hauses das Klappern des Geschirrs hört, mit dem seine mollige Frau, herzlich lächelnd, den Tisch zum Abendessen deckt.

Simone und Frau Enke waren beide noch bei der Arbeit. Ich nahm mir einen Kaffee und begab mich auf die Suche nach der Zauberformel, einem Richterspruch, an den Cilly Klofft mich erinnert hatte und der mir und meinem Mandanten aus der Klemme helfen sollte. Ich brauchte nicht lange.

Zunächst allerdings verirrte ich mich in ein Urteil des Landesarbeitsgerichts Düsseldorf, das tiefschürfende Überlegungen über die zulässigen und die nicht zulässigen Gründe für eine fristlose Kündigung angestellt und darüber auch nicht versäumt hat, die Schlüsselszene des zur Berufung ihm anvertrauten Falles in lebhaften Farben darzustellen: Ein Transportunternehmer hatte einen seiner LKW bei dem Fahrer abholen wollen, der die vorübergehende Beschlagnahme des Wagens in Frankreich verschuldet hatte. Als der Unternehmer mit seiner Ehefrau im Führerhaus Platz genommen hatte und abfahren wollte, war der Fahrer an die Tür gesprungen, hatte seinem Chef gedroht: »Steig aus, damit ich dir die Schnauze einschlagen kann!«, und auch noch die Drohung »Ich schlage dich kaputt!« hinzugefügt.

Der Unternehmer hatte den Fahrer fristlos entlassen, der Fahrer gegen diese Kündigung geklagt. Das Arbeitsgericht hatte die Kündigung für unwirksam erklärt. Gegen dieses Urteil war wiederum der Unternehmer in die Berufung gegangen.

Streitig war in der ersten Instanz vor dem Arbeitsgericht geblieben, ob der Unternehmer, bevor er bedroht wurde, den Fahrer und dessen ebenfalls anwesende Ehefrau als »asoziales Pack« bezeichnet hatte. Im Urteil des Gerichts wurden stattdessen freilich andere einschlägige, womöglich kündigungsrelevante Kraftausdrücke wie »in die Fresse hauen«, »arrogantes Schwein« und »blöder Sack« zitiert und erörtert. Das Arbeitsgericht war aufgrund seiner Recherchen und Erfahrungen zu der Auffassung gelangt, es handele sich bei derlei Drohungen und Beschimpfungen um einen »betriebs- oder branchenüblichen Umgangston«.

Dieser Auffassung hat das Landesarbeitsgericht sich zwar nicht anschließen mögen, es hat jedoch im Zweifel der Ehefrau des Fahrers geglaubt und nicht der des Unternehmers. Die Unternehmerfrau hatte sich bei ihrer Aussage verheddert, die Fahrerfrau jedoch eindeutig ausgesagt, ihr Mann habe seinen Chef erst bedroht, *nachdem* dieser sie beide als asoziales Pack beschimpft habe – also, so die Berufungsinstanz, war die Bedrohung die Reaktion auf diese Beleidigung gewesen und lag auf ähnlichem Niveau, was bewirkte, dass »dem Gesamtvorfall die kündigungsrechtliche Bedeutsamkeit i. S. v. § 626 Abs. 1 BGB« mangelte.

Womöglich hätte Frau Fuchs Herrn Klofft sogar einen blöden Sack nennen und ihm drohen können, ihn in die Fresse zu hauen: Auch das Landesarbeitsgericht hat die fristlose Kündigung des LKW-Fahrers für unwirksam erklärt, es wies die Berufung zurück. Der Fall war unterhaltsam, doch für meine Zwecke offenbar nicht verwendbar. Ich wurde ja dafür bezahlt, dass ich umgekehrt dem Arbeitgeber, Klofft, dem Wüterich, half, den Rausschmiss seiner Exgeliebten nachträglich unanfechtbar zu machen.

Wenig später fand ich allerdings einen Streit, der bis zum Bundesarbeitsgericht getragen worden war und von dem ich zehren konnte: Eine 28-jährige Buchhalterin hatte vierzehn Tage Urlaub in Griechenland verbracht und zwei Tage vor dem Ablauf dieser Zeit beim Prokuristen ihrer Firma telefonisch eine Verlängerung des Urlaubs um zwei Tage beantragt. Der Prokurist hatte abgelehnt, die Buchhalterin hatte daraufhin von der Möglichkeit gesprochen, dass sie krank werde, und war denn auch zum Arbeitsbeginn nicht erschienen. Später legte sie das Attest eines ausländischen Arztes vor, der ihr am Urlaubsort wegen Menorrhagie, einer übermäßigen Monatsblutung, eine siebentägige Bettruhe verordnet hatte.

Die Firma hatte ihr mittlerweile jedoch fristlos gekündigt. Auf die Klage der Buchhalterin erklärte das Arbeitsgericht auch diese Kündigung für unwirksam. Dagegen hatte die Firma Berufung eingelegt, die wiederum vom Landesarbeitsgericht abgewiesen worden war. Die Firma gab nicht auf, sondern legte Revision ein. Daraufhin wurde das Urteil vom Bundesarbeitsgericht zur erneuten Verhandlung und Entscheidung an das Landesarbeitsgericht zurückverwiesen. Die Bundesrichter kassierten den Spruch der Berufungsinstanz zwar nur wegen einiger Formfehler, aber sie verkniffen sich nicht eine Reihe von beachtlichen Hinweisen auch zu inhaltlichen Details, die das Landesarbeitsgericht bei seiner neuen Entscheidung zu beachten habe.

So befanden die Bundesrichter, ein Arbeitnehmer, der für den Fall, dass seinem Urlaubswunsch nicht stattgegeben werde, eine Erkrankung ankündige, verletze seine »arbeitsvertragliche Rücksichtnahmepflicht« und liefere dergestalt einen wichtigen Grund, ihn fristlos zu kündigen. Dazu sei nicht einmal erforderlich, dass er mit der Erkrankung ausdrücklich drohe; es genüge, dass »ein verständiger Dritter« die bloße Erwähnung der Erkrankung »als einen deutlichen Hinweis werten kann, bei einer Nichtgewährung des Urlaubs werde eine Krankschreibung« stattfinden.

Im Folgenden gingen die Richter auf Besonderheiten des Falles ein. So postulierten sie, die Buchhalterin müsse erklären, wie sich die Verordnung einer siebentägigen Bettruhe durch den ausländischen Arzt damit vertrage, dass sie schon drei Tage später sich »in der Lage sah, eine mehrtägige Heimreise mit dem Auto nach Deutschland anzutreten«.

Im weiteren unterstrichen sie zwar den »hohen Beweiswert« eines ärztlichen Attests; sie äußerten jedoch erhebliche Zweifel, ob die Bescheinigung des ausländischen Arztes »den Begriffen des deutschen Arbeits- und Sozialrechtes« genüge und ob die Indizien, die die beklagte Firma zusammengetragen habe, »nicht den Schluss auf ein rechtsmissbräuchliches Verhalten der Klägerin« zuließen.

Es sprach einiges dafür, dass wir uns in dem Streit zwischen Frau Fuchs und Herbert Klofft auf diesen Fall berufen konnten, dass ich also ein ziemlich starkes Argument zugunsten meines Mandanten ausgegraben hatte. Freilich: Sicher sein konnte ich noch immer nicht.

Ich wusste ja nicht, *womit* Katharina Fuchs ihrem Chef gedroht hatte – nun gut, wahrscheinlich mit keinem gröberen Geschütz als die Buchhalterin, also lediglich der Ankündigung, dass sie krank würde, wenn Klofft ihr den Urlaub nicht gewährte. Und laut Bundesarbeitsgericht würde das ja schon für eine fristlose Kündigung genügen.

Ich nahm auch an, dass das, was Cilly Klofft mitgehört hatte, ebendiese Drohung gewesen war und ihre Auskunft so und nicht anders ausgefallen wäre, wenn ich sie danach gefragt hätte. Aber bevor ich die Frage hatte stellen können, war ja ihr Mann in unser Tête-à-Tête hineingeplatzt.

Schon wieder dieser großmäulige, unsägliche Kerl!

Sollte ich sie anrufen, um mir Gewissheit zu verschaffen?

Die Versuchung war groß. Aber mir wurde auch klar, dass der Zorn auf mich, der sich zweifellos in Klofft angestaut hatte, sich über sie entladen konnte, wenn ich nach so kurzer Zeit schon wieder in Erscheinung trat. Vielleicht nahm er diesmal selbst den Hörer ab.

Eine Weile versank ich in meinen Gedanken. Gedanken und Gefühlen, ja, auch das. Ich schrak hoch, als es klopfte. Simone kam herein. Sie brachte mir ein paar Durchlaufakten, die ich abzeichnen und hernach Frau Enke zurückgeben sollte, legte sie mir auf die Ecke des Schreibtischs und verabschiedete sich ins Wochenende.

Sie trug ein leichtes, gelbes Sommerkleid und anscheinend neue, rote Schuhe, eher Sandaletten, die im Wesentlichen aus Sohlen, Stilettoabsätzen und Riemchen bestanden und mit Riemchen an den nackten Beinen befestigt waren. Als sie hinausgegangen war, fiel mir ein, dass Cilly Klofft angedeutet hatte, ihr Mann habe von Frau Fuchs Sex verlangt.

Sie hatte gesagt, er sei noch immer »scharf« auf seine Angestellte, trotz der Trennung, die sie vollzogen habe. Und sie hatte meine Frage nicht verneint, ob er in ebendem Gespräch, in dem Frau Fuchs ihm ihren Urlaubswunsch vorgetragen hatte, ihr den Sex abverlangt habe. Cilly Klofft hatte stattdessen vielmehr erwidert, gegen einen Mann, der versuchen würde, sie so zu erniedrigen, sei auch ihr jedes Mittel recht.

Hatte der Widerling sciner Exgeliebten eine Art Tauschgeschäft vorgeschlagen? Einmal noch, und du kannst in Urlaub gehen? Oder zehnmal noch, das erste Mal jetzt, auf der Stelle, und den Rest nach deinem Urlaub? Einmal wöchentlich oder wie es sich gerade so ergibt?

Ich traute diesem Mann mittlerweile alles zu. Aber ich wusste nicht, was ich von Katharina Fuchs zu halten hatte. Immerhin hatte sie zehn Jahre lang mit einem solchen Mann ein Verhältnis gehabt. Nur, um ihn auszunehmen? Ich wusste nicht, was für ein Charakter sie war.

Und vor allem wusste ich nicht, mit welchen Enthüllungen sie mich in einem Prozess überraschen würde.

10

Das Wochenende ließ sich unerwartet friedlich an. Ich hatte, noch während ich die Akten durchsah und abzeichnete, zu überlegen begonnen, ob ich Frauke anrufen sollte und ob es taktisch klug wäre, das jetzt schon zu tun. Sie hatte sich seit dem Event bei Frau Novotna, an dessen Ende wir getrennte Wege gegangen waren, nicht mehr gemeldet, und es war ihr durchaus zuzutrauen, dass sie mich auf diese Weise grillen wollte.

Es war allerdings auch möglich, dass sie ihrerseits, wenn ich mich unbeeindruckt zeigte, unsicher würde, wenn nicht sogar eifersüchtig, und unversehens auftauchte, vielleicht am Sonntagmorgen, vielleicht am Montagabend, ganz beiläufig, locker und unbekümmert und anscheinend ohne jede Erinnerung an unseren Zwist und das eisige Schweigen danach.

Ich überlegte sogar, ob es überhaupt Sinn hatte, mir den Kopf zu zerbrechen über das, was taktisch klug wäre, um Frauke wieder einzufangen. Wusste ich denn, wie es mit Frauke weitergehen sollte? Ich war mir nicht sicher.

Ich wusste allerdings, dass ich keine Lust hatte, das Wochenende allein zu verbringen. Auf den Anruf wartend, den Cilly Klofft mir angekündigt hatte? Mir ausmalend, welche Überraschungen der Anwalt von Frau Fuchs mir in seiner Klageschrift auftischen würde?

Während noch meine Stimmung sich angesichts dieser Perspektiven verdüsterte, klingelte das Telefon. Frauke meldete sich, beiläufig, locker und unbekümmert. Sie sagte, ihr sei ein Termin für den Abend geplatzt, sie habe ganz unverhofft jetzt schon Feierabend; und wie es bei mir aussehe.

Wir trafen uns vor dem Kino. Die Idee hatte Frauke gehabt, wir hatten uns auf *Stirb langsam 4.0* geeinigt, obwohl ich den Kraftprotz mit der Brutalo-Glatze und dem Kindernäschen nicht mag, und schon gar nicht die Art, in der er unaufhörlich stirbt, ohne je im hochverdienten Grab zu landen. Während der Ballerei fragte ich mich, wie Frauke wohl reagieren würde, wenn der Anruf von Cilly Klofft am späten Abend bei mir ankäme. Ich vergaß die Frage, als Frauke begann, meinen Oberschenkel zu massieren.

Nach dem Kino gingen wir in die Nudel-Küche nebenan und dann zu mir nach Hause. Die Nacht war angenehm, für Frauke offenbar auch und für mich nicht zuletzt deshalb, weil sich meine Befürchtung, in meiner sexuellen Ausrichtung hätte sich die Ordnung dramatisch und besorgniserregend verschoben, in der Praxis als unbegründet erwies.

Der Samstagmorgen brach sonnig und ein wenig windig an, ein paar weiße Wölkchen glitten schnell über den tiefblauen Himmel. Ich stand auf, bemühte mich, Frauke, die die Decke von sich geworfen, aber einen Zipfel übers Gesicht gezogen hatte, nicht zu wecken, und machte das

Frühstück. Alles stand bereit, als Frauke gähnend und die Augen reibend aus dem Schlafzimmer kam. Während sie im Bad war, lief ich hinunter zum Kiosk und kaufte die *Süddeutsche*, die ich nicht abonniert habe; ich weiß, dass Frauke bei sich zu Hause vor allem am Samstagmorgen zuerst danach greift, um sich das Feuilleton herauszunehmen.

Wir verbrachten fast anderthalb Stunden mit dem Frühstück und mit den Zeitungen. Am Ende sah ich im Lokalblatt den Hinweis auf den Flohmarkt, der an diesem Samstag auf dem großen Parkplatz des Industriegeländes an der Alten Chaussee stattfand, und ich fragte Frauke, ob sie Lust hätte, im Angebot ein bisschen herumzustöbern. Sie war davon sehr angetan. In der Zeit, in der sie sich anzog, räumte ich den Frühstückstisch ab. Als ich die Bestecke in die Spülmaschine legte, klingelte das Telefon.

Ich erschrak. Cilly Klofft wäre mir zu jeder anderen Zeit hochwillkommen gewesen, aber bitte nicht gerade jetzt. Frauke, ihr Haar bürstend, erschien in der Tür zum Schlafzimmer, sie sah mich fragend an. Ich nahm den Hörer ab.

Es war nicht Cilly Klofft. Es war ihr Mann. Er sagte: »Morgen, Herr Doktor Zabel. Hier ist Herbert Klofft. Störe ich?«

Ich sagte: »Nein, nein … ich …« Ich war völlig perplex, und es gelang mir auch nicht, den angefangenen Satz zu vollenden. Er ließ mich eine Weile suchen, aber nicht allzu lange, bevor er mir aus der Klemme half.

Er sagte: »Es ist auch nichts Wichtiges.« Nach einem kräftigen Räuspern fuhr er fort: »Ich wollte Sie nur fragen, ob Sie Zeit und Lust für eine kleine Partie hätten. Muss ja nicht ewig dauern. Vielleicht zweimal dreißig Minuten?« Er legte eine Pause ein, aber während ich noch nach einer Antwort suchte, sagte er hastig: »Oder auch jede andere Bedenkzeit, ganz wie Sie wollen, Sie haben die freie Wahl!«

Es war mir auf der Stelle klar, dass solch eine Gelegenheit, diesem Mandanten ein wenig näherzukommen, mir so bald nicht wieder beschert werden würde. Aber ich spürte Fraukes Blick; sie stand noch immer, ihr Haar mit ein wenig verlangsamten Strichen bürstend, in der Tür des Schlafzimmers und hörte zu.

Ich sagte: »Also… Lust hätte ich schon… aber… Ich habe eine Verabredung.«

»Oh! Ja. – Natürlich. Das geht natürlich vor.« Ich hätte nicht erwartet, dass dieser grobe Klotz eine Enttäuschung so deutlich würde zu erkennen geben. Nach einer kleinen Pause, in der ich mich vergeblich bemühte, mir irgendetwas Tröstliches einfallen zu lassen, sagte er: »Na, vielleicht ein andermal! Ich wünsche Ihnen jedenfalls ein schönes Wochenende. Wiederhören, Herr Zabel.«

Ich sagte hastig: »Augenblick mal… bitte!«

Frauke ließ die Bürste sinken. Klofft sagte gespannt: »Ja?«

Ich räusperte mich, dann sagte ich: »Ich ruf Sie später noch mal an!«

Als ich aufgelegt hatte, fragte Frauke: »Wer war das? Oh, Entschuldigung! Das geht mich ja vermutlich nichts an!«

»Das war Herbert Klofft.«

»Ach ja!« Sie ließ ein künstliches Räuspern hören. »Herbert sagtest du?«

»Ja, Herbert! Mein Mandant!«

»Ach, wirklich!« Sie tat noch einen langsamen Strich über ihr Haar. »Und seine Angelegenheit ist so dringend, dass er dich am Samstagmorgen zu Hause anruft?«

Allmählich wurde ich wütend. »Er hat mich gefragt, ob ich eine Partie Schach mit ihm spielen will!«

Sie ließ die Bürste sinken, starrte mich an. »Und das am Samstagmorgen?«

»Ja, und?! Das ist doch nicht die schlechteste Zeit, um Schach zu spielen!«

»Oh, wirklich? Und warum tust du es nicht?«

»Weil ich mit dir auf den Flohmarkt gehen möchte!« Mein Ton fiel schärfer aus, als ich es gewollt hatte.

»Weißt du was? Ruf ihn an!« Sie legte eine Pause ein, dann sagte sie: »Das hast du ihr doch versprochen, nicht wahr? ›Ich ruf Sie später noch mal an!‹« Sie gab sich keine große Mühe, mich zu imitieren, aber es war klar, dass sie mich parodierte. »Und sag ihr, dass du schon unterwegs bist. Sie kann den Champagner kalt stellen.«

Ich traute meinen Ohren nicht. »*Ihr*?! Wieso *ihr*? Und wieso *sie*? Ich hab dir doch gesagt, dass es *Herbert* Klofft war!«

»Ja, hast du gesagt. Aber ich hab schon richtig verstanden, keine Bange!«

Sie wandte sich ab und verschwand von der Tür. Ich hörte, dass sie im Schlafzimmer herumrumorte, das Bettzeug durcheinanderwarf. Ich wollte schon hinter ihr hergehen, aber bevor ich mich dazu durchringen konnte, erschien sie mit der Tasche, in der sie ihre Nachtutensilien mitbringt, durchquerte das Wohnzimmer, ohne mich eines Blickes zu würdigen, und verschwand im Bad.

Ich schloss geistesabwesend die Spülmaschine und stellte das Programm ein. Aus dem Badezimmer hörte ich das Klirren der Tiegel und Flaschen, die auf der Ablage über dem Waschbecken standen. Als ich die Spülmaschine einschaltete, kam sie aus dem Badezimmer, ihre Tasche an der Hand, die Wangen gerötet.

Sie trat einen Schritt näher, sah mich an. Ich öffnete den Mund, aber bevor ich etwas sagen konnte, sagte sie: »Ich wünsch dir ein schönes Wochenende. Und danke für die Gastfreundschaft.« Sie ging zur Wohnungstür, wandte sich noch einmal um und sagte: »Und grüß mir Herbert Klofft, hörst du?! Deine Mandantin!« Damit öffnete sie die Tür und verließ die Wohnung.

11

Als ich vor der Haustür unter dem tiefgezogenen Dach stand und dem Glockenspiel lauschte, das ich in Gang gesetzt hatte, sah ich wieder Cilly Klofft vor mir. Ich erwartete, dass sie mir die Tür öffnen würde, vielleicht wieder in ihrem Malerkittel, mit den Augen, die im Halbdunkel schimmerten. Aber es war nicht sie. Es war eine blonde, stattliche Frau von Mitte vierzig in Jeans und einer gestreiften Küchenschürze, die mich kurz durch den Türspalt musterte, bevor sie mich einließ.

Sie gab mir keine Chance, meine guten Manieren zu beweisen, sondern stieg mir voran, auf Schlappen und mit bloßen Füßen, die Treppe empor, ging zu Kloffts Zimmer und klopfte an. Ich hörte Kloffts Stimme: »Herein!«

Die Frau öffnete die Tür und sagte: »Der junge Mensch ist da.« Klofts Stimme erwiderte: »Das ist für dich kein junger Mensch, sondern ein Herr! Und zwar ein Herr Doktor!« Trotz der Rüge war sein Ton eher milde. In dem gleichen Ton fügte er hinzu: »Und wie oft muss ich dir denn noch sagen, dass du fremden Leuten nicht in der Schürze die Tür aufmachen sollst?«

Die Frau sagte: »Okay, okay!« Sie zog ihre Vorderseite ein, um mich vorbeizulassen. »Soll ich schon bringen Brote?« Sie sprach mit einem deutlichen Akzent. Vielleicht kam sie aus Russland.

»Nein, noch nicht! Ich hab doch gesagt, ich sag dir Bescheid!«

»Okay, okay!« Als ich neben ihr in der Tür erschien, winkte Klofft mich heran: »Kommen Sie doch rein, bitte!«

Die Frau schloss die Tür hinter mir. Klofft lachte. »Das ist Olga! Ein Prachtweib. Wie Sie wohl gesehen haben. Und eine Seele von einem Menschen noch dazu. Nur leider ein bisschen ungeschliffen.«

»Aber das holen Sie jetzt nach.«

Er hob die Augenbrauen, doch er gab diese Pose sofort wieder auf, lachte wieder. »Na ja, man tut, was man kann!«

Er hatte auf seinem Arbeitstisch an der Balkontür bereits eine Spielplane aus Wachstuch ausgebreitet und die Figuren aufgestellt. Die schwarzen hatte er auf seiner Seite exakt in Reih und Glied gebracht, die Köpfe beider Springer nach vorn gewandt. Neben dem Brett stand eine digitale Turnieruhr, ein elegantes Teil in schwarzweißem Design. Außerdem hatte er zwei Schreibbretter mit Partieformularen vorbereitet, die Bleistifte lagen darauf. Und schließlich standen auch zwei Flaschen Mineralwasser mit Gläsern bereit, dahinter eine Flasche in einem Weinkühler mit zwei Weingläsern. Alle Gläser waren aus dem Kristall, das mir schon bei meinem ersten Besuch aufgefallen war.

Seine Arbeitgeber-Handbibliothek, darunter das BGB und das Personalbuch, auch den Stapel von Papieren hatte er auf den Tisch hinter der Balkontür geräumt. Dort lag auch ein Packen der aktuellen Wochenendzeitungen. Er hatte sie offenbar bereits durchgesehen, hier und da standen ein paar Seiten über. Wenn seine Frau ihm nicht beim Umräumen geholfen hatte, war er heute Morgen schon überaus fleißig gewesen. Vielleicht war ja auch das Prachtweib ihm zur Hand gegangen.

Ich zog mir einen Stuhl heran und ließ mich nieder. Er fragte: »Ein Glas Weißwein?« Er wies auf den Kühler. »Ich hab da einen sehr schönen Garganega, vom Gardasee.«

»Nein, nein, danke. Normalerweise gern, aber ich bin ja mit dem Auto hier.«

»Ja, das hab ich mir schon gedacht, dass Sie nicht zu Fuß gekommen sind!« Er zuckte die Schultern. »Na schön, der Hüter des Rechts trinkt natürlich nicht, wenn er fährt.«

»So ist es.« Ich streckte die Hand nach dem Weinkühler aus. »Aber Ihnen kann ich ein Glas einschenken.«

»Sind Sie verrückt geworden? Sie denken wohl, Sie können nüchtern bleiben und machen mich besoffen! Nein, nein, mein Lieber, keine faulen Tricks! Mit mir nicht! Übrigens … in welcher Klasse haben *Sie* denn gespielt? Ich bin beim letzten Mal gar nicht dazu gekommen, Sie zu fragen, Sie waren ja so versessen auf den Prospekt dieses … dieses Quacksalber-Hotels.«

Ich sah ihn stumm an. Er wusste, welche Antwort auf diese Dreistigkeit mir auf der Zunge lag. Und er war tatsächlich auch noch so dreist, mich anzugrinsen. Ich sagte: »Mit meinem Verein hab ich meist in der Landesliga gespielt. Aber in der Hochschulmannschaft bin ich auch schon mal an stärkere Gegner geraten.« Ich wies auf das Brett. »Die Farben sollten wir übrigens auslosen. Oder spielen Sie lieber mit Schwarz?«

»Das ist mir völlig wurscht. Ich wollte nur höflich sein.« Er nahm einen weißen Bauern vom Brett, führte die Hände hinter den Rücken, brachte sie zu Fäusten geschlossen wieder nach vorn und hielt sie mir zur Wahl hin. Ich tippte auf seine Rechte, er öffnete sie, sie war leer. Sofort öffnete er, als wolle er mir beweisen, dass alles mit rechten Dingen zugegangen sei, auch die Linke und zeigte mir den weißen Bauern, den er darin gehalten hatte.

Ich sagte: »Ich hätte sowieso nicht gedacht, dass Sie mich leimen.«

»Ach, erzählen Sie mir doch nichts! Sie trauen mir doch jede Schlechtigkeit zu!«

Wieder sah ich ihn stumm an. Und wieder grinste er zurück.

Ich fasste das Brett an zwei Seiten und zog es mit den Figuren langsam über Eck, bis die weißen Steine vor ihm standen und die schwarzen vor mir. Er hob die Hände halb, als wolle er die Figuren davor bewahren, über meinem Manöver umzustürzen und durcheinanderzufallen. Die Hände begannen in dieser Position leicht zu zittern, er legte sie fest auf den Tisch und sagte: »Ich hab die Uhren auf dreißig Minuten gestellt. Einverstanden?«

»Ja, okay. Wie geht es Ihnen übrigens heute Morgen?«

Ich spürte, dass er mich fixierte. Dann sagte er: »Bestens, danke! Oder sehen Sie irgendeinen Anlass zur Besorgnis?«

»Nein, nein! Es hat mich nur interessiert.« Nach einer kleinen Pause fragte ich: »Und wie geht's Ihrer Frau?«

»Auch bestens. Soviel ich weiß.« Er zögerte nur kurz, bevor er sagte: »Warum fragen Sie?«

Ich sah ihn an: »Weil's mich interessiert. Und weil ich sie heute hier nicht gesehen habe.«

Er schien einen Augenblick lang zu überlegen, ob er sich auf eine Konfrontation einlassen sollte. Doch schließlich sagte er: »Sie ist in ihr Atelier gefahren.«

»Ach. Ich dachte, sie arbeitet nur noch hier?«

»Da haben Sie falsch gedacht. Wissen Sie …« Er beugte sich ein wenig vor, lächelte: »… das macht sie ganz nach Lust und Laune. Wie das den Weibern … Pardon, den Frauen, halt so beliebt.« Nach einer kurzen Pause sagte er: »Oder haben Sie bessere Erfahrungen gemacht?«

Ich dachte an Frauke, aber ich war nicht gesonnen, deren Eigenheiten mit Herrn Klofft zu erörtern. Ich sagte: »Ich weiß nicht. Wollen wir?«

»Aber sicher.« Er lächelte mich an, dann rückte er sich in seinem Armstuhl zurecht, reichte mir die Hand, zog den d-Bauern zwei Schritte vor und drückte die Uhr. Ich überlegte einen Augenblick lang. Mir fiel die holländische Verteidigung ein, die ich eine Zeit lang gern gespielt habe, ich antwortete mit f5. Er hatte seinen ersten Zug nicht aufgeschrieben, ich nahm an, dass die Notation ihn zu sehr strapazieren würde, also ließ ich es auch.

Strapazen schien er im Übrigen nicht zu fürchten, er setzte mit dem aggressiven Bauernzug e4 fort und servierte mir auch noch seinen f-Bauern zum Fraß, um seine Figuren ins Spiel zu bringen. Vom zehnten Zug an, in dem er mit seinem weißen Läufer auf h7 ein Scheinopfer brachte, kämpfte ich ums Überleben. Im vierzehnten Zug gab ich auf.

Er schien sehr zufrieden. Er lehnte sich in seinem Stuhl zurück, hob die Hände und führte sie zusammen, als wolle er sie reiben, unterließ das jedoch und sagte: »Aber jetzt sollten wir erst mal einen Schluck trinken. Menschenskind, Sie bringen einen ja richtig in Dampf!«

»Na, jetzt tun Sie doch nicht so. Wollen Sie noch immer keinen Wein?«

Er zog die Mundwinkel nach unten, wiegte den Kopf hin und her, dann sagte er: »Ach doch, ich denke, ein Glas kann ich mir bei Ihnen erlauben.«

»Das werden wir sehen.« Ich goss ihm ein Glas Wein ein, nahm mir ein Glas Mineralwasser und fing an, die Figuren wieder aufzubauen, die schwarzen diesmal auf seiner Seite. Unterdessen sagte ich: »Ich kenne die Variante, die Sie da gespielt haben. Doch ich bin nicht mehr draufgekommen, wie man sich am besten verteidigt.«

»Ja, das hab ich gesehen. Aber erst mal Prost!« Er hob das Glas, setzte es an, trank ein paar Schlucke, nahm das Glas von den Lippen und schien einen Augenblick nachzudenken, setzte das Glas dann wieder an und trank es in einem Zug leer. Er sah mich an, lächelte. Über dem Trinken war ihm das Wasser in die Augen geschossen.

Ich fragte: »Noch eins?«

Nach einem Zögern antwortete er: »Ja, ich denke schon. Der Wein ist wirklich erstklassig. Sie wissen gar nicht, was Sie da verpassen.«

Während ich ihm eingoss, zündete er sich eine von seinen dünnen schwarzen Zigarren an. Ich stellte die letzten Figuren auf. Er sah mir zu, paffte ein paarmal, legte dann die Zigarre auf dem Rand des Aschbechers ab und sagte: »Na dann los, Aljechin!«

Ich unterdrückte den Anflug von Ärger über diese alberne Verhöhnung und zog e4. Er antwortete mit e5. Ich nutzte die Gelegenheit zum Königsgambit, er nahm das Opfer an und begann mit einer hartnäckigen Verteidigung seines Mehrbauern. Ich war sicher, dass ich auf diese Weise einen durchschlagenden Angriff bekommen würde, aber nachdem ich in der Eile meinen schwarzen Läufer schwach positioniert hatte, gewann er unversehens die Initiative und Zug um Zug die Oberhand. Es war abzusehen, wann er mich mit seiner Bauernmehrheit auf dem Königsflügel in ernste Schwierigkeiten bringen würde.

Vor seinem elften Zug, der eigentlich aus der Strategie, die er gewählt hatte, zwingend folgte, merkte ich plötzlich, dass er zögerte. Ich hob die Augen und sah, dass sein Gesicht sich stark gerötet hatte. Seine Stirn und die Oberlippe waren feucht von Schweiß. Seine Rechte, die er vor sich auf dem Tisch über die Linke gelegt hatte, zuckte in kleinen, krampfhaften Bewegungen hin und her.

Ich erschrak. Dann erinnerte ich mich an den ähnlichen Zustand, in den er geraten war, als er mir über Katharina Fuchs und deren ungenehmigten Urlaub berichtet hatte. Als ich ihn gefragt hatte, ob es ihm gutgehe, war er fuchtig geworden. Und tatsächlich war die Anwandlung von Schwäche dann auch schon vorüber gewesen.

Allerdings hatte seine Hand bei der Gelegenheit nicht so merkwürdig gezuckt. War es diesmal ein ernsterer Anfall?

Sollte ich Olga rufen?

Plötzlich hob er die Rechte. Er ließ sie einen Augenblick lang zitternd über dem Brett schweben, dann senkte er sie überhastet und griff nach einem Springer. Er verfehlte die Figur, warf sie um, begann, wie blind danach zu tasten.

Ich nahm den Springer und gab ihn ihm. Er verzog ärgerlich das Gesicht, aber er nahm die Figur und setzte sie zwei Reihen zurück, brachte sie glücklich auch zum Stehen. Dann zog er ein Taschentuch hervor und rieb sich Gesicht und Wangen trocken. Er blies die Luft durch die Lippen.

Der Springer hatte in einer starken Position gestanden. Ich hätte ihn schlagen können, aber dadurch die Stellung meines Gegners nur verbessert, weil seine Dame mit einer Reihe von akuten Drohungen an die Stelle des Springers getreten wäre. Statt diesen Vorteil zu nutzen, hatte Klofft einen schwächlichen Rückzug angetreten. Den Vorteil, den er dadurch mir einräumte, hatte er anscheinend übersehen: Ich konnte einen Turm auf einem Feld in Stellung und zum Angriff bringen, das bisher von dem Springer beherrscht worden war.

Einen Augenblick überfiel mich noch einmal das Gefühl, mit dem ich hin und wieder zu tun bekommen habe, wenn ein Gegner, der an einem Handicap litt, mir eine Gelegenheit geboten hat, zur entscheidenden Offensive loszuschlagen. Ich empfand Mitleid.

Das fehlte mir noch. Ich zog den Turm.

Er regte sich nicht. Es dauerte eine halbe Minute, dreiviertel, eine ganze Minute und noch mehr – er reagierte noch immer nicht. Ich hob vorsichtig die Augen vom Brett.

Sein Gesicht glühte wie schon zuvor, es war wieder feucht von Schweiß. Er starrte wie gebannt auf das Brett, seine Augen waren aufgerissen, als stehe er unter einem panischen Schrecken. Als ich schon drauf und dran war, nach Olga zu rufen, griff er mit der Rechten nach der Zigarre, die ein wenig zitternd zwischen seinen Lippen steckte, bekam sie zu fassen und führte sie, ohne die Augen vom Brett zu lösen, nach rechts, um sie auf dem Aschbecher abzulegen.

Unversehens schien ihm diese Bewegung zu entgleiten, er stieß mit der Hand heftig gegen den Aschbecher, der vom Tisch fiel, er ließ auch die Zigarre fallen, richtete den Blick zur Seite, als sei er von dem Poltern überrascht worden und suche die Ursache.

Ich sprang hoch, hob den Aschbecher auf und stellte ihn auf den Tisch, legte die Zigarre darauf ab, trat ein paar Fünkchen aus, die sie verstreut hatte. Er sah mir zu, als werde er zufällig Zeuge eines Ereignisses, das ihm mehr oder weniger unverständlich blieb. Dann sagte er mit einer rauhen Stimme: »Ich muss mal dringend pinkeln.«

Ich hielt die Uhren an. »Wir machen eine Pause, okay?«

»Was soll denn der Quatsch?« Er stand auf, tastete nach dem vierrädrigen Karren, der hinter seinem Stuhl stand, und stützte sich auf die beiden Handgriffe. Mit einem Seitenblick auf das Brett sagte er: »Ich gebe auf.«

Ich sagte: »Aber …«

»Sehen Sie nicht, dass ich kaputt bin? *Die* Stellung werden Sie doch wohl noch abwickeln können!«

Er griff nach einem kleinen Kästchen auf dem Tisch hinter der Balkontür, von dem ein dünner Draht in die Ecke führte, und drückte auf den Knopf, der in das Kästchen eingelassen war. Von der Treppe war die Klingel zu hören, mit der er seine Frau gerufen hatte. Dann schob er seinen Rollkarren an mir vorbei zur Tür. Ich erschrak, als ich sah, dass sein rechter Fuß, während er ihn zum Schritt anhob, sich plötzlich wie unter einem Krampf zur Seite drehte. Er stockte, sah hinab auf den Fuß, atmete schwer.

Ich ging hinter ihm her. Ich zögerte, aber dann fragte ich: »Kann ich Ihnen helfen?«

Er knurrte: »Aus dem Weg!«

Ich öffnete ihm die Tür, er fuhr hinaus auf den Flur. Ich ließ die Tür halb geöffnet.

Von draußen hörte ich Olgas Stimme. Er antwortete ihr. Es klang fast, als stritten die beiden. Die Stimmen wurden leiser, dann verschwanden sie. Eine Tür wurde geschlossen.

Brachte sie ihn etwa bis an den Rand des Beckens?

12

Olga hatte ihn bis ins Zimmer zurückgeleitet, dann war sie, nachdem er sie mit einer Handbewegung verabschiedet hatte, verschwunden, aber mit einer Platte voll belegter Happen, dazu eingelegten Gürkchen, Paprikaschoten und Zwiebeln zurückgekommen. Unterdessen hatte er sich noch ein Glas Wein von mir einschenken lassen. Er hatte mich stumm dazu aufgefordert, indem er sein Glas, das er zum zweiten Mal geleert hatte, über den Tisch auf mich zuschob.

Ich hatte die Flasche aus dem Kühler genommen, sie dann jedoch in der Schwebe gehalten und ihn fragend angesehen. Er erwiderte den Blick, als verstehe er nicht, was ich sagen wollte.

Ich fragte: »Ist das denn jetzt das Richtige für Sie?«

Er blaffte: »Sind Sie meine Krankenschwester?« Ich goss ihm ein, aber er trank nicht sofort. Er legte die Hand auf den Fuß des Glases und blickte, schweigend und mit zusammengezogenen Brauen, durch die offene Balkontür hinaus auf die grünen Wipfel. Als Olga mit den Häppchen kam, wollte er die Schachplane mit den Figuren zur Seite ziehen.

Olga sagte: »Halt, halt, so geht nicht! Abräumen!«

Sie stellte die Häppchen ab, suchte das Behältnis der Schachfiguren und fand es, beugte sich halb über Klofft und fing an, die Figuren einzuräumen. Offenbar war sie nicht gesonnen, pfleglich mit ihnen umzugehen, sie nahm eine Handvoll und ließ sie polternd in die Holzkiste fallen. Unverzüglich schrie er: »He, bist du noch zu retten?!«

Er gab ihr einen Stoß in die Seite, machte sich daran, selbst die Figuren einzusammeln. Ich nahm ihm die Arbeit ab. Olga sagte deutlich: »Dupek! Dumme Holzdinger! Blöde Dinger!«, stampfte zur Tür, sagte auch noch: »Blöder Kerl!«, und verschwand.

Er sagte: »Sie ist und bleibt ein Trampel!« Dann beugte er sich vor, musterte die Häppchen und sagte: »Bedienen Sie sich.«

Ich legte die Schachplane mit dem Figurenkasten auf den Zeitungsstapel, stellte einen der Teller, die Olga mitgebracht hatte, vor Klofft, legte Besteck und Serviette dazu und fragte ihn: »Was möchten *Sie* denn gern?«

»Ach … eins mit dem rohen Schinken.«

Ich legte ihm zwei davon auf den Teller, er zog die Brauen zusammen, aber er protestierte nicht. Nachdem ich auch mich selbst bedient hatte, sagte er: »Guten Appetit«, nahm eins von seinen Häppchen mit den Fingern und biss ein Stück ab. Während er kaute, sah er wieder hinaus in den Garten. Nach einer Weile sagte er: »Tut mir leid, diese … dieses Theater.«

Ich sah ihn an. »Was für ein Theater? Reden Sie davon, dass Sie … dass es Ihnen nicht so gut war?«

»Was denn sonst?«

»Das braucht Ihnen doch nicht leidzutun.«

Er schwieg wieder eine Weile, dann sagte er: »Sagen Sie nur ja nicht, dass es Ihnen nichts ausgemacht hat.«

»Was heißt ausgemacht? Ich habe … ich hab mich erschreckt, ja.« Nachdem ich einen Schluck Mineralwasser getrunken hatte, sagte ich: »Ich hab schon überlegt, ob ich Olga rufen sollte, das stimmt.«

»Ja, das wäre die Richtige gewesen!« Er lachte. »Kalte Umschlag auf Kopf! Fieße hoch! Und was sie sonst so von zu Hause kennt. Ich glaube, in Polen nehmen sie in schwierigen Fällen auch gern noch Hühnerkacke.«

»Sie sollten vielleicht nicht so reden.«

Er sah mich erstaunt an. Ich sagte: »Ich glaube, sie meint es gut mit Ihnen.«

Er wollte antworten, sagte dann aber nichts, sondern richtete den Blick wieder hinaus.

Ich zögerte, doch dann fragte ich: »Was sagt denn Ihr Arzt dazu?«

»Mein Arzt ist ein Arschloch.«

Als ich darauf nicht antwortete, warf er mir einen Seitenblick zu. »Ja, ich weiß, Sie denken natürlich wieder, dass es sich nicht gehört, einen Menschen so zu nennen, und schon gar nicht einen Arzt. Ganz unmöglich, nicht wahr? Aber er ist eins, glauben Sie mir!«

»Warum gehen Sie nicht zu einem anderen?«

»Zu welchem denn? Die Brüder sind doch alle gleich! Versuchen, Ihnen eine möglichst teure Behandlung anzudrehen! Alle miteinander!«

Er nahm einen Schluck Wein, ließ drei, vier weitere folgen, ächzte und setzte das Glas ab. »Der hier, mein Hausarzt, wie man so sagt, ich gehöre seit gut zehn Jahren zu seinen zahlenden Kunden... der also ist vor einiger Zeit darauf gekommen, dass ich womöglich an diesem Parkinson-Syndrom leide. Ich nehme an, Sie wissen, was das ist?«

Ich zuckte die Achseln. »Nicht genau. Aber ich hab davon gehört. Natürlich.«

»Dann wissen Sie vielleicht auch, dass niemand so *genau* weiß, was das ist und woher es kommt. Aber egal – er will an mir unbedingt eine gründliche Untersuchung vornehmen. Gründlich, verstehen Sie? Das heißt, dass er mich durch ein halbes Dutzend sündhaft teurer Apparate schieben will, ach Quatsch, mindestens ein *ganzes* Dutzend von den Dingern. Solches Science-Fiction-Zeug, das sich natürlich amortisieren muss. Hat er selbst nicht in seiner Praxis, jedenfalls nicht alles, aber es gibt ja Spezialisten, bei denen das herumsteht und auf Opfer wartet und wo Sie dann herumgereicht werden. Und wahrscheinlich bekommt er von diesen Aasgeiern dann auch seine Prozente. So sieht's doch aus!«

Ich schüttelte den Kopf.

Er starrte mich wütend an. Ich sagte: »Aber vielleicht könnte man damit ja doch eine Therapie für Ihre… für solche Attacken finden, wie die –«

Er fiel mir ins Wort: »Therapie?! Ach ja, Therapie! Natürlich nehmen wir nur das Feinste vom Feinen, nicht wahr? Dauert zwar ein bisschen und kostet ein kleines Vermögen, aber hilft auf jeden Fall.« Er nickte heftig. »Und wem hilft es? Den Aasgeiern, wem denn sonst! Vor allem, wenn ich lange genug lebe und erst zum Ende der Therapie sterbe, nicht wahr?!«

»Das ist doch Unsinn!«

»Ach ja, Unsinn, meinen Sie?! Wissen Sie, was Unsinn ist?!« Er rückte sich in seinem Stuhl zurecht, dann sagte er: »Ich zähle Ihnen jetzt mal ein paar Symptome für Parkinson auf, geben Sie Obacht: Dieser Fußdreher, den ich vorhin hatte, gehört dazu, das ist richtig. Auch der Tatterich, den ich manchmal habe. Aber das können auch schlicht und einfach Alterserscheinungen sein, verstehen Sie? Ich bin nun mal nicht mehr der Jüngste! Und das ist ja noch nicht alles.«

Er hob die Rechte und begann, an den Fingern aufzuzählen: »Zu den Symptomen gehören nämlich auch eine reduzierte Lautstärke der Stimme – habe ich nicht! Das vermehrte Auftreten von Schuppen oder fettiger Haut – habe ich nicht! Depressionen – kenne ich nicht! Wollen Sie noch mehr hören?«

»Nein, das muss nicht sein. Ich glaube Ihnen ja!« Ich suchte nach einem neuen Argument, mit dem ich diesen sturen Rechthaber zumindest ein wenig verunsichern konnte, aber bevor ich eines gefunden hatte, sagte er apodiktisch: »Natürlich glauben Sie mir *nicht*!«

Er lachte, wurde unversehens wieder ernst, visierte mich mit seinem Zeigefinger an. »Glauben würden Sie mir erst, wenn Sie in meiner Haut steckten.« Der Finger begann zu zittern, er legte die Hand auf den Tisch. »Dann, mein Lieber, würden wahrscheinlich auch Sie sich fragen, warum Sie Ihre Lebenszeit vergeuden sollten mit dem Verdacht, dass Sie an einer Krankheit leiden, die Sie vielleicht haben, vielleicht aber auch nicht. Ich weiß es nicht, und der Arzt weiß es auch nicht. Ich weiß allerdings, dass meine Lebenszeit begrenzt ist und dass sie sich dem Ende nähert, weil ich alt werde. Aber dieser Parkinson… der kann mich mal kreuzweise, verstehen Sie?«

Er lehnte sich zurück, schwenkte seinen Drehstuhl ein wenig zur Seite und blickte wieder hinaus in den Garten. Nach einer Weile sagte er: »Nicht, dass das Altwerden so viel schöner wäre als ein Parkinson. Mit silbernen Haaren und Abendsonnenschein und dem Ausspannen nach den Anstrengungen des Lebens hat es wenig zu tun. Das Altwerden, verstehen Sie. Ach was, wenig – überhaupt nichts hat es damit zu tun! Altwerden… das ist rundum beschissen, und sonst gar nichts!«

Er schwieg. Nach einer Weile raffte ich mich auf. Ich sagte: »Aber… ich denke mir, ein Mensch, der so viel wie Sie… auf die Beine gestellt hat, Ihre Firma, Ihr Unternehmen, das Sie doch… mehr oder weniger aus dem Nichts…«

Er wandte mir sein Gesicht zu.

Ich sagte: »Ich meine, das muss Sie doch auch, na ja, mit

Stolz erfüllen.« Er schwieg noch immer. Ich sagte hastig: »Mit Zufriedenheit, denke ich.«

Er lächelte. Dann sagte er: »Nett von Ihnen. Aber Sie haben tatsächlich keine Ahnung. Nicht mal den Schimmer einer Ahnung.« Er lachte. »Der junge Mensch, hat Olga Sie genannt. *Die* Frau hat Ahnung, weiß Gott.« Er wandte sich ab, sah wieder hinaus. »Wahrscheinlich werden Sie's nicht glauben. Aber ich hab eine Menge gelesen, über das Altwerden. Nicht zu fassen, wie viel darüber geschrieben worden ist! Das meiste hab ich vergessen. Aber an eine Stelle erinnere ich mich, die hat mir ganz besonders gefallen.«

Er lachte, schüttelte den Kopf. »Die steht bei Platon. Sie wissen wahrscheinlich besser als ich, wer das war. Also, der hat irgendwo geschrieben, im Greisenalter könne man sich immerhin darüber freuen, dass die Geilheit sich endlich verzieht. Er hat das natürlich viel feiner formuliert, ich glaube, er hat es ›die Begierde nach Weibern‹ genannt. Die Begierde, die ›nun endlich schweigt‹. Aber gemeint hat er dasselbe. Okay, und wissen Sie was?«

Er sah mich an. »Der Kerl war kein Philosoph. Der war ein Idiot. Ich will Ihnen auch sagen, warum: Entweder wollte er den Leuten was vormachen oder sich selbst. Nämlich so tun, als ob es ihm wurscht wäre, dass er keinen mehr hochbekam. Nur wird kein vernünftiger Mensch ihm das jemals geglaubt haben. Ich glaub's jedenfalls nicht. Und noch mehr als das: Ich weiß es besser. Die Geilheit, mein Lieber, oder, in Gottes Namen: die Begierde, die bleibt dir erhalten! Ob es dir passt oder nicht. Ob du noch einen hochkriegst oder nicht.«

Er nickte eine Weile, dann sagte er: »Alles andere wäre doch auch ein Wunder, nicht wahr, wenn Olga, wenn so ein Weib wie Olga seinen strammen Hintern vor dir herumschwenkt? Wie soll denn da die Begierde aufhören? Ich weiß ja schließlich, was sie da mit sich herumträgt, die gute Olga, im Verborgenen.« Er stieß ein kurzes Lachen aus. »Ich hab ihr ja oft genug, wenn sie neben mir stand oder sich über mich beugte, unter den Rock gegriffen. Und meistens hat sie dabei keinen Schlüpfer getragen.« Er lachte. »*Die* Frau weiß *immer*, wann was zu tun ist!«

Ich dachte, damit würde er's genug sein lassen, aber er war noch nicht fertig. Er sagte: »Und oft genug hat sie's mir ja auch hingehalten.« Er rieb sich die Wange. Und dann sagte er: »Und selbst wenn das alles nicht gewesen wäre, wenn sie mich nie hätte dranfassen und es nie hätte sehen lassen, Olga nicht und auch keine andere Frau … ich hätt's geahnt. Verstehen Sie? Ich hätt's gewittert und hätte es mir vorstellen können. Und wäre hinterhergelaufen. Wie ein … na ja. So ist der Mensch nun mal konstruiert. Oder sagen wir: das vernunftbegabte Lebewesen.«

Ich hatte ihm ein wenig näherkommen wollen, als ich die Einladung zum Schach annahm. Aber so widerlich nahe hatte es weiß Gott nicht werden sollen. Meine Zehen hatten sich in den Schuhen verkrampft, eine hitzige Röte war mir ins Gesicht gestiegen, ich glaubte zu spüren, dass meine Nackenhaare sich buchstäblich sträubten. Die Art, in der dieser alte Mann sich bloßstellte, sich selbst und andere, war nicht nur peinlich; sie war kaum erträglich.

Er sagte: »Die schönste Sache der Welt. Kennen Sie das Gemälde von Courbet, Gustave Courbet? ›L'origine du monde‹. Der Ursprung der Welt. Meine Frau hat mir mal einen Druck gezeigt. Auch nicht schlecht, Ursprung der Welt! Das ist poetisch. Oder philosophisch. Sehr edel jedenfalls.« Er lachte. »Ich benenne es simpler. Das schönste Ding auf der Welt. Ding, ja, ja, buchstäblich so! So sagt man nun mal. Und man könnte es noch einmal anders nennen, mit einem einzigen, guten alten deutschen Wort. Einem Wort, das übrigens auch im Grimm'schen Wörterbuch steht. Aber das nehme ich jetzt nicht in den Mund. Sie wären bloß wieder schockiert.«

Er lächelte, aber er sah mich nicht an dabei.

Welcher Teufel ritt diesen Mann? Ging es ihm nur darum, mich zu provozieren? Wollte er mir vor Augen führen, wie wenig Respekt ich ihm abverlangte, wie ungehemmt er sich in meiner Gegenwart gehenlassen, ja, dass er die Sau rauslassen konnte, ganz wie es ihm gefiel?

Oder war er schlicht betrunken? Ich war mir sicher, dass er in seinen früheren Jahren eine Menge Alkohol konsumiert und vertragen hatte, mehr jedenfalls auf einen Sitz, als er bisher in meiner Anwesenheit zu sich genommen hatte. Aber vielleicht hatte die Krankheit seine Kapazität reduziert? Oder das Alter – vielleicht minderte das Alter unaufhaltsam auch dieses Vermögen des Menschen?

Er sagte ein wenig schleppend: »Bei Olga kann ich es ohne Hemmungen aussprechen. Allzu viel Deutsch versteht sie nicht, aber *das* hat sie von Anfang an verstanden, dieses wunderbare Wort. Und schockiert hat es sie nie.« Er lachte. »Und sie hat sich auch nie von diesen … diesen kleinen Schwächeanfällen schockieren lassen. Von den Aussetzern, mit denen der Platon zu tun hatte, verstehen Sie? Nein, hat sie nicht! Sie tut was gegen solche … Störungen. Auch darauf versteht sie sich.« Er nickte. »Ein Prachtweib! Das können Sie mir glauben!« Er lachte. »Junger Mensch!«

Der Mann kannte mich kaum. Aber er sprach mit der größten Selbstverständlichkeit über einen schweren Fehltritt, den er begangen hatte und anscheinend noch immer beging, er beschuldigte vor mir, dem mehr oder weniger Fremden, ohne jede Zurückhaltung sich selbst eines fortgesetzten Ehebruchs, und ebenso die Frau, die sich mit ihm darauf eingelassen hatte. Und da er nicht wusste, dass die Dritte im Bunde, seine Ehefrau, mich schon darüber ins Bild gesetzt hatte, dass er sie gewohnheitsmäßig und seit vielen Jahren betrog, hätte er auch noch sie, die Hintergangene, vor mir bloßgestellt.

Es kam mir vor, als folge er einem unwiderstehlichen Bedürfnis, als werde er getrieben von einem unbändigen Verlangen, gegen die Etikette zu verstoßen, die primitivsten Gebote von Sitte und Anstand zu verletzen. Stand er unter dem Zwang, Dinge und Empfindungen zu benennen und auszusprechen, die nach den Spielregeln einer gesitteten Gesellschaft tabu waren? Gab es nicht eine Art Geisteskrankheit, die zu solch anstößigem Verhalten führte? Oder war es vielleicht nur ein Symptom des Alters? Genauer: der Altersgeilheit, von der Hochkeppel gesprochen hatte?

Ich hatte nicht darüber nachgedacht, was Hochkeppel im Einzelnen darunter verstanden haben mochte, aber mir fiel ein, dass ich einmal etwas über die Affinität alter Männer zum Genital- und Fäkalbereich gelesen hatte. Alte Männer, so hieß es da nach meiner Erinnerung, nahmen es nicht sonderlich schwer, wenn sie sich einmal beschmutzten. Sie urinierten auch schon mal über den Rand des Toilettenbeckens hinaus und überließen es der zuständigen Frau, die Ordnung wiederherzustellen. Hatte Olga ihn deshalb auf die Toilette begleitet?

Alte Männer genossen es gelegentlich, sich auch verbal so danebenzubenehmen. Sie genossen es wie einen sexuellen Reiz. Das hatte da – wahrscheinlich im psychologischen Ratgeber einer Illustrierten – wortwörtlich gestanden. Alte Männer, ja, genauso wie manchmal kleine Kinder, die sich trotz Ermahnungen darauf versteiften, in einem fort »Pipi!« und »Kacka!« zu sagen, und sich offensichtlich daran verlustierten.

Ich sah, dass er die Augen schloss. Unversehens sagte er: »Aber glauben Sie nur ja nicht, dass so eine Olga genügt, um Sie das Alter nicht mehr spüren zu lassen. Das schafft nicht einmal Olga.« Er schwieg eine Weile, und als er weitersprach, wurde seine Stimme leiser und undeutlicher. »Olga ist ja nicht immer da. Kann sie ja nicht sein. Nachts nicht, zum Beispiel. Nachts, wenn Sie plötzlich wach werden und sich fragen, fragen müssen, ob da wer gerufen hat.«

Seine Schultern bewegten sich ein wenig, fast so, als fröstele ihn. »Und irgendwann fragen Sie sich natürlich auch, ob da irgendwas von draußen, von irgendwo aus der Nacht sich mit diesem Ruf, den Sie im Schlaf gehört haben, angemeldet hat. Und ob's beim nächsten Mal schon in der dunklen Zimmerecke steht. Und Sie anflüstert, womöglich.«

Er atmete tief. »Oder Ihnen das Ohr vollbrüllt. Wie dem Jedermann, den kennen Sie doch. Ich war mal da, in Salzburg, meine Frau wollte dahin, und ich bin mit ihr gefahren. Ich hab gedacht, ich bekomme einen Herzschlag, als der

Kerl da losbrüllt: ›Je-der-mann!‹ Ich hab gespürt, wie meine Frau mich von der Seite angesehen hat. Sie hat's gemerkt. Und wahrscheinlich hat sie heimlich ihren Spaß daran gehabt. Sieh mal da, dem Macho ist der Schreck in die Knochen gefahren!«

Wieder bewegten sich seine Schultern. Dann begann er, mit geschlossenen Augen vor sich hinzumurmeln.

Anfangs hatte ich große Mühe, ihn zu verstehen, aber schließlich konnte ich die Wörter unterscheiden: »... kein Spaß, nicht während der Nacht. Nicht, wenn Sie allein sind. Ja. Klingt lächerlich. Ist es aber nicht. Zuerst warten Sie darauf, ob es wieder ruft. Und wann. Oder flüstert. Und dann glauben Sie in der Totenstille plötzlich zu spüren, wie die freien Radikale in Ihnen arbeiten. Und Ihre Zellen auffressen. Und es geht noch weiter. Der Parkinson kann mich mal? Ja, ja. Aber Sie haben zu viel gelesen, mittlerweile. Und Sie fragen sich, ob es die Degeneration in Ihrer Substantia nigra ist, die Sie da irgendwo in Ihrem Hirn spüren. Irgendwo so ein Knistern. Irgendwo geht was zugrunde, und das muss man doch spüren, oder?«

Er schwieg still. Ein paarmal bewegte er noch die Lippen, aber er sagte nichts mehr. Dann sah ich, dass sein Kopf langsam nach vorn sank. Seine Brust bewegte sich ruhig, in großen Abständen, aber regelmäßig. Er war eingeschlafen.

Ich blieb eine Weile still sitzen, dann stand ich vorsichtig auf. Er atmete ruhig weiter. Ich ging auf Zehenspitzen an die offenstehende Balkontür, ging, nach einem Blick zurück zu Klofft, hinaus und nach vorn bis ans Geländer.

Der kleine Garten, dessen Rasen von hohen Sträuchern und stattlichen alten Bäumen eingerahmt wurde, strotzte von grünem Blattwerk und bunten Blumen. Die Luft roch frisch und süß.

Ich beugte mich ein wenig vor. Ein Stück der Terrasse, von der drei Steinstufen in den Garten führten, wurde sichtbar. Aber der Liegestuhl, der dort unten stand, war leer. Niemand war zu sehen.

Ich blickte zurück. Klofft schlief, anscheinend friedlich und ohne Ängste.

Neben seiner Balkontür und dem Fenster gab es noch zwei solcher Türen und zwei breite Fenster, die auf den Balkon führten. Ich ging langsam näher an sie heran, ohne Klofft aus den Augen zu verlieren.

Das Zimmer neben Kloffts Zimmer war offenbar ein Schlafzimmer. Ich konnte zwischen den gerafften Vorhängen ein breites Bett aus hellem Holz erkennen und neben dem Fenster den dreiteiligen Spiegel eines Frisiertischs. Es musste Cilly Kloffts Schlafzimmer sein.

Wenn die Balkontür ihres Mannes offen gestanden hatte, war es für sie möglich gewesen, sein Gespräch mit Katharina Fuchs von draußen zu belauschen. Vorausgesetzt, die beiden hatten nicht geflüstert, was angesichts ihrer Auseinandersetzung aber kaum anzunehmen war. Und selbst wenn er sein Verlangen nach Sex am Ende nicht in seiner üblichen Lautstärke vorgebracht hatte, wäre es, wenn sie sich ein paar Schritte an der Hauswand entlang zu seiner Balkontür hin bewegt hatte, für sie zu hören gewesen.

Freilich hatte sie ein Risiko eingehen müssen. Aber dazu war sie, da es um sein Verhältnis mit dieser Frau ging, vermutlich bereit gewesen. Und Skrupel hatte sie vermutlich auch nicht gehabt.

Als ich auf Zehenspitzen wieder sein Zimmer betrat, öffnete er plötzlich die Augen. Er ließ den Kopf wie zuvor nach vorn und ein wenig zur Seite hängen, aber er öffnete die Augen weit, richtete sie auf mich und musterte mich, als überrasche ihn meine Anwesenheit.

Ich lächelte ihn an. »Ich hab mir mal Ihren Garten angesehen. Sehr schön, wirklich.«

»Ja.« Unversehens machte er ein schlürfendes Geräusch, als müsse er eine Ansammlung von Speichel abfangen und schlucken. Er richtete den Kopf auf, lächelte. »Ich bin eingeschlafen. Entschuldigung!«

»Nichts zu entschuldigen. Ich werde jetzt auch gehen.«

Er nickte.

Ich fragte: »Kann ich noch irgendwas für Sie tun?«

Er schüttelte den Kopf. Ich gab ihm die Hand.

Als ich schon die Tür öffnete, sagte er: »Und vielen Dank für den Besuch! Das war …«

Ich blickte zurück. Er suchte anscheinend nach einem passenden Wort. Schließlich hob er die Hände, schüttelte lächelnd den Kopf und ließ die Hände wieder fallen.

13

Es war kaum anzunehmen, dass Frauke noch einmal die Funkstille brechen und mich anrufen würde. Der Anrufbeantworter hatte denn auch nichts aufgezeichnet, als ich nach Hause kam. Aber ich wollte für alle Fälle vorsorgen und sichergehen, dass kein Anruf, der noch kommen sollte, mich verpassen und auf dem Tonband landen würde.

Mein Verlangen nach einem solchen Anruf war, seit ich Kloffts Haus verlassen hatte, sehr groß.

Ich war satt bis obenhin von alten Leuten und den Problemen, die sie und das, was sie taten oder empfanden, mir aufhalsen mochten, überdrüssig des hilflosen Mitgefühls, das sie mir abverlangten. Ich sehnte mich nach einem Umgang, der mich nicht niederdrückte, mich nicht mit Fragen belastete, auf die mir keine Antwort einfallen würde, es verlangte mich nach Verhältnissen, in denen ich wusste, was ich haben wollte und was ich dafür zu geben hatte.

Ich sehnte mich nach einem Stück glatter, fleckenloser Haut. Nach einem Schopf kräftiger Haare, eins dicht neben dem anderen, lückenlos. Ich sehnte mich nach dem frischen, sauberen Geruch, den solche Haut und solche Haare an sich tragen, einem Geruch, der keinem Parfum geschuldet ist und zugleich nicht einmal den leisesten Verdacht erweckt, er könne eine Note von versprengtem Urin oder fauligem Aufstoßen mit sich führen.

Ich sehnte mich nach dem Umgang mit Frauke. Oder mit Simone, ja, verdammt noch mal, Simone mit ihren Stilettos und den roten Riemchen an den nackten Beinen.

Simone war ein absurder Gedanke, außerdem hatte die das Wochenende nach ihrem speziellen Geschmack bereits angetreten. Und Frauke anzurufen wäre vergebliche Liebesmüh gewesen. Ich sah nicht ein, was ich falsch gemacht oder wofür ich mich zu entschuldigen hätte, weil ich Kloffts Einladung angenommen hatte, und unter dieser Voraussetzung mich bei Frauke zu melden hätte nur die nächste Explosion ausgelöst. Es blieb mir nichts übrig, als zu warten.

Ich verbrachte den Rest des Samstags vor dem Fernsehapparat. Ich sah den Aufbruch der Tour de France, mehrere Nachrichtensendungen, ein Reisemagazin und mit Unterbrechungen das Finale der Damen in Wimbledon. Einmal schaltete ich den Apparat aus und schlug ein Buch auf, das Frauke mir empfohlen und geliehen hatte, einen Roman von Arnold Stadler, den ich nicht einzuordnen wusste, der mich aber wegen eines Zitats auf dem Umschlag reizte. Das Zitat lautete: »Was ist Lieben? Bevor ich darüber nachdachte, wusste ich es noch.« Aber mir ging zu viel anderes durch den Kopf, und nach zwei vergeblichen Anläufen kehrte ich zum Finale der Damen zurück.

Um halb sieben, als ich in der Küche stand und ein Fertiggericht in den Topf gab, klingelte das Telefon. Ich verharrte einen Augenblick lang wie erstarrt vor dem Herd, dann lief ich ins Wohnzimmer, räusperte mich zweimal, nahm den Hörer ab und meldete mich. Es war nicht Frauke. Diesmal war es tatsächlich Cilly Klofft.

Sie sagte, sie hoffe, dass sie nicht störe.

Das »Nein«, das ich herausbrachte, klang nach meinem Eindruck ein bisschen verwirrt.

Sie zögerte, dann fragte sie, ob ich allein sei.

Ich sagte: »Ja«, aber mehr fiel mir dann auch nicht ein.

Es schien mir, als ob eine Spannung, unter der sie – ja, auch sie – gestanden hatte, sich löste. Sie fragte, wie es mir gehe und ob mein Wochenende gut angefangen habe. Ich antwortete: »Ich war bei Ihrem Mann, bis über Mittag. Wir haben Schach gespielt.«

Sie sagte: »Ja, ich weiß.«

Ich erwiderte: »Ach ja. Hat er Ihnen davon erzählt?«

»Aber nein.« Sie lachte. »Das würde er so schnell nicht

tun. So etwas behandelt er… als ein Geheimnis unter Männern.« Sie lachte wieder. »Solche Sachen gehen die Weiber nichts an.«

»Wirklich?«

»Ja, wirklich!« Nach einer kleinen Pause sagte sie: »Außerdem bin ich noch gar nicht zu Hause. Ich bin seit heute Morgen in meinem Atelier. In meinem eigentlichen. Nicht in dem zu Hause.«

Ich sagte: »Ja. Ihr Mann hat mir gesagt, dass Sie dort wären.«

»Ah ja.«

Sie legte wieder eine Pause ein. Ich fragte mich, warum sie mich angerufen hatte. Irgendetwas beunruhigte mich, und plötzlich wusste ich, was es war. Ich fragte: »Aber wenn Sie noch gar nicht mit ihm gesprochen haben…«

Sie lachte. »Sie möchten wissen, woher ich dann weiß, dass Sie zum Schachspielen bei ihm waren?«

»Ja, das…«

Sie sagte: »Frau Leisner hat es mir verraten.«

Ich schluckte, dann fragte ich: »Frauke Leisner?«

»Ja. Sie hat mich hier angerufen.«

»In Ihrem Atelier?!«

»Ja, natürlich. Sie kennt die Nummer doch.« Nach einer kleinen Pause sagte sie: »Sie hat mich gefragt, wann ich zur Documenta führe. Und ob ich mich dort vielleicht mit Kollegen verabredet hätte. Es klang so, als wolle sie sich eventuell anschließen. Und etwas darüber schreiben.«

»Ach ja. Zur Documenta.«

»Ja. Und bei der Gelegenheit hat sie dann erwähnt, dass mein Mann Sie heute Morgen zum Schach eingeladen hat.«

»Ja, ich verstehe.«

Sie lachte. Dann sagte sie: »Aber deshalb habe ich Sie eigentlich nicht angerufen.«

»Ja. – Ja, natürlich.«

Nach einer kleinen Pause sagte sie: »Ich wollte Sie fragen, ob Sie morgen früh zu mir kommen möchten. In mein Atelier. Nicht nach Hause.«

Mir wurde heiß. Ich weiß nicht, ob es an der Stimme dieser Frau lag. Oder an den Phantasien, die mich zuvor heimgesucht hatten, den imaginären, heimlichen Blicken in ihren verschlossenen Garten. Oder an dem Malerkittel. Die Stimme war dunkel, manchmal ein wenig verrätselt, nicht immer eindeutig.

Sie sagte: »Morgen ist doch Sonntag. Oder müssen Sie ins Büro?«

Fast klang es, als mache sie sich über mich lustig. Ich sagte: »Nein. Natürlich nicht.«

»Also dann! Wie wär's um elf?«

Warum wollte sie, dass ich in ihr Atelier kam? Weil ihr Mann nichts von diesem Gespräch erfahren sollte, natürlich. Was denn sonst? Die Erklärung lag auf der Hand. Und trotzdem spürte ich den Anflug einer Erregung, als sei ich auf ein Lotterbett eingeladen worden.

Sie sagte: »Oder lieber schon um zehn? Oder halb elf?«

Ich sagte: »Ja.«

Ich zögerte einen Augenblick lang, bevor ich hinzufügte: »Zehn wäre mir schon recht.«

»Abgemacht. Sie können auch bei mir frühstücken, wenn Sie wollen?«

»Nein, nein, danke! Das erledige ich zu Hause.«

»Wie Sie wollen.« Sie holte Luft, dann sagte sie: »Ich wollte übrigens nicht so geheimnisvoll tun, es ist gar nicht so aufregend, wie es jetzt vielleicht geklungen hat.« Sie schien einen Augenblick nachzudenken. Schließlich sagte sie: »Doch, es ist schon ziemlich aufregend.« Nach einer kleinen Pause fügte sie hinzu: »Es geht um die Kündigung von Frau Fuchs.«

14

Die Adresse, die sie mir genannt hatte, lag in einer ruhigen, locker bebauten, ein wenig öden Vorortstraße. Unter der Hausnummer fand ich ein zweistöckiges, breites, anscheinend von Büros oder kleinen Gewerbebetrieben genutztes altes Backsteinhaus. Im Erdgeschoss war früher wahrscheinlich die Bauschlosserei zu Hause gewesen. Daneben gab es eine Einfahrt in den Hof. An diesem Sonntagmorgen waren Menschen weder an den Fenstern noch auf der Straße zu sehen.

Ich fuhr langsam durch die Einfahrt, vorbei an der fensterlosen Seitenwand des Gebäudes auf der einen, einem Maschendrahtzaun auf der anderen Seite, durch welchen vom Grundstück nebenan das wildwachsende Grün wucherte. Der Hof war ziemlich geräumig, in der Mitte stand ein altes, nicht sehr hohes Gebäude, ebenfalls aus Backsteinen errichtet, das wie eine Fabrikhalle ein großes, abgeschrägtes Dachfenster trug. Ich parkte neben der zweiflügeligen Tür, die anscheinend restauriert worden war.

Als ich ausstieg, schlug in der Nachbarschaft eine Glocke

an. In den hohen, schwingenden Ton fielen wenig später und nacheinander zwei andere, tiefere Glocken ein. Nicht sehr weit von hier stand offenbar eine Kirche. Ich sah auf die Uhr. Ich war zu früh angekommen. Wahrscheinlich rief das Geläut zum Hochamt, das um zehn Uhr begann.

Ich sah mich ein wenig um. Der hintere Teil des geräumigen Grundstücks bot einen verwahrlosten Anblick. An dem Maschendraht, der das gegenüberliegende Grundstück abgrenzte, lag hier und da ein Haufen Erde aufgeschichtet, ursprünglich vielleicht aus Blättern zusammengefegt, beiseitegeschafft, liegengelassen, von Müll durchsetzt, von schütteren Gräsern überwachsen. Dahinter war die rückwärtige, schadhafte Seite einer geschlossenen Reihe von alten, fünfstöckigen Mietshäusern zu sehen. Auch die Grundstücke dieser Gebäude waren ziemlich groß. Zum Teil wurden sie hinter den befestigten Höfen der Häuser als Gärten genutzt, oft aber auch als Abfallhalden, wie der abgelegene Teil des Grundstücks, auf dem ich stand.

Ich erinnerte mich an das großformatige Bild, das ich in Cilly Kloffts Atelier bei ihr zu Hause gesehen hatte, das brachliegende Gelände mit dem Horizont aus fernen Dachfirsten. Es war offenbar das Abbild der Perspektive, die sich mir hier bot – und doch war es nicht das Abbild.

Sie hatte diesem Ort in ihrem Gemälde einen neuen Charakter verliehen. Sie hatte den Raum erweitert, die Mietshäuser in die Ferne geschoben, was den Horizont der Firste verfestigte und fast unüberwindlich erscheinen ließ. Zugleich hatte der Himmel über der Szenerie sich ausgedehnt, er war als Kuppel sichtbar und erkennbar geworden, die auf den Firsten ruhte und diese Stadtlandschaft abschloss.

Es herrschte ein Gefühl der Ausweglosigkeit, eine melancholische Resignation in diesem Bild, die ich hier, in der Realität, der es entnommen war, nicht finden konnte.

Vielleicht hatte hier und jetzt das Glockengeläut die Szenerie aufgehellt, ihr einen sonntäglichen Glanz verliehen. Sonntag, Feiertag. Der Müll, die Unordnung, die Schäden an den Behausungen der Menschen hatten für vierundzwanzig Stunden an Bedeutung verloren, man konnte, man musste darüber hinwegsehen. Man musste nicht zur Arbeit gehen. Die Stunden der Muße waren angebrochen. Man konnte sich zurückziehen. Ungestört bleiben. Das tun, wonach es einen verlangte.

Als ich auf die Uhr sah, weil mich jäh die Furcht überfiel, sie könne mich versetzen, hörte ich ein Motorengeräusch. Ein kleines Cabriolet kam durch die Einfahrt geschossen, es zog eine schnelle Kurve und hielt auf der anderen Seite der zweiflügeligen Tür neben meinem Auto. Sie winkte mir, stieg aus und hob eine große Tasche vom Beifahrersitz. Ich ging zu ihr.

Sie fragte: »Hab ich Sie warten lassen?«

Ich sagte: »Ich war zu früh hier, glaube ich.«

Sie lachte. »Oh! Das ist ja geradezu ein Kompliment!«

Ich nahm ihr die Tasche ab. »Wollen Sie verreisen?«

Sie lachte. »Nein. Das sind nur ein paar Sachen, die ich hier brauche.«

»Arbeiten Sie jetzt wieder hier?«

Sie schloss die Tür auf. »Vielleicht.« Sie lächelte mich an. »Ich weiß es noch nicht.«

Sie verharrte, als erwarte sie, dass ich mehr dazu erfahren wollte. Aber ich wusste nicht, was ich sie hätte fragen können, ohne allzu vertraut zu werden. Ich wies auf das Gebäude. »Gehört das alles zu Ihrem Atelier?«

»Ja. Ist nicht gerade klein, nicht wahr? Aber trotzdem leider nicht optimal.«

»Warum denn nicht?«

»Ach… Weil dieses und jenes hätte praktischer sein können. Aber ich hab mich dran gewöhnt.« Sie lächelte. »Meinem Vater zuliebe.«

»Hat er Ihnen…?«

»Ja. Er hat diese Immobilie gekauft und mir geschenkt. Als Überraschung. Vor vielen Jahren.« Sie lächelte. »Aber wollen wir nicht endlich mal reingehen?«

Der Raum, in den wir eintraten, war groß, wenn auch nicht ganz so groß, wie ich von draußen erwartet hatte. Gleich hinter der Tür standen die Bilder, wie in ihrem Atelier zu Hause, Bilder und Mappen. Über der Tür war eine Holzdecke eingezogen, eine Art Empore, zu der eine Stiege hinaufführte. Wahrscheinlich lagerte sie dort noch mehr Bilder.

Im Hintergrund war eine Wand mit zwei Türen gesetzt worden, eine der Türen stand offen, ich konnte den Rand einer Badewanne erkennen. Ich vermutete, dass es dort auch eine kleine Küche gab und womöglich sogar einen Schlafraum.

Ob sie ihren Mann auch schon einmal über Nacht allein ließ?

»Sie können die Tasche da hinten neben das Sofa stellen.«

Ich ging zu der Sitzgruppe, die in der Ecke neben der geschlossenen Tür stand. Auf halbem Wege kam ich an einer großen Staffelei vorbei, auf der eine Leinwand mit dem Fragment eines Gemäldes befestigt war. Ich sah daneben den fahrbaren Tisch mit Paletten und Farben und Handwerkszeug, auf der anderen Seite eine zusammengefaltete spanische Wand. Dann erst realisierte ich, was sich auf der Leinwand abzeichnete.

Es waren offenbar die Anfänge des Porträts eines sitzenden Mannes. Nur das Gesicht war bisher detaillierter ausgeführt. Es war nicht das Gesicht eines alten Mannes. Ich stutzte, sah noch einmal hin. Ich glaubte, meine Nase zu erkennen, meinen Mund, die Augenbrauen. Meine Haare. Die Augen.

Ich blieb stehen. Sie trat neben mich. »Jetzt hab ich's doch vergessen, die Wand auszufahren! Gestern Abend wollte ich das noch tun.« Sie lachte. »Tut mir leid! Ich wollte Sie nicht schockieren. Wirklich nicht!«

»Ich bin nicht schockiert.« Ich betrachtete das Fragment. »Ich bin nur überrascht.« Ich sah sie an. »Ist das das Bild, das in Ihrem Atelier zu Hause hinter der spanischen Wand stand?«

Sie nickte, lächelte. »Karl hat es mir gestern hierhergebracht.«

Noch ein Verschwörer. Ich konnte mir nicht vorstellen, dass Karls Chef über diesen Transport informiert worden war.

Sie fasste meinen Arm. »Kommen Sie, wir setzen uns erst einmal.«

Sie führte mich zu der Sitzgruppe, wies auf das Sofa. Ich setzte mich. Sie zögerte einen Augenblick lang, dann ließ sie sich neben mir auf dem Sofa nieder. Ihr Parfum machte sich bemerkbar. Ihr Knie streifte meinen Oberschenkel. Sie sah mich an, lächelte.

Um Himmels willen, wie alt war diese Frau?

Hatte sie mich etwa hierher eingeladen, um mit mir ins Bett zu gehen? Oder sollte es gleich auf diesem Sofa mit dem bunten Leinenbezug stattfinden? Und der Wievielte war ich wohl, den sie hier zu Gast hatte? Wusste ihr Mann, ahnte er es, dass sie vielleicht nicht nur zum Malen sich hierher zurückzog?

Sie sagte: »Das kommt Ihnen jetzt vielleicht vor wie ein… Überfall. Ist es in gewisser Weise natürlich auch.« Sie lächelte. »Aber in bester Absicht. Also… ich wollte Sie fragen, ob Sie mir einmal Modell stehen möchten.«

Nach einer kleinen Pause fragte ich: »Modell stehen?«

»Ja. Sie haben diese Studie doch gesehen.« Sie deutete zu der Staffelei hinüber. »Ich hab damit angefangen, nachdem Sie mich zum ersten Mal zu Hause besucht haben. Meinen Mann besucht haben, meine ich.« Sie runzelte ein wenig die Stirn, als kämen ihr Zweifel, dass ich verstand, wovon sie sprach. »Sie haben sich nach dem Gespräch mit ihm zu mir ins Wohnzimmer gesetzt. Erinnern Sie sich nicht?«

»Doch, doch, natürlich.«

»Allerdings bin ich mir jetzt nicht mehr sicher, ob ich Sie so malen möchte. In dieser Pose, verstehen Sie… Im Sessel sitzend.« Sie lächelte. »Ich denke mir, es gibt interessantere Situationen.«

Und was sollte das heißen: interessanter? Wollte sie mich etwa nackt malen?

Lächerlicher konnte meine erste Reaktion nicht sein: Ich bedauerte es, dass ich heute Morgen meine hausbackene

Alltagsunterwäsche angezogen hatte, nicht einen von den Designerslips, die Frauke mir zu Weihnachten geschenkt hat.

Ich versuchte, mich aus dieser törichten Verlegenheit zu befreien, ein für alle Mal, und jetzt Schluss damit! Ich sagte: »Nein. Ich glaube nicht, dass ich das möchte.« Nach einer kleinen Pause fügte ich hastig hinzu: »Ich meine, es ... es ehrt mich natürlich, dass Sie denken, ich wäre ... geeignet für ein Porträt von Ihnen. Ein Porträt von Cilly Klofft. Aber ...«

Ich schüttelte den Kopf.

Sie sah mich prüfend an, zog wieder die Brauen ein wenig zusammen. »Was meinen Sie denn damit ... geeignet?«

»Nun ...« Ich versuchte, belustigt zu wirken, nein: heiter. Heiter gelassen. »Na ja, ich glaube nicht, dass ich schön genug für so etwas bin!«

Sie bewegte sich unversehens auf ihrem Sitz, als sei das, was ich gesagt hatte, eine Provokation gewesen. Ihr Knie berührte wieder meinen Schenkel, ich glaubte, wieder einen Hauch des Parfums zu spüren. Sie sagte ein wenig heftig: »Das ist doch nicht eine Frage der Schönheit! Und selbst wenn Sie nicht schön wären – was nicht stimmt, wie Sie wissen –, selbst dann wären Sie ein Mann, den zu malen sich lohnt.«

»Das ist aber wirklich ...« Wieder schüttelte ich den Kopf, aber dann fiel mir auch nichts mehr ein, womit ich diesen Satz hätte abschließen können.

Nach einer Pause, die peinlich zu werden drohte, raffte ich mich auf. Ich sagte: »Nein ... vielleicht ist es ja auch viel einfacher.«

Sie sah mich an. Ich sagte: »Was denken Sie, was Ihr Mann sagen würde, wenn er erführe, dass ich Ihnen Modell stünde?«

Ihre Augen weiteten sich. Sie schwieg eine Weile, ohne den Blick von mir zu wenden. Dann sagte sie: »Mein Mann?! Glauben Sie tatsächlich, dass *sein* Urteil über irgendetwas, das Sie oder ich tun oder lassen sollten, Sie interessieren muss? Oder dass es mich interessiert? Sie haben diesen Mann doch kennengelernt! Sie haben doch schon Einiges über ihn erfahren! Glauben Sie tatsächlich, dass er qualifiziert wäre, das Verhalten anderer Menschen zu beurteilen? Moralisch zu beurteilen, denn darum ginge es doch?!«

Ich wollte mich von dieser Frau nicht überfahren lassen. Ich sagte: »Einen Augenblick bitte, ich –«

Sie fiel mir ins Wort: »Nein, lassen Sie mich ausreden, bitte!« Sie lehnte sich ein wenig zurück, aber sie löste ihren Blick nicht von mir. »Ich kann Ihnen sagen, wie das Urteil meines Mannes lauten würde, wenn Sie mir Modell stünden. Mein Mann würde sagen: Was denkt dieser Schnösel sich dabei, sich nackt vor meiner Frau aufzubauen? Will er ihr seinen... seinen... sein käsebleiches Doktoren-Ding vorführen? Und was denkt diese alte Schlampe sich dabei, einen solchen Knaben als Modell zu engagieren? Ist sie über dem Toresschluss noch mal so in die Hitze geraten, dass ihr jeder Vorwand recht ist, um sich einen... ein... Na gut, ich will nicht ordinär werden.«

Sie lachte auf. »So, mein Lieber, ungefähr so lautete das Urteil meines Mannes, wenn Sie mir Modell stünden. Nur noch ordinärer würde es ausfallen. Sehr viel ordinärer. Sein moralisches Urteil, nicht wahr? Glauben Sie wirklich, dass Sie sich auch nur einen Deut darum kümmern müssten?«

Sie ließ sich gegen die Lehne des Sofas zurücksinken. Ich sah, was ich bis dahin nicht registriert hatte, dass sie zu einer Bluse und Weste Jeans trug, dunkelbraune, vermutlich exquisite Jeans mit einer großen, silbern glänzenden Gürtelschnalle. Ich dachte an ihre gebräunten Beine, die Knie unter dem feinen Stoff und verbannte diesen Gedanken sofort.

Nach einer Weile sagte ich: »Ihr Mann ist mein Mandant.«

Sie verstummte einen Augenblick lang, dann sagte sie: »Wie bitte?!«

»Ja, das mag Ihnen lächerlich vorkommen, aber es ist nicht lächerlich.« Ich versuchte mich zu konzentrieren. »Ihr Mann ist mein Mandant. Wenn ich ihn hintergehe, in irgendeiner Form hintergehe, dann ist das nicht in Ordnung. Ich … verletze meine Pflichten. Und natürlich würden wir ihn hintergehen, wenn ich Ihnen Modell stünde. Denn wir würden es ihm ja verheimlichen.« Ich sah sie an. »Meine Mandanten schulden nicht nur mir etwas. Ich schulde ihnen auch etwas. Nämlich Loyalität, nicht zuletzt. Verstehen Sie?«

Sie sah mich schweigend an, nickte bedächtig. Dann sagte sie: »Hat Hochkeppel Ihnen das beigebracht?«

»Dazu bedarf es nicht Herrn Hochkeppels. Das lernt man im Studium. Sofern nicht schon das Gefühl es einem sagt.«

Mir wurde ein wenig flau bei dem, was ich da entwickelte. Ich war mir nicht sicher, ob das alles so seine Richtigkeit hatte. Hochkeppel konnte ich wohl kaum dazu befragen.

Ich sollte vielleicht doch noch einmal in ein paar Büchern nachschlagen.

Sie nickte abermals, diesmal knapp und entschlossen. »Also schön. Loyalität. Ich schlage vor, wir legen die Modellfrage damit zu den Akten.« Sie lächelte. »Das war es ja auch nicht, weshalb ich Sie gebeten habe, hierher zu kommen.«

»Richtig.« Ich fühlte mich plötzlich erleichtert. »Sie hatten mir etwas zur Kündigung von Frau Fuchs sagen wollen, nicht wahr?«

»Absolut richtig. Aber jetzt ist mir erst mal nach einem Drink zumute.« Sie stand auf. »Und was möchten *Sie*?«

Ich hob die Hand. »Lieber nicht!«

Sie lächelte mich an. »Haben Sie Angst, dass ich Sie betrunken mache?« Der Spott war penetrant.

»Ach was!«

»Na, umso besser!«

Sie wandte sich ab und ging zu der Tür neben dem Bad. Ich blickte hinter ihr her. Die Jeans passten perfekt auf ihr kleines, rundes Gesäß. An den nackten Füßen trug sie dunkelbraune Mokassins.

Wenn sie ihr dichtes graues Haar gefärbt hätte, blond vielleicht, in diesem leuchtenden Blond, das es manchmal zu sehen gab … Oder ein bisschen dezenter vielleicht, kastanienbraun, ein Braun mit einem rötlichen Schimmer: man hätte sie für eine Frau von dreißig halten können. Ja, da war ich mir ziemlich sicher.

Ich hörte, dass sie in der Küche Schränke öffnete und schloss. Gläser klangen aneinander.

War ich eigentlich von allen guten Geistern verlassen?

Ich hatte ihr mehr oder weniger deutlich unterstellt, dass sie mit mir schlafen wollte. Und ich hatte sie zurückgewiesen, als hätte sie mir einen unanständigen, einen ekelhaften Job angeboten.

Ich musste sie tief gekränkt, übel verletzt haben. Es war ein Wunder, dass sie mich nicht auf der Stelle hinausgeworfen hatte.

15

Sie kam mit zwei Piccolo-Fläschchen und zwei Sektkelchen zurück. Ich bangte, ob sie sich wieder neben mir niederließe, wieder mein Knie berührte; aber diesmal setzte sie sich in den Sessel, der zur Linken des Sofas stand. Sie öffnete das erste der Fläschchen, füllte einen der Kelche und schob ihn vor mich.

Ich hob die Hand. »Nein, bitte nicht. Nicht jetzt.«

Sie lächelte. »Also doch.«

Es wurde mir zu viel. Ich wollte diesen unbarmherzigen Spott nicht länger stillschweigend hinnehmen, aber bevor ich etwas sagen konnte, fragte sie: »Möchten Sie etwas anderes? Einen Tee? Oder einen Saft?«

»Nein, danke. Im Augenblick gar nichts.«

»Na gut.« Sie nahm den Sektkelch zurück, trank selbst einen Schluck daraus, seufzte wohlig. Dann sagte sie: »Also die Kündigung von Frau Fuchs. Fristlos, nicht wahr? Und einer der Gründe war doch, dass sie einen Urlaub genommen hat, den er ihr nicht genehmigt hatte. Und warum hat er ihn nicht genehmigt? Er konnte ja nicht anders. Er erwartete nämlich einen ganz dringenden, ganz wichtigen Auftrag. Einen Auftrag aus dem Ausland. So hat er es ihr gesagt. Und so steht es ja auch in dem Kündigungsschreiben, nicht wahr?«

Ich sah sie an. Sie erwiderte den Blick, als bemerke sie durchaus, dass etwas mich irritiert hatte, habe aber keine Ahnung, was das sei. Ich beließ es einen Augenblick lang bei diesem Blickaustausch. Dann fragte ich: »Woher wissen Sie das alles?«

Ein paar Sekunden noch behauptete sie ihre unschuldsvolle Miene. Dann klapste sie sich mit den Fingern auf die Lippen, sagte: »Oh!« Und dann sagte sie: »Loyalität, nicht wahr?« Sie nickte. »Ich darf Ihnen ja gar nicht sagen, woher ich das weiß. Und deshalb auch nicht das, *was* ich weiß. Das heißt, ich darf es Ihnen schon sagen. Aber Sie dürfen es sich nicht anhören, nicht wahr? Es wäre ein Verstoß gegen die Loyalität, die Sie Ihrem Mandanten schuldig sind.«

Sie gab es mir voll zurück. Ich hatte sie verletzt, ja, aber sie verkroch sich nicht. Sie gab es mir mit einer Breitseite zurück. Die Argumente, mit denen ich sie hatte abweisen wollen, flogen mir unversehens um die Ohren.

Einen Augenblick lang betrachtete sie mich noch mit einem Lächeln, das ich für bedauernd hätte halten können, wäre ich nicht mittlerweile sicher gewesen, dass der reine Hohn dahintersteckte. Dann fragte sie: »Das ist doch richtig, nicht wahr? Oder habe ich Sie falsch verstanden? Informationen, die ich mir hinter dem Rücken meines Mannes beschafft habe, dürfen Sie sich gar nicht anhören, nicht wahr?«

Es nutzte alles nichts, ich musste aus der Deckung heraus. Ich wollte meinen Fall nicht leichtfertig verschenken. Und ich mochte schon gar nicht mich endgültig zum Gespött dieser Frau machen.

Ich sagte: »Nun, das ist… es ist nicht ganz so simpel, wissen Sie. Informationen, die mich… die mir helfen, meine ich, meinen Mandanten angemessen zu vertreten… die muss ich nicht zurückweisen.« Ich räusperte mich. »Genau genommen kann ich sie gar nicht… darf ich sie gar nicht… ungeprüft zurückweisen.«

Sie öffnete die Augen weit, als sei sie höchst verwundert und zugleich erleichtert über diese Wendung. »Oh!« Sie nickte. »Ja… ich verstehe. Nun… ich glaube schon, dass das, was ich erfahren habe… dass es Ihnen helfen wird, meinen Mann… angemessen zu vertreten. Oder sagen wir: ihm gerecht zu werden.«

Sie schwieg. Ich sah sie an. Nach einer Pause sagte sie: »Den Auftrag aus dem Ausland hat er erfunden.«

Einen Augenblick lang war ich völlig perplex. Dann fragte ich: »Woher wollen Sie das wissen?«

»Ich hab das Kündigungsschreiben gelesen. Das, was er in der Akte verwahrt.« Sie zögerte, dann fuhr sie fort: »Er hat am Freitagmittag die Akte auf seinem Tisch liegenlassen. Als er sich zu seinem Schläfchen zurückgezogen hat. Ich hab die Akte gefunden. Und hab sie durchgeblättert.«

Ich sagte: »Aber in der Akte gibt es keinen Hinweis auf das, was Sie da behaupten.«

Sie lächelte. »Nicht in *Ihrer* Kopie. Natürlich nicht. Aber in seinem Exemplar hat er hin und wieder Randbemerkungen eingetragen. Mit Bleistift. So, dass er sie auch wieder löschen kann, wenn er das für nötig hält. Und genau so eine

Bemerkung hat er auch auf dem Rand des Kündigungsschreibens notiert. Ein bestimmtes Wort. Er hat es neben den Passus der Kündigung geschrieben, in dem er den Auftrag aus dem Ausland anführt. Den Auftrag, den er angeblich erwartet hat.«

Sie wollte offenbar diesen Auftritt genießen. Ich sagte ein wenig unwillig: »*Was* für ein Wort denn?«

»Das Wort *Thionville*.«

»Thionville?« Ich sah sie verständnislos an. »Und was soll das bedeuten?«

Sie trank einen Schluck. Dann sagte sie: »Thionville ist eine Stadt in Lothringen. In Frankreich, Département Moselle. Auf Deutsch Diedenhofen. Auf Lothringisch Diddenuewen. Nicht weit von der saarländischen Grenze. Und von Luxemburg. Und nicht weit von der lothringischen Montanindustrie. Die war früher mal ziemlich bedeutend, ist aber mittlerweile nicht mehr rentabel. Wie überall.«

Ich sagte: »Entschuldigen Sie bitte – aber was hat das mit der Kündigung von Frau Fuchs zu tun?«

Sie lächelte. »Sofort! In Thionville haben wir … hat mein Mann, meine ich, früher mal einen sehr guten Kunden gehabt. Einen Zulieferer der Eisenerzhütten. Gaston Weber heißt er. Etwas jünger als mein Mann. Er war ein so guter Kunde, dass ziemlich bald eine Freundschaft daraus wurde. Na ja, soweit mein Mann fähig ist zu einer Freundschaft.«

Ich fragte mich, ob außer Hass auch noch irgendein anderes Gefühl für ihren Mann in ihr überlebt hatte.

Sie sagte: »Gaston Weber hat ihn zur Jagd eingeladen. Und mein Mann hat sich dann mit ähnlichen Einladungen revanchiert. Mal zum Jagen. Im Sommer schon mal auf eine

Segeljacht, die er gemietet hat. Dabei war übrigens auch Ihr Chef mit von der Partie, und die anderen Kumpane. Nur die Ehefrauen nie.« Sie lächelte. »Aber nach Thionville bin ich hin und wieder mitgefahren. Hab gezeichnet und gemalt, während Gaston und er zur Jagd gingen.«

Sie schwieg. Nach einer Weile sagte ich vorsichtig: »So ganz verstehe ich noch immer nicht…«

Sie sah mich an. »Ich wollte nur sagen, dass auch ich Gaston Weber gut kenne. Ich war befreundet mit ihm. Bin es immer noch.« Sie holte Atem. »Und als ich in dieser Akte das Wort Thionville gesehen habe, bin ich misstrauisch geworden. Weber hat sich seit geraumer Zeit nicht mehr bei mir gemeldet. Wenn er irgendwann mit meinem Mann telefoniert hätte, hätte er sich mit mir verbinden lassen, da war ich sicher. Oder zumindest hätte er mir Grüße ausrichten lassen.«

Sie verschränkte die Arme. »Also hab ich Weber angerufen. Ich hab gefragt, wie es ihm gehe. So lange nichts gehört und so weiter. Und dann hab ich gesagt, ich hätte irgendwann in den vergangenen Tagen seinen Namen fallen hören, im Zusammenhang mit einem Auftrag, den er meinem Mann erteilen wolle. Und ob das Geschäft sich wieder belebe.«

»Und er hat gesagt, von einem Auftrag wisse er nichts.«

Sie nickte. »Ja. Er hat gesagt, die guten Zeiten seien leider vorbei. Die meisten der Hütten, die er beliefert habe, hätten mittlerweile aufgegeben. Die ganze Branche könne nicht mehr konkurrieren. Genau wie bei uns in Deutschland. Er habe sich andere Kunden suchen müssen. Habe seine Angebote neu zusammenstellen müssen. Das mit dem

Auftrag müsse ein Irrtum sein. Vielleicht hätte ich da etwas missverstanden.«

Sie schwieg. Ich dachte nach. Ich spürte, dass sie mich beobachtete. Nach einer Weile fragte ich: »Mit Weber gesprochen hatte Ihr Mann offenbar noch nicht?«

»Nein. Bis gestern Nachmittag, als ich Weber angerufen habe, jedenfalls nicht.«

Ich nickte. Dann sagte ich: »Dass Weber von diesem… Auftrag nichts wusste, ist natürlich kein schlüssiger Beweis. Verstehen Sie? Kein Beweis dafür, dass Ihr Mann sich den Auftrag nur ausgedacht hat.«

Sie runzelte die Stirn. Dann sagte sie: »Sie meinen, dass ja auch irgendein anderer Kunde aus dem Ausland mit ihm so einen Auftrag besprochen haben könnte?«

»Natürlich. Ich denke, er hat eine ganze Reihe von Kunden im Ausland?«

»Eine ganze Reihe ist vielleicht ein bisschen übertrieben.« Sie zuckte die Schultern. »Na schön… möglich wäre es natürlich, dass es irgendein anderer war. Oder ein ganz neuer Kunde.« Sie sah mich an. »Aber warum sollte er dann den Vermerk ›Thionville‹ in die Akte eingetragen haben?«

»Das frage ich *Sie*.«

Sie griff nach ihrem Glas, trank einen Schluck. Dann sah sie mich wieder an. »Vielleicht, weil er sich im Notfall an ihn wenden wollte. Ich meine, falls Frau Fuchs nachprüfen würde, was das denn für ein Auftrag war, der sich so plötzlich in Luft aufgelöst hatte. Ich weiß nicht, ob sie das kann… aber vielleicht wäre ja so etwas möglich?«

»Das weiß ich auch nicht.«

Ich machte ihr etwas vor. Tatsächlich fürchtete ich, dass Frau Fuchs durchaus diese Möglichkeit hatte. Sie kannte vermutlich die ausländische Kundschaft ihrer Firma. Und sie konnte in dieser Frage zumindest den Geschäftsführer Pauly als Zeugen in Anspruch nehmen, den Klofft nach dem Gespräch mit ihr ohne Verzug hätte informieren müssen. Und wenn es auf Biegen oder Brechen ging, würde sogar das Gericht von uns den stichhaltigen Beweis verlangen, dass dieser Auftrag tatsächlich in Aussicht gestanden hatte, aber dann wider Erwarten nicht erteilt worden war.

Ich fragte: »Glauben Sie, dass Weber Ihrem Mann den Gefallen täte? Ich meine, dass er ihm bestätigen würde, wahrheitswidrig bestätigen würde, er habe ihm den Auftrag in Aussicht gestellt?«

Die Antwort kam ohne Verzögerung: »Nein. Ganz gewiss nicht, nachdem er mir gesagt hatte, er wisse nichts von einem solchen Auftrag.« Sie schüttelte den Kopf. »Er würde vor mir nicht als Lügner dastehen wollen.«

Ich nickte. Nach einer Weile sagte sie: »Es nützt Ihnen also gar nichts, dass ich … recherchiert habe? Ich hab Ihnen sogar eine Chance verdorben, nicht wahr?«

»Nein, nein!« Ich lachte. Dann sagte ich: »Zumindest weiß ich jetzt noch ein bisschen mehr über die offenen Flanken, mit denen ich antreten muss.«

Sie seufzte, und diesmal war es kein Hohn. »Es tut mir leid.«

»Das braucht Ihnen nicht leidzutun. Aber wissen Sie was?« Ich deutete auf ihren Sektkelch. »Jetzt nähme ich doch gern einen Schluck von diesem Getränk. Es soll ja aufmunternd wirken.«

Sie lachte. »Ich hole Ihnen aber ein kühles.«

Sie ging zur Küche. Ich sah wieder auf die perfekt sitzenden Jeans, rief mich aber sofort zur Ordnung.

Ob Gaston Weber auch schon einmal dieses Atelier besucht hatte? Es war anzunehmen. Er würde auch das eine oder andere ihrer Bilder gekauft haben. Ein großes, vielleicht der Blick von seiner Jagdhütte in ein weites, grünes Tal, es hing in seinem Arbeitszimmer im Betrieb, gegenüber seinem Schreibtisch. Er hatte es zu Hause im Salon aufhängen wollen. Aber seine Frau hatte gesagt, wenn er das tue, werde sie ausziehen.

Sie kam zurück mit einem Piccolo-Fläschchen, öffnete es und goss mir ein, dann nahm sie ihr Glas und prostete mir zu. »Auf Ihre Aufmunterung!«

Nachdem wir die Gläser wieder abgestellt hatten, sagte ich: »Da wir einmal dabei sind... bei Ihren Recherchen, meine ich...«

Sie sah mich an. »Ja? Was wollen Sie wissen?«

Verschwörung, was sonst. Ich verwickelte mich immer mehr in diese Aktivitäten, die womöglich nichts anderes waren als ein Rachefeldzug, den sie gegen ihren Mann führte.

Ich trank noch einen Schluck, und noch einen. Dann sagte ich: »Als wir uns in Ihrem Atelier zu Hause unterhalten haben... Sie erinnern sich?«

Sie nickte. Ich fuhr fort: »Dabei habe ich Sie gefragt, ob Frau Fuchs Ihrem Mann gedroht habe. In dem Gespräch, in dem es um ihren Urlaub ging. Sie haben die Frage nicht beantwortet... nicht ganz jedenfalls, weil Ihr Mann hereinplatzte. Sie erinnern sich?«

»Natürlich.« Sie sah mich an. »Ja, sie hat ihm gedroht. Aber ich kann nur noch einmal sagen –«

Ich hob die Hand. »Ja, ich weiß! Sie haben gesagt, Sie könnten Frau Fuchs in diesem Punkt sehr gut verstehen. Aber worum es mir geht, ist etwas anderes …«

Sie zog die Augenbrauen zusammen.

Ich sagte: »Ich möchte wissen, *womit* sie ihm gedroht hat.«

Sie schüttelte, offenbar ungehalten, den Kopf. »Hören Sie, Sie stochern da in einem … einem Misthaufen von Gemeinheiten und Obszönitäten herum, glauben Sie's mir! Das Ganze ist eine ziemlich widerliche Geschichte, und ich möchte das jetzt nicht diskutieren! Ich bitte Sie um Ihr Verständnis!«

Was war *das*?! Es war mir klar, dass ich gut beraten war, wenn ich die Sache für diesmal auf sich beruhen ließ. Aber ich war dann doch nicht damit zufrieden. Ich sagte: »Nur eine Frage habe ich noch, bitte: Hat sie ihm gedroht, sie ließe sich krankschreiben, wenn er ihr keinen Urlaub gäbe?«

Sie sah mich unwillig an, offenbar hielt sie die Frage für völlig unerheblich. Doch dann sagte sie: »Ja, auch so etwas hat sie gesagt.«

Ich atmete auf. Meine Vermutung hatte sich bestätigt, dass die Art ihrer Drohung einen ausreichenden Grund geliefert hatte, sie fristlos zu kündigen.

Ich sagte: »Danke! Das war's dann auch. Vielen Dank!« Ich hob den Kelch und prostete ihr zu. Sie trank mit mir. Ihre Stirn glättete sich.

Ich sagte: »Haben Sie eins der Bilder hier, die Sie in Thionville gemalt haben?«

Sie sah mich ein wenig nachdenklich an. »Das interessiert Sie!?«

»Ja. Ich hab überhaupt keine Vorstellung von der Stadt und von der Umgebung. Und von dem, was Sie aus solchen Motiven machen.«

Sie lächelte. Dann stand sie auf. »Ich hab eine Mappe hier mit Skizzen und ein paar Aquarelle. Und auch zwei oder drei große Bilder.« Sie wies auf die Stiege zur Empore. »Aber die müsste ich von oben holen.«

»Nein, nein! Sie sollen sich keine großen Umstände machen! Die Skizzen und Aquarelle würden genügen, ich... möchte mir ja nur einen Eindruck verschaffen.«

Sie ging unter die Empore, öffnete einen klobigen Schrank und zog in halber Höhe ein breites Schiebefach heraus, fing an, darin zu suchen. Sie wandte mir den Rücken zu, beugte sich vornüber, und ich beobachtete sie.

Der Gedanke, dass ich mich schlecht benahm, störte mich diesmal nicht. Ein anderes Problem beschäftigte mich.

Was mochte sie mit dem Misthaufen gemeint haben? Ein »Misthaufen von Gemeinheiten und Obszönitäten«. Hatte sie von dem Sex gesprochen, den er von seiner Angestellten verlangt hatte? Und den sie möglicherweise ihm an diesem Morgen auch gewährt hatte? Während seine Frau zuhörte?

Nein, so konnte es nicht gewesen sein. Denn sonst hätte er Katharina Fuchs ja den Urlaub genehmigen müssen, im Gegenzug, sozusagen. Oder waren meine Vorstellungen von dem Tauschhandel, den er mit ihr hatte abschließen wollen, völlig in die Irre gegangen?

Sie kam mit zwei großen Mappen zurück, stellte sie auf ihren Sessel, band die erste auf. Nachdem sie die Gläser und Fläschchen beiseitegerückt hatte, legte sie eine Unterlage auf den Tisch, darauf eine Handvoll Blätter.

Obenauf lag die Kohleskizze einer Straßenansicht, realistisch und doch merkwürdig unwirklich, ein Platz in einer kleinen Stadt, rechts und links begrenzt von Blumenbeeten und jungen, noch niedrigen Bäumen, im Hintergrund zwei Eckhäuser, zwischen denen eine schmale Straße sich öffnete; an deren Ende schloss eine Querstraße aus vierstöckigen Häusern die Perspektive. Die beiden rechtwinkligen Flügel des Eckhauses auf der linken Seite waren durch ein rundes Türmchen verbunden, dessen untere Etagen zu Erkern ausgebaut waren; auf der Höhe der Mansardenfenster rechts und links trug das Türmchen eine kleine Kuppel, die über den Dachfirst hinwegsah und in deren Sockel runde Fenster wie Bullaugen eingelassen waren.

Ich beugte mich über das Blatt. Sie fragte: »Interessiert Sie etwas Bestimmtes?«

»Es erinnert mich an etwas.«

»An was denn?«

Ich sagte: »Dieses Türmchen mit der Kuppel…«

Sie beugte sich über mich, ich wies mit der Fingerspitze auf das Eckhaus und fuhr fort: »… es erinnert mich, glaube ich, an Häuser in Paris. Ich war erst einmal da, aber… ich meine, ich hätte dort Häuser mit solchen Türmchen gesehen, größer natürlich, in der Innenstadt, aber auch mit den Bullaugen ganz oben, daneben die Mansarden in den Dachgeschossen. Und darunter auch die Erker mit den Balkonen…«

Sie nickte, lächelte. »Ich weiß, was Sie meinen. Solche Häuser gibt es natürlich auch bei uns. Oder es hat sie vor dem Krieg gegeben. In Berlin zum Beispiel. Aber in Paris sind sie stehengeblieben, ja.« Sie setzte sich neben mich auf das Sofa. »Sie wurden um die Jahrhundertwende gebaut. Um diese Zeit war Thionville allerdings schon wieder beim Deutschen Reich. Es war wieder Diedenhofen. Aber bei dem Architekten dort kann es durchaus eine... Hommage an die ehemalige Hauptstadt gewesen sein. Eine Erinnerung an Paris.« Sie lächelte. »So wie bei Ihnen, nicht wahr?«

Sie saß ziemlich nahe an meiner Seite, ich roch ihr Parfum sehr deutlich. Aber ich wollte diese absurde Verwirrung, die ich bisher jedes Mal verspürt hatte, wenn ich zu nahe an sie herangekommen war, gar nicht erst aufkommen lassen. Ich begann draufloszureden.

»Nun ja, Erinnerung kann man es eigentlich nicht nennen, es ist ja nichts passiert, ich habe nur diese Türme gesehen, fast wie kleine Zwiebeltürme mit ihren Kuppeln, und die Kuppeln haben mich halt interessiert. Und die Kammern hinter den Bullaugen, ich hab sie mir vorgestellt, Dachkammern, ähnlich wie die Mansarden, die daneben lagen, aber kreisrund und mit eigentümlichen Balkenkonstruktionen unter den Dachpfannen. Der Geruch von Holz. Die Balken liegen offen, stelle ich mir vor, und die Lattenkonstruktion, auf der die Pfannen befestigt sind. Und ich frage mich, ich hab mich gefragt, wie man sich fühlt in einer solchen Kammer. Bei Sonnenuntergang... zum Beispiel.«

Sie sah mich an, lächelte. Mir wurde klar, dass ich mich völlig vergaloppiert hatte. Sie hob eine Hand, legte sie an meine Wange.

Sie sagte: »Sie sind ein wunderbarer Kerl!«

Sie hatte mich schon wieder völlig verwirrt. Ich stammelte: »Ach, ich … ich wollte nur sagen, dass Ihre Zeichnung … sie hat mich daran erinnert.«

Sie beugte sich vor und küsste mich auf die Wange.

Als sie sich löste, sah ich ihre Augen mit der grauen, wolkigen Iris ganz nahe vor mir. Ich sah, dass die Fältchen unter den Augen sich vertieften und zusammenzogen. Sie lächelte.

Ich hörte, dass sie sagte: »Du willst dich doch wohl nicht dafür entschuldigen, dass du solch wunderschöne, verrückte Gedanken denkst? Zwiebeltürme! Dachkammern!« Sie fasste mich an beiden Schultern und schüttelte mich sanft.

Ich weiß nicht, wie es zustande kam, aber plötzlich spürte ich ihre Lippen auf den meinen, meine Lippen auf den ihren. Ich hielt sie in den Armen. Ihre Lippen waren weich. Unversehens schoss mir der Gedanke durch den Kopf, dass sie in der nächsten Sekunde wie wild an meinen Lippen saugen, dass sie ihre Zunge in meinen Mund schieben würde, tief und noch tiefer, hemmungslos. Wie von Sinnen.

Sie tat nichts dergleichen. Sie bewegte ihre Lippen ein wenig. Es war ein sehr sanfter Kuss.

Als sie die Lippen von den meinen löste, spürte ich, dass sie mit einer Hand hinter sich tastete. Ich öffnete die Augen. Sie hielt ihre Augen geschlossen, aber sie tastete mit der Linken hinter sich, tastete auf dem Beistelltisch, der neben dem Sofa stand, herum und fand ein kleines, schwarzes Kästchen, das aussah wie eine Fernbedienung. Sie drückte einen Knopf und legte das Kästchen ab, fasste mit der Linken wieder meine Schulter.

Ich hörte ein leises Brummen, das von oben zu kommen schien. Ich hob die Augen und sah, dass von der Seite ein hellgrauer Vorhang sich unter dem Dachfenster entlangschob. Je weiter er vordrang, um so diffuser wurde das Licht. Es dämmerte in dem großen Raum.

Sie suchte mit den Lippen meinen Mund.

Schlagartig schien mir klar zu werden, was hier vor sich ging: Sie verdunkelte den Raum, damit das schonungslose Tageslicht nicht ihr Alter enthüllte. Sie wollte sich mir so darbieten, wie ich sie in meinen Phantasien schon gesehen hatte, so nackt wie auf der Liege in ihrem Garten. Aber sie wollte verhindern, dass ich die Runzeln, die Falten, die schlaffe Haut, die bräunlichen Altersflecken erkannte, die ihren Körper entstellten.

Ich sollte sie nur vage, nur im Halbdunkel wahrnehmen.

Wollte sie mich den Liebesakt mit einem Phantom vollziehen lassen?

Ich löste mich von ihr, setzte mich aufrecht, wandte ihr den Rücken zu, rieb mir das Gesicht. Nach einer Weile sagte ich: »Entschuldigung. Ich denke, ich muss jetzt gehen.«

Sie schwieg. Ich wandte mich zu ihr. Sie sah mich nicht an. Einen Augenblick lang schien es nichts anderes zu geben als das Brummen des Vorhangs. Sie griff nach dem Kästchen und schaltete den Motor aus. Der Vorhang erstarrte.

Ich sagte: »Danke… dafür, dass Sie mich hierher eingeladen haben. Und… und überhaupt.« Ich suchte nach Worten, aber ich fand keine mehr.

Ich wandte mich ab und verließ das Atelier, als sei ich auf der Flucht.

16

Bevor ich meine Wohnung erreichte, verlangsamte ich mein Tempo, und als ich eine Parklücke sah, fuhr ich hinein. Die Straßen waren um diese Zeit, kurz nach zwölf am Sonntagmittag, noch nicht ausgestorben wie um die Essenszeit und danach, manche Leute waren sogar noch mit Kindern unterwegs, Spaziergänger, vielleicht Kirchgänger auf dem Heimweg. Ich mochte das Auto nicht schon in die Garage stellen und nach Hause gehen.

In der Wohnung würde mich Totenstille empfangen. Die einzigen Geräusche, die ich zu hören bekäme, wären das Klappern des Topfs, in dem ich mir ein Mittagessen kochen würde; das Aufreißen der Tüte, das Knistern der Trockensuppe, die ich in den Topf schüttete. Das dumpfe Zufallen der Kühlschranktür, wenn ich die Butter herausnähme, um eine Scheibe Brot zu bestreichen.

Ich dachte an Cilly Klofft. An Cilly.

Ob sie noch immer auf diesem Sofa saß, im dämmernden Licht unter dem Vorhang? Ob sie nachdachte über den Grund, der mich so jäh hinausgetrieben hatte?

Was hatte ich gesagt, als ich mich von ihr abgewandt hatte? Als ich ihr so unvermittelt, so rüde den Rücken zukehrte, bevor ich ging? Was hatte ich ihr als Erklärung für dieses Verhalten angeboten?

Nichts. Nicht einmal den Ansatz einer Erklärung. Ich hatte irgendetwas herausgewürgt, den Satz, dass ich gehen müsse, aber ich hatte ihn nicht einmal mit dem Wörtchen »leider« verziert. Und einen Grund für meinen jähen Aufbruch hatte ich ihr nicht genannt.

Diese Frau war zu wach, um nicht bemerkt zu haben, dass ich in ebendem Augenblick die Flucht angetreten hatte, in dem der Vorhang begann, die Szene zu verschleiern. Und sie war viel zu intelligent, um sich über den Zusammenhang hinwegzutäuschen. Ja, ja, ich hatte mir nicht auch noch den Mund abgewischt, als ich mich von ihren Lippen löste. Aber dazu hatte es bei dieser Frau auch nicht bedurft.

Sie hatte meinen Horror verstanden, da war ich sicher, den Horror vor der Aussicht, ein Falsifikat, eine in Szene gesetzte Illusion in den Armen zu halten. Eine alte Frau, die sich im künstlich gedämpften Licht ans Leben zu klammern versuchte. Ein Weib, dem Tod näher als dem Leben, das noch einmal, nur einmal noch die Ekstase des Liebesaktes erleben wollte.

Ich hatte sie tief verletzt. Ich musste ihr weh getan haben, schrecklich weh.

Ich sah sie auf dem Sofa sitzen, ein wenig vornübergebeugt, den Kopf geneigt, den Blick zu Boden gerichtet. Die Ellbogen auf den Schenkeln. Ein kleines Taschentuch in der Rechten, zusammengeknüllt. Ab und zu wischte sie sich über die Augen. Sie wollte die Tränen abfangen, bevor sie ihr über die Wangen liefen und hinabtropften.

Sie kam mir plötzlich sehr klein vor.

Kleingemacht. Beschämt. Erniedrigt.

Als unversehens auch noch Zichys Weiblein vor meinen Augen erschien, startete ich den Motor und schob mich aus der Parklücke hinaus. Aber auch diesmal schreckte mich der Gedanke, mich in meine Wohnung zurückzuziehen, mich abzuschließen und zu begraben. Ich fuhr an der Wohnung und an der Garage vorbei und nahm den Weg zur Kanzlei.

Zwei- oder dreimal war ich bisher an arbeitsfreien Tagen dort gewesen. Ich wusste natürlich, dass auch dort die Stille herrschen würde. Aber es war etwas anderes als das Schweigen in meiner Wohnung. Es war eher die Stille, wie sie gegen das Wochenende in einem Seminar anzutreffen ist. Oder an einem heißen, zum Baden lockenden Sommertag. Ein Seminar nicht unbedingt bei den Juristen und ihren Völkerscharen, wohl aber bei den Mediävisten, bei denen ich dann und wann hospitiert habe. Es war eine Stille, die zum Lesen animierte, zum Arbeiten.

Die Tür zum Sekretariat stand offen, ich warf einen Blick hinein und dachte einen Augenblick lang an Simone und ihre Stilettos. Aber Cilly kam mir dazwischen, Cilly und die verborgenen Altersmale ihres Körpers, die ich gesehen hatte. Die ich zu sehen geglaubt hatte, nun ja.

Ich schüttelte den Graus ab und grub mich in die Entscheidungen, die mir helfen sollten… Helfen, ja, und zu was?

Die Selbstherrlichkeit meines Mandanten, seinen Altersstarrsinn gegen seine ehemalige, junge Geliebte durchzusetzen? Um Himmels willen nein! Natürlich nicht! Nein: Die mir helfen sollten, diesen widerlichen Fall zu gewinnen und abzuschließen und mitsamt allem, was drum und dran hing, für alle Zeit loszuwerden.

Ich machte mich an die Arbeit und fand auf Anhieb mehrere Urteile, die mir bestätigten, dass es für einen Arbeitnehmer selbstmörderisch war, seinem Arbeitgeber zu drohen, wenn auch nur damit, dass er – der Arbeitnehmer – krank werden könne. Eines davon betraf einen Krankenpfleger, der sich mit dem Geschäftsführer seines Arbeitgebers gestritten und ihm gedroht hatte, er werde sich für drei Wochen krankschreiben lassen. Der Geschäftsführer setzte den Pfleger fristlos vor die Tür. Der Arzt hatte dem Pfleger hernach sogar attestiert, dass er an einer schmerzhaften Geschwulst im Handgelenk litt, die nach Meinung des Arztes operiert werden musste. Aber das Landesarbeitsgericht Köln erklärte die Kündigung für rechtens.

Erst nachdem ich dieses Urteil gelesen hatte und mir das nächste vornahm, dämmerte mir, dass ich eine überflüssige Arbeit tat: Die Rechtslage war mir ja schon klar gewesen, als ich am Donnerstag, also vor drei Tagen schon, das Urteil des Bundesarbeitsgerichts zum Fall der Buchhalterin gefunden hatte, die aus dem Urlaub angekündigt hatte, dass sie ebendort an ihrem ersten Arbeitstag krank im Bett liegen würde. Mehr brauchte ich vorerst nicht, es sei denn, ich wollte meine Erwiderung auf die Klage von Katharina Fuchs mit zusätzlichen Verweisen schmücken. Aber das konnte warten.

Ganz gewiss hatte ich Wichtigeres zu tun.

Und womöglich konnte ich sogar tun oder lassen, was immer ich wollte: es würde nichts nutzen, weil mir nämlich im Fall Klofft unüberwindliche Grenzen gesetzt waren.

Das Grundproblem, mit dem ich zu tun hatte, war mein Mandant selbst. Das wurde mir an diesem Punkt ganz unmissverständlich klar: Ich mochte mich darauf verlassen, dass Cilly Klofft richtig gehört und verstanden hatte, wie und womit Katharina Fuchs ihrem Arbeitgeber gedroht hatte – nur konnte ich diese erschlichene Information nicht vor Gericht verwerten. Solange Klofft selbst sie mir nicht gab, waren mir die Hände gebunden. Und offenbar hatte er ein Geheimnis daraus gemacht und machen wollen. Er hatte es ja nicht einmal in seinem Kündigungsschreiben angeführt.

Ich würde dieses Faktum also allenfalls nachträglich einbringen können. Ich konnte zum Beispiel in einer Befragung durch den Richter Frau Fuchs, wenn sie als Partei gehört würde, danach fragen, auf Verdacht sozusagen. Aber wenn Klofft damit nicht einverstanden war, würde er keine Sekunde zögern, mich zu desavouieren.

Ich konnte nicht glauben, dass er die Drohung mit der plötzlichen Krankheit, wenn sie tatsächlich ausgesprochen worden war, vergessen oder dass er sie in ihrer Bedeutung unterschätzt hätte. Aber er hatte sie unter den Tisch fallenlassen, und der Teufel mochte wissen, warum. Ich verstand den Mann, seine Gedanken und Empfindungen, immer weniger. Dieser Fall wurde immer sperriger und ekliger, je weiter ich darin eindrang.

Eklig? Ja, auch das, zumindest, wenn ich Cilly Klofft glaubte. Ein Misthaufen von Gemeinheiten und Obszönitäten. Mit Sicherheit waren einige dieser Gemeinheiten und Obszönitäten auch für meinen Fall relevant. Jedoch war ich hier noch mehr als bei der ominösen Erkrankung auf Spekulationen angewiesen. Und selbst wenn Cilly ihren Abscheu überwinden und mir die »ziemlich widerliche« Geschichte erzählen würde, deren Ohrenzeugin sie geworden war – auch diese Information, die ich auf unzulässige Art erlangt hätte, würde ich vor Gericht nicht verwerten können.

Es sei denn, einer der beiden Beteiligten würde sie vortragen. Nur: Dass Klofft selbst die Szene enthüllen würde, war wohl auszuschließen. Denn wenn einer von den beiden wider Willen in diesen Akt hineingezogen worden war, dann gewiss nicht er. Sie würde ihn wohl kaum vergewaltigt haben.

Und Katharina Fuchs? Das Gericht könnte sie natürlich als Partei hören, aber ebendas musste ich mehr befürchten als mir wünschen. Klofft hatte – wenn ich seine Frau richtig verstanden hatte und sie für glaubhaft hielt, was ich tat – in dem Gespräch, in dem Katharina Fuchs ihren Urlaub durchsetzen wollte, von ihr Sex verlangt. Und so unplausibel war meine Vermutung nicht, dass er ihr einen Tauschhandel angeboten hatte: Sei noch mal nett zu mir, einmal oder soundsovielmal... dann kannst du deinen Urlaub haben.

Wenn das aber zutraf und wenn Katharina Fuchs damit vor Gericht herausrückte... dann konnte ich meinen Fall einpacken. Dann war ich ihn, vor allen denkbaren arbeitsrechtlichen Verwicklungen, schon deshalb los, weil Klofft bei einer solchen Zuspitzung nicht einen strebsamen jungen Mann wie mich brauchte, sondern einen gewieften Strafverteidiger. Eine sexuelle Nötigung war es wohl nicht, was er dann zu verantworten hatte, denn Gewalt oder Gefahr für Leib oder Leben waren dabei vermutlich nicht im Spiel gewesen; aber mit Sicherheit hatte er eine massive Nötigung begangen, von einigen anderen subtileren Delikten, die ich auf Anhieb nicht überblickte, einmal abgesehen.

Plötzlich sah ich Klofft vor Augen.

Ich sah ihn an seiner offenen Balkontür sitzen, den Blick hinaus ins Grüne gerichtet, die geschlossenen Lippen und den Kiefer bewegend, als habe er etwas zwischen den

Zähnen. Nach einer Weile schaute er auf den Aschbecher, der vor ihm stand, streckte die Hand aus und griff nach dem Zigarillo, der auf dem Rand des Aschbechers lag. Er stieß gegen den Zigarillo, stieß ihn in den Aschbecher hinein, ein paar Funken sprangen von der Glut. Wie gebannt starrte er auf die Glut. Die Hand, die er in der Schwebe hielt, begann zu zittern. Er zog die Hand zurück und legte sie auf die Armlehne seines Stuhls, krampfte sie um die Lehne.

In dieser Szene, die ich zu sehen glaubte, erinnerte nichts an Herbert Klofft, den Unternehmer, der seine Leute heuerte und feuerte, wie er es für opportun hielt; nichts an Klofft, den Ehemann, der mit seiner Frau umzuspringen versuchte, als sei sie ihm untertan, ein Mensch minderen Ranges; nichts an Klofft, den Macho, der eine junge Frau engagierte, um sie zu seiner Geliebten zu machen; nichts an den Pascha, der seine Haushaltshilfe aus Polen holte, sie nach ihren körperlichen Merkmalen selektierte und ihr ans Geschlecht griff, wann immer ihn das Gelüst anflog.

Ich sah einen alten, kranken Mann, dessen Körper ihm den Dienst verweigerte. Er saß da wie das sprichwörtliche Häufchen Elend, zu schwach, um den Zigarillo aufzunehmen und zum Mund zu führen, den tiefen Zug zu tun, nach dem es ihn verlangte.

Bedauerte er, vielleicht zum ersten Mal, das, was er angerichtet hatte? Gestand er sich selbst, wenn schon niemand anderem ein, dass er sich vor den Folgen fürchtete? Schlug diese Furcht in seiner Verlassenheit plötzlich um in eine Furcht vor allem und jedem?

Fürchtete er sich vor dem Abend, dem Sonnenuntergang? Der Nacht, die unaufhaltsam heraufziehen würde?

Vor der Stimme, die von ferne rufen würde und immer näher käme, der Stimme, die nur er hören konnte und niemand sonst?

Olga war schon nach Hause gegangen.

Es war sehr still im Haus, totenstill in diesem Zimmer über dem üppigen grünen Garten voller Saft und Kraft.

War Cilly noch gar nicht zu Hause?

Begann er wieder nachzudenken, zum wievielten Mal schon nachzudenken darüber, was Cilly wohl den ganzen Tag, schon wieder den ganzen Tag, in ihrem Atelier treiben mochte? Cilly und irgendein Schnösel mit seinem käsebleichen Ding. Im Atelier oder irgendwo sonst. In einer fremden, verschwiegenen Wohnung vielleicht. In einer Wohnung, die er noch nie gesehen hatte und niemals sehen würde. Oder mit dem anderen in ihrer Schlafkammer hinter dem Atelier. Oder auf dem Sofa im Atelier, nachdem sie den breiten, grauen Vorhang unter dem Glasdach zugefahren hatte.

Wie mochte er sich fühlen, wenn er solche Gedanken dachte, solche Szenen sich ausmalte? Mussten die Vorstellungen, die Bilder, die in ihm zu wuchern begannen und die er nicht zu vertreiben, nicht abzustellen wusste, ihn nicht unablässig quälen? Mussten sie nicht unerträglich werden?

Wie konnte er sich fühlen, dieser Mann, der nicht mehr fähig war, auf eigenen Füßen hierhin und dorthin zu gehen und zu reisen und die Ausführung seiner Anordnungen zu überwachen? Der Schürzenjäger, der nicht einmal mehr sein eigenes Revier zu bedienen vermochte, geschweige denn wusste, ob und wann und wo seine Ehefrau ihn betrog? Der Tatmensch, der an seinen Stuhl gekettet war, an seinen erbärmlichen Rollkarren.

Zu meinem eigenen Erschrecken schlug ich unvermittelt mit der Hand auf die Blätter, die vor mir lagen, und fegte sie vom Schreibtisch. Nach einer Weile, in der ich plötzlich meine heftigen Atemzüge hörte, stand ich auf und sammelte die Blätter wieder ein. Ich legte sie in meine Akte des Falles Klofft, schloss die Akte ein und verließ mein Büro.

An der Tür des Sekretariats blieb ich einen Augenblick stehen, sah hinein. Dann fuhr ich durch die stillgewordene Stadt zu Fraukes Wohnung.

Unterwegs war ich ein paarmal drauf und dran umzukehren. Ich fürchtete mich vor der Abfuhr, die ich mir, wenn sie zu Hause wäre, wahrscheinlich holen würde.

Und noch mehr fürchtete ich mich davor, sie nicht anzutreffen. Sie hatte einen Termin, der sie über Mittag beanspruchte. Sie hatte sich mit anderen Leuten verabredet. Sie war mit jemand anderem unterwegs.

Ich drückte auf den Klingelknopf, löste jäh den Finger, als hätte ich mich verbrannt. Mich hatte die Angst überfallen, ich könnte zu lange geklingelt haben.

Es dauerte eine Weile, aber dann knackte der Lautsprecher. Ich hörte Fraukes kühle Stimme: »Ja, bitte?«

»Ich bin's. Alex.«

Es dauerte wieder ein paar Sekunden. Aber dann summte der Türöffner.

Sie hatte offenbar auf dem Sofa gelegen, ringsum die Wochenendzeitungen über das Sofa, den Tisch und den Boden verstreut. Sie trug einen Morgenmantel und ging auf nackten Füßen. Ihre Haare waren zerwühlt. Es sah so aus, als sei sie über den Zeitungen eingeschlafen.

Sie fragte: »Hast du was gegessen?«

»Gut gefrühstückt. Es reicht noch.«

»Willst du einen Kaffee?«

Während ich mir den Kaffee nahm, warf sie die Zeitungen vom Sofa. Dann streckte sie sich aus, bettete sich dicht an die Rückenlehne.

Ich zog die Schuhe aus und bettete mich neben sie.

17

Am Montagmittag kam ich gegen zwei vom Gericht zurück. Simone hob den Daumen, deutete über die Schulter auf die Polstertür zu Hochkeppels Zimmer.

Ich fragte: »Was denn? Ist er schon da?«

»Seine Frau hat wohl zu gut gekocht im Wald.« Sie lachte. »Oder sie haben sich gezankt. Er ist zum Essen nicht nach Hause gefahren. Nur zum Italiener runtergegangen. War nach einer halben Stunde wieder hier.«

»Na schön. Zum Italiener geh ich jetzt auch erst einmal.«

»Nein, glaube ich nicht.« Sie senkte den Kopf ein wenig, hob die Augenbrauen. »Er will Sie sofort sprechen.«

»Was soll das denn?! Und warum?«

»Keine Ahnung. Er hat jedenfalls gesagt, ich soll Sie nicht zum Essen gehen lassen. Erst zu ihm, bitte sehr!«

Ich wandte mich wütend ab, trat den Weg zu meinem Büro an, um meinen Aktenkoffer abzustellen, kehrte wieder um und marschierte mit dem Koffer zu der Polstertür.

Simone sagte: »Langsam, langsam! Soll ich Ihnen was vom Italiener bringen lassen?« Sie sah auf die Uhr. »Reicht gerade noch.«

Ich zögerte, dann sagte ich: »Ja. Einmal Polpettine mit Makkaroni. Warten Sie, ich geb Ihnen das Geld.«

»Brauchen Sie nicht, ich leg's aus. Nun gehen Sie schon!«

Hochkeppel hatte eine Akte vor sich, die er aber sofort zuschlug und wegschob, als ich eintrat. »Na, wie war der Vormittag?«

»Danke. Es hätte schlimmer kommen können.« Ich begann, ihm von den drei Terminen zu berichten, die ich gehabt hatte, aber er winkte ab. »Lassen Sie nur, wenn nichts Besonderes passiert ist.«

»Nein. Nichts Besonderes.« Ich schwieg.

Er zögerte. Dann sagte er: »Von Klofft irgendetwas Neues?« Es schien, als wolle er etwas hinzufügen. Ich wartete, sah ihn fragend an. Er sagte: »Die Klage von Frau Fuchs ist noch nicht eingegangen?«

»Nein. Das heißt, ich habe meine Post noch gar nicht gesehen.« Ich legte eine kleine Pause ein, dann sagte ich: »Simone hat mir gesagt, ich solle sofort zu Ihnen kommen.«

»Ja, ja, das ... so wörtlich war das doch nicht gemeint!«

Ich sagte: »Aber er hatte mir ja auch versprochen, mich anzurufen, sobald er die Klage bekommen hat. Oder glauben Sie, dass man sich auch darauf nicht verlassen kann?«

»Doch, doch, das wird er schon tun. Das ist ja in seinem eigenen Interesse.« Er zögerte wieder. Dann sagte er: »Nein, ich habe nur gemeint ... es hätte ja sein können, dass er sich ... irgendwie bei Ihnen gemeldet hätte.«

Plötzlich glaubte ich zu erkennen, warum er so herumdruckste: Er hatte Wind davon bekommen, dass ich am Samstag bei Klofft gewesen war – ich hatte zwar keine Vorstellung davon, wie das geschehen sein sollte, aber es sah so aus, als wolle er mich darüber ausholen.

Ich sagte: »Ja, das hat er tatsächlich.«

»Ach ja?« Er sah mich durch die getönten Gläser an, schwieg.

Ich sagte: »Er hat mich am Samstagmorgen angerufen und gefragt, ob ich Lust hätte, mit ihm eine Partie Schach zu spielen.«

Er fragte, als könne er sich darauf keinen Reim machen: »Schach?«

»Ja, Schach. Das Spiel.« Als er nicht reagierte, sagte ich: »Ich dachte, Sie hätten gewusst, dass er zu seiner Zeit ein ziemlich starker Turnierspieler war.«

»Doch doch, schon.«

»Und ich habe Ihnen, glaube ich, auch schon mal erzählt, dass ich früher ebenfalls in einem Verein gespielt habe.«

Er nickte nachdrücklich. »Richtig, ja!« Nach einer kleinen Pause sagte er: »Und so ist also dieser Besuch zustande gekommen.«

Ich schwieg. Er schien auf eine ausdrückliche Bestätigung zu warten. Schließlich sagte er: »Dann haben Sie zu Ihrem Mandanten ja schon eine Art persönliches Verhältnis entwickelt.«

Was sollte denn das jetzt?

Ich sagte: »Das würde ich nicht gerade sagen.«

Ohne Verzug fragte er: »Sondern?«

Allmählich wurde ich wütend. Sollte dieses Gespräch etwa zu einem Verhör werden? Ich sagte: »Ich habe ihn ein bisschen besser kennengelernt. So könnte man es vielleicht ausdrücken.«

Er nickte. Nach einer Pause fügte ich hinzu: »Und ich weiß seitdem, dass er, nun ja, dass er auf seine Art … ein armer Hund ist. Pardon.« Er sah mich starr an. Ich sagte: »Ja, er ist ein ganz unleidlicher Mensch, das ist richtig! Unbeherrscht. Rücksichtslos. Ein Großkotz, der sich seiner Mitmenschen bedient, als seien sie … Schachfiguren.«

Als ich nicht sofort weitersprach, fragte er: »Aber?«

»Ja, genau, aber! Ein *Aber* gehört dazu, denke ich!« Mir war klar, dass ich ihn zum Widerspruch provozierte; ich versuchte, ihn durch meine Wortwahl nicht allzu sehr zu reizen. »Aber er hat auch eine andere Seite. Er ist nicht so steinhart, wie er tut. Er hat durchaus Empfindungen. In manchem erscheint er mir sogar übersensibel. Er hat sogar seine Ängste. Ängste wie ein Kind, könnte man sagen.«

»Ja, ja, das mag wohl sein! Jetzt, wo es ihm allmählich an den Kragen geht.« Er schnaufte abfällig. »Aber solange es ihm gutging, solange er sich stark fühlte, hat er mit den Ängsten der *anderen* operiert. Hat versucht, seine Umgebung einzuschüchtern, die Menschen, die mit ihm zu tun hatten. Damit er das bekam, was er haben wollte. Das sollten Sie nicht vergessen, mein lieber Alexander!«

Ich hob die Schultern. »Das kann ich natürlich nicht beurteilen. Im Vergleich mit Ihnen kenne ich ihn ja kaum. Aber … vielleicht hat ihn auch das Geschäft, vielleicht hat es ihn … dazu erzogen. Um so ein Unternehmen aufzubauen, braucht man ja vielleicht … solche Untugenden.«

Er nickte grimmig. »Richtig. Und nicht zu vergessen, das Geld des Schwiegervaters.«

»Ach ja?« Er hatte mich auf dem falschen Bein erwischt. »Davon wusste ich nichts.«

»Sie wissen von vielem nichts.« Er hob jäh die Hände. »Pardon! Das war jetzt unfair.«

»Kein Problem.«

Er kaute an seiner Unterlippe. Dann sagte er: »Nein, er hat damals … ein halbes, dreiviertel Jahr oder so, nachdem Cilly das Atelier bezogen hatte … Damals also hat der alte Berger, ich meine, sein Chef in der Bauschlosserei, er wollte nicht mehr arbeiten, der Alte. Hatte genug von der Hetzjagd, von dem Gerangel um die Aufträge, und einen Erben hatte er nicht, also hat er beschlossen, den Betrieb zu verkaufen. Und da war unser Freund Klofft natürlich sofort auf dem Plan. Nur das Geld hatte er nicht. Geld hatte er überhaupt keins, woher denn auch?«

Er lächelte grimmig. »Aber Cilly hatte er schon. Cilly, die Tochter von Gurken-Gehrke. Das hatte er in diesen paar Monaten schon geschafft, unser gutaussehender Freund. Und sie hat es wiederum geschafft, bei ihrem Vater nicht nur die Verlobung, sondern auch ein Darlehen für ihren Zukünftigen durchzusetzen. Einhunderttausend Mark, mit denen er die Bauschlosserei gekauft hat und alles, was dazugehörte. Mit Ausnahme der Halle im Hof.«

Ich sagte: »Sie muss aber wirklich die Fähigkeit gehabt haben, Leute um den Finger zu wickeln.«

»Die hatte sie, weiß Gott!« Er nickte. »Allerdings hatte sie auch diesmal den starken Arm der Familie auf ihrer Seite. Die Mutter.« Er lächelte, auch diesmal mit einem eher grimmigen Ausdruck. »Ich nehme an, die Gute hatte sich selbst ein bisschen in diesen bildschönen Bewerber verguckt.« Nach einer kleinen Pause sagte er: »Gurken-Gehrke war ziemlich klein und dick.«

Er stützte die Finger der Rechten auf die Akte, bei deren Lektüre ich ihn angetroffen hatte, sah auf die Finger, schob die Akte ein wenig hin und her. Nach einer Weile sagte er: »War übrigens nicht einmal zu viel, die hunderttausend für die Bauschlosserei. War sogar spottbillig, gemessen an dem, was Klofft damit angefangen hat. Er hat den ganzen Betrieb umgekrempelt. Hat seine Patente aus der Schublade geholt und aus der Bauschlosserei seinen Ventilbau gemacht. Und war sehr bald im Geschäft. Blendend im Geschäft.«

Er warf einen Blick aus dem Fenster. »Und irgendwann, vor zehn, zwölf Jahren ungefähr, ich weiß es nicht mehr so genau, jedenfalls hat er dann auch das alte Gemäuer hinter sich gelassen und ist in einen Neubau gezogen, draußen im Industriegelände. Blendend weiß, spiegelnd von Glas und Leichtmetall, obendrauf in Rot und modernistisch schräg, dynamisch: *Klofft Ventile*.«

Er schwieg. Nach einer Weile fragte ich: »Aber finanziell von ihm abhängig war sie nie? Frau Klofft, meine ich?«

»Wo denken Sie hin? Ihr Vater war wirklich ein geriebener Handelsmann, der konnte, Pardon, aus der sprichwörtlichen Scheiße Geld machen. Und er wusste auch, wie man es zusammenhält. Er hat übrigens darauf bestanden, dass das junge Paar vor der Hochzeit Gütertrennung vereinbarte. Die hunderttausend hatte er vermutlich abgeschrieben, aber mehr sollte dieser charmante Schwiegersohn nun auch nicht abstauben können. Dass der Kerl so viel Erfolg haben würde, hat er nicht vorausgesehen. Hat niemand vorausgesehen.«

Er seufzte. »Nun ja, seine Tochter hat er jedenfalls blendend versorgt, der alte Gurken-Gehrke. Und als er gestorben war, ein Jahr nach seiner Frau, hat Cilly noch dazu den ganzen Rest geerbt. Ich weiß nicht, wie viel es war, es war jedenfalls viel.« Er schüttelte den Kopf. »Nein, nein, abhängig von ihm war sie nie.«

Ein Schweigen trat ein. Mich begann mehr und mehr eine Frage zu quälen, die ich ihm nicht stellen mochte, weil mir klar war, dass sie auf einen wunden Punkt treffen und ihn schmerzen würde. Aber offenbar spürte er, was ich wissen wollte, und mochte es selbst nicht totschweigen.

Er sah mich an, lächelte. »Ja. Warum sie bei ihm geblieben ist, nicht wahr? Vorausgesetzt, es stimmt, was ich Ihnen erzählt habe über … die Art, in der er mit ihr umzuspringen versucht hat, in der er sie behandelt hat, seit Jahren, seit Jahrzehnten … und wie Sie es ja selbst erlebt haben, wenigstens ansatzweise, nicht wahr …«

Was war *das* jetzt? Woher wusste er, was ich im Hause Klofft erlebt hatte? Berichtet hatte ich ihm darüber nicht.

Er sagte: »Wenn das alles stimmt und wenn es stimmt, dass sie vermögend war, vermögend ist … warum hat sie ihn dann nicht schon lange verlassen?«

Nach einer kleinen Pause sagte er: »Ich weiß es selbst nicht.« Einen Augenblick lang schien er durch das offenstehende Fenster auf den Hof hinauszulauschen. Aber die Amsel war nicht zu hören. Er sagte: »Sein Reiz als Frauentyp müsste sich ja schon vor einiger Zeit verbraucht haben. Sollte man glauben. Schon vor langer Zeit. Oder hält sich so etwas ewig?«

Er hielt ein, wollte offenbar aber auf die nächste Anmerkung nicht verzichten: »Außerdem hat sie doch bitter genug erfahren, was davon zu halten war!«

Er schüttelte den Kopf. Dann sagte er: »Oder bedeutet dieser Mensch für sie ganz einfach eine ... eine unverzichtbare Erinnerung? Die Erinnerung an eine ... an ein großes, überwältigendes Gefühl? Eine Leidenschaft, die sie einmal empfunden hat, einmal und danach nie mehr wieder?« Er zuckte mit den Schultern. »Eine Erinnerung an ihre Jugend, die unwiederbringliche.«

Ich wollte sagen, das glaubte ich nicht, aber mir fehlte dann doch der Mut dazu. Ich wollte ihn auch nicht unterbrechen.

Er sagte: »Vielleicht hat das Kind eine Rolle gespielt.«

Ich war völlig überrascht. Aber da er anscheinend in seinen Gedanken versank und ich mehr wissen wollte, fragte ich: »Was für ein Kind? Haben sie ein Kind miteinander? Davon wusste ich gar nichts.«

Er sagte: »Der Nachfolger, den er sich gewünscht hat. Der Erbe. Das Kind, das sie nie bekommen haben. Er erwartete, dass sie es zur Welt bringen würde. Das erschien ihm mehr oder weniger selbstverständlich. Und sie hätte es wohl auch gern zur Welt gebracht. Aber es wurde nichts daraus.«

Nach einer Weile fragte ich: »Lag das an ihr? Ich meine, war sie ...«

»Ich weiß es nicht. Ich weiß nicht einmal, ob sie sich haben untersuchen lassen.« Er zögerte, dann sagte er: »Aber wenn es an ihr gelegen hätte, hätte er sich wahrscheinlich von ihr scheiden lassen. Und eine andere geheiratet.« Er stieß die Luft durch die Nase. »Vorausgesetzt, die konnte nachweisen, dass sie fruchtbar war. Aber wahrscheinlich war ihm all das, ohne letzte Garantie, aber mit Scheidung und neuer Ehe, ganz schlicht zu riskant. Und zu aufwendig.«

Mich störte der abfällige Akzent dieses Arguments, er ging mir entschieden gegen den Strich. Ich sagte: »Aber vielleicht *wollte* er sich von seiner Frau gar nicht trennen. Das Kind konnte er ja auch ohne Scheidung haben, mit irgendeiner seiner Geliebten, wenn er sie entsprechend ausgestattet hätte. Mit Frau Fuchs zum Beispiel. Die war doch so eine Traumfrau, die muss doch alles Erforderliche gehabt haben. Ein Vollweib, haben Sie gesagt.«

»O ja! Und für die hätte er seine Frau auch auf der Stelle im Stich gelassen. Aber das Käthchen hat ihm vermutlich einen Korb gegeben.«

Er war nicht bereit, seinem Freund auch nur *eine* Tat, nur *eine* Unterlassung zuzugestehen, die halbwegs positiv hätte bewertet werden können. Ich sagte: »Na gut. Aber vielleicht lag es ja auch gar nicht an ihr. Dass sie kein Kind bekommen haben. Sondern an ihm.«

Er nickte. »Das ist ja das, was ich meine.«

Ich sah ihn verständnislos an.

Er sagte: »Wenn es an *ihm* gelegen hat, dann hatte sie einen durchaus einsehbaren Grund, bei ihm zu bleiben, trotz all seiner widerwärtigen Eigenschaften, all seiner Schikanen und Gemeinheiten. Verstehen Sie?«

»Nein, tut mir leid. Das verstehe ich nicht.«

Er lächelte. »Das wird auch nur derjenige verstehen, der diese Frau wirklich kennt.« Er beugte sich ein wenig vor. »Sie ist bei ihm geblieben, weil er kaputtgegangen wäre, wenn sie ihn verlassen hätte. Was denn – verlassen, weil er nicht zeugungsfähig war?! Verstehen Sie, ihn, den Supermann schlechthin?! Können Sie sich vorstellen, wie ihn das getroffen hätte? Es hätte ihn zerdeppert, in Stücke geschlagen. In kleine, lächerliche Bröckchen. Es hätte ihn zur Null gemacht. Und Sie können mir glauben, dass Cilly Klofft zu solch einem … solch einer Hinrichtung nicht fähig war. Nie und nimmer!«

Nach einer Weile sagte ich: »Vielleicht sehen Sie sie doch in einem zu … in einem etwas … verklärten Licht.«

Ich erschrak selbst über diese boshafte, diese geradezu giftige Randbemerkung. Aber nun war sie heraus, ich konnte sie nicht zurückholen.

Er starrte mich an. Dann nahm er die Brille ab, rieb sich die Augen mit Daumen und Zeigefinger, setzte die Brille wieder auf. Nach einem Blick hinaus wandte er sich mir zu. Er sagte: »Haben Sie übers Wochenende auch mit *Frau* Klofft gesprochen? Oder haben Sie sie womöglich sogar gesehen? Bei Ihrem Besuch zum Beispiel, als Sie mit ihm Schach gespielt haben?«

Mir wurde heiß. Ich hatte über meinen Bemühungen, ihm klarzumachen, dass Cilly Klofft nicht ganz das unschuldige Opfer sein konnte, zu dem er sie hochjubelte, und zugleich ein wenig Anteilnahme einzufordern für Klofft, den armen Hund, ich hatte völlig vergessen, dass ich, während er sich im Wald erholte, ein paar neue, nicht unwichtige Informationen zu unserem Fall bekommen hatte.

Freilich gehörte zu diesen Informationen auch die Tatsache, dass Cilly Klofft mich am Sonntagmorgen in ihr Atelier eingeladen hatte, zum Frühstück sogar. Zu einem Treffen jedenfalls, von dem unser Mandant nichts wusste und nichts wissen sollte, und dass ich dieser Einladung ohne

Zögern gefolgt war. Und ich war mir nicht sicher, was er davon halten würde.

18

Ich sagte, Cilly Klofft habe mich am Samstagabend angerufen und mir gesagt, sie hätte mir etwas Wichtiges mitzuteilen. Etwas, das die fristlose Kündigung von Frau Fuchs betreffe. Ich sei daraufhin am Sonntag zu ihr gefahren, und sie habe mir gesagt, der ominöse Auftrag, um dessentwillen ihr Mann Frau Fuchs angeblich keinen Urlaub habe geben können, sei eine bloße Erfindung. Ihr Mann habe sich diesen Auftrag ausgedacht; in Wahrheit sei davon nie die Rede gewesen.

Er fixierte mich ein Weilchen, dann fragte er: »Woher wollte sie das wissen?«

»Sie hat in seinen Papieren nachgesehen.«

»In seinen Papieren? Lässt er die einfach so herumliegen?«

»Das weiß ich nicht.« Ich zögerte einen Augenblick, aber ich sagte dann doch: »Glaube ich eigentlich nicht. Aber sie hat jedenfalls nachgesehen. Wie und wo auch immer. Und dabei hat sie auf dem Kündigungsschreiben an Frau Fuchs, auf dem Rand seiner Kopie des Kündigungsschreibens, eine handschriftliche Anmerkung gefunden.«

Er fragte nicht, was für eine Anmerkung. Er sah mich schweigend an. In mir regte sich der Verdacht, dass er das alles schon von Cilly erfahren hatte und dass er nur kontrollieren wollte, was ich ihm von meinem Treffen mit ihr berichten würde. Er hatte sie womöglich aus dem Wald angerufen, auf einem Spaziergang, während seine Frau in der Blockhütte herumschaffte.

Und nun wartete er gespannt auf das, was ich ihm von unserem Treffen anvertrauen würde. Hatte er sie am Wochenende angerufen, noch bevor sie mich in ihr Séparée eingelassen hatte? Oder erst, nachdem ich sie auf dem Sofa hatte sitzenlassen und vor ihr geflohen war?

Ich sagte: »Er hat auf dem Rand das Wort *Thionville* eingetragen.«

Er reagierte noch immer nicht, fixierte mich durch die getönten Gläser und schwieg still. Allerdings musste das nichts bedeuten, denn es war anzunehmen, dass er Thionville kannte, und nicht nur Thionville, sondern auch Gaston Weber, einen der möglichen Mitbewerber um Cilly, und dass er auch von den guten Geschäften wusste, die Klofft mit Weber gemacht hatte, angeblich war er ja sogar mitgefahren zur Jagd in den lothringischen Wäldern, oder er hatte Gaston auf einem von Kloffts Segeltörns kennengelernt.

Er hörte regungslos auch den Rest der Geschichte an – wie Cilly ihren Freund Gaston angerufen und ihn geblufft und von ihm erfahren hatte, dass er gar nicht mehr in der Lage war, Klofft einen belangreichen Auftrag zu erteilen. Als ich damit fertig war, schwieg er noch einen Augenblick, dann sagte er: »Das beweist natürlich nicht, dass es diesen Auftrag nicht doch gegeben hat.«

»Ja, ich weiß. Es könnte immerhin ein anderer Kunde gewesen sein, der ihm diesen Auftrag in Aussicht gestellt und dann einen Rückzieher gemacht hat.«

Er nickte. Dann sagte er: »Aber Sie fürchten, dass Frau Fuchs recherchiert hat und mit dieser Geschichte herausrückt. Und dass wir dann den Beweis antreten müssen, dass irgendwer tatsächlich einen solchen Auftrag in Aussicht gestellt hat.«

»Ja. Und das ist noch nicht alles.« Ich spürte eine Hemmung, ihm auch das zu sagen, was bisher unerwähnt geblieben war, aber natürlich waren solche Bedenken sinnlos; denn wenn er mit Cilly telefoniert hatte, dann wusste er es sowieso schon. Und selbst wenn nicht: Wollte ich etwa jemanden schonen, indem ich Hochkeppel diese Informationen verschwieg? Und wenn ja – wen wollte ich vor was bewahren?

Ich sagte: »Frau Klofft hat nicht nur in seinen Papieren geblättert.« Ich räusperte mich. »Sie hat auch gelauscht.«

Wieder keine Reaktion, nur ein Griff an die Brille, die er ein wenig zurechtrückte.

Ich sagte: »Sie ist, wenn ich sie richtig verstanden habe, heimlich auf den Balkon vor ihrem Schlafzimmer gegangen; den Balkon, der ihr Schlafzimmer und das Zimmer, in dem Klofft sich über Tag aufhält, verbindet.«

Er nickte. Er kannte die Szenerie natürlich.

Ich fuhr fort: »Das war an dem Tag, an dem Frau Fuchs zu ihm gekommen ist, weil sie unbedingt diesen Urlaub haben wollte. Seine Balkontür stand offen, und Cilly hat… Frau Klofft, meine ich, sie hat das Gespräch der beiden belauscht.«

Ich versuchte, meinen Lapsus zu überspielen, indem ich ohne Zögern fortfuhr; ich berichtete ihm, Frau Klofft habe mir nicht alles sagen wollen, aber ich hätte sie so verstanden, wohl auch verstehen müssen, dass ihr Mann von Katharina Fuchs einen… eine sexuelle Handlung verlangt habe. Ich wisse nicht, ob er Katharina eine Art Tauschgeschäft – Urlaub gegen Sex – angeboten habe; jedenfalls laufe dieser Teil des Gesprächs vermutlich auf eine Nötigung hinaus.

Und zum anderen habe umgekehrt Frau Fuchs in ebendiesem Gespräch ihrem Chef gedroht. Auch dazu habe Cilly Klofft nicht in die Details gehen wollen, sie habe jedoch auf meine Frage hin eindeutig bestätigt, dass Frau Fuchs, nachdem auch Klofft ihren Urlaubsantrag abgelehnt hatte, ihm damit gedroht habe, dass sie krank werde und dann ohnehin ja zur Arbeit nicht erscheinen könne.

Jemand klopfte an den Rahmen der Polstertür. Die Tür öffnete sich, Simone steckte den Kopf durch den Spalt und sagte: »Entschuldigung! Aber Ihre Bestellung ist gekommen, Herr Doktor Zabel.«

Hochkeppel sagte gereizt: »Was… was soll das denn?! Was für eine Bestellung?!«

Simone sagte: »Makkaroni mit Fleischbällchen. Er hat das beim Italiener bestellt. Er muss doch was zu Mittag essen!«

Ich sagte: »Okay, okay, Simone, ich komme gleich! Vielen Dank!«

Simone zog sich zurück.

Ich sagte: »Verstehen Sie? Wenn das stimmt, dass er, ausgerechnet in dem Gespräch, in dem es um diesen Urlaub ging, Sex von ihr –«

Er fiel mir ins Wort. »Gehen Sie mal davon aus, dass das stimmt. Das ist diesem alten…« Der Rest verlor sich in einem unverständlichen Murmeln.

Ich sah ihn an. »Also muss ich mich darauf präparieren, dass Frau Fuchs damit herausrückt. Entweder schon in der Klage. Oder als Knalleffekt in der Anhörung.«

Er nickte, senkte den Blick. Er sah auf seine Hände, die er vor sich auf dem Schreibtisch zusammengelegt hatte, schien nachzudenken. Vor mir erschien das Bild meiner Polpettine, der braunen, glitzernden Soße, in der sie schwammen, der weißen, schimmernden Makkaroni, über die ich die heiße Soße gießen würde.

Ich verdrängte die Vision und sagte: »Andererseits brauchten wir uns keine Sorgen mehr zu machen, wenn es stimmt, dass sie ihm gedroht hat, sich ins Bett zu legen. Oder jedenfalls sich krankschreiben zu lassen. Ich hab ein paar Entscheidungen herausgesucht …«

Er winkte ab. »Marginalien. Peanuts, wenn er tatsächlich versucht hat, ihr an die Wäsche zu gehen. Gegen ihren Willen, versteht sich. Und darüber brauchen wir …«

Das Telefon auf seinem Schreibtisch klingelte. Er warf einen wütenden Blick darauf, hob dann den Hörer ab. »Was ist denn jetzt schon wieder, haben Sie denn nicht begriffen, dass wir nicht gestört werden möchten?!«

Es war offenbar Simone, aber ihre Stimme war nur kurz zu hören. Er sagte: »Stellen Sie sie durch!«

Er rückte sich in seinem Sessel zurecht, lehnte sich an. Eine andere, unverständliche Stimme wurde aus dem Telefon hörbar. Er begann zu lächeln, nickte, hob die Hand. Dann sagte er: »Warte, warte … Zunächst einmal: Wie geht es Dir?«

Ich stand auf, sah ihn fragend an. Er erwiderte, während er der anderen Stimme lächelnd zuhörte, meinen Blick, schüttelte zu mir hin abwehrend die Hand, deutete ein paarmal nachdrücklich auf meinen Sessel. Ins Telefon sagte er: »Danke, danke, es geht mir gut. – Nein, nein, alles in Ordnung!« Er nickte, dann sagte er: »Warte, eine Sekunde. Er sitzt hier bei mir. Ich gebe ihn dir.«

Er reichte mir den Hörer. »Für Sie.«

Ich meldete mich, Cilly Kloffts Stimme antwortete. »Hallo, Alex. Ich bin's, Cilly. Wie geht es Ihnen?«

»Danke. Und wie geht es Ihnen?«

»Na ja.« Sie lachte. Dann sagte sie: »Ich rufe an wegen Frau Fuchs. Heute Morgen ist ihre Klage gegen die Kündigung hier eingegangen. Das heißt, die Klage von ihrem Anwalt. Und der Absender war das Gericht.«

»Ja. Wissen Sie, wer der Anwalt ist?«

»Wohl eine Sozietät, nach dem Briefkopf. Doktor Schlösser und … und …«

Ich sagte: »Gladke.«

»Ja. Richtig, Gladke.«

Ich sah, dass Hochkeppel die Augen zur Decke kehrte.

Sie fragte: »Kennen Sie die?«

»Ja, die kenne ich. Das ist ein ziemliches Kaliber.«

»O Gott. Sie Ärmster!«

Ich lachte. »Ach, das geht schon in Ordnung.«

Sie schwieg einen Augenblick lang. Wahrscheinlich hatte sie gewisse Zweifel an meiner Zuversicht. Schließlich sagte sie: »Nun … mein Mann lässt Sie fragen, ob er Ihnen Ihre Ausfertigung bringen lassen soll. Karl ist zwar im Augenblick unterwegs, aber ich könnte einen Botendienst rufen. Oder selbst vorbeikommen. In Ihrer Kanzlei.«

Ich überlegte einen Augenblick lang, dann sagte ich:

»Nein, das ist nicht nötig. Ich hole es mir bei Ihnen ab. Dann kann ich gleich auch noch ein Wort mit Ihrem Mann reden.«

»Und auch eins mit mir, hoffe ich! Oder?«

Ich sagte: »Natürlich. Auf Wiederschauen, Frau Klofft.«

Sie sagte: »Auf Wiedersehen, Alex!«

Hochkeppel sah mich schweigend an, nickte. Ich fürchtete fast, dass er fragen würde: »Was hat sie denn alles gesagt?« Aber stattdessen sagte er nur: »Mit Gladke werden Sie nicht viel Freude bekommen.«

Ich lachte. »Das fürchte ich auch.« Ich überlegte einen Augenblick lang, dann sagte ich: »Wieso hat Klofft denn bis jetzt mit dem Brief gebraucht? Der muss doch schon heute Morgen bei ihm eingegangen sein?«

»Wenn das Gericht keinen privaten Zusteller beschäftigt hat, die kommen ja auch noch später. Aber gehen Sie mal davon aus, dass er die Klage schon von A bis Z durchgeackert hat. Und dass er, wenn er begriffen hat, dass es finster aussieht, sich auch schon irgendetwas ausgedacht hat. Ausgedacht und in Gang gesetzt. Irgendeine kleine Schweinerei, mit der er sich Luft verschaffen will. Und sei es nur Ihnen gegenüber.«

»Wir werden sehen.« Ich nickte. »Okay. Dann mach ich mich mal auf den Weg.« Ich stand auf.

Als ich schon an der Tür war, sagte er: »Ach so, Alexander...«

Ich blickte zurück.

Er sah mich an, rieb sich die Mundwinkel. »Hat Frau Klofft Ihnen die Geschichte am Telefon erzählt? Gestern Morgen? Ich meine, diese Story von ihrem Lauschangriff?«

Hatte ich ihm nicht schon gesagt, ich sei gestern Morgen zu ihr gefahren? Es war lächerlich, aber ich fühlte mich ertappt. Ich sagte: »Nein. Sie hat es mir in ihrem Atelier erzählt. In dem großen, im Hinterhof. Sie hat mich am Samstagabend dorthin bestellt. Und ich hab sie da besucht. Am Sonntagmorgen.«

Es war mir klar, dass es klüger wäre, mir alle Erklärungen zu sparen. Aber ich konnte es dann doch nicht lassen. Ich sagte: »Ich nehme an, zu Hause war es ihr zu riskant.« Nach einer sich dehnenden Pause fügte ich auch noch hinzu: »Ihr Mann bewegt sich ja mit seinem … seiner Gehhilfe durchs Haus. Und manchmal taucht er auch ziemlich überraschend auf.«

Nach einer Pause sagte er: »Ja, natürlich.«

19

Unterwegs versuchte ich, mir schlüssig zu werden, ob ich mich bei Cilly für meinen plötzlichen Aufbruch am Vortag entschuldigen musste und ob ich, wenn ja, das tun oder ob ich mich ohne ein Wort darüber hinwegsetzen sollte, um ihr zu zeigen, dass ich auf meinen eigenen Füßen stand und notfalls auch ohne Rücksicht auf die Gefühle anderer das zu behaupten und durchzusetzen vermochte, was ich für richtig hielt. Bevor ich diese Fragen klären konnte, verwickelte ich mich auch noch in das Problem, *wie* ich meine Entschuldigung, wenn ich sie denn tatsächlich aussprechen wollte, am gescheitesten formulieren konnte.

Ich murmelte vor mich hin: »Es tut mir leid, Frau Klofft,

wenn ich gestern Morgen… so plötzlich gegangen bin. Ich… weiß nicht einmal genau, was ich… was mich dazu… veranlasst hat. Vielleicht war es… der Gedanke an Frau Leisner, der Gedanke, dass ich mit ihr ja doch eine… eine ziemlich feste Bindung eingegangen bin…«

Um Gottes willen! Wollte ich in ihr den Eindruck erwecken, ich hätte ihre Annäherung als den Versuch verstanden, bei mir die Rolle Fraukes zu übernehmen? Und war es denn überhaupt *ihre* Annäherung gewesen? Waren nicht vielmehr wir beide, sobald wir zum ersten Mal auf Tuchfühlung gelangt waren, aneinandergesaugt worden wie zwei Schiffe, die in der Strömung nicht den nötigen Abstand halten?

Ich versuchte, mir eine andere Formulierung zurechtzulegen, aber es war zu spät. Ich kam wieder einmal zu früh vor ihrer Haustür an. Ich rätselte, ob Cilly mir öffnen würde, Cilly in ihrem Malerkittel. Oder Olga auf den Schlappen und mit nackten Füßen. Aber diesmal war es wieder Cilly.

Sie öffnete, wie schon einmal, die Tür sehr langsam, blickte durch den Spalt, ihre Augen schimmerten im Halbdunkel der Diele. Geheimnisvoll, nicht wahr? Verlockend. Der Zutritt zu einem Ort besonderer Art. Fast sah es aus wie eine kalkulierte Vorführung. Sie zog die Tür zurück, lächelte, bedeutete mir mit einer Geste, einzutreten.

Sie trug Bluse und Rock, Sandalen an den Füßen. Sie sagte: »Kommen Sie.« Ihre Hand war kühl und glatt. Ich tat einen Schritt in Richtung der Treppe. Sie hob die Hand, schüttelte den Kopf. »Nein, nicht zu ihm!«

Ich sah sie verwundert an. »Wieso denn, ich dachte…«

»Ihm war auf einmal nicht gut. Er hat sich hingelegt.« Sie lächelte.

Ich sagte: »Ich hoffe, es ist nichts …«

»Nein, nein, Sie brauchen sich keine Sorgen zu machen.« Sie ging langsam voraus zum Wohnzimmer, ich folgte ihr ein wenig widerstrebend. Sie wandte sich zurück zu mir. »Ich hab alles hier unten. Er hat mir die Ausfertigung für Sie gegeben, bevor er sich verzog.«

Ich fragte: »War das so ein … ein Anfall, wie ich ihn schon einmal gesehen habe? Am Samstagmorgen, als ich zum Schachspielen hier war?«

»Ich weiß, Olga hat es mir erzählt. Nein, nein, so war es nicht.« Wir hatten das Wohnzimmer erreicht, sie ließ mich eintreten und schloss die Tür hinter mir. Dann sagte sie: »Er ist ein Feigling, wissen Sie.« Sie trat einen Schritt näher, blieb vor mir stehen und lächelte. »So, wie Männer schon mal sind. Vor allem die großmäuligen, die starken, die immer den Ton angeben wollen. Die alles unter Kontrolle haben.« Nach einer kleinen Pause fügte sie lächelnd hinzu: »Aber nicht nur die.«

Das war deutlich. Ich spürte, dass die Röte mir in die Wangen stieg. Sie stand ziemlich nahe vor mir, mit ihren grauen, dichten Haaren, den wachen Augen, mit den Fältchen unter den Augen, die sich wieder vertieft zu haben schienen. Ich glaubte, wieder ihr Parfum zu riechen, und fühlte mich einen Augenblick lang versucht, mich vorzubeugen, meine Nase ihrer Wange zu nähern, um mir die Gewissheit zu verschaffen.

Diese verrückte Anwandlung vermochte ich mit Mühe zu bändigen; aber ich wusste nicht, wie ich auf ihren deutlichen Hieb reagieren sollte. Wider Willen sah ich zur Seite, als suchte ich etwas.

Sie sagte: »Es liegt da. Auf dem Sofatisch.«

Sie tat zwei Schritte an mir vorbei, nahm einen dicken weißen Umschlag in der Größe eines halben Briefbogens von dem Tisch und reichte ihn mir. Er trug auf der Vorderseite als Absender Klofts Adresse, von Hand geschrieben, und daneben meine Adresse. Ich las, wandte den Umschlag dann mehr aus Verlegenheit um, als erwartete ich, auch auf der Rückseite eine Information zu finden. Tatsächlich entdeckte ich dort einen unübersehbaren Hinweis.

Der Verschluss sah ein wenig gewellt aus, die Lasche klebte nicht durchgängig fest. Ganz offensichtlich war der Umschlag geöffnet und dann wieder verschlossen worden.

Sie war meinem Blick gefolgt und hatte auf die Lasche gesehen. Aber als sie die Augen hob, schien sie völlig unbeeindruckt von der verräterischen Spur, die wir beide wahrgenommen hatten. Sie lächelte.

»Ich kann Ihnen sagen, was der Grund für sein Unwohlsein ist.« Sie legte eine Pause ein, wies dann mit dem Kinn auf den Brief und fuhr fort: »Dieser Herr da, der Herr Gladke oder Schmadtke, er hat ihm klargemacht, dass er mit seiner fristlosen Kündigung sich selbst ins Bein geschossen hat.« Sie stutzte, lächelte, machte eine abtuende Handbewegung. »Ich meine, ich *vermute* mal, dass der Herr Dingsda das in diesem Brief dargelegt hat. Und das hat er in seiner Klage gegen die Kündigung dann wohl auch dem Gericht verdeutlicht. Vermutlich.«

»Sie vermuten das?« Ich gab meiner Frage einen ironischen Unterton und war froh, auf diese Weise wieder ein wenig Oberwasser gewinnen zu können.

»Ja.« Sie lächelte. »Ich bin ja kein Jurist. Wer weiß, was in solchen Angelegenheiten als Beweis anerkannt wird und was nicht. Jedenfalls weiß ich, dass mein Mann ziemlich aktiv geworden ist, nachdem er diese Papiere gelesen hatte.«

»Was hat er denn unternommen?«

Sie zuckte die Schultern. »Zuerst einmal musste ich ihm den ganzen Schrieb zweimal kopieren. Dann hat er ein paarmal telefoniert. Und dann hat er noch einen Besucher empfangen.«

Sie schwieg. Die Fältchen vertieften sich wieder. Ich wurde die Vermutung nicht los, dass sie sich über mich amüsierte. Ich zögerte, aber schließlich konnte ich meine Neugier nicht bezähmen, es war mir auch egal, ob ich mich genau so verhielt, wie sie es erwartete und provoziert hatte.

Ich fragte: »Was für einen Besucher?« Es war genau die Frage, mit der ich mich wieder darauf einließ, sie als Informantin zu beanspruchen und mit ihr hinter dem Rücken ihres Mannes zu kooperieren.

Sie sagte: »Ein Herr Manderscheidt. Leo Manderscheidt. So hat er sich jedenfalls vorgestellt, als ich ihm die Tür öffnete.«

»Der Privatdetektiv?«

»Ach, Sie kennen ihn?« Die Frage zeigte unmissverständlich, dass sie mit mir spielte. Natürlich war ihr in der Akte, die sie heimlich durchgesehen hatte, Manderscheidts Briefkopf und sein Bericht über das *Beauté du Lac* begegnet, und deshalb wusste sie bereits, dass der Detektiv auch mir nicht unbekannt sein konnte.

Ich sagte: »Ich kenne ihn nicht. Aber ich weiß, wer er ist.«

Sie schwieg wieder. Sie wollte mich dazu bringen, auch noch den nächsten Schritt, der unsere Kumpanei bestätigte, aus sozusagen freien Stücken zu tun.

Ich zögerte, aber am Ende konnte ich auf die Frage dann doch nicht verzichten: »Haben Sie... zufällig mitbekommen, warum Ihr Mann... Herrn Manderscheidt bestellt hat? Ich meine, ob er einen Auftrag für ihn hatte? Und wenn ja, welchen?«

Die grauen, wolkigen Augen hielten meinen Blick fest. Sie fragte: »Sie meinen... zufällig?«

»Ja. Es hätte ja sein können. Oder meinetwegen auch mit Absicht, ich weiß nicht...«

»Sie meinen, über den Balkon?«

Ich zuckte die Schultern.

»Nein. Tut mir leid. Da kann ich Ihnen nicht helfen.« Sie lächelte. »Aber ich kann Ihnen sagen, warum es meinem Mann nach diesem Besuch, das heißt, nachdem er mir gesagt hatte, ich solle Sie anrufen, und sobald er wusste, dass Sie unterwegs waren... warum ihm dann so plötzlich übel wurde. So übel, dass er sich in sein Schlafzimmer zurückziehen musste.«

Ich sagte: »Und warum, glauben Sie?«

Sie antwortete: »Ich glaube das nicht, ich weiß es. Ihm ist angeblich übel geworden, weil er Ihnen aus dem Weg gehen wollte. Weil er zu feige war, Ihnen zu begegnen.«

Sie wies auf den Brief in meiner Hand. »Das, was dieser Herr Gladke da schreibt...«, sie lächelte, »was er nach meiner Vermutung da geschrieben hat... das lässt den großen

Klofft ziemlich schlecht aussehen. Und das will er sich von Ihnen nicht auch noch bestätigen lassen. Er scheut das wie die Pest. Und womöglich hofft er, dass er bis zu Ihrer nächsten Begegnung irgendetwas in der Hand hat, das er Ihnen entgegensetzen kann, Herrn Gladke und Ihnen.«

Sie nickte bekräftigend. »Er will der Wahrheit über sich selbst ausweichen. Er ist ein Feigling. Schlicht und einfach, verstehen Sie?«

Ich wusste, dass es mir nicht gut bekommen würde, ausgerechnet jetzt die Entschuldigung anzubringen, zu der ich mich noch nicht einmal entschieden hatte. Aber ich mochte mich auch nicht länger von ihr mit diesen maliziösen Andeutungen, den Anspielungen auf meine Flucht aus ihrem Atelier, vorführen lassen.

Ich sagte: »Ich weiß nicht, ob Sie mich auch zu den Feiglingen zählen. Ich weiß auch nicht, wann oder wie ich … der Wahrheit über mich selbst ausgewichen wäre.«

Sie sagte nichts. Sie sah mich nur unverwandt an. Ich sagte: »Aber wenn Sie bei dem, was Sie da sagen, über gar nicht so wenige Männer sagen, nicht wahr … wenn Sie dabei an den Sonntagmorgen, gestern Morgen, denken sollten, nicht zuletzt daran, und an meinen … so plötzlichen Abschied aus Ihrem Atelier …«

Ich begann zu zweifeln, ob ich diesen sich türmenden Satz vernünftig und auch noch verständlich zu Ende bringen konnte, und Panik regte sich in mir. Wahrscheinlich spürte sie meine Not, und es mag sein, dass sie mir nur aus der Verlegenheit helfen wollte, sie trat noch einen Schritt näher an mich heran, legte mir die flache Hand auf die Brust und sagte: »Aber, aber!«

Diese Geste und ihre begütigende Stimme verwirrten mich jedoch nur noch mehr. Ich sagte: »Natürlich bin ich ja auch … in gewisser Weise konnte es natürlich so aussehen, als sei ich geflohen. Aber ich … nun ja, vielleicht habe ich mich überfordert gefühlt, das mag schon sein. Ich meine … womöglich habe ich Sie ja auch völlig missverstanden, die Situation, meine ich, ja. Wahrscheinlich habe ich die Situation völlig missverstanden. Und dabei ist mir auch noch der Gedanke, verstehen Sie … Frauke Leisner ist mir eingefallen, irgendwie, und der Gedanke hat mich irritiert, dass ich … nun ja, dass ich ja doch eine sehr enge Beziehung zu ihr … eingegangen bin.«

Sie sagte: »Ist ja gut, ist ja gut!« Sie lächelte mich an. Ich spürte die Hand auf meiner Brust.

Ich sagte: »Ich meine, es ist vielleicht …«

Sie ließ mich nicht weiterreden. »Jetzt hör auf damit! Kein Wort mehr davon, verstanden?« Die Hand war kühl. Die Röte und die Hitze waren in mir hochgestiegen, und die Hand, die ich durch den Hemdenstoff spürte, war angenehm kühl auf meiner Brust. Ich wünschte mir, dass sie die Hand auch auf meine Stirn legen und meine Stirn kühlen würde.

Sie bewegte den Kopf ein wenig hin und her, als suchte sie meinen Blick. Als ich ihr nicht mehr ausweichen konnte und ihr wohl oder übel in die Augen sah, lächelte sie. Ihre Fingerspitzen bewegten sich ein wenig auf meiner Brust. Ich mochte es nicht wahrhaben, aber ein sehr angenehmer Schauer lief mir über den Rücken.

Ich wollte ihre Hand von meiner Brust lösen, aber unversehens hob sie die freie Hand und legte sie mir auf die

Stirn. Ich blieb regungslos stehen, schloss die Augen. Ich hatte mich schon lange nicht mehr so wohl gefühlt.

Nach einer Weile nahm sie die Hand von meiner Stirn, legte sie flach an meine Wange. Vielleicht lag es an der Hand, vielleicht an der Bewegung ihrer Kleider, ich roch plötzlich sehr deutlich ihr Parfum.

Sie sagte: »Kann schon sein, dass du ein kleiner Feigling bist.« Fast klang es, als lache sie unterdrückt. »Aber du bist ja auch noch sehr jung. Musst noch viel lernen.«

Sie löste ihre Hände von mir. Ich spürte, wie sie beide Arme um mich schlang, sie drückte ihren Kopf an meine Brust. Ich roch den Duft ihrer Haare. Dann trat sie von mir zurück. Sie sagte: »Und jetzt raus hier!«

Ich öffnete die Augen. Sie stand drei Schritte von mir entfernt, lächelte, hob den Arm und wies zur Tür.

»An die Arbeit! Und bis bald.«

20

Der Kollege Gladke hatte sich in seiner Kündigungsschutzklage auf die Punkte konzentriert, die mein Mandant aufgrund seines freihändigen Studiums als wesentliche Gründe für die fristlose Kündigung angeführt hatte: Erschleichung eines ärztlichen Attestes und eigenmächtiger Antritt eines nicht genehmigten Urlaubs.

Zu dem Vorwurf der Erschleichung berief Gladke sich kurz und knapp auf das Attest des Arztes für Allgemeinmedizin Dr. Heiner Wehling, des Hausarztes von Katharina Fuchs, das ich aus der Akte Kloffts bereits kannte. Das

Papier trug das Datum vom Samstag, dem Tag, der dem Sonntag vorausging, an dem Frau Fuchs nach Genf geflogen war, um ein wenig weiter im *Beauté du Lac* ihren Hexenschuss zu kurieren.

Doktor Wehling hatte seiner Patientin bescheinigt, dass sie am späten Freitagabend in ihrer Wohnung an einem Lendenwirbelsyndrom (LWS) erkrankt war, das mit starken Schmerzen und gravierenden Einschränkungen des Bewegungsapparates einherging. Er hatte ihr eine physiotherapeutische Behandlung verordnet und sie für die folgenden fünf Arbeitstage, also bis an das Ende der darauffolgenden Woche, krankgeschrieben.

Im Übrigen machte Gladke, auch das in lapidarer Ruppigkeit, seinen Standpunkt klar, nicht Frau Fuchs müsse beweisen, dass sie krank gewesen sei, sondern umgekehrt Klofft die Behauptung, sie sei es nicht gewesen. Er zitierte das Landesarbeitsgericht Hamm mit einer Entscheidung, in der es dann auch hieß: »Kündigt der Arbeitgeber einem arbeitsunfähig krankgeschriebenen Arbeitnehmer fristlos mit der Begründung, die Arbeitsunfähigkeitsbescheinigung sei zu Unrecht erteilt worden, so muss er diejenigen Tatsachen im Einzelnen vortragen und notfalls beweisen, aus denen sich die Unrichtigkeit der Arbeitsunfähigkeitsbescheinigung ergibt. Nicht etwa muss der Arbeitnehmer beweisen, dass die Krankschreibung zu Recht erfolgt ist.«

Der Arbeitgeber Klofft allerdings, so Gladke, sei jedweden entsprechenden Beweis schuldig geblieben. Der Kollege führte auch noch das Urteil des Bundesarbeitsgerichts an, das ich selbst schon einmal herausgefischt und für meine Beweisführung vorgemerkt hatte – allerdings zum Beweis des Gegenteils, wie das bei der Berufung auf höchstrichterliche Urteile hin und wieder passiert. Es war das Urteil, in dem die Richter verkündet haben: »Legt der Arbeitnehmer ein ärztliches Attest vor, so begründet dieses regelmäßig den Beweis für die Tatsache einer Arbeitsunfähigkeit.«

Den zweiten von Klofft genannten Kündigungsgrund führte Gladke mit ebendem Argument, das ich befürchtet und in meinem Bericht bei Hochkeppel schon erwähnt hatte, ohne Umschweife ad absurdum: Wenn Frau Fuchs krank gewesen sei, wie es das Attest beweise, dann könne sie nicht zur gleichen Zeit eigenmächtig einen nicht genehmigten Urlaub angetreten haben. Denn sie sei zu dieser Zeit eben nicht in Urlaub gegangen, sondern krank geworden und damit arbeitsunfähig.

Dem Nachweis, dass ihr – womöglich zu spekulativen Verdächtigungen anreizender – Aufenthalt in der Schweiz ohnehin nicht als Urlaub bewertet werden könne, sondern vielmehr der Behandlung ihrer Krankheit und damit ihrer Gesundung gedient habe, widmete der Kollege alsdann den umfangreichsten Teil seiner Klage, insbesondere durch die Hinzufügung eines ganzen Packens von Auskünften, Bescheinigungen und Gutachten.

Erläuternd dazu und gar nicht mehr knapp führte Gladke aus, Frau Fuchs sei, wie das Attest bestätigt habe, am späten Abend des Freitags, ihres letzten Arbeitstages, überraschend von einer Lumbago befallen worden, wolle heißen: starken Schmerzen im Bereich der Lendenwirbel mit Ausstrahlungen in das rechte Bein. Es habe sich um einen ähnlichen Anfall gehandelt wie schon einmal vor zwei Jahren; damals sei sie auf drei Tage krankgeschrieben worden. Sie habe auch dieses Mal ihren Hausarzt, Herrn Dr. Wehling, gerufen, der noch in der Nacht zum Samstag gekommen sei.

Dr. Wehling habe als mögliche Ursache Stress und eine übermäßige Beanspruchung am Arbeitsplatz diagnostiziert, der Patientin ein starkes Schmerzmittel hinterlassen und sie bis zum Ende der darauffolgenden Woche krankgeschrieben. Außerdem habe er ihr eine Überweisung zum Physiotherapeuten ausgefertigt und sie darauf hingewiesen, dass er selbst über das Wochenende leider nicht erreichbar sei, da er am frühen Samstagmorgen mit seiner Familie zu einem Kurzurlaub an die See reise.

Am Samstagmorgen sei Frau Fuchs von ihrem Bekannten Herrn Henri Schmickler angerufen worden, einem Reisefachmann und Schweizer Staatsbürger, dem sie von ihrem Missgeschick berichtet habe. Herr Schmickler, der zu dieser Zeit auf einer Dienstreise in Genf gewesen sei, habe ihr daraufhin von dem Hotel *Beauté du Lac* in der Waadt/Léman berichtet, das einen internationalen Ruf als Wellnesshotel besitze, darüber hinaus jedoch eine Fülle von medizinisch-therapeutischen Anwendungen biete und seine Gäste von hochangesehenen Ärzten betreuen lasse. Er habe ihr dazu angeboten, sich umgehend in dem Hotel nach Möglichkeiten der Behandlung ihrer Erkrankung zu erkundigen und sie alsbald zurückzurufen.

Da Frau Fuchs einverstanden gewesen sei, habe Herr Schmickler die Auskünfte eingeholt und erfahren, dass das LWS-Syndrom zu denjenigen Erkrankungen gehöre, die häufig in dem Hotel behandelt und in der Regel binnen kurzer Zeit geheilt würden. Diese Information habe er verabredungsgemäß sofort an Frau Fuchs weitergegeben und ihr gesagt, wenn sie sich die Reise zutraue, dann werde er Urlaub nehmen und ihr während der Zeit bis zu ihrer Genesung im *Beauté du Lac* beistehen.

Daraufhin und in Anbetracht der Tatsache, dass Dr. Wehling ohnehin nicht erreichbar gewesen sei, habe Frau Fuchs kurz entschlossen für den Sonntag einen Flug nach Genf gebucht. Herr Schmickler habe sie am Flughafen abgeholt und zu dem Hotel gebracht, wo sie während der darauffolgenden Woche, für die sie bekanntlich krankgeschrieben war, sich den einschlägigen Behandlungen (s. Anlagen) unterzogen habe – mit durchschlagendem Erfolg, wie das abschließende Gutachten von Dr. Wehling (ebenfalls in der Anlage) beweise.

Ich begann, mich durch Herrn Gladkes Anlagen zu kämpfen, und litt alsbald unter dem lähmenden Gefühl, einem konzentrischen Angriff weißbekittelter Kapazitäten ausgesetzt zu sein, die entschlossen waren, jeden Zweifel an den Qualitäten des Hotels *Beauté du Lac* im Keim zu ersticken, niederzuknüppeln, auszutilgen, und insbesondere Zweifel an seinen therapeutischen Qualitäten.

Als ich dabei war, mich über die diversen Heil- und Schlammbäder zu informieren, in die Frau Fuchs sich hatte eintauchen lassen, klopfte es an die Tür, Hochkeppel steckte den Kopf herein.

»Wie sieht's aus?«

»Ich fürchte, nicht so berauschend für uns.«

Er nickte. »Haben Sie noch lange damit zu tun?«

»Ein Weilchen schon noch.«

Er nickte. »Ich mach mich dann schon mal auf den Weg.«

Ich sah auf die Uhr. Halb sechs war vorbei. Seine Frau legte Wert darauf, dass er nicht zu spät nach Hause kam.

»Ja. Schönen Feierabend dann.«

»Danke. Sie können mir ja morgen berichten.«

»Ja, natürlich.«

Er nickte und schloss die Tür.

Ich blätterte den Rest der medizinischen Beigaben durch, er schien schon auf den ersten Blick nicht minder beeindruckend als das, was ich schon gelesen hatte, und dachte dann eine Weile an Frauke.

Sie hatte an diesem Abend einen Termin in einem der kleinen Privattheater, Vorstellung des Programms der neuen Spielzeit samt Einladung zum anschließenden Essen mit der Intendantin. Ich hatte mich beglückwünscht, dass bei dieser Einladung an mich niemand gedacht hatte, aber mittlerweile schreckte mich die Aussicht auf den Abend mit mir allein denn doch ein wenig.

Ich versuchte, ein vorläufiges Fazit des Falles Klofft zu ziehen. Gladkes Strategie war mir klar, er würde darlegen, dass Frau Fuchs erstens tatsächlich krank gewesen war und dass sie zweitens sich genau so wie ein pflichtbewusster Arbeitnehmer verhalten, nämlich alles getan hatte, um ihre Arbeitskraft wiederherzustellen. Und es sah so aus, als hätte er auch sehr gute Chancen, das Gericht davon zu überzeugen.

Auf den ersten Blick fand ich jedenfalls keine Schwäche in seiner Argumentation. Ich hatte zuvor ja schon einmal die Idee gehabt, man könne Frau Fuchs vielleicht wegen der Strapazen der Reise, die sie riskiert hatte, ein genesungswidriges Verhalten vorwerfen und das eventuell durch einen

Gutachter bekräftigen lassen; aber Hochkeppel hatte mich vor einem solchen Versuch gewarnt. Des ungeachtet ging ich dieser Idee noch einmal nach.

Ich blätterte in der Akte Kloffts und las nicht nur erneut den Bericht des Detektivs über die Reise nach Genf: Dass der Taxifahrer am Sonntagmorgen ins Haus gegangen war, um Frau Fuchs in ihrer Wohnung abzuholen, dass sie auf Krücken erschienen war, dass sie sich am Eingang des Flughafens von einem Rot-Kreuz-Helfer mit einem Rollstuhl hatte abholen und bis an Bord der Maschine bringen lassen, und gleichermaßen in Genf aus der Maschine bis zur Gepäckausgabe und zum Parkplatz.

Ich entdeckte überdies einen beiläufigen Vermerk des Detektivs, den ich zuvor anscheinend überlesen hatte: Frau Fuchs war, anders als Klofft ihr unterstellte, mit einem Billigflieger und in der Economy Class gereist – sicher nicht die bekömmlichste Art der Fortbewegung mit einem Lendenwirbelsyndrom. Freilich konnte das Gericht in Anbetracht der Heilstätte, zu der sie sich begeben hatte, das vielleicht für unerheblich halten.

Ein anderer Punkt hingegen war mir erst durch Gladkes Darstellung aufgefallen, und ich wusste vorerst nicht, was ich davon halten sollte. Das war die Rolle, die Herr Schmickler, Henri, in dieser Geschichte von der pflichtgetreuen Arbeitnehmerin spielte. War er vielleicht der neue Liebhaber von Katharina Fuchs? War er der Verehrer, um dessentwillen sie Klofft nach zehn Jahren abgehalftert hatte? Wenn das so war, dann hatte Herr Schmickler sie wohl kaum so zufällig, wie es in Gladkes Darstellung klang, am Morgen des Samstags angerufen.

Und dieser Gedanke ließ sich durchaus weiterspinnen: Wo und mit wem hatte Frau Fuchs denn den Urlaub verbringen wollen, um den sie in ihrer Firma so dringlich gebeten hatte? Vermutlich doch mit ihrem neuen Liebhaber – Herrn Schmickler? Und warum nicht in der Schweiz? Warum nicht in der Waadt/Léman? Warum nicht im Fünfsternehotel *Beauté du Lac*?

Herr Schmickler war es vielleicht wert, dass man etwas näher an ihn heranging als der Kollege Gladke, bei dem er eher als menschenfreundlicher Onkel nur im Hintergrund tätig war. Hatte Frau Fuchs persönlich die Bleibe im *Beauté du Lac* gebucht? Oder hatte das auch Herr Schmickler, der Reisefachmann, erledigt?

Und, wenn ja: Wann hatte er das getan? Erst am Samstag und nachdem er Frau Fuchs von den Vorzügen dieses Hotels überzeugt hatte? Oder vielleicht doch schon früher und bevor noch Katharina Fuchs den Urlaub beantragte, von dem sie womöglich angenommen hatte, er werde ihr bewilligt? Wollte heißen: Noch bevor sie ihren Hexenschuss erlitt?

Ich sah einen Hoffnungsschimmer. Überdies ermunterte mich das Faktum, dass von der Zweifelhaftigkeit des Auftrags, auf den mein Mandant sich berufen hatte, bei Gladke mit keinem Wort die Rede war, und nicht einmal andeutungsweise von unsittlichen Handlungen, zu denen der Chef seine Angestellte zu nötigen versucht hätte. Wenn allerdings Gladke auch davon wissen und dergleichen Schweinereien aufgespart haben sollte, um sie erst vor Gericht zu enthüllen, dann konnte ich meinen Fall vergessen und meinem Mandanten allenfalls noch alles Gute wünschen.

Während ich noch angestrengt, aber eher verzweifelt überlegte, ob ich auch dann nicht doch mir irgendeinen Ausweg würde erschließen können, klopfte es wieder.

Frau Enke schaute herein. »Da sind Sie ja noch?«

»Was denken Sie denn? Meinen Sie, ich gehe, ohne mich von Ihnen zu verabschieden?«

»Mein Gott, sind Sie charmant heute!« Sie lächelte. »Sind Sie denn auch noch für Besucher zu sprechen?«

»Besucher?« Mir wurde heiß, einen Augenblick lang dachte ich, Cilly hätte sich auf den Weg gemacht, um mir irgendwas, ich wusste nicht was, aber irgendetwas... Vielleicht hatte Karl sie ja hierhergebracht, und sie hatte im Auto auf der Straße gewartet, bis Hochkeppel gegangen war.

Ich fragte: »Was für einen Besucher?«

»Ein Herr Manderscheidt. Leo Manderscheidt.« Sie kam herein und gab mir eine Visitenkarte. »Ein Privatdetektiv. Er sagt, er hätte neue Informationen zu der Sache, die Sie für Herrn Klofft wahrnehmen.«

Ich starrte auf die Karte. Dann sagte ich: »Ja, okay. Bringen Sie ihn zu mir, bitte.«

21

Herr Manderscheidt war ein kleiner, magerer Mann um die fünfzig in einem Sommerjackett, geflochtenen Schuhen und ein wenig ausgebeulten hellbraunen Hosen. Unter dem Arm hielt er eine dünne, braune Mappe aus einem Lederimitat. Er blieb, nachdem Frau Enke ihn hereingelassen und die Tür hinter ihm geschlossen hatte, auf der

Stelle stehen, deutete einen Diener an und sagte: »Guten Abend, Herr Doktor!«

»Kommen Sie doch bitte!« Ich erhob mich halb und wies auf den Besucherstuhl vor meinem Schreibtisch.

Herr Manderscheidt kam heran, setzte sich, schlug ein Bein über das andere und dann das andere über das eine. »Entschuldigen Sie, wenn ich so spät noch störe.«

»Ja, das ist in Ordnung, aber ...« Ich warf einen Blick auf die Visitenkarte, sah ihn dann an. »Ich dachte, Sie hätten Ihre Ermittlungen mit Ihrem Bericht abgeschlossen? Dem Bericht über die Reise von Frau Fuchs nach Genf?«

»O nein, nein!« Er hob beide Hände. »Herr Klofft hat mich ja mit weiteren Ermittlungen beauftragt.«

»Ach ja? Und in welche Richtung sollten Sie –«

Herr Manderscheidt war offenbar nicht willens, das, was er mitzuteilen hatte, platterdings und ohne Hinzufügung spannungssteigernder Momente auf den Tisch zu legen. Er sagte: »Vorhin habe ich Herrn Klofft aufgesucht, um ihm Bericht zu erstatten. Einen vorläufigen Bericht.«

»Ja, ja, in Ordnung! Und was *haben* Sie ihm berichtet? Ich nehme an, Sie sind autorisiert, mich darüber zu informieren?«

»Ja, natürlich.« Er lächelte. »Herr Klofft hat mich ja gebeten, Sie umgehend aufzusuchen. Hier in Ihrem Büro, verstehen Sie?«

»Ja, ich verstehe. Sie wollen sagen, ein Telefonat hätte es nicht getan?«

»Keinesfalls!« Er nahm den Kopf zurück, hielt ihn ein wenig schräg und lächelte breit. »Die Beweise, die ich habe, sind ... optisch. Verstehen Sie?«

»Ja, ich verstehe. Sie haben Fotos anzubieten. Oder Videos. Und könnte ich die denn auch mal sehen, verehrter Herr … Manderscheidt?«

»Natürlich.« Er hob seine Mappe, öffnete den Verschluss, legte die Mappe dann jedoch wieder auf seinen Schoß, sah mich lächelnd an. »Ich habe mich also im Auftrag von Herrn Klofft ein wenig um Herrn Doktor Wehling gekümmert.«

Ich starrte ihn an. »Doktor Wehling? Den Hausarzt von Frau Fuchs?«

»Richtig. Ich nehme an, Sie haben das Attest und das Gutachten gelesen, das er Frau Fuchs ausgestellt hat?«

»Ja, habe ich.« Ich fixierte ihn. »Und wozu soll diese Recherche gut sein?«

»Nun …« Er legte den Kopf ein wenig schief, hob die Schultern, lächelte bedeutungsvoll. Nach einer kleinen Pause sagte er: »Ich habe herausgefunden, dass Frau Fuchs und Herr Doktor Wehling … nun ja: möglicherweise, ich betone *möglicherweise*! Aber wenn ich *wahrscheinlich* sagte, wäre es wohl auch nicht falsch … dass diese beiden also möglicherweise eine Beziehung unterhalten.« Er sah mich an. »Eine sexuelle Beziehung, verstehen Sie?«

Ich hätte es mir denken können. Mein Mandant, dieser verdammte Klotzkopf, hatte seine Idee, dass Katharina Fuchs ihrem »Haus- und Leib-und-Magenarzt« etwas Schönes versprochen und dass er deshalb sie fälschlich krankgeschrieben habe, nicht so sang- und klanglos aufgeben wollen. Und deshalb hatte er Herrn Manderscheidt spätestens nach Katharinas Rückkehr von Genf auf die beiden angesetzt.

Und nachdem nun heute der Kollege Gladke ihm so

ruppig klargemacht hatte, dass ein Attest vor Gericht mehr galt als hitzige Spekulationen, hatte er seinen Detektiv zitiert, und der hatte alles zusammenkratzen müssen, was geeignet schien zu beweisen, dass Frau Fuchs ungeachtet allen Juristengeschwätzes ihren Hausarzt am Halsband führte und ihn, wenn er brav war und alles bescheinigte, was sie brauchte, auch mit ins Bett nahm.

Ich fragte: »Und wie wollen Sie das beweisen? Haben Sie die beiden beim Geschlechtsverkehr beobachtet?«

Er lachte ein wenig gekünstelt. »Sie scherzen. Aber es gibt ja doch gewisse Indizien, die den Schluss auf eine intime Beziehung erlauben … jedenfalls nach der Lebenserfahrung. Sofern man darüber verfügt.«

Ich hatte ihn gereizt, er begann zurückzuschlagen. Natürlich war es auch unfair, ihn für diese alberne Schlüsselloch-Recherche zu prügeln. Er hatte nur das getan, wofür Klofft ihn bezahlte.

Ich sagte: »Okay. Was haben Sie denn herausgefunden?«

Er begann abermals an einem Punkt, der sich auf Anhieb unserem Thema nicht zuordnen ließ, nämlich mit einer Frau Broogsitter, Daniela, die zu Hause freiberuflich als Schreibkraft für eine Agentur arbeitete und Manuskripte, lange Schriftsätze und dergleichen auf dem Computer ins Reine schrieb. Frau Broogsitter verbrachte dementsprechend auch den größten Teil des Tages zu Hause und hatte das Interesse von Herrn Manderscheidt gewonnen, weil ihre Wohnungstür vis-à-vis der Tür von Frau Fuchs gelegen war.

Frau Broogsitter war also die Nachbarin von Frau Fuchs, und durch ihren Türspion ließ sich sehen, wer die gegenüberliegende Wohnung wann betrat oder verließ. Hinzu kam, dass es in der Wohnung von Frau Broogsitter normalerweise recht still war, so dass man die Klingel von Frau Fuchs, die einen schrillen Klang hatte, bis an Frau Broogsitters Arbeitsplatz und trotz der Betriebsgeräusche ihrer Tastatur hören konnte.

An dieser Stelle schien mir die Frage angebracht, wie alt Frau Broogsitter sei.

Manderscheidt antwortete: »Einundfünfzig.«

»Und sie lebt allein? Kein Mann, kein Freund?«

»Nein, offenbar nicht.« Er lächelte. »Ja, es ist wohl so, wie Sie vermuten. Sie mag ihre junge hübsche Nachbarin mit ihren Männerbekanntschaften nicht besonders. Aber ebendeshalb kann man wohl auch davon ausgehen, dass sie sie ziemlich scharf beobachtet.«

Frau Broogsitter hatte also Herrn Manderscheidt bei einem Tässchen Kaffee, zu dem sie ihn in ihre Wohnung gebeten hatte, erzählt, ihr sei vor längerer Zeit einmal aufgefallen, dass Herr Doktor Wehling ihre Nachbarin ziemlich spät abends noch besucht habe und erst nach reichlich einer Stunde wieder gegangen sei. Sie wisse nicht mehr genau, wann das gewesen sei, natürlich interessiere es sie grundsätzlich nicht, was ihre Mitmenschen so trieben, aber wenn sie nicht irre, müsse das noch in der Zeit gewesen sein, in der dieser Fabrikant, dieser große, gutaussehende Mann, ihr Chef war es wohl, häufiger Frau Fuchs besucht habe, der, dem der schicke Neubau im Industriepark gehöre, die Zeitung habe sogar einmal darüber geschrieben.

Nach diesem ersten Besuch damals sei dann Herr Doktor Wehling noch ein paarmal gekommen, in Abständen, aber immer spät abends und immer auf etwa eine Stunde oder sogar mehr. Das sei danach eingeschlafen, aber in der vorvergangenen Woche sei er plötzlich wieder aufgetaucht, und zwar ziemlich spät am Freitag, das heiße, zwei Tage vor dem Sonntagmorgen, an dem Frau Fuchs sich von einem Taxifahrer habe abholen lassen, der Taxifahrer sei zu ihr in die Wohnung gekommen und habe ihren großen Koffer und eine Reisetasche zum Taxi getragen, und sie sei an Krücken gegangen.

Nun könne man ja annehmen, sie habe an diesem Freitag den Doktor Wehling geholt, weil sie plötzlich krank geworden sei, vielleicht sei sie gestolpert oder in der Badewanne ausgerutscht und habe sich den Fuß verknackst. Aber dann erscheine es doch merkwürdig, dass sie nicht im Bett geblieben, sondern schon zwei Tage später offenbar verreist sei.

Und die Geschichte gehe ja noch weiter: Am Montag nach dem Sonntag, an dem Frau Fuchs von ihrer Reise zurückgekommen sei, habe Doktor Wehling sie wieder besucht, wieder am Abend und wieder gut eine Stunde lang. Und als er gegangen sei, habe sie ihn zur Tür gebracht, und nicht nur das – die beiden hätten sich auch zum Abschied geküsst, aber wie! Das sei schon, so hatte Frau Broogsitter gesagt, ein halber Geschlechtsakt gewesen. Und das gleiche Schauspiel, von der Ankunft zu nachtschlafender Zeit bis zu der leidenschaftlichen Umarmung beim Abschied, habe sich wiederholt, drei Tage später, am Donnerstag der vergangenen Woche.

Ich sagte: »Herr Manderscheidt!«

Er hob die Augenbrauen, klapperte mit den Augendeckeln. »Ja, bitte?«

Ich sagte: »Ich weiß nicht, was Frau Broogsitter unter einem halben Geschlechtsakt versteht – falls das tatsächlich ihre eigenen Worte waren.«

»Natürlich waren das ihre eigenen Worte!« Er wurde offenbar wütend. »Oder glauben Sie etwa, dass ich Ihnen hier etwas vorphantasiere?«

Ich hob die Hände. »Natürlich nicht!« Ich beugte mich ein wenig vor. »Aber glauben Sie nicht, dass Frau Broogsitter da ihre … Beobachtung ein wenig … überinterpretiert hat? Ich meine … vielleicht haben Frau Fuchs und ihr Hausarzt sich im Lauf der Zeit ein wenig angefreundet. Und sie küssen sich, wenn sie glauben, dass niemand zusieht, zur Begrüßung und zum Abschied, Küsschen rechts, Küsschen links, wie die Leute sich so küssen, und die arme, einsame Frau Broogsitter malt sich das Übrige halt aus?«

Er sagte: »Ich habe Ihnen berichtet, was Frau Broogsitter mir gesagt hat. Interpretieren müssen Sie es schon selbst.«

»Natürlich, Herr Manderscheidt. Ich mache Ihnen doch auch keinen Vorwurf. Aber … Sie sind doch ein alter Fahrensmann.« Ich sah ihn an, lächelte versöhnlich. »Glauben Sie denn, dass ich damit vor Gericht gehen könnte?«

»Das müssen Sie ja nicht.« Er hob seine Mappe. »Sie haben mein Material ja noch gar nicht gesehen!«

»Ihre Fotos, selbstverständlich! Also, dann lassen Sie mich bitte mal sehen!«

Er öffnete die Mappe, holte zwei Aktendeckel hervor, öffnete den ersten und fischte ein großformatiges Foto hervor. Nachdem er einen kurzen Blick darauf geworfen hatte, reichte er es mir über den Schreibtisch. »Bitte sehr!«

Das Foto zeigte eine geöffnete Tür, darin eine Frau von

Mitte dreißig mit halblangen, dunkelbraunen Haaren, angezogen mit einem Bademantel, und ein Herr von Anfang fünfzig mit gebräuntem Teint und einer graumelierten Frisur, gekleidet in einen dunklen Anzug mit Krawatte. Die beiden hielten sich umarmt, aber in einer merkwürdig verkrümmten, angespannten Stellung, als müssten sie sich gegen einen heftigen Windstoß behaupten.

Der Herr stützte sich mit der Schulter seitlich gegen den Türrahmen und zeigte sein kantiges Profil, die Frau hatte beide Arme unter sein Jackett geschoben und das dem Betrachter zugewandte, nackte Bein angehoben und gegen seine Hüfte gepresst, sie hielt ihr Gesicht ein wenig auf Distanz, so dass man ihre Zunge sehen konnte, wie sie sich zwischen seine Lippen schob.

Ich fragte: »Das ist also Frau Fuchs, und der Herr ist Doktor Wehling?« »Exakt.« Er reichte mir eine Reihe weiterer Fotos, ließ sie eines auf das andere fallen und sagte: »Und das … und das … und das … alle miteinander Frau Fuchs und ihr Hausarzt, beim Abschied nach einem Krankenbesuch. Oder wie Sie das nennen wollen.«

Ich blätterte die Fotos durch. Das offenbar erste in der Reihe zeigte den Arzt, wie er aus der Tür trat und einen prüfenden Blick in das Treppenhaus warf; das vermutlich nächste abermals Herrn Wehling, der sich zurückgewandt hatte und Frau Fuchs, die hinter ihm in der geöffneten Tür stand, am Oberarm fasste. Danach kamen die Momentaufnahmen der konvulsivischen Umarmung.

Ich fragte: »Wie sind Sie daran gekommen? Ich meine … wie konnten Sie diese Fotos schießen, ohne dass die beiden das bemerkt haben?«

Er ließ ein Lächeln sehen, das sich langsam verbreiterte. Ihm war klar, dass er mich beeindruckt hatte, und er genoss diesen Triumph. Er sagte: »Frau Broogsitter war damit einverstanden, dass ich ihren Türspion herausgenommen und vorübergehend durch eine Spezialblende ersetzt habe. Und durch die Blende habe ich dann im kritischen Moment diese Liebesszenen fotografiert. Oder wie Sie so eine Live-Show nennen wollen.«

Ich überging auch diese zweite Rempelei. Ich sagte: »Sie müssen technisch sehr versiert sein.«

»Ja, bin ich.« Er war sehr zufrieden. Unter den so plötzlich veränderten Umständen war er offenbar sogar bereit, mir einen tieferen Einblick in seine Arbeitsweise zu gönnen. »Nicht, dass Sie glauben, ich hätte die ganze Zeit in der Wohnung von Frau Broogsitter verbracht. Und darauf gelauert, dass Herr Doktor Wehling gegenüber vorsprach.«

Ich sagte: »Ach nein?«

»Nein. Natürlich nicht.« Er lächelte. »Frau Broogsitter hat mich am Dienstag der vergangenen Woche angerufen und mir von dieser ersten Abschiedsszene am Vorabend berichtet. Daraufhin habe ich nachmittags, als Frau Fuchs das Haus verlassen hatte, um zu ihrem Anwalt zu gehen, die Blende eingebaut. Und am Donnerstagabend, nachdem Frau Broogsitter mich angerufen und mir gesagt hatte, Herr Doktor Wehling sei wieder zu Besuch gekommen, bin ich zu ihr gefahren.« Er lehnte sich lächelnd zurück. »Na ja, und war dann rechtzeitig vor Ort, um den Abschied gegenüber festzuhalten.«

Ich nickte. »Gute Arbeit, muss man sagen! Und sehr … umsichtig.«

Er legte den Kopf ein wenig schief, breitete lächelnd die Hände zur Seite wie ein Vortragskünstler, der starken Beifall erhält und sich quasi entschuldigt dafür, dass er so unverschämt gut war.

»Nur, lieber Herr Manderscheidt, wissen Sie… Ich bin mir nicht sicher, was ein Arbeitsrichter davon hält, wenn ich zu beweisen versuche, dass Herr Doktor Wehling seine Frau betrügt. Er ist doch verheiratet, nehme ich an?«

»Ja, natürlich ist er das! Aber das hat doch auch gar nichts damit zu tun! Darum geht es doch nicht!«

»Ich weiß, was Sie meinen, ja. Sie meinen, es geht darum, dass Herr Wehling mit Liebesdiensten bestochen worden sein könnte.«

»Ja, natürlich! Was denn sonst?«

Ich schüttelte den Kopf. »Tut mir leid, Herr Manderscheidt.« Ich sah ihn an. »Selbst wenn Herr Doktor Wehling siebenmal in der Woche mit Frau Fuchs Verkehr gehabt haben sollte… was wir übrigens wohl auch nicht beweisen, sondern nur vermuten könnten… selbst dann hätten wir es noch nicht schwarz auf weiß und über allen Zweifel erhaben, dass dieser Hausarzt seiner Patientin ein falsches Attest ausgestellt hat. Denn wir wären weder bei der vorangegangenen Untersuchung ihrer Molesten noch bei den Belohnungen im Bett dabeigewesen.«

Er starrte mich düster an, aber er widersprach nicht.

»Und nur ganz am Rande, Herr Manderscheidt… Die Arbeitsgerichte haben es gar nicht so gern, wenn die Parteien anfangen, schmutzige Wäsche zu waschen.«

Er starrte mich noch eine Weile schweigend an, dann raffte er seine Fotos zusammen, räumte sie in seine Mappe und schloss die Mappe. Er stand auf. »Na gut, ich hab erledigt, was Herr Klofft mir aufgetragen hat. Was Sie damit anfangen, müssen Sie ja selbst wissen.«

Ich sagte: »Moment, Moment! Ich war ja noch nicht fertig! Setzen Sie sich doch, bitte!«

Er zögerte einen Augenblick, dann ließ er sich langsam nieder.

Ich überlegte einen Augenblick lang, dann sagte ich: »Vielleicht müsste man nur einen anderen Ansatzpunkt finden...«

Er öffnete stumm die Lippen, sah mich an. Fast sah er mit diesem geöffneten Mund ein wenig beschränkt aus. Reichlich beschränkt.

Ich sagte: »Ich habe in Ihrem Bericht gelesen, dass Frau Fuchs per Economy Class nach Genf geflogen ist.«

Er schloss die Lippen, lächelte, schüttelte den Kopf. »Sie meinen, dass sie das nicht ausgehalten hätte, wenn sie tatsächlich so ein Lumbago-Ding gehabt hätte? Mag ja sein, bei dieser Line kommen Sie in der Economy Class kaum auf Ihren Sitz, so eng sind die Reihen. Aber der Vogel war noch nicht ganz in der Luft, da kam eine Stewardess und hat sie in die Business Class umquartiert, auf einen frei gebliebenen Sitz, nehme ich an. Das hat dieser Herr Schmickler gefingert, darauf wette ich. Der ist doch von Beruf so ein Reisefuzzi. Wahrscheinlich versorgt er auch die Lines mit Buchungen.«

Ich war enttäuscht, aber es gab noch keinen Grund, aufzugeben. »Okay, das funktioniert also nicht. Aber apropos Herr Schmickler... Hat der sich vielleicht auch um die Zimmerbuchung im *Beauté du Lac* gekümmert? Zwei Zimmer so kurzfristig in diesem Hotel – das kann doch nicht so einfach gewesen sein. Es war ja immerhin Hochsaison.«

Er nickte. »Ich hatte auch verdammte Mühe, für mich noch was zu bekommen.«

Ich fuhr fort: »Sehen Sie. Und in diesem Zusammenhang wäre etwas anderes sehr wichtig. Etwas, das Sie in Ihrem Bericht nicht erwähnen: Nämlich *wann* hat Herr Schmickler, oder wer auch immer, die beiden Zimmer gebucht?«

Wieder reagierte er, noch bevor ich meine Frage erläutert hatte. Wie zuvor ließ er ein Lächeln sehen, das sich allmählich zu einem Grinsen verbreiterte. Er sagte: »Nicht schlecht, Herr Doktor. Ich muss sagen, Sie sind cleverer, als ich geglaubt habe.«

Ich verzichtete auf eine Reaktion. Er fuhr fort: »Herr Schmickler hat am Samstagmorgen Frau Fuchs angerufen, zufällig, nicht wahr? Und sie hat ihm von ihrer Lumbago erzählt. Und er hat ihr von dem Hotel mit den Wunderheilern erzählt. Und dann hat sie okay gesagt, und er hat die Zimmer gebucht. Früher gab es auch gar keinen Anlass dazu, denn bis Freitagabend hatte sie sich ja noch nicht den Rücken verrenkt.«

Er legte eine kleine Pause ein, dann kniff er grinsend die Augen zusammen. Er sagte: »Aber was ist, wenn er trotzdem schon früher die Zimmer bestellt hat? Vielleicht am Wochenanfang schon? Oder noch früher? Würde das nicht beweisen, dass sie den Hexenschuss absichtlich bekommen hat, nachdem ihr der Urlaub abgelehnt worden war? Der Urlaub, den sie mit ihrem Herrn Schmickler ohnehin im *Beauté du Lac* hatte verbringen wollen?«

Ich sagte: »Eben.« Herr Manderscheidt war bei weitem

nicht so beschränkt, wie ich geglaubt hatte. Vielleicht spielte er den kleinen, devoten Kerl in den zerbeulten Klamotten nur, um seine Objekte in Sicherheit zu wiegen.

Er sagte: »Ich werde das sofort nachprüfen. Tut mir leid, dass ich nicht selbst darauf gekommen bin.« Er nickte anerkennend. »Ganz schön clever, Herr Doktor!«

Ich sagte: »Ich kann Ihnen so einen Auftrag natürlich nicht erteilen. Da müssten wir schon Herrn Klofft fragen.«

Er schüttelte den Kopf. »Kein Problem. Ich werd ihm sagen, diese Idee sei auf meinem Mist gewachsen.«

22

In meinem Briefkasten zu Hause fand ich neben dem üblichen Zeug einen großen, handbeschriebenen Umschlag mit dem Absender *C. Klofft*. Ich trug die Post in meine Wohnung und öffnete als Erstes den großen Umschlag.

Er enthielt zwei Zeitungsseiten, eine aus der *Neuen Zürcher*, die andere aus der *Süddeutschen Zeitung*. Auf beiden waren Frauen abgebildet, auf der einen in schwarz-weißem Zeitungsdruck das Gemälde einer Sitzenden, die ihr Gesicht in einem Handspiegel betrachtet, auf der anderen in Farbe die Schauspielerin Tippi Hedren, die einst als Hitchcock-Star reüssierte und mittlerweile siebenundsiebzig Jahre alt geworden ist.

Dabei lag ein handgeschriebener Brief, den Cilly Klofft an mich gerichtet hatte. Aber noch bevor ich ihn las, ahnte ich, warum sie mir diese beiden Zeitungsseiten schickte.

Auf der ersten stand ein Artikel, in dem eine Schriftstellerin, deren Name mir vage bekannt war, sich mit dem Gemälde der sitzenden Frau auseinandersetzte. Das Bild trug, wie ich durch die Lektüre lernte, den Titel »Into the World There Came a Soul Called Ida« und stammte von dem amerikanischen Maler Ivan Albright.

Ich hätte mit meinem Laienverstand dieses Bild ein realistisches Gemälde genannt. Ida – wenn es denn eine Ida war, die darauf erschien – wurde hier dargestellt als eine nicht mehr junge, ein wenig füllige Frau in einem kurzen, zweiteiligen, dekolletierten Kleid, das auch ihre Beine bis über die Hälfte der Oberschenkel freiließ. Die fleischigen Schenkel, die sie übereinandergeschlagen hatte, zeigten, ebenso wie das Gesicht, die leichten Schwellungen und kleinen Vertiefungen, grob gesagt: Löcher, die Unregelmäßigkeiten, mit denen das Alter den Körper markiert, Male, die man im Schwimmbad und natürlich auch in der Sauna an älteren Frauen zu sehen bekommt.

Gelegentlich hatten solche Male mich insgeheim sogar ein wenig stimuliert, ich nehme an, weil sie die Fleischlichkeit der Frauen so deutlich machten. Meist hatte ich allerdings weggesehen.

Das, was diese Schriftstellerin in ihrer Analyse aus Ida machte, ging jedoch über eine solche Reaktion, ein Zurückscheuen vor dem Anblick einschneidender Altersspuren, weit hinaus. Die Autorin hatte Idas Gesicht »zerdellt und zerknüllt« gesehen, als »variationsreich gequetschtes Fleisch im zermürbenden Griff der Zeit«, und dazu ihre »nackten, verwüsteten Oberschenkel«. Das blaue, im Zeitungsdruck allerdings nicht erkennbare Licht, in das der Maler sein Modell getaucht hatte, ließ die Rezensentin sogar fragen, ob Ida nicht phosphoreszieren, »wie ein Organismus beim Fäulnisprozess«.

Ich schaute im Internet nach, und ich erinnerte mich: Von dieser reich dekorierten Schriftstellerin hatte ich schon einmal ein Buch in der Hand gehabt, das Frauke mir empfohlen hatte, eine Geschichte, die damit begann, dass eine Frau in einer Einkaufspassage, nachdem sie einen Herrenslip im Schaufenster betrachtet hat, beim Weitergehen stolpert und auf die Knie fällt, von denen ihr ein Mann aufhilft, der sie auf der Stelle tief beeindruckt.

Die Schilderung des Sturzes und des Offenbarungs-Erlebnisses, das darauf folgte, war mir so umständlich und so krampfhaft bemüht erschienen, dass ich das Buch weggelegt und nie wieder aufgeschlagen hatte, trotz der begeisterten Besprechungen, die Frauke mir dazugegeben hatte, um meine literarische Bildung aufzubessern.

Was mir den Artikel der Autorin über Albright und seine Ida verdächtig machte, waren allerdings weniger solche stilistischen Probleme (obwohl sie mir auch hier auffielen und mich auch hier irritierten). Es war vielmehr die Angst, die mir aus jeder Zeile zu sprechen schien – das panische Entsetzen einer Frau vor dem Alter, das ihr die glatte Haut rauben würde. Die objektive Analyse des Gemäldes, die man von einem solchen Artikel erwarten durfte, schien mir hier zum subjektiven Jammerschrei verkommen.

Vielleicht hatte ich nur gut reden. Ich war, wie ich nach den Daten im Internet mir ausrechnen konnte, fast vierzig Jahre jünger als diese Schriftstellerin. Mit den Ängsten, nein: den Qualen und Schrecken des Alters und des nahenden Endes, war ich bisher kaum in Berührung gekommen. Bis zu meiner Bekanntschaft mit Herbert Klofft und dessen nächtlichen Albträumen.

Ja, und bis zu meiner Verbindung mit Cilly, nicht wahr?

Wirklich? Oder war diese Verbindung bisher von Cillys Alter gar nicht beeinträchtigt worden? War sie in Wahrheit davon unberührt geblieben, trotz meiner Flucht aus dem Atelier?

Das Foto der 77-jährigen Tippi Hedren zeigte eine strahlende Frau – das Blau ihrer Augen, die Goldfarbe ihrer Haare und ihres schlichten Schmucks, die Braun-Beige-Töne ihres Pullovers und ihrer Jacke, das Rot ihrer dezent geschminkten Lippen. Ich hatte einige Hitchcock-Filme gesehen, und ich erinnerte mich an die makellose Schönheit, die Tippi Hedren in den *Vögeln* mitten im flatternden und keckernden und krächzenden Aufruhr des bösartigen Getiers behauptet hatte, auch an die abweisende Kälte, mit der sie in *Marnie* die frigide Kleptomanin gespielt hatte.

Frau Hedren, die noch immer die Roar Foundation, eine Stiftung für den Schutz von Raubtieren in den USA, leitet, ist nach dem Interview, das sie der *Süddeutschen* gab, so lebendig wie eh und je. Das Foto, für das sie natürlich sorgfältig von der Visagistin präpariert worden ist, zeigt des ungeachtet die vielen Fältchen, die sich von den Augenwinkeln nach außen erstrecken, und die anderen, tieferen, die den Mund säumen. Aber sie lassen, wie bei Cilly, diese Frau nicht alt erscheinen, sondern … wissend, ja, ausgestattet mit einer ironischen Souveränität.

Erst als ich überlegte, ob ich Cilly das zur Antwort schreiben sollte, merkte ich, dass ich ihren Brief noch gar nicht gelesen hatte. Ich nahm den Briefbogen auf und las:

Lieber Alex, hier schicke ich Dir was zum Anschauen und Lesen und Nachdenken. Glaub nur ja nicht, dass ich Deine Flucht aus meinem Atelier nicht verstanden hätte. Aber beim nächsten Besuch kannst Du unbesorgt bleiben – wie Du auch diesmal ohne Angst hättest bei mir bleiben können. Cilly.
P.S.: Albright ist ein Maler, den ich sehr schätze. C.

Ich fühlte mich ein wenig verwirrt. Um mir einen Halt zu verschaffen, nahm ich mir noch einmal den Artikel über Idas Porträt vor.

Ganz am Anfang hatte die Autorin eine Information gegeben, die ich vielleicht zu wenig beachtet hatte, nämlich »dass Ida Rogers, das Modell, zum Zeitpunkt der Entstehung des Gemäldes eine hübsche verheiratete Mutter – und erst zwanzig Jahre alt« gewesen sei.

Vielleicht hatte ich der Autorin unrecht getan. Vielleicht hatte sie gerade dieses Gemälde zutreffend und angemessen beschrieben. Vielleicht war es gar nicht ihre eigene, krampfhafte Angst vor dem Lebensende und seinen Schrecknissen, die diesen Artikel so penetrant beherrschte, sondern die Angst des Malers selbst. Wenn er schon in einer jungen Frau den Verfall alles Lebendigen zu erkennen geglaubt und darzustellen versucht hatte, dann musste diese Zwangsläufigkeit ihm wie ein würgender Bann bewusst gewesen sein. Sie musste ihn beherrscht und gepeinigt haben.

Ich nahm einen Briefbogen aus der Schublade und versuchte, einen Brief an Cilly zu schreiben. Während ich noch überlegte, ob ich sie mit »Liebe Cilly« oder »Liebe Frau Klofft« oder wie sonst anreden sollte, sah ich, dass die

Leuchte des Anrufbeantworters blinkte. Ich drückte den Schalter. Vom Band meldete sich Herbert Kloffts Detektiv.

Er sagte: »Hier ist Leo Manderscheidt. Bingo, Herr Doktor! Unser Herr Schmickler hat zwar die beiden Einzelzimmer erst am Samstag bestellt. Aber …« nach einer kleinen Pause fuhr er triumphierend fort »… am Dienstag davor hatte er schon mal ein Doppelzimmer reservieren lassen, und das eben exakt für die darauffolgende Woche. Und das hat er dann am Samstag in zwei Einzelzimmer umwandeln lassen! Verstehen Sie? Am Dienstag hat er noch geglaubt, er kann an dem Wochenende mit Frau Fuchs anreisen wie jedes andere Pärchen. Aber am Samstag wusste er dann, dass sie damit auffallen würden. Weil sie angeblich doch nur zur Behandlung dahin kommen würde.«

Er legte wieder eine kleine Pause ein, dann lachte er. »Aber wem erzähle ich das denn? Sie wissen doch besser als ich, was diese Umbuchung von eins auf zwei zu bedeuten hat. Also, dann bis zum nächsten Mal! Und wenn Sie wieder so eine Idee haben – nur heraus damit! In mir finden Sie immer einen dankbaren Abnehmer. Tschühüs!«

23

Am Dienstagvormittag hatte ich nur einen Termin bei Gericht, ich fuhr gleich anschließend hinaus zu Klofft. Ich hatte angerufen, aber niemand hatte sich gemeldet, ich musste mein Erscheinen über den Anrufbeantworter ankündigen. Natürlich war ich beunruhigt. Ich fragte mich, ob ich Cilly antreffen und ob ich bei der Antwort auf ihren Brief, die ich mir überlegt, aber ihr nicht geschrieben hatte, den richtigen Ton finden würde.

Olga öffnete die Tür. Sie ließ mich nicht herein, sondern deutete mit dem Finger nach oben: »Weiß Herr Bescheid?«

»Ich denke schon. Ich habe angerufen. Anrufbeantworter, verstehen Sie?«

Sie betrachtete mich einen Augenblick lang unschlüssig, dann ließ sie mich herein. Aber als ich zur Treppe gehen wollte, streckte sie den Arm aus und verlegte mir den Weg. »Warten hier!«

Sie stieg auf ihren Schlappen die Treppe empor, ich hörte eine Tür.

Ich war enttäuscht. Wo mochte Cilly sein?

Ein wenig später erschien Olga am oberen Ende der Treppe, winkte mich freundlich herauf. »Können kommen!«

Klofft saß an seinem Laptop, aber er war dabei, ihn auszuschalten. Er winkte mir über die Schulter und sagte: »Treten Sie näher!« Als ich an seinen Arbeitstisch trat, schwenkte er seinen Stuhl herum und sah mich an.

Mir fiel auf, dass er die rechte Schulter etwas vorgeschoben hielt. Er musste den Kopf in meine Richtung drehen, um mich anzusehen. Sein Lächeln war zwar freundlich, aber es wirkte ein wenig gefroren.

Er fragte: »Wollen Sie einen Kaffee?«

»Ja, danke.«

Er tat so, als wolle er nach der Kanne greifen, die auf dem Tisch stand. Ich kam ihm zuvor und goss Kaffee in die frische Tasse, die er offenbar für mich hatte bereitstellen lassen.

Er wartete, bis ich den ersten Schluck getrunken hatte. Dann fragte er: »Wie geht's Ihnen?«

Mir schien, dass er ein wenig schwerfällig sprach. Ich fragte: »Mir persönlich, meinen Sie?«

»Ja, natürlich. Das ist doch das Wichtigste, denke ich?«

»Mir persönlich geht's gut, danke.«

Er schwieg eine Weile, sah mich an, wartete offenbar darauf, dass ich weiterreden würde. Schließlich sagte er: »Aber sonst geht es Ihnen nicht so gut, soll das wohl heißen.«

»Richtig. Ich hab ja auch noch einen Beruf.«

»Ach. Und der macht Ihnen Kummer?«

Das gefrorene Lächeln, das er, ebenso wie diese starre Kopfhaltung, anscheinend durchhalten wollte, ging mir allmählich auf die Nerven. Ich sagte: »Sie haben den Schriftsatz von Herrn Gladke gelesen, nehme ich an.«

»Ja, natürlich. Es ist ja auch genau das, was ich Ihnen vorausgesagt habe.«

Ich hob die Augenbrauen. »Ich wüsste mich nicht zu erinnern, dass Sie mir vorausgesagt hätten, unsere Position sei ziemlich hoffnungslos?!«

»Was soll *das* denn?!« Er machte unversehens wieder das saugende Geräusch, das ich, als er bei meinem Besuch zuvor eingeschlafen war, schon einmal gehört hatte. Es klang, als müsse er seinen Speichel zurückziehen, um ihn im Mund zu behalten. Tatsächlich sah ich, dass ein wässriger Tropfen ihm aus dem Mundwinkel gedrungen war und abwärts zum Kinn sickerte. Er griff hastig an seine Hosentasche, brachte ein großes Taschentuch heraus und tupfte sich den Mund und die Lippen ab.

Ich wartete, bis er das Tuch wieder weggesteckt hatte,

dann sagte ich: »Sie scheinen diese ganzen Bescheinigungen und Atteste über die Behandlungen, die Frau Fuchs in dem Hotel gehabt hat, und über die Erfolge, die damit erzielt worden sind … das scheinen Sie alles übersehen zu haben?«

»Ach!« Er machte eine abfällige Handbewegung. »Darüber haben wir doch schon mal gesprochen! Sie glauben doch wohl nicht im Ernst an diesen Hokuspokus?! Geldschneiderei, sonst steckt doch nichts dahinter!«

Ich sagte: »Verehrter Herr Klofft, hier ist nicht die Frage, was ich *glaube*. Und schon gar nicht, was *Sie* glauben. Ich bin jedenfalls überzeugt davon, dass ein Richter, der diesen Schriftsatz auf den Tisch bekommt und sich mit diesem Aufgebot von Kapazitäten konfrontiert sieht, kaum einen Zweifel daran haben wird, dass Frau Fuchs arbeitsunfähig war und gute Gründe hatte, in dieses Hotel zu fahren. Und ebendas ist unser Problem.«

Er starrte mich an. »Man könnte glauben, dass Sie nicht zugehört haben, als der Herr Manderscheidt Ihnen Bericht erstattet hat?! Hatten Sie zu der Zeit gerade einen schönen Traum? Nur zur Erinnerung: Der Herr Manderscheidt ist der Detektiv, den ich bezahle, damit er Ihnen die Fakten liefert, an die Sie allein nie herankämen!«

»Ja, und wenn Sie ihn weiterhin zu Recherchen losschicken, ohne sich mit mir darüber zu verständigen, dann wird er bei nächster Gelegenheit schlafende Hunde wecken!«

Er kniff die Augen leicht zusammen, lächelte. »Und wer wäre so ein schlafender Hund, zum Beispiel?«

Ich sagte: »Ich, zum Beispiel! Oder wollen Sie mich provozieren, mein Mandat niederzulegen?«

Er hob die Hände. »He, he! Jetzt aber mal langsam!«

»Nichts da he-he! Ich kann Ihnen auch noch einen anderen schlafenden Hund nennen, wenn es Sie interessiert!«

»Und wer soll das sein?«

»Der Doktor Wehling, zum Beispiel! Der Haus- und Leib-und-Magenarzt von Frau Fuchs, wie Sie ihn zu nennen belieben. Wenn der dahinterkommt, dass wir in seiner Umgebung herumschnüffeln lassen, um ihm eine Krankschreibung aus Gefälligkeit nachzuweisen, dann werden Sie Ihr blaues Wunder erleben. Dann haben wir unter Umständen nämlich nicht nur den Doktor Wehling, sondern die vereinte Ärzteschaft am Hals.«

Er hob abermals die Hände. »Okay, okay! Ist ja gut!« Nach einer kurzen Pause fragte er: »Und wie geht es jetzt weiter? Ich meine... bis wann werden Sie auf diese Klageschrift antworten?«

Ich zögerte, dann antwortete ich: »Wahrscheinlich werde ich das vor dem Gütetermin überhaupt nicht tun. Ich werde zunächst einmal nur antworten, dass ich Sie vertrete. Und dabei muss ich nicht auch schon schriftlich auf die Klage antworten, verstehen Sie. Das könnte ja unter anderem bedeuten, dass ich mein Pulver vorzeitig verschieße.«

Ich sah, dass ihm schon wieder ein Tropfen aus dem Mundwinkel drang. Aber diesmal schien er es nicht zu merken. Ich sagte: »Ich werde das mit Herrn Hochkeppel besprechen.«

»Ach du lieber Gott, ja!«

Ich fixierte ihn. »Was soll das denn heißen?«

»Nichts Besonderes.« Er lächelte. »Das soll nur heißen, dass ich den Herrn ja kenne. Ziemlich gründlich kenne. Jedenfalls länger als Sie.«

Ich schwieg einen Augenblick lang, dann sagte ich: »Er ist ein sehr guter, sehr erfahrener Anwalt. Und ein erfolgreicher.«

»Ja, ja, natürlich! Okay.« Er lächelte böse. »Zeit genug, ihn zu befragen, haben Sie ja! Wieso schieben die diesen Gütetermin denn bis zum übernächsten Monat hinaus?«

Ich zuckte die Schultern. »Vier bis sechs Wochen sind normal.«

»Du lieber Himmel! Die sind wahrscheinlich total überarbeitet, wie?!«

»Das weiß ich nicht. Auf jeden Fall sind sie überbeschäftigt.«

»Na, fabelhaft!« Er schüttelte den Kopf, lächelte sarkastisch. »Und deshalb also muss unsereins so lange auf ein Urteil warten!«

Ich sagte: »Machen Sie sich keine Illusionen. Bis zum Urteil dauert es noch erheblich länger.«

Er starrte mich an, öffnete die Lippen einen Spaltbreit. »Wie bitte?!«

»Na, das müssten *Sie* doch eigentlich wissen. Ich nehme an, das ist nicht der erste Arbeitsgerichtsprozess, den Sie führen.«

Er schien wahrhaftig gekränkt. »Und was wollen Sie damit sagen?!«

Ich überging die Frage. »Sehen Sie, im Gütetermin haben wir es mit einem Einzelrichter zu tun, der nach dem Vortrag der Anwälte einen Vergleich vorschlägt. Wenn Sie den ablehnen, oder Frau Fuchs oder Sie beide tun das, geht die Sache an die Kammer. Und die wird dann einen Termin ansetzen, der vier oder fünf Monate später stattfinden wird, jedenfalls nach der derzeitigen Geschäftslage bei unserem Arbeitsgericht. Bei diesem Termin ergeht dann auch ein Urteil – es sei denn, es muss noch Beweis erhoben werden, zum Beispiel durch Zeugenbefragungen. Dafür würde dann wieder ein neuer Termin bestimmt werden, wieder ein paar Monate später. Also, das dauert!«

Er hob eine Hand, legte sie dann aber vor sich auf den Tisch, die andere darüber. Er fragte, mit einem deutlichen Unterton der Empörung: »Können die denn mit einem machen, was sie wollen, diese Paragraphenhengste?«

Ich zuckte die Achseln. »Mehr oder weniger schon… Na, aber *Sie* werden diese Zeit ja gewiss bequemer überstehen als Frau Fuchs.«

Er sah mich anscheinend verwundert an. »Wieso denn das?«

Ich sagte: »Sie ist fristlos gekündigt worden, wie Sie sich sicher erinnern. Und in solchen Fällen zahlt die Arbeitsagentur in den ersten drei Monaten der Arbeitslosigkeit keinen müden Cent.«

Er schwieg eine Weile, starrte mich an. Ich sah, wie eine Röte ihm ins Gesicht stieg. Schließlich sagte er: »Sagen Sie mal, Herr Zabel… sind Sie sicher, dass Sie *mich* in dieser Sache vertreten? Und nicht diese renitente Person, die nur auf ihren eigenen Vorteil aus ist?«

Ich sagte: »Als *Ihr* Anwalt, verehrter Herr Klofft, muss ich Sie über alle Aspekte Ihres Falles informieren. Auch, und soweit mir das möglich ist, auch über die Interessen der Gegenpartei. Und über die Konsequenzen, die unser Vorgehen für sie hat oder haben kann.«

Er fragte: »Hat Hochkeppel Ihnen das beigebracht?«

Ich sagte: »Das ist mehr oder weniger eine Selbstverständlichkeit, wissen Sie.«

»Aha. Also kann ich mich darauf einstellen, mich mit dieser Scheiße bis lange ins nächste Jahr herumschlagen zu müssen.«

Er blickte durch die offenstehende Balkontür hinaus auf die Bäume. Sein Atem schien auf einmal schwerer zu gehen als zuvor.

Ich sagte: »Aber Sie können die Zeit natürlich nutzen.«

»Und wie?«

»Indem Sie noch einmal nachdenken. Und überprüfen, ob Sie mir nicht doch etwas, oder sagen wir lieber: das eine oder andere, zu sagen haben, das wichtig ist für unseren Fall. Und das ich wissen müsste, bevor ich vor Gericht gehe.«

Er sah mich an. »Und was soll das sein?«

»Das frage ich *Sie*.«

Er schwieg eine Weile, ließ mich aber nicht aus den Augen. Am Ende sagte er: »Lassen Sie doch diese Spielchen! Sie zielen doch auf etwas Bestimmtes ab! Also … was meinen Sie?«

Ich machte es wie er. Ich sah hinaus auf die grünen Wipfel, schwieg eine Weile. Dann sah ich ihn an. »Ist es ausgeschlossen, dass Frau Fuchs in dem Gespräch, das sie hier mit Ihnen geführt hat, dem Gespräch, meine ich, in dem es um den plötzlichen Urlaub ging – dass sie Ihnen dabei gedroht hat?«

Er kniff die Augen ein wenig zusammen. »Gedroht? Womit denn gedroht?!«

Ich neigte den Kopf leicht nach hinten. »Nun … sehen Sie, es kommt durchaus vor, dass in solchen Gesprächen einen Arbeitnehmer schon einmal die Wut packt. Und dass er seinem Arbeitgeber droht. Wenn also der Chef zum Beispiel seinem Angestellten einen Wunsch abschlägt.«

Er lachte. »Na, das wäre ja noch schöner, wenn meine Angestellten mir jedes Mal drohen würden!«

»Sagen Sie *das* nicht! Wenn der Chef zum Beispiel sagt: Nein, den Urlaub kannst du nicht haben, denn in der Zeit brauchen wir alle Mann an Bord, dann ist ziemlich schnell schon mal so eine Drohung herausgerutscht wie: Na, dann werde ich eben krank! Oder: Okay, Sie werden ja sehen, was dann passiert!«

Ich sah, dass seine Stirn von einem dünnen Schweißfilm zu glitzern begann. Es schien, als wolle er an seiner Unterlippe nagen, aber er bekam sie mit den Zähnen nicht zu fassen. Nach einer Weile sagte er jäh: »Nein. Frau Fuchs hat mir nicht gedroht.« Er richtete sich ein wenig auf. »War es das, was Sie wissen wollten?«

Ich seufzte. »Es wäre mir lieber, wenn Sie ein wenig gründlicher überlegen würden. Es käme durchaus auch eine verschleierte Drohung in Frage.«

Er reagierte, indem er unwirsch abwinkte.

Ich sagte: »Ich weiß nicht, ob Ihnen bekannt ist, dass die Rechtsprechung in solchen Fällen ziemlich rigoros ist. Wenn ein Arbeitnehmer seinem Arbeitgeber droht, ist das ein Grund für eine fristlose Kündigung. Nach herrschender Meinung jedenfalls.«

Er war offenbar gereizt. »Ich hab doch schon gesagt, dass sie mir nicht gedroht hat! Man könnte ja glauben, Sie sitzen auf Ihren Ohren!« Sein Atem ging kürzer. »War es das jetzt?!«

Ich überlegte, ob ich ihn weiter bedrängen konnte, ohne ihn in körperliche Nöte zu bringen. Aber wenn ich diese Gelegenheit ausließe, würde ich vielleicht nie mehr seine Reaktion erfahren. Ich sagte: »Noch nicht ganz. Tut mir leid.«

»Das Leidtun können Sie sich sparen. Sie sind nicht meine Nanny.«

»Okay.« Ich sah ihn an. »Sie hatten ... längere Zeit ein Verhältnis, ein intimes Verhältnis mit Frau Fuchs. Das ist doch richtig?«

»Richtig!« Er lachte. »Mein Gott, haben Sie Hemmungen gehabt, mich das zu fragen?«

»Nein, hatte ich nicht. Ich war ja auch noch nicht fertig. – Dieses Verhältnis ist schon seit einiger Zeit beendet, nicht wahr?«

»Ja, ist es.« Ich spürte, dass er aufmerkte, er fixierte mich.

Ich erwiderte seinen Blick. »Sehen Sie, es wäre doch ... nicht unvorstellbar, dass in diesem letzten Gespräch, dem Urlaubsgespräch, meine ich, dass Sie dabei plötzlich den Wunsch empfunden hätten, noch einmal das zu erleben, was Sie ...«

Er ließ mich nicht aus den Augen, und während ich noch überlegte, wie ich meine Frage abschließen konnte, ohne ihn zu verletzen, sagte er: »Ob ich sie gern noch mal gevögelt hätte, wollen Sie wissen.«

»Ich würde es anders ausdrücken, aber im Prinzip haben Sie es richtig angesprochen, ja.«

»Bingo!« Er lachte. »Sie haben es erraten. Ich hätte dieses Weib gern noch mal gevögelt. Wundert Sie das?«

Ich räusperte mich. »Das ist nicht die Frage. Ich hab doch schon gesagt, es wäre nicht unvorstellbar.«

»Ja, ja, schon gut! Ich wollte Sie ja auch nicht schockieren.« Ihm schien nicht ganz wohl zu sein, aber anscheinend versuchte er des ungeachtet, mich durcheinanderzubringen.

Ich sagte: »Worauf es ankommt, ist ganz simpel: Haben Sie diesen Wunsch… ausgesprochen? Ich meine: Haben Sie ihm Ausdruck verliehen? Haben Sie ihn mit *Nachdruck*… geäußert, verstehen Sie?«

Er kniff wieder die Augen zusammen, verstärkte sein gefrorenes Lächeln ein wenig. Nach einer kleinen Pause sagte er: »Sie meinen, ob ich sie vergewaltigt habe?«

»Es müsste keine Vergewaltigung gewesen sein. Es würde genügen, wenn Sie sie genötigt hätten, in dieser Richtung.«

Er schwieg eine Zeitlang. Um ein Haar hätte ich gesagt: »Knipsen Sie gefälligst dieses verdammte Grinsen aus!«

Schließlich sagte er: »Wozu würde es genügen? Ebenfalls für eine fristlose Kündigung?«

»Hören Sie, Herr Klofft, das ist kein Anlass zum Scherzen! Ich kann Ihnen sagen, wozu es genügen würde: Wenn Sie Frau Fuchs zum Sex genötigt haben, oder den Versuch unternommen haben, und wenn sie das vor Gericht auspackt, dann wird das genügen, um Ihren Prozess zu verlieren! Aber mit Pauken und Trompeten, das können Sie mir glauben!«

Wieder schwieg er eine Weile. Unversehens sagte er: »Ich muss mal pinkeln. Und zwar sofort!« Mit einer heftigen Bewegung stand er auf, er stieß gegen den Tisch, griff nach seinem Rollkarren, der hinter ihm stand; die Krücken, die an dem Karren gelehnt hatten, fielen polternd zu Boden.

Ich sprang auf, um die Krücken aufzuheben, aber er hatte schon mit beiden Händen die Stützgriffe des Karrens gepackt, schwenkte den Karren herum und fuhr mir über die Zehen. Er sagte: »Die Klingel! Rufen Sie Olga! Aber dalli!«

Er deutete auf den Tisch in der Ecke, ich suchte ihn ab und fand das Kästchen mit dem Knopf. Als ich auf den Knopf drückte, dreimal vor lauter Schreck, schrillte die Klingel durchs Haus.

Ich lief hinter ihm her und holte ihn gerade noch früh genug ein, um ihm die Tür zu öffnen. Aus dem Treppenhaus hörte ich Olgas Stimme: »Komme ja schon! Schön zusammenkneifen!« Sie kam heran, fasste ihn unter einer Achsel, »Früher rufen! Nicht immer warten, bis Pipi kommt!«, und verschwand mit ihm. Ich ging zurück in sein Zimmer, die Tür ließ ich offen stehen.

Ich wollte mich auf meinen Platz setzen, aber ich mochte allein nicht in der Reichweite seiner Papiere bleiben, der Himmel wusste, was er mir unterstellen würde, wenn er bei seiner Rückkehr mich dort vorfand. Ich ging hinaus auf den Balkon und bis zur Brüstung.

Der Liegestuhl, der auf der Terrasse im Erdgeschoss gestanden hatte, war verschwunden. Hatte Cilly ihre Sonnenbäder eingestellt? Einen Augenblick lang überlegte ich, ob Tippi Hedren am ganzen Körper so gebräunt war wie im Gesicht.

Meine Frage, ob er Katharina Fuchs zum Sex genötigt hatte oder hatte nötigen wollen, hatte er nicht beantwortet. War es möglich, dass er diesen plötzlichen Harndrang nur simuliert hatte, um die Antwort zu vermeiden?

Selbstverständlich war das möglich. Aber auch auf das klare Nein, mit dem er meine erste Frage, nämlich ob Katharina ihm gedroht habe, beantwortet hatte, konnte ich mich nicht verlassen. Es blieb, wenn er in diesem Punkt log, allerdings ein Rätsel, warum er auf ein so entscheidendes Argument in der Auseinandersetzung mit seiner früheren Geliebten verzichtete.

Und sollte er außerdem nun doch Katharina Fuchs mit seinem Verlangen nach Sex unter Druck gesetzt haben, so blieb es ein noch größeres Rätsel, warum *sie* das nicht schon in ihrer Klage hatte vorbringen lassen. Niemand musste Gladke darüber aufklären, was für eine Waffe er damit in der Hand gehabt hätte.

Vielleicht sparte der Kollege es sich für den Termin auf.

Wie auch immer: Fast sah es so aus, als schonten sich die beiden wechselseitig: Klofft, indem er nicht damit herausrückte, dass sie ihm gedroht hatte – und sie, indem sie totschwieg, dass er sie zum Sex hatte nötigen wollen. Oder sogar de facto genötigt hatte.

Als ich aus dem Zimmer ein Geräusch hörte, ging ich zurück. Olga hatte ihn hereingebracht, sie hielt seinen Drehstuhl fest, während er sich niederließ. Ich war mir nicht sicher, aber ich meinte, er hätte zuvor zu seinem kurzärmligen blauen Hemd eine andere Hose getragen.

Olga sagte: »So, gleich kommt auch Suppe. Muss noch abschmecken.«

Er sagte: »Jetzt mach, dass du rauskommst! Schmeck deine Suppe ab, aber lass mich in Ruhe!«

Olga schlappte zur Tür. Bevor sie hinausging, sagte sie deutlich: »Arsch!«

Er reagierte nicht. Er sah auf seine Hände, die er auf dem Tisch zusammengelegt hatte. Schließlich hob er den Blick und sah mich an.

Ich räusperte mich, räusperte mich noch einmal. Dann fragte ich: »Wie geht es Ihnen?«

Er zuckte die Schultern. »Wie's einem so geht, wenn man sich in die Hose gepisst hat.«

24

Ich wollte mit diesem Mist, diesem Graus, mit diesem Elend, dem erbärmlichen, nichts zu tun haben. Aber er hielt nicht ein, er ließ mich nicht entkommen, setzte die große Exhibition fort, als erleichtere es sein Herz, wenn er sich vor mir entblößte.

Immerhin schien er mein Zurückschaudern bei seinem Bekenntnis, dass er eingenässt hatte, zu erkennen. Er hob abwehrend die Hand, mit gespreizten Fingern. »Nein, nein, Sie brauchen keine Sorge zu haben! Ich stinke nicht!« Er lächelte. »Olga hat mich wieder proper gemacht.«

Ich wusste nicht, wohin ich schauen sollte. Er befreite mich von dem Problem, indem er die Hand nach der Wasserflasche ausstreckte, die auf dem Tisch stand. Ich nahm die Flasche und goss ihm ein Glas Mineralwasser ein. Er sagte danke, trank bedächtig, schaute hinaus auf die Bäume und den Himmel darüber, in dem sich ein paar dicke weiße Wolken auftürmten.

»Sie macht das fabelhaft, die gute Olga.« Er lachte. »Notfalls kneift sie dir auf dem Weg zum Klo auch den Schwanz zu, bis sie sicher ist, dass alles in die Schüssel geht und nichts mehr daneben.«

Er schien wieder zu Sauigeleien aufgelegt, wie nach der

Attacke, die er bei unserer Schachpartie erlitten hatte. Ich überlegte, ob ich mich kurzerhand verabschieden sollte, aber er ließ mich dazu nicht kommen.

Er sagte: »Wahrscheinlich wundert es Sie, dass ich Ihnen so etwas erzähle. Aber mit wem sonst sollte ich darüber sprechen? Außer mit Olga, ja. Bloß bin ich bei ihr nicht mal sicher, dass sie auch alles versteht, was ich ihr erzähle. Sie nickt, klar, und manchmal lächelt sie sogar, wenn sie glaubt, dass ich darauf warte. Und dass mir das guttut.«

Ich schwieg. Nach einer Weile schüttelte er den Kopf. »Vielleicht fragen Sie sich, warum ich denn überhaupt über so etwas sprechen muss. Solche ekligen Sachen.« Er schnaufte. »Peinlich, nicht wahr?«

Da er mich bei seiner Frage ansah, fühlte ich mich genötigt zu antworten. Ich sagte: »Ach, wissen Sie …«

Er lächelte. »Schon gut. Sagen wir also, es ist Ihnen *nicht* peinlich. Das ist sehr freundlich von Ihnen. Aber *mir* ist es peinlich, das können Sie mir glauben!«

Einen Augenblick lang fürchtete ich, er werde in Tränen ausbrechen. Aber es war wohl nur die merkwürdige Verschleierung seiner Stimme, die mühsame Akzentuierung, mit der er seine Sätze herausbrachte.

Plötzlich wurde mir klar, woran es lag: Es war die Parkinson'sche Krankheit, die ihn in den Klauen hielt. Ich hatte ein paar gelehrte Seiten im Internet besucht, und einige von den Weisheiten über die Krankheit, die ich dort fand, waren hängengeblieben. Die unnatürliche Haltung, das Lächeln, das er nicht aufgeben wollte, gingen vermutlich auf den Rigor zurück, die ungewollte Muskelspannung, unter der solche Patienten leiden.

Nachdem er eine Weile stumm und offenbar mühsam die Lippen bewegt hatte, sagte er: »Ich war mal wer. Vielleicht haben manche Leute keinen großen Respekt vor mir gehabt. Ich war ihnen zu … zu ordinär. Zu primitiv. Zu proletarisch. Aber sie haben sich zumindest vor mir in Acht genommen. Alle haben sich vor mir in Acht genommen. Und das ist auch eine Art von Respekt, finde ich. Oder finden Sie nicht?«

»Nun ja … Kann man sagen, natürlich.«

Sein Lächeln verstärkte sich. Und unversehens fand ich den Ausdruck seiner Lippen zum Erbarmen. Es war, als versuche ein Soldat, dem man die Beine weggeschossen hat und der am Boden liegt, zu salutieren.

Er sagte: »Na schön. Ich finde es jedenfalls. Und wenn Sie mich früher in meinem Betrieb erlebt hätten, hätten Sie auch keinen Zweifel daran, denke ich.« Er schnaufte, dann fuhr er fort. »Aber jetzt? Sehen Sie mich an!«

Er blickte an sich hinunter; fast sah es aus, als wolle er prüfen, ob sein Hosenschlitz geschlossen war. Er sagte: »Wenn ich mich auf meine Füße stelle und mich nicht mit beiden Händen an irgendetwas festhalte, falle ich auf die Schnauze. Höchstwahrscheinlich. Wenn ich vor der Kloschüssel stehe, muss ich mich mit einer Hand an der Wand abstützen. Und trotzdem geht meistens was daneben.«

Er stieß die Luft durch die Nase, als verlange es ihn zu lachen. »Ich brauche einen Trampel aus der Walachei, um mich zum Pinkeln zu führen. Und um die Sauerei aufzuwischen, die ich hinterlasse. Und mich trockenzulegen, wenn es vorher schon in die Hose gegangen ist. Oder ins Bett. Kommt ja auch schon mal vor. Und dabei bin ich ja noch gut dran!«

Mit einer Armbewegung, die er offenbar genau zu kontrollieren versuchte, griff er nach der Schachtel mit den Zigarillos, die auf dem Tisch lag. Er fingerte mühsam eine der dünnen schwarzen Zigarren aus der Packung. Ich nahm das Feuerzeug und gab ihm Feuer. Er paffte ein paarmal, dann nahm er den Zigarillo in die Linke, stützte die Hand auf den Tisch und sah hinaus in den Garten. Wegen seiner verkrampften Haltung musste er sich dazu in seinem Stuhl zurechtrücken.

Er führte den Zigarillo noch einmal zum Mund, tat einen tiefen Zug und ließ den Rauch ausströmen. »Ich kann ja von Glück sagen, dass ich diesen Trampel habe. Und dass er sich um mich und meine… Löcher kümmert. Sonst müsste das wohl meine Frau übernehmen.« Er wandte sich mir zu.

»Können Sie sich vorstellen, was das bedeuten würde?« Während ich mich verzweifelt bemühte, eine Antwort zu finden, mit der ich ihm nicht zu nahe treten würde, wandte er sich wieder ab. Er sagte: »Stell dir vor, du musst der Frau, die dich einmal geliebt hat, des Morgens sagen, dass du vor dem Wachwerden ein kleines Malheur gehabt hast. Du hast geträumt, du seist auf dem Klo, und hast halt laufen lassen. Selbst kannst du den Schlamassel nicht wegmachen. Laken waschen, Matratze trocknen, Bett beziehen, und weiß der Teufel was sonst noch. Das geht ganz einfach über deine Kräfte. Also muss die Ehefrau ran. Wer sonst?«

Er nickte. »Die Frau, die in dir ein Leben lang den starken Mann gesehen hat. Nicht von ungefähr, o nein! Du hast ihr ja auch ein Leben lang den starken Mann vorgespielt. Aber jetzt ist Feierabend. Ende der Vorstellung!« Er lachte. »Du kannst deine Löcher nicht mehr zuhalten, vorne nicht und hinten auch nicht. Du kannst von Glück sagen, wenn dir nicht vor fremden Leuten ein Furz durchgeht. Sondern nur vor deiner Frau. *Nur*, verstehst du? Oder dass dein … dein Ventil das Fließgut nicht mehr halten kann, und du musst dich hernach mit dem feuchten Plakat in der Hose von den Leuten verabschieden. Kannst du dir das vorstellen? Herr Anwalt?«

Ich sagte: »Nun ja, das ist …«

Er ließ mich nicht lange suchen. Er sagte: »Das ist absolute Scheiße, das ist es! Und ich bin nicht der Einzige, dem es so geht, o nein! Ich kenne ein paar solcher Figuren, solcher lahmer oder tauber oder halb blinder … Sabberhänse wie mich. Findet sich alles unter meinen Freunden. Den ehemaligen. Denn jetzt taugen sie zu gar nichts mehr, nicht mal mehr zu Freundschaften. Und dabei waren sie alle mal große, starke Kerle. Machos, ja. So wie ich. Das starke Geschlecht, so sagt man doch, nicht wahr? Und jetzt hängen sie alle am Rockzipfel ihrer Frauen. Müssen sich von ihnen am Händchen führen lassen. Oder ins Ohr brüllen lassen, damit sie kapieren, was der Kerl im Fernsehen sagt. Füttern lassen, weil sie nicht mal mehr einen Löffel Suppe zum Mund führen können, ohne sich zu bekleckern.«

Er beugte sich ein wenig vor. »Müssen sich den Arsch abwischen lassen, von ihrer Frau. Von der ehemaligen Bettgenossin, verstehst du? Weil sie den Arm nicht mehr so weit nach hinten bekommen! Arthrose, verstehst du? Die Gelenke, verstehst du, dem starken Geschlecht rosten die Gelenke ein! Am Ende kann so ein Macho, so ein stolzer Kerl, nicht mal mehr einen Nagel einschlagen! Muss die Mutter dann selbst machen. Und das schafft sie, aber sicher schafft sie das! Auch wenn sie sich dabei auf den Daumen haut.«

Er lachte. »Das starke Geschlecht, von wegen! Weißt du, wer das ist, das starke Geschlecht?!« Er beugte sich wieder vor, stützte sich mit beiden Armen auf der Tischplatte ab, ließ mich nicht aus den Augen. »Na, wer ist das wohl?«

Die Szene mutete mich an, als wolle er mich zu einer Antwort zwingen. Aber die Frage war nur rhetorisch gemeint. Nach einem Augenblick dramatischen Schweigens verkündete er: »Die Frauen, mein Lieber! Die Frauen, ja! Das starke Geschlecht, das sind die Frauen! Und die Kerle, die sich mal so stark vorgekommen sind, aus den starken Kerlen wird am Ende ein Haufen hinkender und stinkender und … und sabbernder Jammerlappen, die zu schlapp sind, ihre Löcher zuzuhalten, vorn nicht und hinten nicht.«

Er starrte mich noch einen Augenblick lang an. Dann ließ er sich zurückfallen, lächelte vor sich hin, als habe er eine große Leistung vollbracht.

Nach einer Weile sagte er: »Die Frauen werden nicht nur älter als die Männer. Sie sind auch zäher. Und am Ende sind es einzig und allein *sie*, die die Männer durchschleppen. Die sie am Leben halten! Die meisten tun das doch! Sie schleppen ihre Männer durch. Manche allerdings auch nicht. Oder sie lassen den Kerl spüren, dass er ihnen ausgeliefert ist.« Er nickte. »Hast du eine Ahnung, Anwalt, wie beschissen das ist, wie … erniedrigend? Auch dann, wenn die Frau bereit ist, dir den Arsch abzuwischen? Gerade dann?!«

Nach einer Weile, in der er wieder stumm die Lippen bewegte, sagte er: »Einen hatten wir in unserem Klub, der war –«, plötzlich begann er zu lachen, lachte so heftig, dass er husten musste, keuchte und ächzte, holte schließlich sein Taschentuch hervor, wischte sich die Augen und die Mundwinkel. Nachdem er das Taschentuch unter Mühen weggesteckt hatte, fuhr er mit schwacher Stimme fort: »Der war ein ganz besonderes Exemplar von Saukerl. Wirklich. *Ich* war schon nicht von schlechten Eltern. Aber *der* …«

Abermals schien solch ein Lachanfall ihn zu überkommen, aber er unterdrückte die Regung. Nach einer kleinen Pause sagte er: »War Hals-Nasen-Ohren-Arzt. Bombenpraxis. Einmal hat der … das war in Ungarn, Ende September, irgendwo an der Grenze zur Slowakei, kleines Hotel. Wir sind zur Jagd dahin gefahren, acht oder zehn Mann hoch. Das war preiswert damals. Die Rothirsche kosteten … Moment mal … Ich glaube, bei fünf Kilo Geweihgewicht kostete ein Rothirsch so um die zwölfhundert Euro. Nein, Quatsch, Mark waren das noch.«

Er rieb sich die Stirn, sah eine Weile stumm ins Leere. Dann sagte er: »Die Grandeln bekam der Berufsjäger, der mit uns ging.« Schließlich richtete er sich auf. »Na, ist ja auch egal.«

Nach einem Zug an seinem Zigarillo sagte er: »Wir hatten jedenfalls das ganze Hotel gemietet. Und unser Freund, der HNO-Arzt, hat auch noch die Extra-Bedienungen besorgt, durch einen Kollegen, den er in der nächsten größeren Stadt hatte. Und sehr gut kannte, versteht sich. Was heißt Bedienungen, das waren halt Nutten aus einem Puff in der Stadt da. Aber bildschöne Weiber. Vielleicht waren auch ein paar private dabei; ich weiß es nicht. Hausfrauen vielleicht, die ein bisschen Taschengeld brauchten.«

Er räusperte sich, griff nach seinem Glas und trank ein paar Schlucke Wasser. Dann fuhr er fort: »Vor dem Schüsseltreiben kamen sie angereist, in einem uralten Kleinbus. Grün. Einem Škoda zwölf-null-drei. So eine kleine Schwarzhaarige, Zarte saß am Steuer. Sah aus wie ein Zigeunerkind. Na ja, und danach ging's halt rund. Die Wirtsleute haben sich verzogen, die hatten ihre Wohnung in einem Häuschen, dreißig, vierzig Meter weiter.« Er lachte. »Okay, wir hatten bei ihnen tausend Eier hinterlegen müssen. Für den Fall, dass was zu Bruch gehen sollte. Die Leute kannten wohl ihre Pappenheimer.«

Er schaute lächelnd hinaus, sank ein wenig in sich zusammen, als verlöre er sich in seinen Erinnerungen. Plötzlich richtete er sich auf.

»Also, ich will's kurz machen. Will Sie ja nicht langweilen. Irgendwann, muss wohl gegen Ende der Feier gewesen sein, irgendwann ist unser Freund, der HNO-Arzt, auf die Idee gekommen, dass die Damen uns ein Souvenir, eine Erinnerung mitgeben sollten, ein persönliches Dokument, hat er gesagt. Und dann hat eine von den Damen ihr Höschen ausgezogen, und unser Freund hat gemeinsam mit dem Berufsjäger sie auf das Fotokopiergerät in dem kleinen Büro gehoben, mit dem nackten… Hintern, und sachte natürlich, ganz sachte abgesenkt, damit die Scheibe nicht kaputtging.«

Er lachte in sich hinein, schüttelte den Kopf, hielt die Hand vor den Mund, als wolle er sein Amüsement eindämmen. »Hab nie gedacht, dass das funktionieren würde, aber es sind richtig… na, richtig gute… Porträts dabei herausgekommen; wenn das Wort nicht so unanständig wäre, würde ich sagen: Fotzen-Porträts, wirklich, in Lebensgröße, schwarz-weiß allerdings, aber dafür fast ein wenig künstlerisch, weil sie so ein bisschen unscharf, so leicht verwischt und verfremdet aussehen. Ich weiß nicht, ob unser Freund das vorher schon mal in seiner Praxis, mit seinen Sprechstundenhilfen ausprobiert hatte. Ich hab ihn gefragt, aber er hat nein gesagt.«

Nach einem Seufzer, der wie ein Ausdruck behaglicher Zufriedenheit klang, sagte er: »Ja, und so haben wir dann eine nach der anderen auf den Fotokopierer gehoben. Nicht alle wollten mitmachen, das Zigeunerkind zum Beispiel hat sich mit Händen und Füßen gewehrt. Aber ein halbes Dutzend von diesen Dokumenten ist immerhin zusammengekommen. Hat sich für die Mädchen auch gelohnt, sie haben die Dinger signiert, und wer eins davon haben wollte, musste hundert Eier dafür blechen.«

Er tat einen Zug an dem Zigarillo, blickte dem Rauch hinterher. »Am Ende ist dann doch die Scheibe kaputtgegangen, klar. Bei einer richtig Stämmigen, Kräftigen; Julischka hieß sie, jetzt fällt mir's plötzlich wieder ein. Wie hätte sie auch anders heißen können. Eine Rothaarige. Aber echt. Rot von oben bis unten. Hat Schwein gehabt, als das Glas platzte; hat sich nicht mal in die Backe geschnitten.« Er sah mich an, lächelte. »Ihr Chef übrigens war einer von den beiden Assistenten, die daran schuld waren. Haben sie nicht richtig abgesenkt, leicht vornüber, sonst wäre das gar nicht passiert.«

Nach einer Schrecksekunde fragte ich: »Was meinen Sie mit ›Ihr Chef‹?«

»Na, was denn wohl?« Sein Lächeln verbreiterte sich

mühsam, aber deutlich. »Herrn Hochkeppel, wen denn sonst? Herrn *Doktor* Hochkeppel, Pardon! Hat sogar eins von den Porträts gekauft. Das schönste von Julischka, wenn ich nicht irre. Wahrscheinlich hat das Dickerchen ihm gefallen, dem alten Heimlichtuer. Und deshalb ist er bei dem nächsten Schnappschuss wohl auch schwach geworden und hat sie nicht mehr richtig festhalten können.«

Nach einer kleinen Pause, in der er anhaltend grinste, sagte er: »Ich hab alle sechs gekauft. Alle handsigniert, mit Widmung. Ich hab sie noch immer. Wollen Sie mal sehen?«

»Nein, danke.«

Ich nehme an, er war ein wenig pikiert. Oder vielleicht tatsächlich verwundert, dass ich von seinem reizvollen Angebot keinen Gebrauch machen wollte. Er sagte: »Na schön. Aber deshalb hab ich die Geschichte ja auch gar nicht erzählt.« Er wandte den Blick von mir ab, sah auf seine Hand mit dem Zigarillo. »Dieser Arzt, unser Freund … Sie müssten ihn heute mal sehen. Oder besser nicht, es könnte Ihnen die Stimmung vermiesen. Ich hab ihn noch mal besucht, bevor ich mich … auf meine Burg hier zurückgezogen habe, sozusagen. Er hat mir was von einer Muskelentzündung erzählt. Einer vorübergehenden Sache. Von wegen! Ich hab nachgeschaut. Wahrscheinlich ist es eine Muskeldystrophie. Und das geht nicht vorüber. Das macht dich kaputt, langsam, aber sicher. Auf ziemlich eklige Weise.«

Er schwieg ziemlich lange, bevor er weitersprach. »Er ist nur noch ein Wrack. Eins, das stückweise verfällt. Dieser prächtige, bärenstarke Kerl! Er liegt im Bett, und er kann sich nicht einmal allein aufrichten. Dazu hat er ein Schaltkästchen, mit dem er das Kopfteil des Betts hochfährt.

Gruselig, wenn das Motörchen anspringt, und sein Gesicht kommt auf dich zugefahren! Wie in der Geisterbahn. Ja. Und um aufzustehen, braucht er seine Frau. Sie hilft ihm, aber es sieht nicht so aus, als täte sie das gern. Und sie wischt ihm auch den… Hintern ab. Genauso gern, vermute ich. Genauso freundlich. Er kann's ja nicht mehr. Zu kraftlos. Zu schlapp.«

Er sah mich an, nickte. Dann fragte er: »Können Sie sich vorstellen, wie erniedrigend das für diesen Mann sein muss? Für diesen Prachtkerl, der er einmal war?«

Ich hatte genug. Ich war es leid. Ich fühlte mich nicht länger imstande, diesen Bekenntnissen, diesen Offenbarungen widerspruchslos zuzuhören.

Ich sagte: »Doch, doch. Ich glaube schon, dass ich mir das vorstellen kann. Schlimm, ja. Ich frage mich nur… ob *er* sich vorstellen kann… ob er sich jemals vorstellen konnte, wie erniedrigend es für seine Frau gewesen sein muss, was er da in diesem kleinen Hotel, diesem… Jagdschlösschen da hinten in Ungarn, inszeniert hat. Diese originelle Fotosession.«

Er sah mich verwundert an. »Aber das hat sie doch nie erfahren?« Er schüttelte den Kopf. »Ich glaube nicht, dass irgendeiner von uns gequatscht hat. Nein, nein, das gab es nicht. Das war Ehrensache, aber eisern!«

Ich fragte: »Glauben Sie wirklich, dass das einen Unterschied macht?«

Er starrte mich an, als wolle er mir tatsächlich antworten, verstehe aber meine Frage nicht. Ich dachte nicht daran, ihm auch noch Erklärungen zu liefern. Ich fragte: »Und haben Sie oder haben Ihre Freunde, die jetzt so bedauerlicherweise auf die Hilfe, die erniedrigende Hilfe ihrer Frauen angewiesen sind, hat einer von Ihnen schon einmal darüber nachgedacht, ob das, was Sie da auf dieser … Jagdpartie veranstaltet haben, ob das nicht vielleicht auch für die Frauen, die Sie dazu eingeladen hatten, ein wenig erniedrigend war? Oder sogar sehr erniedrigend?«

Er kniff die Augen zusammen. Dann sagte er: »Sie sind nicht nur ein Rechtsanwalt. Sie sind auch ein Gerechtigkeitsfanatiker.« Er verstärkte das krampfhafte Lächeln. »Hab ich recht?«

»Meinen Sie damit, dass ich es gerecht finde, wenn jemand, der einmal andere Menschen erniedrigt hat, später selbst erniedrigt wird?«

Er legte sorgfältig den Zigarillo ab, an dem er gezogen hatte. »Es tut mir leid, dass ich diese Geschichte erzählt habe. Ich fand sie ganz einfach komisch.« Er blickte auf. »Ich wollte Ihre Gefühle nicht verletzen.«

Ich zögerte, aber dann schwieg ich still. Ich sah auf meine Uhr. »Oh, es ist ziemlich spät geworden! Tut mir leid, aber ich muss gehen.«

Als ich schon an der Tür war, sagte er: »Wenn das jetzt alles so endlos lange dauert … können wir in der Zwischenzeit dann nicht noch mal eine Partie spielen? Oder zwei, mit Revanche, klar. Irgendwann, meine ich?«

»Ich muss sehen, wie ich …« Ich zögerte.

Dann sagte ich: »Aber grundsätzlich ja, natürlich.«

25

Als ich auf die Treppe trat, kam Olga mir mit einem Tablett entgegen, darauf eine kleine Terrine, Teller, Löffel und Brot. Sie sagte: »Halt, halt! Nicht weglaufen!« Sie kam die Treppe empor, die Stufen waren zu schmal für uns beide, es blieb mir nichts übrig, als zurückzutreten.

Sie sagte: »Frau will sprechen! Gehen zu ihr!« Sie hob das Kinn, deutete damit auf die Tür zu Cillys Atelier.

Ich war völlig überrascht. War Cilly etwa schon im Haus gewesen, als ich geklingelt hatte, um nach Hilfe für Klofft zu rufen? Und warum hatte sie dann nicht reagiert? War sie vielleicht sogar schon zu Hause gewesen, als ich ankam?

Olga, den Ellbogen auf Kloffts Klinke, hielt ein, sah mich an, deutete noch einmal mit dem Kinn auf die Tür gegenüber. »Gehen rein! Frau wartet!«

Ich war so irritiert, dass ich barsch fragte: »Woher wollen Sie das denn wissen?«

Sie starrte mich verwundert an. Dann lächelte sie. »Ich weiß! Sie können glauben! Frau wartet!«

Ich war drauf und dran, diesen albernen Disput fortzusetzen, als die Tür gegenüber sich öffnete. Cilly erschien, in ihrem Malerkittel. Sie lächelte und winkte mich zu sich.

Als sie die Tür hinter mir geschlossen hatte, trat sie nahe an mich heran, hob die Lippen und küsste mich. »Wie geht es dir, mein Lieber?«

Nein, nicht auch das noch! Ich hatte genug von diesen Leuten. Ich wollte nicht länger die Nothilfe für ihre Altersprobleme abgeben, nicht für den Exhibitionismus des Ehemanns, nicht für den Liebeshunger seiner Frau.

Ich trat einen halben Schritt zurück und fragte: »Waren Sie schon hier, als ich geklingelt habe? Als ich jemand brauchte, der Ihrem Mann half?«

Sie sah mich an, als wolle sie mich prüfen, lächelte. »Ja.«

Als ich schwieg, fragte sie: »Willst du wissen, warum ich nicht auf die Klingel reagiert habe?«

Ich sagte: »Nun...«

»Ich wusste doch, dass Olga im Haus war. Und dass sie sofort zu ihm gehen würde.«

Das Lächeln gab sie nicht auf. Anscheinend wollte sie, ebenso wie ihr Ehemann, mir dadurch zu verstehen geben, dass ich nicht ganz ernst zu nehmen sei. Sie sagte: »Weißt du... ich habe ihn so oft auf die Toilette geführt, ihn so oft wieder... instand gesetzt, dass ich mein Soll ganz gewiss schon übererfüllt habe. Glaube ich, jedenfalls. Und wenn ich schon hinnehme, dass er sich Olga als... Mädchen für alles, buchstäblich alles, unter unser Dach holt, dann glaube ich, dass ich ihr auch... die Kehrseite dieses Mannes überlassen kann. Zur Wartung.«

Ohne ein überleitendes Wort fügte sie hinzu: »Willst du dich nicht setzen?«

»Es tut mir leid, aber... ich glaube, ich muss zurück in mein Büro.«

Sie nickte, lächelte. Ich sagte: »Vielen Dank übrigens für die beiden Zeitungsausrisse. Ich... ich fand sie interessant.«

Sie nickte. Nach einer kleinen Pause sagte sie: »Ich hätte sie ganz gern zurück. Du kannst sie mir vielleicht schicken, irgendwann.«

»Natürlich. Ich werde sie mir kopieren. Wenn ich darf.«

»Aber sicher. Warum denn nicht?«

Plötzlich kam mir der Gedanke, dass diesem Gespräch mit ihr unter vier Augen vielleicht kein anderes mehr folgen würde. Und zugleich wurde mir klar, dass vermutlich sie allein mir die Fragen beantworten konnte, die ich ihrem Mann vergeblich gestellt hatte. Ich erinnerte mich an ihre sperrige Reaktion, als ich zum ersten Mal versucht hatte, die Antworten von ihr zu bekommen. Und ich war mir des Risikos bewusst; vielleicht würde ich meinen Zugang zu ihr für alle Zeiten verschütten.

Aber hatte ich das nicht ohnehin schon fertiggebracht?

Ich sagte: »Ich würde Sie gern noch etwas fragen.«

Sie sah mich an, aber sie schwieg.

»Ich weiß, dass ich Sie schon einmal … damit belästigt habe, aber … jetzt habe ich Ihren Mann danach gefragt, und er hat behauptet, dass Frau Fuchs ihm *nicht* gedroht habe. Verstehen Sie, es geht um das letzte Gespräch, das er mit ihr geführt hat, in seinem Zimmer drüben, bevor sie ihren Urlaub …«

Sie winkte ab. »Ja, ja, ich weiß. Das … Gespräch, von dem ich einiges mitbekommen habe. Und jetzt hat er gesagt, sie habe ihm nicht damit gedroht, dass sie krank würde, wenn er ihr nicht diesen Urlaub gäbe?«

»Ja. Genau das hat er gesagt.«

Sie stieß die Luft durch die Lippen. »Er lügt.«

Ich nickte, zögerte. Aber dann fragte ich: »Sie sind also sicher? Dass sie ihm gedroht hat. Mit dieser simulierten Krankheit?«

»Ja, natürlich bin ich sicher! Sonst würde ich so etwas doch nicht sagen!?« Ihr Ton war ein wenig scharf geworden. »Oder glauben Sie, ich wollte mich an dieser Frau rächen?«

»Nein, nein, das … das nehme ich nicht an.«

Sie lächelte grimmig. »Daran tun Sie aber auch gut, mein Lieber!« Es klang fast, als wolle sie mir drohen. Nach einer kurzen Pause fügte sie hinzu:

»Haben Sie ihm etwa gesagt, dass *ich* Sie darüber informiert habe?«

Ich schüttelte den Kopf. »Nein, natürlich nicht! Glauben Sie etwa, dass ich Ihnen so … in den Rücken fallen würde?«

Sie gab keine Antwort. Nach einem Augenblick wandte sie sich ab und ging zu dem Tisch mit den zwei Stühlen. Ich sah, dass die Teetassen aufgestellt waren. Sie setzte sich.

Ich suchte ihren Blick. »Wären Sie bereit, das vor Gericht auszusagen? Ich meine … dass Frau Fuchs ihm gedroht hat? Und womit?«

Sie lächelte. »Vor Gericht wären Sie also schon bereit, mir in den Rücken zu fallen?«

Ich sah sie fragend an.

Sie sagte: »Oder wie würden Sie das nennen, wenn Sie mich da als Denunziantin vorführen, die herumschleicht und andere Leute belauscht? Und auch noch ihren eigenen Ehemann?«

»Ach, ich denke, das sehen Sie aber nicht richtig!« Ich zuckte die Schultern. »Es wäre doch möglich, dass Sie zufällig auf den Balkon gegangen sind und dabei …«

Sie winkte ab. »Danke, danke, den Rest kannst du dir sparen!« Sie wandte ihren Blick von mir ab, sah auf den Tisch, nagte an ihrer Unterlippe. Nach einer Weile sagte sie: »Aber ich sehe auch keinen Grund, warum er behaupten sollte, sie hätte ihm *nicht* gedroht? Es müsste doch für ihn von Vorteil sein, wenn sie das getan hätte? Oder sehe ich das falsch?«

»O nein, das sehen Sie absolut richtig. Das wäre ein Argument, mit dem ich diesen ganzen Prozess womöglich umdrehen könnte. Zu seinen Gunsten.«

Sie nickte, betrachtete die Nägel an ihrer Rechten, nagte wieder an der Lippe. Mir schwante, dass es meinem Anliegen nicht diente, wenn ich es weiter im Stehen mit ihr erörterte. Ich ging zu ihr und setzte mich auf den Stuhl ihr gegenüber. Sie blickte auf. Ich hatte den Eindruck, dass sie sowohl verwundert als auch erfreut war.

Ich sagte: »Aber es gibt da *noch* einen Punkt.«

Sie nickte. »Sie meinen Ihre Frage, ob er in demselben … Gespräch sie … sexuell belästigt hat?«

Ich sagte: »Ja. Ich weiß – Sie wollten mir diese Frage nicht beantworten.«

Sie sagte: »Ja. Und das will ich auch jetzt nicht!«

Ich schüttelte den Kopf, als sei diese Verweigerung mir völlig unverständlich. »Sehen Sie … auch dieser Punkt kann sehr wichtig werden.«

Als sie schwieg, fuhr ich fort: »Nicht zuletzt für mich. Für mich persönlich, ja. Sehen Sie, wenn Frau Fuchs während des Prozesses ganz unerwartet damit herauskommt, dass Ihr Mann … ihr in irgendeiner Form … zu nahe getreten ist … Es muss gar keine Vergewaltigung gewesen sein. Keine Vergewaltigung im Wortsinn.«

Sie nickte ein paarmal schnell, als dauere es ihr zu lange, bis ich mit meiner Erklärung fertig wurde. Ich sagte: »Es genügt, dass er sie unter Druck zu setzen versucht hat … zum Beispiel, indem er ihr eine Art … eine Art Tauschgeschäft angeboten hat … Zum Beispiel, dass er ihr gesagt hat, wenn du mich noch einmal … noch einmal …«

Sie sagte: »Ranlässt.« Sie lächelte. »›Wenn du mich noch einmal ranlässt‹ – ist es das, was Sie meinen?«

Ich zuckte die Schultern. »Na gut, jedenfalls etwas in diesem Sinne. Und wenn er dann hinzugefügt hätte, ›... dann bekommst du die Woche Urlaub, die du haben willst‹ – wenn er ihr also solch ein ... Tauschgeschäft vorgeschlagen hätte ...«

Sie nickte, lächelte eine Weile vor sich hin. Dann sah sie mich an. »Sie sind ein kluger Mann.«

Es war unglaublich. Statt mir eine klare Antwort zu geben, schmierte sie mir wieder einmal Honig um den Bart. Ich sagte: »Was wollen Sie damit sagen? Hat er ihr tatsächlich solch einen Handel vorgeschlagen?!«

»Das habe ich nicht gesagt.« Sie lehnte sich zurück.

Ich fragte: »Aber Sie haben verstanden, um was es mir geht?«

»Ja.« Wieder dieses Lächeln. »Sie wollen in diesem Gerichtssaal nicht von einer Sekunde zur nächsten wie ein Dummkopf dastehen.«

Ich warf die Hände empor, ließ sie ziemlich heftig auf den Tisch fallen. Die Tassen klirrten. »Aber darum geht es doch nicht!«

»Doch, doch, natürlich geht es auch darum!« Sie schüttelte den Kopf. »Und ich will das auch nicht. Das hätten Sie nicht verdient.« Sie griff mit ihrer Rechten über den Tisch und legte sie auf meine Hand.

Ich wollte meine Hand wegziehen. Aber mir war auch bewusst, dass ihre Geste eine Annäherung bedeutete, die ich nicht zurückweisen sollte, wenn ich mein Ziel erreichen wollte.

Nein. Falsch. Gewiss, ich wollte mein Ziel erreichen. Aber wenn ich meine Hand nicht zurückzog, dann lag das eher daran, dass die Berührung ihrer Hand mir sehr angenehm war. Ihre Hand war warm und glatt, weich, aber nicht schlapp, wie manche zu dicken, fettgepolsterten, feuchten Hände.

Sie sagte: »Aber eins verstehe ich nicht.«

»Ja? Was denn nicht?«

Sie runzelte die Stirn. »Warum hat denn ihr Anwalt in seiner Klageschrift diesen Punkt nicht aufgeführt?«

Ich zuckte die Schultern. »Ja. So ganz verstehe ich das auch noch nicht. Vielleicht, weil er sich ihn als Knalleffekt für den Termin vor Gericht aufsparen will.«

Sie nickte. Ich spürte, dass ihre Hand sich auf der meinen ein wenig bewegte. Sie streichelte mit den Fingerspitzen leicht über mein Handgelenk.

Unversehens sagte sie: »Ja, ich verstehe.« Sie tat einen tiefen Atemzug, fast klang es wie ein Seufzer. Dann fügte sie hinzu: »Aber… es tut mir leid, ich möchte trotzdem Ihre Frage nicht beantworten.«

Ich reagierte auf der Stelle, und ich bedauerte es auf der Stelle. Ich zog meine Hand zurück, stand auf und sagte: »Ich muss jetzt wirklich gehen.«

Sie begleitete mich zur Tür. Ich legte die Hand auf die Klinke, dann sagte ich: »Ich werde Ihnen die beiden Zeitungsseiten zurückschicken. Morgen, ist das früh genug? Ich möchte sie ja noch kopieren.«

»Ja, ja. Lassen Sie sich Zeit, mein Lieber.« Wieder hob sie die Lippen und küsste mich. Ich blieb stehen, bis sie die Lippen von meinem Mund löste.

Ich sagte: »Diese Artikel… ich würde auch ganz gern mit Ihnen – mit dir einmal darüber reden.«

Sie lachte, gab mir noch einen Kuss. Sie sagte: »Du bist ein Schatz.« Ich wandte mich ab und ging.

26

Der Vositzende, Richter am Arbeitsgericht Heribert Pandlitz, unter Brüdern Panda genannt, ein riesiger, massiger Kerl von Mitte vierzig, der als abgeklärt gilt, hatte den Gütetermin auf den 10. September angesetzt. Und da ich offensichtlich die Hoffnung abschreiben musste, bis dahin von einem der beiden Kloffts die Antwort auf meine drängendsten Fragen zu bekommen, konnte ich meinem Mandanten mitsamt seiner Frau eine ganze Weile aus dem Wege gehen. Aber die Erleichterung, die mich im Büro bei dem Blick in meinen Terminkalender überkam, hielt nicht lange vor.

Mir fiel ein, dass ich Klofft versprochen hatte, in der Wartezeit vielleicht mal wieder eine Partie Schach mit ihm zu spielen. Ich, der Schnösel, der ich nach seinem Urteil doch war, hatte ihn zwar eben erst wegen seiner ungarischen Eskapade abgekanzelt. Doch noch in derselben Minute war er vor mir förmlich zu Kreuz gekrochen und hatte mich gebeten – nein: angebettelt –, doch bald mal wieder ein Spielchen mit ihm zu machen. Es war fast erbärmlich gewesen. Er hatte mich gedauert. Lächerlich? Ja, gewiss. Aber ich würde nicht daran vorbeikommen, mein Versprechen einzulösen.

Und es war nicht das einzige Versprechen, das ich leichtfertig vor meinem Abschied gegeben hatte, obwohl ich doch dieses Haus und seine Bewohner ganz und gar hatte hinter mir lassen wollen. Nein, ich hatte mich auch noch bei Cilly festgelegt. Ich hatte ihr gesagt, ich würde gern mit ihr über die beiden Zeitungsartikel diskutieren, die Präsentation der erschreckenden Ida und die der attraktiven Tippi.

Wollte ich das wirklich? Was würde ich der alternden Frau Klofft denn sagen? Wollte ich ihr offenbaren, ich fände Ida nicht im Geringsten »verwüstet«, nicht »fluoreszierend« vom Verfall ihres Körpers, nicht zum Davonlaufen, sondern eigentlich recht reizvoll? Und wollte ich ihr versichern, dass diese 77-jährige, strahlende Tippi auch einem jungen Menschen wie mir… ja doch: begehrenswert erscheinen konnte?

Wollte ich sie trösten?!

Während ich noch diese peinlichen Überlegungen zu beenden und loszuwerden versuchte, schnarrte das Telefon. Simone sagte: »Ich hab hier Herrn Manderscheidt in der Leitung. Sigrid Enke sagt, Sie kennen ihn, er war schon mal bei Ihnen. Soll ich ihn durchstellen?«

Ich zögerte, aber dann sagte ich: »Tun Sie das, bitte.« Vielleicht hatte dieser Detektiv ja ein wenig Kurzweil zu bieten.

Als ich mich gemeldet hatte, sagte er, als erübrige das Gewicht seiner Mitteilung jedweden Schnickschnack drumherum, seien es Begrüßungen oder Höflichkeitsfloskeln, mit bedeutungsschwerer Stimme lediglich: »Herr Schmickler ist da.«

»Was… was bitte? Herr Schmickler?«

»Ja! Der schweizerische Freund Ihrer Prozessgegnerin!

Der Reisespezialist! Der vom *Beauté du Lac*! Dem Hotel! Haben Sie etwa den Namen vergessen?!«

»Natürlich nicht! Aber was soll das denn bedeuten?«

»Ich dachte, das erfahre ich von Ihnen!«

Ich sagte: »Lieber Herr Manderscheidt – bin ich Jesus?!«

Er schwieg. Ich fürchtete, er könne beleidigt sein und das Gespräch kurzerhand abbrechen. Ich fügte schnell hinzu: »Na gut, na gut – Herr Schmickler ist also da. Und was kann das bedeuten? Wenn Sie mich fragen, würde ich sagen, er hat Sehnsucht nach dem schönen Käthchen gehabt und sich deshalb in den nächsten Flieger gesetzt. Oder *sie* hat Sehnsucht nach *ihm* gehabt oder hat sich in ihrer stillen Wohnung allein und einsam gefühlt und ihn deshalb um schnellstmöglichen Beistand gebeten. Ziemlich simpel, aber auch ziemlich plausibel, oder?«

Er gab ein Geräusch von sich, das wie ein unterdrücktes hämisches Lachen klang. »Das mit der Sehnsucht könnte stimmen.«

»Wieso?«

»Sehen Sie … ich hab einen Mann auf die Wohnung von Katharina Fuchs angesetzt. Und der hat ein paar hübsche Fotos geschossen. Frau Fuchs und Herr Schmickler, wie sie das Haus verlassen und zum Frühstück ins Café um die Ecke gehen. Und was die beiden da auf offener Straße bieten, das … das kommt der Verabschiedung zwischen Frau Fuchs und ihrem Hausarzt ziemlich nahe. Dieser Turnübung. Sie erinnern sich doch, oder?«

»Ja, ich erinnere mich.« Plötzlich fiel mir auf, was seine Mitteilung bedeuten konnte. Ich fragte: »Sagen Sie mal, sind Sie etwa immer noch mit der Observation von Frau Fuchs und Doktor Wehling beschäftigt? Ich meine… hat Klofft diesen Auftrag denn nicht zurückgezogen?«

Seine Antwort blieb unklar: »Nein, nein – ich hab den Mann angesetzt, weil Frau Broogsitter mich angerufen hatte. Die Nachbarin. Sie hat mir gesagt, dass Herr Schmickler angekommen sei… nicht Herr Schmickler, natürlich, den Namen kannte sie ja gar nicht. Aber ein sehr gutaussehender, braungebrannter Herr von Mitte dreißig, hat sie gesagt. Und daraufhin habe ich meinen Mann angesetzt.«

Nach einer Weile fragte ich: »Haben Sie diese Fotos etwa auch Klofft gezeigt?«

»Na klar.«

»Genauso wie die von Frau Fuchs und Doktor Wehling?«

»Na klar.«

Ich sagte: »Sie schonen Ihre Auftraggeber aber nicht besonders.«

Er seufzte. Dann sagte er: »Meine Kunden zu schonen ist nicht mein Job, Doktor. Was glauben Sie, was ich den Leuten in Ehescheidungssachen manchmal für Fotos auf den Tisch lege. Oder was für… Delikatessen sonst noch. Manchmal denke ich, irgendwann geht mir bei so einer Gelegenheit einer an den Hals. Oder er holt einen Revolver aus der Schublade und nietet mich um.« Er seufzte noch einmal. »Ja!«

Ich schwieg. Unvermittelt sagte er: »Gehen *Sie* denn immer so besonders schonungsvoll mit Ihren Mandanten um?«

Ich wusste einen Augenblick lang nicht, was ich darauf erwidern sollte. Schließlich sagte ich: »Ich wüsste vor allem aber gern, was *Sie* als erfahrener Ermittler über Herrn

Schmicklers Besuch denken. Mit der simplen Sehnsucht werden Sie sich doch nicht zufriedengegeben haben. Sie haben doch bestimmt eine Theorie.«

»Na ja.« Er dachte einen Augenblick nach. »Theorie ist vielleicht ein bisschen anspruchsvoll. Aber ich hab mir was überlegt, natürlich.« Er schwieg einen Augenblick lang, vermutlich, um meine Spannung zu steigern. Dann sagte er: »Halten Sie es nicht für möglich, dass Herr Schmickler hier für Frau Fuchs dasselbe tun soll, was ich für Herrn Klofft tue?«

»Wie meinen Sie das?«

»Herumspionieren! Was denn sonst? Material sammeln, das sich im Prozess auspacken lässt! Mit dem sich der Gegner überraschen lässt! Mit dem man Sie als Anwalt aufs Kreuz legen könnte, kapieren Sie das denn nicht?«

Ich holte Luft, dann sagte ich: »Lieber Herr Manderscheidt … könnte es sein, dass Sie eine … nicht ganz zutreffende Vorstellung von dem Procedere vor einem Arbeitsgericht haben?«

Er sagte unverkennbar höhnisch: »Hört, hört!«

»Ja, ja, hört, hört, aber es ist nun mal so. Vielleicht wissen Sie es ja auch selbst und haben es jetzt bloß nicht bedacht. Vor dem Arbeitsgericht geht es doch nicht zu wie im Strafprozess. Und schon gar nicht wie im Fernsehen. Da kommt nicht ein Anwalt und packt kurz vor dem Schuldspruch das Messer aus, mit dem das Opfer abgestochen wurde und das der Detektiv des Anwalts unter dem Kopfkissen des Hauptbelastungszeugen gefunden hat.«

»Was Sie nicht sagen!«

»Hören Sie, Herr Manderscheidt, ich will Sie doch nicht

belehren! Wirklich nicht! Aber sehen Sie mal … wir haben jetzt zunächst einen Gütetermin, bei dem der Richter uns sagt, wie er die Aussichten der Klage einschätzt, und dann begründen der Anwalt von Frau Fuchs und ich für Herrn Klofft die Standpunkte unserer Parteien, und der Richter hört sich das an und schlägt uns einen Vergleich vor, und wenn der Vergleich nicht zustande kommt, kriegen wir einen Termin zur streitigen Verhandlung. Und bei dem passiert im Wesentlichen das Gleiche noch einmal, und –«

Er fiel mir ins Wort: »Herr Doktor …«

»Ja? Was denn?«

»Können wir die Sache abkürzen? Ich habe hier sehr bald noch einige sehr wichtige Telefonate zu führen.«

»Bitte sehr, bitte sehr, ich wollte Sie ja auch nicht aufhalten.«

»Das ist nett. Wenn Sie einverstanden sind, melde ich mich bei Gelegenheit wieder.«

»Natürlich. Gerne, ja.«

Er sagte: »Übrigens … ich hab Sie nie für Jesus gehalten.«

»Ach ja, wirklich?«

»Wirklich.« Er lachte. »So, wie Sie auf das schwache Geschlecht anspringen … Also, dann …« Er beendete das Gespräch.

Was hatte das denn bedeuten sollen? Ich überlegte einen Augenblick lang, aber dann rief ich seine Nummer an, die noch auf dem Display stand. Er meldete sich sofort.

Ich sagte: »Hören Sie mal … was sollte denn diese abschließende Bemerkung, die Sie gerade losgelassen haben?«

»Ach das!« Er lachte. »Das war nur eine Flapsigkeit. Entschuldigen Sie bitte!«

»Reden Sie nicht so drum herum! Bevor ich das entschuldige, will ich wissen, was Sie damit andeuten wollten!«

»Aber nein, ich … das war …«

Er geriet anscheinend in Verlegenheit. Ich sagte: »Also jetzt raus damit! Wir sind doch erwachsene Menschen. Wir brauchen uns doch nichts vorzumachen, denke ich.«

»Natürlich nicht …«

Er schwieg. Ich sagte: »Also?!«

»Also …« Es war förmlich zu hören, wie er sich aufraffte. »Also, von Herrn Klofft habe ich zu hören bekommen, dass Sie ein … ein scharfer Hund seien.«

»Ein scharfer Hund?«

»Ja, so hat er es ausgedrückt.« Er zögerte. Dann sagte er: »Er hat gesagt, dass Sie … mit seiner Frau poussierten. Dass Sie ihr schöne Augen machten. Und dass ihr das anscheinend gefalle. Was bei einer so alten Frau und einem appetitlichen jungen Kerl ja auch nicht verwunderlich sei.«

Einen Augenblick lang verschlug es mir die Sprache. Dann fragte ich: »Das hat er gesagt?!«

»Ja. So wahr ich Leo Manderscheidt heiße!« Anscheinend machte die Wirkung, die ich zeigte, ihm Mut. Er fuhr fort: »Und er hat gesagt, seine Frau sei ja tatsächlich noch recht ansehnlich. Aber wenn ein junger Kerl wie Sie sich hinter eine 70-Jährige klemme, dann müsse er schon ein verdammt scharfer Hund sein.«

Er zögerte, dann fügte er hinzu: »Also, um die Wahrheit zu sagen … er hat es noch deutlicher ausgedrückt.«

»Und wie?«

»Er hat gesagt, dann müssten Sie schon ein verdammt geiler Hund sein.«

Als ich schwieg, ließ er ein unterdrücktes Lachen hören. »Entschuldigung … aber ich fand das schon ein bisschen komisch …«

»Komisch? Sie fanden das komisch?!«

»Bitte um Vergebung, aber … ein bisschen schon, Herr Doktor.«

»Na schön. Immerhin hat er nicht gedroht, mich umzubringen.« Als er schwieg, entblödete ich mich nicht hinzuzufügen: »Oder?«

»Nein, nein, natürlich nicht.« Er tat einen tiefen Atemzug, dann sagte er: »Es ist schon klar, einem Kerl wie Klofft würde man eine solche Reaktion zutrauen. Zumindest hätte man sie ihm ohne weiteres zutrauen können, als er noch bei Kräften war. Aber von so etwas war nicht die Rede, da können Sie ganz beruhigt sein.«

»Na, das ist doch fabelhaft! Danke für die Aufklärung. Und bis ein andermal.« Ich legte auf.

Ich kam mir vor wie der dumme August. In die Irre geschickt von Leuten, denen ich mich überlegen gefühlt hatte. Mein Mandant, der Emporkömmling Klofft, unterhielt sich mit einer windigen Figur wie Herrn Manderscheidt darüber, dass ich ein geiler Hund sei. Und womöglich war auch noch ein dritter Strippenzieher an diesem Manöver über meinen Kopf hinweg beteiligt. Cilly.

Cilly? Ja, warum eigentlich nicht? Cilly, die noch recht ansehnliche Frau von siebzig. Aber war es vorstellbar, dass Klofft, wenn er tatsächlich ahnte oder sogar wusste, dass zwischen seiner Frau und mir sich etwas angebahnt hatte, diese Schande stillschweigend hingenommen hätte? Hätte er nicht zumindest seine Frau zur Rede gestellt? Und hätte sie dann tatsächlich die Dreistigkeit gehabt, mich in dem Glauben zu lassen, ihr Mann ahne nichts von unserem kleinen Abenteuer?

Schwer vorstellbar. Doch etwas anderes, ein anderer Hintergrund dieses elenden Täuschungsmanövers schien mir plötzlich möglich. Ja: Vielleicht hatte Klofft schon seit geraumer Zeit, schon seit Beginn seiner Erkrankung, sich damit abgefunden, dass er seine Frau nicht würde unter Kontrolle halten können. Vielleicht hatte er ihr zugestanden, sich hin und wieder einen Auslauf zu suchen, eine begrenzte Affäre, mal mit einem Touristen, dem Teilnehmer einer Tagung, dem sie des Nachmittags bei einem Drink in einer Hotelbar begegnete, mal mit einem alten Bekannten von der Akademie, oder einem Galeristen. Mal mit dem jungen Mann von Bruno Hochkeppel.

Und vielleicht ging diese Kumpanei noch weiter.

Vielleicht berichtete sie ihm jeweils von ihrem neuen Ausritt, haarklein.

Er hatte ihr ihre Abenteuer zugestanden, und sie revanchierte sich, indem sie ihm ihre Erfahrungen erzählte und ihn dergestalt daran teilhaben ließ.

War das nicht eine sehr waghalsige Theorie? Eine ziemlich bösartige, respektlos und schmutzig? Wer sagte denn, dass Herr Manderscheidt sich seine Geschichte vom geilen Hund nicht bloß ausgedacht hatte? Vielleicht um einmal auf den Busch zu klopfen? Oder um mich ins Bockshorn zu jagen? Mal sehen, ob diesem vorlauten Doktor nicht ganz schnell der Arsch auf Grundeis geht.

Aber warum sollte er das tun? Doch nicht um des bloßen Schabernacks willen. Außerdem musste er doch damit rechnen, dass ich solches Getratsche übelnehmen und den Angriff als beste Verteidigung wählen, nämlich Klofft zur Rede stellen würde. Und so sicher wie ich musste Herr Manderscheidt dann damit rechnen, dass dieser Beherrscher der Lohnabhängigen einem Spitzel, der den Mund nicht halten konnte, auf der Stelle den Laufpass gäbe.

Vielleicht hatte Manderscheidt ebendas einkalkuliert? Vielleicht war er davon ausgegangen, dass der alte Klofft schon aus biologischen Gründen nicht mehr lange sein Kunde sein würde, und hatte sich bei mir Liebkind machen wollen? Weil er in mir einen erfolgversprechenden Ersatz sah, der auf lange Zeit einen Ermittler brauchen würde?

Schon möglich. Aber so oder so bedeutete das, dass Klofft tatsächlich, auf welche Weise auch immer, Kenntnis von dem Funkenflug zwischen seiner Frau und mir bekommen hatte.

Ein neuer Gedanke überraschte mich: Hatte er mich beizeiten warnen wollen? Hatte er etwa deshalb Manderscheidt die Geschichte vom geilen Hund erzählt, weil er diesen windigen Detektiv für klatschsüchtig hielt und es darauf anlegte, dass er mir prompt die Nachricht hinterbringen würde?

Vielleicht war Herbert Klofft, anders als ich geglaubt hatte, kein rachsüchtiger Choleriker, der hemmungslos um sich schlug, sobald man ihm zu nahe kam. Hatte ich nicht schon einmal zu spüren gemeint, dass dieser widerwärtige Raubauz eine gewisse diskrete Sympathie für mich hegte? Und musste ihn mein Getändel mit seiner Frau nicht um so mehr schmerzen, als er *mir* nichts Böses wollte?

Es war absurd: Ich hätte mir um mich selbst Sorgen machen sollen, um meine Reputation in der Sozietät

Hochkeppel, vielleicht auch um meine blanke Haut. Aber stattdessen sorgte ich mich um Herbert Klofft und seine Empfindungen. Ich sah den alten Mann wieder in seinem Lehnstuhl, an der offenen Balkontür.

Er starrte vor sich hin, bewegte wieder so, wie ich es kannte, stumm die Lippen, als hätte er etwas zwischen den Vorderzähnen, an dem er herumnagte. Hin und wieder hob er die Augen, sah in das Grün der Baumwipfel, stellte die Lippenbewegung ein, nickte andeutungsweise, als habe er einen Gedanken abgeschlossen und sich des Ergebnisses vergewissert, senkte die Augen dann wieder und begann, erneut mit geschlossenen Lippen zu nagen. Er schien einen langen und schmerzhaften Denkprozess zu absolvieren.

Olga hatte ihm von den Heimlichkeiten seines Anwalts berichtet. »Junge Mensch ist bei Frau in Atelier gegangen. Frau hat ihn reingeholt. Sind da drin und sprechen leise. Manchmal sprechen gar nicht. Atmen nur.«

Oder eine alte Mieterin aus dem ehemaligen Gebäude der Bauschlosserei, die Klofft dort unterm Dach hatte wohnen lassen, hatte ihn am Sonntagmorgen angerufen. »Ich wollte Ihnen nur sagen, dass Ihre Frau im Atelier Besuch bekommen hat. Ein junger Mann, ziemlich groß, dunkelhaarig, in einem hellen Sommersakko. Sie sind beide kurz vor zehn angekommen. Sie hat ihn mit reingenommen. Sie hatte eine große Tasche bei sich. Ich bin mir nicht sicher, aber ich glaube, eben hat sie den Vorhang unter dem Dachfenster ein Stück zugezogen. War ihnen wohl zu hell da drin.«

Seither quälte der alte Mann sich mit seinen Phantasien ab. Mit Filmfetzen, die sich glühend heiß in seinem Kopf abspulten. Und mit seiner Wut, die ihn vom Magen her aufzufressen schien. Die Frau, die er liebte, betrog ihn, sie konnte es nicht lassen. Er hatte mehr als ein halbes Leben, seine besten Jahre mit ihr verbracht, aber sie ließ ihn im Stich. Ließ ihn allein in diesem totenstillen Haus, in dem er festsaß, als sei er in Ketten geschmiedet. Unfähig, einen Schritt vor die Tür zu gehen. Allein wie im Grab.

Und dieser Schnösel, dieser neunmalkluge Rotzlöffel, der sich verpflichtet hatte, seine Interessen zu vertreten, machte auch noch mit bei diesem schändlichen Betrug. Statt sich mit dem jungen Gemüse zu verlustieren, das zu ihm passte, ließ er sich von einem alten Weib aufgeilen und folgte ihm bei der ersten Gelegenheit in den verschwiegenen Winkel, zu dem sie ihn lockte. Für solch ein Verhalten gab es ein Wort, das er einmal in einem alten Buch gelesen und sich gemerkt hatte: Ehrvergessen. Sie wissen nicht mehr, was sich geziemt. Die jungen Leute, ja. Und die alten Weiber.

Aber nichts, nicht seine Empörung, nicht seine Trauer über den doppelten Treubruch half ihm, dem alten Mann, gar nichts. Er blieb allein in seiner stattlichen, totenstillen Villa inmitten der grünen Wipfel. Olga würde um die Mittagszeit kommen und ihm sein Süppchen auftischen. Aber bis dahin würde er allein und gottverlassen in seinem Stuhl hocken müssen, die Zeit verrinnen spüren, langsam, sehr langsam, aber unaufhaltsam.

Und noch einmal die gleiche Tortur am Nachmittag, nach Olgas Abschied und bis zum Sonnenuntergang. Allein mit dem glühend heißen Schmerz in seiner Brust, der hin und wieder ein wenig verdämmerte, aber immer wieder wie ein greller Blitz zurückkam und seine Muskeln sich verkrampfen ließ.

Irgendwann gelang es mir, diese quälenden Vorstellungen abzuschütteln. Ich versuchte mich daran zu erinnern, ob der Detektiv in unserem Gespräch einen Anlass hatte finden können, seine Geschichte vom geilen Hund auszuplaudern, oder ob es einen solchen Anlass gar nicht gegeben hatte; hatte er also womöglich einzig zu dem Zweck angerufen, diese Geschichte bei mir anzubringen?

Nein, er hatte ja einen Grund seines Anrufs genannt. »Herr Schmickler ist da.« Freilich konnte das ein Vorwand gewesen sein. Denn ich vermochte noch immer nicht einzusehen, auf welche Art dieser schweizerische Reisefachmann meinen Fall hätte gefährden können. Durch irgendwelche Recherchen? Was hätte er, der Ausländer, der doch wohl fremd war in unserer Stadt, denn Gefährliches herausfinden können?

Dennoch wurde ich ein unbehagliches Gefühl nicht los. Ich traute Herrn Manderscheidt immerhin zu, dass seine ausgepichte Nase schon im Voraus Unrat zu wittern vermochte.

27

Meine Selbsttherapie im Falle Klofft war simpel, aber etwas Besseres fiel mir nicht ein: Ich rief noch am Nachmittag Frauke an, die sich, nachdem ich sie in den vergangenen Tagen ja ziemlich vernachlässigt hatte, erwartungsgemäß sperrig gab, sich aber schließlich doch von mir schon für den Abend zu einem Freiluftkonzert am Flussufer einladen ließ, bei dem außer der Musik auch stattliche Portionen von einem am Spieß gebratenen Ochsen, kühles Bier vom Fass und am Ende ein Feuerwerk geboten wurden. Den Tipp hatte Simone mir gegeben.

Wir trafen dort unten im Abendsonnenschein inmitten des Gewühls auch sie und ihren derzeitigen Begleiter, einen spindeldürren Germanistikstudenten im elften Semester, der als Texter bei einer Agentur jobbte, zwei Portionen von dem Ochsen und mehrere Schaufeln Kartoffelsalat aß, sich aber als intelligenter Witzereißer herausstellte. Er verärgerte Simone, weil er schon die erste Band, die auftrat, durch den Kakao zog, und erwarb sich damit zugleich Fraukes Sympathien.

Ich hätte an seiner Stelle mehr Rücksicht auf Simone genommen. Sie war klug genug gewesen, zu dieser Expedition ins Auengelände auf ihre roten Stilettos zu verzichten, trug stattdessen braune Stiefeletten mit breitem Absatz, die bis zum Knöchel reichten, ihr aber nicht weniger gut standen. Frauke sagte später, als die Rede auf dieses Schuhwerk kam, sie machten »ein schlankes Bein«. Simone, die auf das Kompliment nicht reagierte, fischte indessen aus einem Papierkorb ein Stück Pappe, ging in die Hocke, hob meinen Fuß an und kratzte von meinen Schuhen den Schlamm ab, der hier und da über die Sohlen emporgequollen war.

Der Abend endete gleichwohl harmonisch, abgesehen vielleicht davon, dass Simone nach dem Absacker, den wir in einer Stehkneipe nahmen, ihren Germanistikstudenten nach Hause schickte, was der aber ohne großes Murren und allenfalls leicht erstaunt akzeptierte. Frauke und ich brachten auf dem Weg zu Fraukes Wohnung Simone bis zu ihrer

Haustür, ich warf einen – wie ich glaubte – unbeobachteten Blick hinter Simone her und konnte feststellen, dass ihre Beine auch in den Stiefeletten zum Glück keineswegs so schlank waren.

Frauke sagte: »Sag nur ja, dass dir diese Stiefeletten gefallen!«

Ich murmelte: »Warum denn nicht?«

Frauke sagte: »Ich bitte dich! So was kann Simone mit ihren Stempeln doch nicht tragen!«

Ich fand, dass diese völlig unangebrachte Gemeinheit eine Antwort verdient gehabt hätte, aber ich unterließ das, um den Frieden nicht zu gefährden. Die Nacht verlief denn auch sehr erfreulich. Frauke schien einen gewissen Nachholbedarf zu haben, und das verlieh mir unter anderem die angenehme Überzeugung, dass sie in den Tagen, in denen ich keine Zeit für sie gefunden hatte, nicht auf einen Ersatzmann verfallen war.

Für den Fall, dass der vorangegangene Abend doch noch eine Spur von Ärger hinterlassen haben sollte, stand ich früh auf, während Frauke, mit dem Laken über dem Gesicht, noch schlief, stellte ein komplettes Frühstück auf den Tisch und lief sogar noch zum Bäcker, um frische Brötchen und zwei Schokoladendonuts einzukaufen.

Auch die nächsten Tage verliefen sehr harmonisch. Frauke schien sich hin und wieder zu wundern, wenn ich hingebungsvoll in ihren Haaren wühlte oder mich mit großer Intensität ihrer Haut widmete, Fleck um Fleck mit der Nase absuchte, streichelte, küsste. Aber sie ließ mich gewähren. Ich revanchierte mich, indem ich keinen ihrer Vorschläge zur Freizeitgestaltung ablehnte.

Ich begleitete sie zum Konzert eines jungen australischen Streichquartetts, das auf seiner gegenwärtigen ersten Europareise bereits beachtliche Erfolge gefeiert hatte, mir allerdings ein wenig durchdringend, um nicht zu sagen schrill im Klang erschien; ich nahm auch eine weitere Vernissage auf mich, zu der Cilly aber nicht erschien, außerdem die Abschiedsvorstellung eines Tenors, der in Bayreuth auftreten sollte und anschließend ein Engagement an der Metropolitan antreten würde, ein fetter kleiner Kerl mit Bauchansatz und einem Hals wie eine Walze, dessen Knödelstimme mich über drei Stunden hinweg immer wieder tierisch nervte.

In der Nacht zum Samstag, die wir nach dem Besuch der Oper bei mir verbrachten, wurde ich plötzlich wach. Ich glaubte, im Halbschlaf das Telefon gehört zu haben. Frauke lag ruhig atmend neben mir, auf dem Bauch, das Kissen mit beiden Armen umschlingend und nur ab und zu einen Schmatzlaut von sich gebend. Ich sah auf die Uhr. Es war Viertel vor vier.

Cilly? Wohl kaum. Eine Weile lauschte ich, aber das Telefon blieb still. Ich hörte von fern einen Zug über die Brücke fahren, einen langen Zug. Ein Fernzug wahrscheinlich. Vielleicht nach Istanbul. Istanbul Sirkeci. Über Passau nach Wien, und dann den Balkan hinunter, über Sofia. Unsere türkischen Landsleute auf Heimatbesuch, mit Koffern und Körben und vollgestopften Kopfkissenbezügen. In Istanbul Sirkeci stiegen sie um, in dem alten Kopfbahnhof, in dem einmal der Orientexpress geendet hatte.

Wie lange brauchten sie für die Reise? Ich glaubte, irgendwo gelesen zu haben, dass die Fahrt mit dem Zug bis Istanbul zwei Tage und zwei Nächte in Anspruch nahm.

Aber wenn das sich so verhielt, würde der Zug dann mitten in der Nacht abfahren? Und womöglich mitten in der Nacht ankommen? Nein. Wahrscheinlich würden sie am Morgen losfahren. Und zwei Tage später des Morgens ankommen. Der Zug, den ich gehört hatte, musste ein anderes Ziel haben.

Eine Weile verbrachte ich damit, mir Ziele auszudenken, zu denen mein Zug sich aufgemacht haben könnte. Mir fiel Kiew ein, das der Zug auf einer Südroute über Krakau und Lemberg hätte anfahren können, und ich sah das große Tor und die goldenen Kuppeln, und dann dachte ich an Wilna, und dann kam mir unversehens auf einer staubigen, ungepflasterten Straße zwischen Lattenzäunen und Vorgärten und niedrigen Häusern Cilly zu Gesicht. Sie kam mir mit langsamen Schritten entgegen, aber sie sah mich nicht an, sie blickte rechts und links in die Vorgärten, in denen die Blumen die Köpfe hängen ließen.

Aber vielleicht gab es gar keine Züge, die Kiew oder Wilna direkt anfuhren.

Ich lauschte noch einmal auf das Telefon, aber es schwieg.

Am Samstagmorgen, während Frauke im Bad herumträllerte, fiel mir plötzlich wieder Cilly ein. Ich hatte, wie versprochen, für mich ihre beiden Zeitungsseiten mit den Artikeln fotokopiert und ihr die Zeitungen zurückgeschickt; aber es war ungehörig, dass ich mich danach bei ihr noch nicht gemeldet und sie gefragt hatte, wann sie denn Zeit für die kleine Diskussion über die Artikel hätte. Während ich den Kaffee aufgoss und den Tisch fürs Frühstück deckte, spürte ich, dass mir jäh die Hitze in den Kopf stieg – ich errötete.

Es war nicht minder ungehörig, unanständig, dass ich auch bei Klofft seit dem vergangenen Montag nichts mehr hatte von mir hören lassen. Sicher, er hätte, wenn er Verlangen nach einer Schachpartie gehabt hatte, mich ja anrufen können; und wenn ich es hätte einrichten können, wäre ich zu ihm gefahren. Aber diese Entschuldigung schien mir elend schwach. Vielleicht hatte er mir nicht lästig fallen wollen.

Wie oft mochte er in dieser Woche schon allein in seinem Haus gehockt und über seine Lage nachgedacht haben? Wie oft mochte er schon, mit dem Blick hinaus ins Grüne, in die Welt, die ihm auf ewig verschlossen bleiben würde, darüber nachgedacht haben, ob er mich anrufen sollte. Ob er mich um Beistand in seiner Einsamkeit bitten sollte.

Ich füllte den Kaffee in die Kanne, stellte die Kanne auf den Tisch, verharrte einen Augenblick. Klofft anrufen? Oder zuerst Cilly? Oder zuerst versuchen, Frauke darauf vorzubereiten, dass ich mich am freien Wochenende noch einmal um den Fall Klofft kümmern musste? Es wäre ziemlich peinlich geworden, wenn ich just mit einem der beiden telefoniert hätte und Frauke wäre überraschend aus dem Bad gekommen.

Plötzlich durchfuhr mich der Gedanke, dass ich Cilly vielleicht gar nicht erreichen konnte. Womöglich war sie, wie ja auch am vergangenen Samstag, in ihr Atelier gefahren. Ich wusste nicht, welche Telefonnummer sie dort hatte. Und die Nummer ihres Handys hatte sie mir bisher nicht gegeben. Ich hatte sie auch nicht danach gefragt. Es hätte die Kumpanei, auf die ich mich wider Willen eingelassen hatte, ja doch bekräftigt.

Nun gut. So war es halt.

Aber Frauke hatte die Telefonnummer des Ateliers. Sie hatte am vergangenen Samstag dort angerufen, um zu fragen, ob und wann Cilly zur Documenta führe. In Wahrheit freilich, um herauszufinden, ob ich an dem verschwiegenen Ort mit Cilly ein Tête-à-Tête genoss. Das glaubte ich jedenfalls. Ich trat an die Tür und lauschte hinüber zum Bad. Frauke war zu Soul übergegangen und sang mit schwerer, tremolierender Stimme. Ich ging mit schnellen Schritten zurück zum Schlafzimmer, kehrte noch einmal um und holte vom Schreibtisch mein Notizbuch. Dann lauschte ich abermals zum Bad hinüber, ging ins Schlafzimmer, sah mich um.

Ja, da war sie, Fraukes Tasche. Ich warf einen Blick über die Schulter, griff die Tasche und öffnete sie. In einem Randfach steckte Fraukes Organizer. Ich zog ihn heraus und gab *Klofft* ein. Es war lächerlich, aber meine Finger zitterten.

Das Display flackerte, aber dann erschien die Meldung *Kein Eintrag*. Wie war denn das möglich? Cilly hatte mir doch gesagt, dass Frauke sie im Atelier angerufen habe?

Hatte Frauke die Nummer unter einem Passwort gespeichert? Aber welchen Grund sollte sie dazu haben? Ihre Bekanntschaft mit Cilly war doch nichts, was sie hätte geheim halten müssen?

Ich wollte den Organizer schon zurückstecken, mein Vertrauensbruch wurde mir zu heiß, als mir ein neuer Gedanke kam: Vielleicht hatte Frauke die Malerin unter ihrem Mädchennamen kennengelernt. Dem Namen, den Cilly in ihrem Beruf beibehalten hatte, weil sie stolz war auf die Leistungen, die sie schon vor ihrer Ehe erbracht hatte?

Ich trat an die Schlafzimmertür und lauschte noch einmal hinüber zum Bad. Frauke hatte anscheinend aufgehört zu singen. War das der Föhn, den ich hörte?

Verdammt… wie hatte Cilly noch mit Mädchennamen geheißen?

Die Alliteration brachte mich drauf: *Gurken-Gehrke*. Ich gab *Gehrke* ein, und auf dem Display erschien *Gehrke, Cilly*, und dazu eine Festnetznummer, die ich erkannte, es war die des Hauses Klofft, und dazu eine Handynummer. Ich schrieb die Handynummer in mein Notizbuch, schaltete den Organizer aus, stopfte ihn zurück in das Seitenfach der Tasche, versuchte mich mit einem schnellen Blick zu vergewissern, dass das Innere der Tasche so aussah wie zuvor, und stellte die Tasche auf den Platz neben dem Bett, auf dem ich sie gefunden hatte.

Ich war gerade wieder an meinem Schreibtisch angekommen, um das Notizbuch abzulegen, als ich die Badezimmertür hörte.

Frauke rief: »Alex?!«

»Ja, bitte?«

»In meiner Handtasche habe ich das kleine, rote Kosmetiketui. Kannst du mir das bitte bringen?«

»Jawoll, mache ich!«

»Die Tasche steht neben dem Bett, auf dem Boden!«

»Jawoll, gnä' Frau!«

Ein absonderliches Wohlgefühl breitete sich in mir aus: Frauke vertraute mir, sie gab mir den Auftrag, etwas in ihrer Handtasche zu suchen. Mir war fast so, als hätte sie das, was ich zuvor getan hatte, mit diesem Auftrag sanktioniert.

Merkwürdige Moral, die sich so geschmeidig an die Realitäten anzupassen weiß. War das eine spezielle Eigenschaft meines Gewissens? Oder waren auch andere Menschen so konstruiert?

Nach dem Frühstück fragte Frauke: »Hast du für heute schon was geplant?«

Ich sagte nein. Ich wolle mir allerdings ein paar Akten ansehen, alte Akten, die mich interessierten. Frühere Fälle Hochkeppels, die er mir zum Studium empfohlen habe. Ich wies auf den Schreibtisch, auf dem der Stapel lag. Ich war mir ziemlich sicher, dass sie nicht in die Akten hineinsehen würde.

Nur blieben diese Kostbarkeiten, sagte ich, während der Woche regelmäßig auf der Strecke, weil ich abends meist doch keine Lust mehr hätte, mich in verstaubtes Zeug hineinzuknien.

Frauke lachte. Sie fragte, ob ich Hochkeppel denn nicht einmal im Vorübergehen sagen könne, ich hätte alles mit großem Interesse gelesen und einiges daraus gelernt. Und dann nichts wie weg mit dem Krempel.

Ich erwiderte, ja, darauf werde es am Ende wohl hinauslaufen. Allerdings hielte ich es an diesem Wochenende auch für möglich, dass sich Klofft noch einmal melden werde. Es sei ja Samstag; vielleicht habe er wieder Lust auf eine Schachpartie.

Frauke begnügte sich mit einem indifferenten Brummlaut. Sie fragte nicht wieder, wieso man am Samstag nichts Besseres zu tun wisse, als Schach zu spielen; und sie fragte auch nicht, was denn dieses Mandat so Besonderes an sich habe, dass ich den alten Knacker auch noch am Wochenende aufsuchen müsse.

Ich brachte Frauke nach Hause. Beim Abschied sagte sie, wir könnten ja später noch mal telefonieren und überlegen, ob es etwas gebe, das wir gemeinsam unternehmen wollten.

Waren etwa auch ihr diese jetzt fast vier Tage, an denen wir unsere Freizeit miteinander verbracht hatten, ein wenig viel geworden?

Ich dachte darüber nach, als ich um die Ecke gebogen war und am Gehsteig angehalten hatte. Aber nach einem Weilchen zog ich dann doch mein Notizbuch heraus und wählte die Nummer von Cillys Handy.

Sie klang ein wenig überrascht, als sie sich meldete. Ich sagte: »Hier ist Alex. Guten Morgen.«

»Oh!« Sie holte hörbar Atem.

»Ich hoffe, ich störe nicht bei der Arbeit?«

»Nein, nein! Ich… hab noch gar nicht richtig angefangen.« Sie zögerte einen Augenblick, dann fragte sie: »Woher wussten Sie, dass ich hier bin? Im Atelier?«

»Ich hab mir's gedacht.«

Sie lachte. »Und woher haben Sie die Telefonnummer?« Nach einer kleinen Pause fügte sie hinzu: »Frauke Leisner wird sie Ihnen doch wohl nicht verraten haben? Vermute ich mal.«

»Nein, nein. Ich… Also, das möchte ich lieber für mich behalten. Wenn Sie einverstanden sind.«

Sie dehnte die Frage ein wenig: »Und wenn ich nicht einverstanden bin?« Dann lachte sie wieder. »Nein, nein, seien Sie ganz unbesorgt! Ich werde Sie nicht ins Verhör nehmen. Jeder braucht doch seine kleinen Heimlichkeiten, nicht wahr?«

Ich zögerte. »Ich weiß nicht, ob man das so sagen kann.«

»Doch, das kann man.« Das klang plötzlich sehr entschieden. Sie schien nicht gewillt, dieses Getändel fortzusetzen. »Also – was kann ich denn für Sie tun?«

Ich sagte: »Ich wollte eigentlich nur hören, wie es Ihnen geht. Und ... und fragen, wann Sie denn mal Zeit und Lust hätten, mit mir über diese beiden Artikel ... zu reden. Den über Tippi Hedren, und den –«

Sie fiel mir ins Wort. »Ja, ja, ich weiß. Den über Albright und seine Ida.«

»So waren wir doch verblieben.«

»Ja, natürlich.« Sie lachte. »Ich hätte nur nicht gedacht, dass Sie darauf zurückkommen.«

»Aber das haben wir doch ... ich meine ...«

Sie sagte: »Sie sind ein erstaunlicher junger Mann.«

Ich wusste nicht, was ich darauf antworten sollte. Einen Augenblick lang lag mir ein schlichtes »Warum?« auf der Zunge, aber das wäre denn doch zu dämlich gewesen.

Bevor die Pause peinlich werden konnte, sagte sie: »Wann hätten Sie denn mal Zeit? Und Lust natürlich. Gleich heute vielleicht?«

»Nun ... ja, ich denke ... Doch, heute könnte ich es einrichten.« Mir schien eine kleine Einschränkung nötig, sonst würde sie womöglich denken, ich brennte darauf, sie in ihrem Atelier wiederzusehen. Ich sagte: »Wir werden ja nicht stundenlang brauchen, denke ich.«

Sie fragte kurz und trocken: »Jetzt gleich?«

Ich schluckte wider Willen, dann sagte ich: »Einverstanden. Ich könnte ... in etwa einer Viertelstunde bei Ihnen sein. Wäre das zu früh?«

»Nein, nein, also vorwärts, kommen Sie.«

Sie warf mich aus der Leitung.

Einen Augenblick lang blieb ich regungslos sitzen. Mein Puls schlug schwer und laut, ich hatte das Gefühl, dass ich meine Beine nicht bewegen konnte. Was sollte das, verdammt noch mal?

Während ich unterwegs war, fiel mir ein, dass ich ihr wenigstens ein paar Blumen mitbringen sollte. Oder was hätte mein Vater in einem solchen Fall mir empfohlen? Ich war mir nicht sicher. Aber ich fand noch einen Blumenladen.

Die Verkäuferin hob an, mich an dem reichen Angebot vorbeizuführen und mir zu jedem der Gewächse einen Fachvortrag zu halten, aber ich sagte nach einem Blick auf die Uhr, es sei ein wenig eilig und sie solle mir bitte einen Strauß von den gelben Rosen binden.

»Gerne. Und wie viele möchten Sie?«

Herrgott noch mal, warum entschied sie das denn nicht allein? »Dreizehn. Nein! Nicht dreizehn … fünfzehn.«

Als ich, in der Armbeuge meine fünfzehn langstieligen gelben Rosen in der Klarsichthülle mit gelbem Band, aus dem Auto stieg, warf ich einen Blick zum Dachgeschoss der ehemaligen Bauschlosserei empor. Wenn dort oben tatsächlich die alte Frau wohnte, der Klofft, als er das Gebäude kaufte, die Wohnung gelassen hatte und die bemüht war, dem guten Herrn Klofft gefällig zu sein, dann würde sie ihrem Mietsherrn einiges zu berichten haben.

28

Cilly stand in der schon geöffneten Tür, sie trug ihren Malerkittel. Ich überlegte, ob sie ihn von Atelier zu Atelier mitnahm oder ob sie mehrere davon besaß. Der hier war jedenfalls genauso buntgescheckt wie der, in dem ich sie in Klofts Haus gesehen hatte. Und er ließ ebenso die gebräunten Knie frei.

Sie sagte: »Oh … Sind das etwa Mabellas?! Und dann so eine Fülle!« Sie nahm mir den Strauß ab.

Ich fragte ein wenig unsicher: »Hab ich was falsch gemacht?«

»Aber ich bitte Sie!« Sie schloss die Tür hinter mir, ging mir voran. »Solche Galanterie bin ich nur nicht gewöhnt. Wissen Sie, wenn mal einer meiner alten Freunde oder ein Kollege mich besuchen kommt, dann kommen sie nicht nur mit leeren Händen, sondern sie fragen auch, kaum dass sie hereingekommen sind: ›Hast du mal einen klaren Schnaps für mich?‹ Oder ein Glas Rotwein. ›Guten Tag‹ vergessen sie meistens. Oh!«

Sie blieb stehen, wandte sich zu mir und küsste mich auf die Wange. »Guten Tag, Alex!«

»Guten Tag, Cilly.«

Sie hob die Augenbrauen, lächelte. »Das war eine Premiere, nicht wahr?« Dann legte sie die Rosen auf den Tisch und öffnete die Verpackung. »Setzen Sie sich doch, bitte. Möchten Sie was trinken? Einen klaren Schnaps? Oder ein Glas Rotwein?« Sie lachte.

»Nein, danke, ich muss ja mit dem Auto fahren.«

»Ach ja, natürlich.«

Ich sah mich um. Auf einem Arbeitstisch am Fenster entdeckte ich einen großen Zeichenblock und daneben ein paar lose Blätter. Ich fragte: »Darf ich mal draufschauen?«

Sie hob nur kurz den Blick von den Blumen. »Wenn Sie möchten, bitte.«

Ich trat an den Tisch. Es waren allesamt Skizzen eines Männerkopfs, Brustbilder, die losen Blätter und das Blatt, an dem sie zuletzt gearbeitet hatte. Es waren Kohleskizzen eines Mannes. Er war akkurat frisiert, trug einen Anzug und Krawatte.

Die Skizzen waren alle mit groben, ungefähren Strichen gezeichnet, die Proportionen waren hier und da leicht verschoben, die Striche führten hier und da über die Konturen des Kopfes hinaus. Aber es war unverkennbar: Diese Skizzen hatten allesamt meinen Kopf zum Vorbild.

Auf dem letzten, dem noch auf dem Block befestigten Blatt waren die Augen des Mannes detaillierter ausgeführt. Es war ein skeptischer, nein, ein argwöhnischer Blick, mit dem er den Betrachter ansah.

Ich fragte: »Sehe ich so aus?«

»In meinen Augen, ja. Manchmal sehen Sie so aus.« Sie wandte sich ab, ging mit den Blumen und der Verpackung zur Küche. In der Tür blieb sie stehen, wandte sich zurück, lächelte. »Es ist der Anwalt, der einen dann ansieht, denke ich. Sie sehen nicht immer so aus.« Sie verschwand in der Küche.

Ich warf noch einen Blick auf die Blätter. Was mochte sie denn meinen? Wie sah ich denn in ihren Augen aus, wenn ich nicht aussah wie der Anwalt?

Ich ging hinüber zur Sitzecke, zögerte einen Augenblick,

setzte mich dann in einen der Sessel. Nach einem Augenblick lauschte ich hinüber zur Küche. Ich hörte das Schnappen der Schere, mit der sie die Blumen abschnitt. Ich erhob mich schnell und wechselte auf das Sofa, auf dem ich beim letzten Mal, bei meinem ersten Besuch an diesem verhexten Ort gesessen hatte.

Verhext? Was sollte denn das? Was war los mit mir, zum Teufel?! Ich hörte mein Herz schlagen, schnell und laut. Ich tat ein paar tiefe Atemzüge.

Sie kam mit der Vase und den Blumen zurück, hielt sie vor sich, betrachtete den Strauß, den sie locker arrangiert hatte. »Schauen Sie mal? Ist das nicht wunderbar? Ja, das sind Mabella-Rosen.« Sie stellte die Vase ein wenig seitlich auf den Tisch, rieb die Hände an ihrem Kittel trocken. »Ich danke Ihnen, das war sehr, sehr aufmerksam!«

Ich murmelte etwas Unartikuliertes. Sie ließ sich mir gegenüber in einem Sessel nieder, legte beide Hände auf die Oberschenkel, betrachtete lächelnd die Blumen. Ich fürchtete, meine Augen könnten hinabgleiten zu ihren Knien, dem schattigen Spalt dazwischen, den der Kittel nicht bedeckte.

Ich räusperte mich, dann sagte ich: »Und wie sehe ich sonst aus?«

Einen Augenblick lang sah sie mich wie verständnislos an.

Ich sagte: »Wenn ich nicht wie ein Anwalt aussehe.«

Sie lachte. »Ach so!« Sie senkte den Blick in ihren Schoß, sah mich dann lächelnd an. »Sagen Sie, möchten Sie jetzt nicht doch etwas trinken?«

»Nun ja… hätten Sie denn noch solch einen Piccolo, wie wir –«

»Aber ja!« Sie stand auf. »Ich hab sie sogar gekühlt!«

Als sie zur Küche ging, glaubte ich, ihr Gesäß auch unter dem Kittel sich abzeichnen zu sehen.

Sie öffnete die Fläschchen im Stehen, goss ein, schob mir ein Glas über den Tisch, kam mit dem anderen um den Tisch herum und stieß mit mir an. »Zum Wohl, Alex!« Dann setzte sie sich, nicht wieder in den Sessel gegenüber, sondern in den zu meiner Linken.

Sie lächelte mich an. Nach einer Weile sagte sie: »Wie Sie aussehen, wenn Sie nicht wie ein Anwalt aussehen...«

»Ja. Das würde mich interessieren. Ich wusste gar nicht, dass ich zwei verschiedene Gesichter habe.«

»O ja. Sogar mehr als zwei. Die meisten Menschen haben das.«

Ich lächelte. »Welches von meinen Gesichtern mögen Sie denn... mehr? Das Anwalts-Gesicht?«

»Nein, nicht unbedingt. Ich mag es, weil es so vital, so selbstbewusst wirkt.« Sie stellte ihr Glas ab, beugte sich ein wenig zu mir und ließ die Augen über mein Gesicht wandern. »Aber es gibt da auch ein Gesicht, das ich lieber mag. Wenn Sie *das* zeigen, dann glaubt man fast, in Sie... in Ihr Herz hineinsehen zu können. Es ist so offen, so... rückhaltlos. Frei von Hintergedanken. Es ist... sympathisch. Im eigentlichen, im ursprünglichen Sinn.«

Ich fragte: »Sie meinen Mitleid? Mitleidig?«

»Ja, aber nicht so eng, wie wir das heute verstehen. Sondern mehr im Sinne von Mitgefühl. Man weiß, dass Sie Mitgefühl aufbringen. Wenn Sie dieses Gesicht sehen lassen.«

Das Kompliment wurde mir zu dick. Ich lächelte und sagte: »Schade, dass Sie mich nicht mit dem sympathischen Gesicht gezeichnet haben.«

Sie schwieg eine Weile, dann sagte sie: »Das können wir ja nachholen.« Sie stand auf, ging zu dem Arbeitstisch, riss das oberste Blatt des Skizzenblocks ab, warf noch einen Blick darauf und legte es zu den übrigen, kam mit dem Block und ein paar Stiften zurück.

Mir wurde klar, dass sie mich entgegen meiner Weigerung dazu gebracht hatte, ihr Modell zu sitzen. Ich hätte das nur noch verhindern können, wenn ich sofort aufgestanden wäre und die Sitzung beendet hätte. Aber abgesehen davon, dass dieser dramatische Akt reichlich deplaciert gewesen wäre, interessierte etwas anderes mich viel mehr.

Sie setzte sich mir gegenüber, stützte den Block auf die Oberschenkel und hielt ihn mit der Linken in der Schräge. Dabei spreizte sie die Oberschenkel ein wenig, um dem Block einen besseren Halt zu geben. Licht fiel in den schattigen Spalt. Ich sah die Innenseite ihrer gebräunten Oberschenkel bis weit hinauf. Und ich glaubte, zwischen den Schenkeln am Ende ein kleines Stück von feinem, weißem Stoff zu sehen.

Ich fürchtete, dass sie meinen zudringlichen Blick bemerken würde, und hob die Augen. Sie war damit beschäftigt, ihre Augen zwischen mir und dem Block hin und her springen zu lassen, trug offenbar Marken auf dem Papier ein. Schließlich schienen diese Vorarbeiten beendet, sie begann, die Kohle in langen, zügigen Strichen über das Blatt zu führen. Hin und wieder wurde ein schnelles Gestrichel daraus, sie schraffierte offenbar eine Partie der Skizze.

Ohne mich anzusehen, sagte sie unvermittelt: »Sie müssen nicht stillschweigen dabei, Sie können mir ruhig etwas erzählen. Natürlich am liebsten was Schönes.« Sie lächelte.

Ich sagte: »Ich weiß nicht, ob das für Sie etwas Schönes ist, wahrscheinlich ist es ziemlich dumm, aber ich hab mich bisher ja auch kaum mit der Malerei beschäftigt... oder mit der Zeichenkunst. Und es ist wirklich ein Rätsel für mich, oder sagen wir besser: ein Wunder, dass ein Mensch sich hinsetzen kann und schafft mit einem Kohlestift oder mit ein paar Pinseln ein Bild der Wirklichkeit, das andere Menschen erkennen können. Und das Gefühle in ihnen auslöst. So ein... eine Art Melancholie zum Beispiel. Wie Ihr Bild, dieses große Gemälde von der Müllhalde in dem Hinterhof und dahinter diesen hohen Mietshäusern und dem Horizont, den die Dächer bilden... diesen scharfen schwarzen... so etwas...«

Mir gingen die Worte aus. Nach einer Weile blickte sie über den Block hinweg mich an. Sie sagte: »Das ist schön, dass Sie das so sagen. Aber Sie wissen natürlich, dass es nicht nur solche gegenständliche Kunst gibt.«

»Natürlich. Ich hab mir ja auch überlegt, dass irgendeine abstrakte Form, irgendeine Kombination von Farben ebenfalls diese Saite in einem Menschen anschlagen können... ich meine, diesen Wiedererkennungseffekt auslösen können. Dieses... wie soll ich sagen... dieses Erlebnis: ›Ach, das kenne ich, das ist etwas, was in der Realität existiert!‹ Vielleicht nicht in der äußeren Realität, nicht in der, die wir mit unseren fünf Sinnen wahrnehmen, wohl aber in der inneren. Verstehen Sie, vielleicht erinnert so ein abstraktes Gebilde mich an einen Traum, den ich geträumt habe. Oder nein: an eine Empfindung, die ich selbst gar nicht hätte beschreiben können.«

Sie sagte, während sie weiterarbeitete: »Ja, ich verstehe.«

Ich sagte: »Obwohl das, was *Sie* … schaffen, mir … obwohl ich es mehr schätze. Mehr als das, was Ihr Kollege Ferber macht. Willy Ferber, in dessen Vernissage wir uns begegnet sind.«

Sie nickte, ohne von ihrem Blatt aufzusehen.

Ich blickte auf die Hand, mit der sie den Block in der Schräge hielt. Ihre Finger waren schlank, aber nicht dürr. Der Handrücken war geädert, aber es war nur eine, ein wenig dickere Vene, die sich abzeichnete. Ich stellte mir vor, dass ich mit der Fingerkuppe darübergehen würde.

Ich sagte: »Ihre Kunst ist für mich zugänglicher. Sie sagt mir mehr. Viel mehr.«

Sie gab keine Antwort. Plötzlich schob sie sich mit dem Gesäß auf ihrem Sessel nach vorn, geriet dabei fast in eine Rückenlage, musterte aus der nun größeren Distanz intensiv die Skizze, an der sie arbeitete. Ihr Kittel hatte sich ein Stück emporgeschoben. Ich nutzte die Gelegenheit und warf einen schnellen Blick auf ihre Beine. Ja, ich hatte mich nicht getäuscht. Das Stück von feinem, weißem Stoff, das ich gesehen zu haben glaubte, gehörte zu dem Slip, den sie trug.

Ich erschrak, als sie sich unversehens aufrichtete. Sie ließ den Kohlestift auf den Tisch fallen, schüttelte den Kopf. »Nein, das wird so nichts!« Sie warf noch einen Blick auf ihre Skizze, legte dann den Block beiseite, griff nach ihrem Sektglas. »Das ist nicht das Gesicht, das ich zeichnen wollte.«

Sie stand auf, kam um die Tischecke herum und setzte sich in den Sessel an meiner Seite. Sie lächelte, hob ihr Glas und prostete mir zu.

Als wir die Gläser abgestellt hatten, fragte ich: »Lag es an mir?«

Sie gab keine direkte Antwort. Sie sagte: »Sie wissen selbst am besten, was in Ihnen vorgeht.« Nach einer Pause fügte sie hinzu: »Ihr Ausdruck war jedenfalls ein anderer als der, den ich festhalten wollte.«

Ich langte über den Tisch, griff nach dem Block. »Darf ich?«

Sie nickte.

Ich erkannte mich auf dem Porträt. Ich hatte gefürchtet, dem Mann, den sie gezeichnet hatte, sei anzusehen, dass er sich in die Intimsphäre seines Gegenübers zu drängen versuchte. Dass er, da half kein Drumherumreden, ein Voyeur war. Aber der Mann, den ich sah, ließ wenig dergleichen erkennen. Vielleicht würde ein Dritter gar nichts davon bemerken.

Ich musterte die Skizze noch einmal. Ich spürte, dass sie mich beobachtete. Sie sagte: »Das ist nicht das Gesicht, das ich Ihnen beschrieben habe.«

Ich zuckte die Schultern. Mir kam unversehens der Verdacht, dass sie mit mir spielen wollte. Und mir fiel die Bemerkung ein, die Klofft bei seinem Detektiv hatte fallenlassen und die ich ohnehin hatte aufklären wollen.

Sie sagte: »Irgendetwas hat sich dazwischengedrängt. So was passiert schon mal.«

Ja, ja. Und so würde das jetzt weitergehen. Sie wollte, dass ich mich ein bisschen weiter entblößte. Ich beschloss, in die Offensive zu gehen.

Ich fragte: »Sie lesen in den Gesichtern, nicht wahr?«

»Tun wir das nicht alle?«

Ich hob die Schultern, zog die Mundwinkel nach unten. Dann lächelte ich. »Ihr Mann scheint es wenigstens zu versuchen.«

Sie blickte mich erstaunt an. »Mein Mann?«

Ich nickte lächelnd.

»Wie kommen Sie darauf?«

Ich sagte: »Er hat mich ... einen geilen Hund genannt.«

Sie starrte mich an. »Das hat er ... Ihnen gesagt?!«

»Er hat mir's nicht ins Gesicht gesagt. Aber er hat mich so genannt.« Ich lächelte. »Vor Herrn Manderscheidt. Dem Detektiv.«

Sie nickte langsam. Dann fragte sie: »Und Sie sind sicher, dass ... dieser Mann, dieser Detektiv sich das nicht ausgedacht hat?«

Ich zuckte die Schultern. »Warum sollte er das tun? Herr Manderscheidt weiß ja auch noch mehr zu erzählen. Nach seinem Zeugnis hat nämlich Ihr Mann sogar begründet, warum er mich ... na schön: für einen geilen Hund hält.« Nach einer kleinen Pause fuhr ich fort: »Er hat gesagt, ich sei hinter Ihnen her. Und natürlich gefalle Ihnen das. Das leuchte ja auch ein, bei einer so alten Frau und einem so jungen Kerl.«

Sie nickte. Aber sie schwieg. Ich überlegte angestrengt, ob sich daraus eine Bestätigung für die eine oder andere meiner Theorien herauslesen ließ, aber ich fand keine überzeugende Interpretation. Nach einer Weile fragte sie: »Hat Sie das gekränkt? Oder vielleicht eher ... erschreckt?«

»Gekränkt? Ach ... wissen Sie ... ich hab mir überlegt, wie schlimm die Kränkung für *ihn* sein müsste. Wenn sein Verdacht zuträfe. Das müsste ihm doch schrecklich weh tun. Oder finden Sie nicht?«

Sie gab keine Antwort. Nach einer Weile sagte sie: »Aber es hat Sie erschreckt.« Sie lächelte. »Nicht wahr?«

»Erschreckt… mein Gott! Ja, es hat mich erschreckt, weil ich sicher bin, dass er, wenn er diesen Verdacht hätte… dass er es an Ihnen auslassen würde.« Nach einer kleinen Pause fragte ich: »Das täte er doch? Oder?«

»Ja, das täte er. Er würde es zumindest versuchen.« Sie schüttelte den Kopf. »Und da er das bis jetzt nicht getan hat, glaube ich eher, dass Ihr Herr Manderscheidt sich das ausgedacht hat.« Sie lachte. »Das würde mich bei so einem Herumschnüffler übrigens auch nicht wundern. Die wittern doch vermutlich in jedem Winkel einen Ehebruch, den sie aufklären können. Gegen gute Bezahlung, versteht sich.«

Womöglich hatte sie erwartet, dass ich mich ihrem Lachen anschließen würde. Aber ich dachte zu angestrengt nach über ihre Theorie, die ich selbst ja auch schon erwogen hatte: Manderscheidt ein fantasievoller Lügner, der einmal auf den Busch klopfen wollte.

Plötzlich beugte sie sich vor, bettete ihre Hand über meine Hand, die ich auf das Sofa gelegt hatte. »Na… ist es denn jetzt wieder gut? Hab ich Ihre Sorgen denn nicht ausgeräumt?« Sie streichelte meine Hand ein wenig mit den Fingerspitzen.

Die Berührung dieser kühlen, schlanken Finger, dieses warmen, weichen Handtellers durchfuhr mich so heftig, dass mich ein Schauer überlief. Ich beugte mich zur Seite, legte meine freie Hand auf ihre Hand, drückte sie ein wenig. Sie rührte sich nicht. Ich streichelte sie.

Sie wollte die Hand wegziehen. Ich hielt sie fest.

Sie sagte: »Na, na!« Sie zog an ihrer Hand. Ich ließ los.

Sie fuhr sich mit den Fingern durch die Haare, führte die Hand einen Augenblick lang in den Nacken, als gebe es an dieser unkomplizierten Frisur etwas zu ordnen, legte die Hand dann in den Schoß. Sie sagte: »Sie wollten doch ein bisschen mit mir diskutieren. Über Ida und Tippi Hedren. Erinnern Sie sich nicht?«

»Natürlich erinnere ich mich.«

Als ich eine kurze Kunstpause einlegte, fuhr sie mir in die Parade. Sie fragte mit Nachdruck: »Aber?!«

Es war klar: Sie wollte mit mir spielen. Sie wollte mich provozieren. Ich sollte am Ende nicht anders können, als ihr einzugestehen, dass ich großes Verlangen nach ihr hatte, das nackte, drängende Verlangen nach einer begehrenswerten Frau. Sie wollte mich zappeln lassen. Kirre machen.

Zorn kochte in mir auf. Ich sagte: »Was heißt das denn, aber?! Was soll denn die Frage? Sie wissen doch, was ich von diesem Gruselartikel über das Bild von Ida halte! Von diesen gedrechselten, angstverzerrten Tiraden über absterbendes Fleisch, verwüstete Oberschenkel! Schlaffe Hautlappen!«

Ich hielt ein, sah sie starr an. Dann sagte ich mit Nachdruck: »Nichts, gar nichts halte ich davon! Und das wissen Sie auch! Sie wissen es spätestens seit eben, gerade eben. Seit ich versucht habe, Ihre Hand festzuhalten. Würde ich das tun, wenn Sie so grauenerweckend, so … abstoßend wären, wie diese … diese Autorin das von Ida Rogers behauptet?! Was für ein Nonsens, dieses Gefasel über das Alter! Das Alter und die grauenhaften Verunstaltungen, die es dem Menschen zufügt! Schauen Sie sich doch diese Tippi an!« Und dann sagte ich: »Schauen Sie sich doch selbst einmal an!«

Sie sagte: »Alex, Alex! Was reden Sie da für einen Unsinn!« Ich streckte meine Hand aus und versuchte, an ihre Wange zu fassen. Sie legte den Kopf nach hinten, ich griff ins Leere.

»Unsinn? Wieso denn? Wollen Sie sagen, ich kann Sie doch nicht mit einem Filmstar vergleichen? Na gut, sie mag ja ihr Leben lang ihre Visagisten gehabt haben, ihre Kosmetikerinnen und … und Diätberater. Und Trainer, Gymnastiklehrerinnen. Aber das ändert doch nichts daran, dass Sie ebenso wie diese Schauspielerin eine begehrenswerte Frau sind. Eine sehr begehrenswerte!«

Ich erhob mich halb, griff mit der einen Hand an ihren Oberarm, suchte mit der anderen nach einem Halt und geriet mit der Hand auf ihr Knie, den nackten Oberschenkel. Haut auf Haut. Als ich weitersprach, hörte ich, dass meine Stimme eng geworden war, eng und klein und außer Atem. Außer sich. Mit dieser Stimme brachte ich heraus: »Was kann ich denn noch tun, um Ihnen das zu beweisen? Soll ich …?«

Ich umschloss mit den Fingern den nackten Schenkel.

»Alex!« Ihre Stimme war wie ein Peitschenhieb. Sie stieß mich mit beiden Händen vor die Brust.

»Setz dich sofort hin!«

Das klang wie Schule, erste bis vierte Klasse. Aber ich setzte mich.

Sie zog ihren Kittel zurecht, den meine Hand nach oben verschoben hatte, fuhr wieder mit dieser ordnenden Bewegung durch die Haare. Sie atmete heftig, fasste sich an den Oberarm, warf einen Blick darauf. Es sah so aus, als hätte ich in meinem Raptus zu fest zugefasst.

Nach einer Weile beugte sie sich vor. Sie leerte die beiden Fläschchen in unsere Gläser. Dann hob sie ihr Glas und trank, ohne mich anzusehen.

Meine Torheit war wohl nicht mehr zu überbieten, aber ich spürte einen wilden Schmerz. Mich schmerzte, dass sie mir nicht zugeprostet hatte. Sie hatte mich aus dem Kreis ihrer Vertrauten verbannt, so war es doch. Ich ließ mein Glas stehen, obwohl ich gern getrunken hätte, starrte vor mich hin.

Nach einer Weile sagte sie: »Denk doch mal nach, Alex.« Sie tat einen tiefen Atemzug. »Was wäre geschehen, wenn wir jetzt auf diesem Sofa gefickt hätten?«

Ich hob den Blick, sah sie ungläubig an.

»Ja, schau nur! Ich nenne die Sache beim Namen. Hätte ich lieber sagen sollen: wenn wir uns da geliebt hätten? Oder irgendeinen anderen Schmus, um die Sache zu verbrämen? Wir wissen doch beide, worauf es dir angekommen ist, Alex. Aufs Ficken, ja. Und auch mir wär's darauf angekommen. Wenn ich mich darauf eingelassen hätte. Oder hättest du geglaubt, ich hätte mit dir einen neuen Lebensabschnitt beginnen wollen? Eine neue Liebe?«

Ich griff nach meinem Glas und trank es leer. Sie warf mir einen Blick zu, stand auf und ging in Richtung der Küche. Ich sagte: »Nicht nötig, ich möchte nichts mehr, danke!«

Sie sagte über die Schulter: »Aber ich, wenn du erlaubst!«

Mein Gott, war die Abfuhr, die ich mir geholt hatte, denn noch nicht massiv genug gewesen?!

Ich verschränkte die Arme und brütete vor mich hin, bis sie mit einem neuen Fläschchen zurückkam. Sie öffnete es, goss ein, setzte sich und trank. Dann sagte sie: »Also. Was wäre gewesen, wenn wir gefickt hätten?« Sie unterbrach sich, fixierte mich und fragte: »Lieber Himmel, was war *das* denn jetzt? Bist du schon wieder zusammengezuckt, wegen diesem Wort?!«

Ich wand mich einen Augenblick lang, dann sagte ich: »Ich kann das schon schwer ertragen, wenn dein Mann sich so ausdrückt, aber bei dir…«

»Ja, ja, schon gut, du hast es ja auch gleich hinter dir. Ich will dir ja nur klarmachen, was gewesen wäre, wenn wir und so weiter. Ich glaube allerdings, du weißt es selbst gut genug. Bloß hast du dich bisher davor gedrückt, es dir klarzumachen.«

Sie trank einen Schluck, dann sagte sie: »Also. Vielleicht wäre es für uns beide keine Enttäuschung geworden. Sondern ein schönes Erlebnis. Vielleicht hättest du mir… einen guten Orgasmus besorgt, oder auch zwei oder sogar drei, ich weiß ja nicht, was du… so draufhast. Und was bei mir noch geht, da bin ich auch nicht so sicher. Na gut, aber vielleicht wäre es für mich und auch für dich eine… ein Erlebnis geworden. Für dich zumindest die neue Erfahrung, wie das mit einem so alten Weib sich anfühlt.«

Sie lachte. »Wie *sie* sich anfühlt, zum Beispiel. Aber, und jetzt kommt das dicke *Aber,* mein Lieber: Aber du hättest deine junge, ansehnliche, dir zugetane Freundin betrogen. Du hättest ihr Vertrauen missbraucht. Und verspielt. Vielleicht redest du dir ein, sie hätte es doch nie erfahren. Aber *du*, du hättest es nie vergessen. Und du hättest daran gelitten. Und noch etwas: Es wäre dir fortan nicht wohl gewesen, in deiner Haut, wortwörtlich. Du hättest geglaubt, du spürst es noch immer, dass du in eine alte Frau… hineingefahren bist. Dass du Haut an Haut mit ihr dich entladen hast, in ihr, aber ja: in ihr welkes Fleisch hinein.«

Ich schnaufte unwillig auf, warf mich an die Sofalehne zurück. Sie sagte: »Und auch ich hätte ein schlechtes Gewissen behalten. Ich würde mir auf ewig vorwerfen, dass ich einen jungen Menschen missbraucht hätte. Um mir ein wenig Lust zu verschaffen. Dass ich in sein Leben und in das seiner Freundin eingegriffen hätte, dass ich beide belastet und beschmutzt hätte. Und dieses Gefühl wäre ich nie mehr losgeworden.«

Sie schwieg. Nach einer Weile fragte ich: »War's das?«

Sie sagte: »Ja, das war's.«

Ich stand auf. Sie stand auf, trat zur Seite. Ich ging an ihr vorbei. Sie folgte mir zur Tür, griff an mir vorbei an die Klinke und öffnete die Tür. Ich sah sie an. Sie küsste mich, ehe ich es verhindern konnte, auf den Mund. Sie sagte: »Denk noch mal darüber nach, Alex. Und pass auf dich auf.«

Ich sagte: »Leb wohl, Cilly.«

29

Auf dem Heimweg bummelte ich. Ich fuhr im Mindesttempo über die Schnellstraße, am Fluss vorbei, schaute immer wieder hinaus aufs Wasser und die Schiffe. Hatte sie mich mit Absicht animiert und gereizt, um mich nur noch gründlicher demütigen zu können?

Von einem Ausflugsdampfer, der nahe am Ufer stromauf fuhr, hörte ich die Klangfetzen einer Blaskapelle, die einen

Walzer spielte. Unversehens wurde die Musik totgebrüllt von Autohupen, die hinter mir losgingen. Mein Tempo war den Fahrern, die mir folgten, wohl zu gemächlich. Ich lenkte ganz nach rechts, und sie begannen, einer nach dem anderen, mich zu überholen. Eine Frau zeigte mir tatsächlich den Vogel.

Frauen galten einmal als sanft und zurückhaltend. Jedenfalls hat meine Mutter mir beizubringen versucht, dass Mädchen zarter seien, empfindlicher als Jungen und dass man entsprechend mit ihnen umgehen müsse. Mein Vater hat mich das Gleiche gelehrt. Er selbst war nicht immer ein Kavalier, aber er wollte mich zum Kavalier drillen, und einiges davon ist denn auch bei mir hängengeblieben.

Manche Frauen allerdings, von den Mädchen ganz zu schweigen, schienen mittlerweile nichts mehr davon zu halten. Waren die Frauen aggressiver geworden?

Vielleicht lag es an der Emanzipation. Doch verstehen konnte ich es eigentlich nicht, dass Cilly sich so brutal, so ordinär ausgedrückt hatte. Freilich, dieses gestelzte *Wir liebten uns* (womöglich *auf einer Bank im Park)* hatte mir auch nie behagt. Aber musste es stattdessen ein Wort der Vulgärsprache, ein Wort von der Straße sein? Ich suchte eine Weile nach einem anderen Ausdruck, aber mir fiel nichts wirklich Zufriedenstellendes ein.

Ich mochte mein Auto noch nicht in die Garage fahren. Das hätte mich zu sehr mit dem Gefühl belastet, ich hätte mich für den Nachmittag und Abend dieses Samstags schon in meine Wohnung zurückgezogen, mich von der Welt abgekapselt.

Als ich einen Parkplatz auf der Straße gefunden hatte

und zu meiner Wohnung zurückspazierte, öffnete sich vor mir eine Autotür. Herr Manderscheidt stieg aus. Er trug ein Sportsakko, Hemd und Krawatte, eine Hose mit scharfer Bügelfalte und keine geflochtenen Schuhe.

Lächelnd kam er mir ein paar Schritte entgegen.

Ich sagte: »Was für eine Überraschung! Wollen Sie etwa zu mir? Und das am heiligen Samstag?!«

Er sagte breit lächelnd: »Ja, tut mir leid! Ich möchte mich auch entschuldigen. Aber Sie wissen ja: *Es kann der Frömmste nicht in Frieden leben…* Ich hatte nur auf einmal so eine Idee.« Er streckte mir die Hand entgegen: »Tag, Herr Doktor!«

»Guten Tag, Herr Manderscheidt. Auf die Idee bin ich aber mal gespannt.«

Das Lächeln verwandelte sich in ein Grinsen. Er fragte: »Hätten Sie Lust, mit mir auf die Rennbahn zu fahren?«

»Augenblick mal…« War der Kerl übergeschnappt? »Auf die Rennbahn? Meinen Sie etwa zum Pferderennen?!«

»Ja. Heute gibt's den Großen Preis der Hypobank. Und das Wetter ist doch prächtig, finden Sie nicht?«

Ich sagte: »Herr Manderscheidt, wenn Sie sich einen Scherz erlauben wollen, muss ich Ihnen sagen, dass Sie den Tag dafür nicht günstig gewählt haben.«

Er knipste das Grinsen aus. »Sorry, Herr Doktor. Aber es war nur zur Hälfte ein Scherz.« Er dämpfte die Stimme. »Frau Fuchs und Herr Schmickler sind draußen. Beim Pferderennen. Der Mann, der sie observiert, hat mich eben verständigt.« Mit einem Achselzucken fügte er hinzu »Und ich dachte, dass es Sie vielleicht mal interessiert, die beiden in der freien Wildbahn zu beobachten.« Er lächelte.

»Ah ja. Und dann, piff, paff! – schießen wir sie ab?«

»Na ja…« Er zog die Mundwinkel nach unten, neigte den Kopf ein wenig schräg, sah mich von unten an. »Es war halt so eine Idee von mir. Aber… so ein Ausflug täte Ihnen wahrscheinlich auch mal ganz gut. Das Wetter ist doch wirklich prächtig heute.«

Dass ich noch immer nicht nein gesagt hatte, machte ihm offenbar Mut. Er sagte: »Und Sie können da übrigens hervorragend essen.« Nach einem kurzen Zögern fügte er hinzu: »Von den Rennen mal ganz abgesehen. Guter Sport.« Wieder dieser Blick von unten. »Wenn Sie wetten wollen, könnte ich Ihnen vielleicht einen Tipp geben.«

»Sie wetten wohl oft?«

»Na… oft?« Er grinste. »Sagen wir: schon mal.«

»Aha.«

»Ich bin öfter da draußen.«

»Ah ja!«

Er sagte hastig: »Aus beruflichen Gründen! Manche Leute, mit denen ich zu tun habe, bewegen sich gern in diesem Milieu. Oder gehören dazu.«

Ich sagte: »Spielernaturen.«

Er wiegte den Kopf hin und her, dann sagte er: »Na gut. Kann man vielleicht so sagen. Ein bisschen zwielichtig manchmal, verstehen Sie. Deshalb ist ja auch Herr Schmickler da hinausgefahren. Herr Schmickler mit seiner Freundin. Vermute ich mal.«

Ich nickte, versuchte nachzudenken. Wahrscheinlich wollte er sich nur interessant machen. Verleben Sie einen Nachmittag mit Leo Manderscheidt im halbkriminellen Milieu! Aber was konnte mir eigentlich Besseres passieren?

Wollte ich mich etwa zu Frauke flüchten? Oder mich zu Hause eingraben und meine Wunden lecken?

Ich sagte: »Okay. Ich möchte diese beiden mal in freier Wildbahn sehen. Warten Sie einen Augenblick, ich hole mein Auto. Und dann werde ich hinter Ihnen herfahren.«

Er lebte geradezu auf. »Warum denn das? Sie können doch mit mir fahren! Und wenn ich meinen Kollegen ablösen muss, kann er auf dem Heimweg Sie nach Hause bringen. Oder Sie nehmen sich ein Taxi. Das können Sie doch bei Klofft abrechnen! ›Gemeinsame Recherche mit Herrn Manderscheidt!‹«

Ich fixierte ihn kurz, aber durchdringend. »Hören Sie, Herr Manderscheidt, Sie müssen sich über meine Spesenabrechnung wirklich nicht den Kopf zerbrechen!«

»Okay, okay! Ich hab's ja nur gut gemeint!«

Ich nahm neben ihm Platz, in einem unscheinbaren Familien-Viersitzer, der normalerweise nicht viel mehr als 100 PS auf die Straße bringt, nach dem Motorengeräusch, das hörbar wurde, aber erheblich mehr. Als wir mit leisem Grummeln des Auspuffs auf einen Parkplatz der Rennbahn fuhren, schauten sich einige Leute schon bei unserer Annäherung nach uns um. Das Milieu kannte sich offenbar aus. Und auf Unauffälligkeit schien der Detektiv Manderscheidt nicht unbedingt Wert zu legen.

Zu Beginn der Fahrt hatte er an der ersten Ampel sein Telefon eingeschaltet und eine Nummer gewählt. Nach einer Weile hatte über den Lautsprecher eine hohe Stimme geantwortet: »Ja?«

Manderscheidt antwortete: »Wir kommen.«

»Okay. Wann?«

Er hatte einen Blick auf die Uhr geworfen. »Viertel vor zwei.«

»Okay. Ich bin jetzt in der Rôtisserie. Sieht aber so aus, als blieben wir nicht mehr lange hier. Wenn's geht, komme ich um Viertel nach zwei an den Eingang von Parkplatz 2.«

Manderscheidt sagte: »Roger. Over!« und schaltete das Telefon aus.

Hatte er diesen ganzen Zirkus nur inszeniert, um mir zu imponieren? Oder schmückte er sein Geschäft tatsächlich mit dem Dekor amerikanischer B-Movies? Nein. Ich konnte nicht glauben, dass er diese Nummer auch Klofft vorgeführt hätte. Jedenfalls nicht ohne die Frage erdulden zu müssen, ob er noch alle Tassen im Schrank habe.

Am Eingang des Parkplatzes 2 stand ein junger, mit Akne gesprenkelter Mensch mit Jeans und dünner Windjacke, der sich langsam in Bewegung setzte, als Manderscheidt das Auto abschloss. Er schlenderte voraus in Richtung des Restaurants, eines flachen, weiß verputzten Neubaus mit breiter Terrasse. Als wir ihn einholten, piepste er halblaut: »Sie sitzen links auf der Terrasse. Haben eben Dessert bestellt.« Danach ließ er sich überholen.

30

Wir betraten über drei Steinstufen die Terrasse. Ich sah den braungebrannten Herrn im Seersucker-Sakko und die Frau mit kurzgeschnittenen, blonden Haaren. Sie saßen, mit zwei großen Eisbechern vor sich, an einem Tisch in der hinteren Ecke, gleich vor dem Fenster des Restaurants, aber durch den Vorhang auf der Innenseite vor Beobachtern abgeschirmt. Nach außen hatten sie einen freien Blick über die ganze Terrasse.

Aber es schien ihnen ohnehin egal, ob und wer ihnen bei ihrem Freiluftvergnügen zusah. Der Herr fischte einen Aprikosenschnitz aus seinem Eisbecher, nahm ihn zwischen die Lippen und näherte sein Gesicht der Dame, die ohne Verzug auf das Angebot einging, sie pflückte den Schnitz mit ihren Lippen von den seinen, nahm ihn in den Mund, kaute ein paarmal lasziv und schluckte, aber ohne ihre Lippen von den seinen zu lösen, und der Fütterungsakt ging über in einen saugenden Kuss, der ein Weilchen dauerte.

Manderscheidt fragte, indem er sich niederließ: »Sehen Sie, was ich meine?«

»Ja. Ein reichlich deplaciertes Schauspiel. Da haben Sie recht.«

»Aber, aber, Herr Doktor… Sind Sie etwa prüde?« Er lächelte. »Sehen Sie sich doch mal die Frau an. Die würden Sie doch auch nicht von der Bettkante stoßen! Oder?«

Ich sagte: »Können Sie dieses Gerede bitte lassen, Herr Manderscheidt?!«

»O pardon, pardon!« Er griff sich eine der Speisenkarten, die ein Ober mit langer Servierschürze im Vorübergehen auf den Tisch legte, und vertiefte sich in das Menü. Ich nahm die andere Karte.

Die Frau war tatsächlich bildschön. Wenn das Katharina Fuchs war, und laut Herrn Manderscheidt war sie das ja nun, dann konnte ich verstehen, warum Klofft sich so elend in sie verguckt hatte. Sie war nicht massiv wie Olga, aber gut und glatt gepolstert, sehr weiblich. Die goldblonden Haare waren dicht und so zwanglos gelockt, als verlören sie nie die Façon. Sie reflektierten in vielfältigen Schattierungen das Sonnenlicht. Ihre Brauen bogen sich dunkel und dicht über den braunen, schimmernden Augen.

Ich erinnerte mich, dass Klofft bei unserer ersten Begegnung, als er ins Schwätzen gekommen war, mir erzählt hatte, sie habe, als er die frischgebackene Diplomingenieurin einstellte, braune, lange Haare gehabt, »lang bis auf den Hintern, wie diese Wetterfee«. Und die, wenn auch kürzer, hatte sie auch noch auf den Fotos gehabt, die Manderscheidt von ihr und ihrem Hausarzt geschossen hatte, durch Frau Broogsitters Türspion.

Vielleicht war es eine neue Frisur, ein neues Hairstyling.

Vielleicht hatte sie es sich erst dem neuen Freund zuliebe zugelegt. Er hatte gesagt: »Mit diesen langen Haaren und deinen Pullovern siehst du aus wie Juliette Gréco. Weißt du, wer das war? Oder wie Marina Vlady. Die Vlady in dunkel. Ich weiß nicht, ob du noch einen Film mit ihr gesehen hast. Sehr schön, beide waren sie sehr schön. So wie du. Aber vielleicht… wärst du noch schöner mit kurzen Haaren. Und blond. Nicht stroh-, sondern goldblond. Wie Simone Signoret in *Casque d'or.* Nur kürzer natürlich. Die Haare, rund um den Kopf, wie eine goldene Kappe, verstehst du. Wie Jean Seberg, ungefähr. Nur nicht so weißblond. Goldblond, verstehst du?«

Vielleicht hatte sie den Vorschlag abgelehnt. Nein, nein, sie sei durchaus zufrieden damit, wie Juliette Gréco auszusehen. Oder wie Marina… wie hieß sie noch mal? Okay, Marina Vlady in dunkel. Und dann hatte sie sich die neue

Frisur heimlich zugelegt, als Überraschung. Vor dem Urlaub mit Herrn Schmickler im *Beauté du Lac.* Aus dem dann unversehens eine Heilbehandlung werden sollte.

Vielleicht hatte Klofft die neue Frisur zum ersten Mal gesehen, als sie in seine Villa kam. Von dem Geschäftsführer Pauly geschickt, der ihr den plötzlichen Urlaub »aus privaten Gründen« nicht hatte gewähren wollen.

Wenn es so war, dann hatte Klofft in der Sekunde, in der sie sein Zimmer betrat, gewusst, dass es ein anderer, ein neuer Mann war, für den sie sich so herausgeputzt hatte. Und er hatte geahnt, warum sie unbedingt diesen Urlaub hatte antreten wollen. Sie wollte etwas Neues anfangen, und dieser Anfang bedeutete zugleich das Ende ihrer Zeit mit Herbert Klofft.

Es musste für ihn ein schwerer Schock gewesen sein.

Und es wäre der Tod für ihn, diese beiden auf der Terrasse hier, bei ihrem obszönen Nachtisch unter freiem Himmel, zu beobachten. Wieso beobachten, es gab daran doch nichts zu beobachten, im engeren Sinne, nichts, was man insgeheim, aus dem Augenwinkel, aus der Deckung, aus dem Verborgenen hätte verfolgen müssen. Sie boten sich doch feil, sie drängten sich auf, jedem, der auf dieser Terrasse saß oder daran vorüberging.

Sobald der letzte Löffel Eis geschleckt war, würden sie das Geschirr zurückschieben, und er würde sie auf der Tischkante… ja: lieben, nicht wahr?

Und Klofft, säße er auf meinem Platz, griffe sich jäh an die Brust, sein Gesicht würde sich verzerren, der Mund sich krampfhaft öffnen, er würde zur Seite sinken und schwer von seinem Stuhl stürzen.

Herr Manderscheidt nahm einen *Feuerspieß Vulkan* und wurde, als ich länger brauchte, weil ich gegen meinen Hunger etwas Ausführlicheres suchte, anscheinend nervös. Ich ließ mich wider Willen von ihm anstecken und begnügte mich mit einem Schweizer Käse-Wurst-Salat, der aber sehr gut und sogar halbwegs sättigend war.

Die beiden zahlten, während wir aßen. Der Akne-Jüngling, der hin und wieder am Strohhalm einer Cola gesaugt und seine Rechnung schon zuvor beglichen hatte, erhob sich, als sie gegangen waren, und folgte ihnen, nach einem vagen Blick zurück auf Manderscheidt, der ebenso vage in seine Richtung nickte.

Ich fragte: »Was ist das für ein Knabe? Ein Angestellter Ihres Büros?«

»Nein, nein.« Er kaute, schluckte, spülte mit seinem Bier nach. »Freier Mitarbeiter. Ein Student, ich weiß gar nicht genau, was er studiert. Theologie, evangelische. Oder Archäologie oder so was. Aber hochbegabt für diesen Job. Würden Sie vielleicht gar nicht glauben …«

Er nahm wieder einen Schluck Bier, spülte den Mund, lachte, nahm ein Stück Paprika und zwei Brocken Fleisch auf die Gabel, steckte sie in den Mund und kaute, sah mich grinsend an. »Ich wette, die besten Szenen der Nummer von eben hat er auf seiner Minikamera.«

Nach einem Zögern sagte ich: »Hören Sie, Herr Manderscheidt … Darf ich Sie ausnahmsweise mal um einen Gefallen bitten?«

Er ließ die Gabel sinken, hörte auf zu kauen, sah mich mit plötzlich ernstem Ausdruck an. »Aber jederzeit, Herr Doktor.« Die abwärtsführenden Falten an seinen Mundwinkeln schimmerten wie Abflussrinnen vom Fett seines Gerichts.

Ich sagte: »Könnten Sie darauf verzichten, Herrn Klofft diese Fotos … vorzulegen?«

Er sah mich eine lange Zeit an, begann irgendwann, langsam, wie in Gedanken, zu nicken, sagte schließlich: »Es ist Ihnen klar, dass das ein Vertragsbruch wäre?«

Ich hatte mir noch nie den Dienstvertrag eines Detektivs angeschaut, aber ich sagte kurzerhand: »Ach was! Es kann doch niemand von Ihnen verlangen, dass Sie … dass Sie auf der Seele, auf den Gefühlen Ihres … Mandanten herumtrampeln!«

Er schwieg, aber er sah mich noch immer an. Die Fettrinnen schimmerten.

Ich sagte: »Der Mann hat diese Frau doch geliebt. Und wahrscheinlich liebt er sie immer noch. Ich weiß es nicht, aber –«

Er fiel mir ins Wort: »Ich werd mir's überlegen.« Dann wandte er sich wieder seinem Vulkanspieß zu, kaute und schluckte stumm.

Warum er es eilig gehabt hatte, begriff ich erst später: Er wollte nicht etwa hinter dem Liebespaar her, um die beiden oder auch seinen Aufpasser zu kontrollieren. Nein, er wollte noch eine Wette abschließen, für das dritte Rennen des Tages.

Von einem Verkäufer, der mit seiner Tasche über die Terrasse kam, kaufte er eine Rennzeitung, ließ sich zwei Wettscheine geben, schlug die Zeitung auf und legte sie nach kurzem Suchen neben seinen Teller, beugte sich darüber, während er die letzten Gabeln Fleisch und Zwiebeln einfuhr.

Ich wollte ihn fragen, was er denn da Wichtiges studiere, aber als über Lautsprecher eine Männerstimme sich meldete, hob er die flache Hand und gebot mir dergestalt zu schweigen. Die Stimme sagte, das Geläuf sei fest, nannte auch eine Zahl und wünschte den Besuchern einen schönen und unterhaltsamen Nachmittag.

Manderscheidt ließ die Hand sinken. Ich fragte ihn, wozu denn diese Durchsage gut sei.

Er lächelte, dann sagte er: »Pferde sind sensible Lebewesen, wissen Sie. Und sie sind Individuen. Manche laufen gern auf festem Geläuf, andere nur auf weichem. Und wenn so ein Zossen den Boden nicht mag, auf dem er antreten soll, dann bringt er auch nicht das, was in ihm steckt. Normalerweise jedenfalls.«

Ich fragte: »Und so etwas veranschlagen Sie bei Ihrem Tipp?«

Er nickte lächelnd. »Beim Wetten. Aber auch in meinem Beruf. Ich gehe immer davon aus, dass die Menschen, ebenso wie die Viecher, sich wohl fühlen wollen. Und dass sie alles tun, um das zu erreichen. Und schlecht drauf sind, wenn es nicht klappt.« Dann fragte er: »Wollen Sie nicht auch mal eine Wette abschließen?« Er wedelte mit den Wettscheinen.

»Und was kostet der Spaß?«

Er zuckte die Schulter. »Hängt von Ihnen ab. Vielleicht einen Zehner. Oder einen Zwanziger?« Er grinste. »Es macht Spaß, glauben Sie mir!«

Er winkte dem Ober, und dann erklärte er mir die Platzwette und die Zweier- und die Dreierwette und der Teufel weiß, was noch. Zwischendurch sagte er dem Ober: »Die

Rechnung, bitte. Zusammen!«, und als ich protestierte, schüttelte er den Kopf: »Was soll das denn, wir zahlen es doch beide nicht aus der eigenen Tasche«, und ich ließ es gut sein.

Bevor wir die Scheine ausfüllten und abgaben, ging er mit mir noch zum Führring, und ich war sehr beeindruckt von diesen großen Tieren, die da, vernehmlich atmend und schnaubend, im Kreis herumstaksten. Man konnte sie sogar riechen, weniger wohl, weil hin und wieder eines furzte, nein, den merkwürdigen, intensiven, herben Geruch schien das Lederzeug auszustrahlen und vor allem die gewaltigen Körper, die Fleischmassen, die starken Knochen, unter deren glänzender Haut die Muskeln sich bewegten.

Mir kam die vage Erinnerung an einen Roman, den mein Vater sich von einem Bekannten, einem Weinhändler, der aus Osteuropa stammte, ausgeliehen hatte und den ich mit zwölf oder dreizehn las, heimlich, weil mein Vater gesagt hatte, ich sei noch zu jung dafür, die Szene, die in mir haftengeblieben ist, spielte sich ab zur Zarenzeit auf der Paradestraße des Hafens Batum am Schwarzen Meer, dort hatte es einen Arbeiteraufstand gegeben, und an einem milden Abend war eine Schwadron von Kosaken gegen die Arbeiter eingesetzt worden, und während die Arbeiter auf dem Boulevard demonstrierten, sprengten unversehens die Kosaken aus einer Seitenstraße heraus und ließen ihre Säbel mähen und ritten die Arbeiter nieder, und als die wilde Jagd vorüber war, hing in der Abendluft – so der Roman – der Geruch von Lederzeug und Waffen und Pferdeschweiß. Und Blut, nehme ich an. Ein Dutzend Arbeiter waren auf der Strecke geblieben.

Herr Manderscheidt riet mir zu einer Platzwette, und er nannte mir auch das Pferd, ein Tier namens *Herr von Minkwitz*, auf das ich setzen sollte. Damit würde ich wahrscheinlich gewinnen, wenn auch nicht viel. Er selbst schloss eine Zweierwette ab.

Ich überlegte auf dem kurzen Weg zum Totalisator, und dann setzte ich fünfzig Euro auf Sieg von *Black Desire*. Dieses Pferd, ein rabenschwarzes Ungetüm, hatte im Führring vor mir gestanden, als der Trainer den Jockey auf den Sattel warf, und ich hatte zu meiner Überraschung erkannt, dass der Jockey ein Mädchen war.

Manderscheidt, mit seinem Wettschein beschäftigt, sah mich von der Seite an und fragte: »Haben Sie Geld zu viel?!«

»Natürlich nicht.«

»Na, dann frohes Fest und alles Gute! Dieser Klepper hat noch nie was gewonnen. Und das Mädchen wird verheizt, die war vor kurzem noch Lehrling, und die darf bloß ran, weil der etatmäßige Jockey ihn heute Morgen im Riss gelassen hat, was weiß ich, Fieber über Nacht, Dünnschiss, oder was es sonst so gibt.«

Als wir auf die Tribüne kamen, sah ich fünf Reihen unter uns Katharina Fuchs und Henri Schmickler und neben Katharina einen jungen Mann, dem Katharina sich zuwendete, während Schmickler vorgebeugt und an ihr vorbei auf ihn einredete. Der junge Mann sah starr geradeaus, wandte hin und wieder den Kopf zu Katharina und nickte stumm, so, als erhalte er gerade eine Instruktion, die seine Aufmerksamkeit erforderte.

Manderscheidt gab einen dünnen Pfiff von sich. »Ich hab's doch gewusst!«

Ich sah ihn fragend an.

Er sagte: »Ich kenn den Kerl! Ich weiß nur noch nicht, woher! Einen Augenblick mal…«

Als die Pferde stampfend, prustend und sich aufbäumend in die Startmaschine gebracht wurden, sagte er: »Ich hab's! Der arbeitet bei Klofft! In seinem Betrieb! Irgendein kaufmännischer Jüngling! Ich hab ihn da gesehen, als ich den Prokuristen besucht und befragt habe!«

Mir blieb keine Zeit mehr, über die Bedeutung dieser Information nachzudenken, die Türen der Startmaschine sprangen auf, und die Pferde stürmten heraus, sie donnerten an uns vorbei und bogen schließlich in die erste Kurve ein. Manderscheidt verfolgte sie mit einem kleinen Fernglas, das er aus der Innentasche seines Jacketts gezogen hatte.

Ich glaubte, zu sehen, dass der vierschrötige *Black Desire* das Feld anführte. Manderscheidt murmelte mit halbgeschlossenen Lippen: »Sie knüppelt ihn auf Teufel komm raus! Sie will zeigen, was sie draufhat.« Als die Pferde hinter Bäumen und Strauchwerk verschwanden, grinste er mich an. »Wahrscheinlich verreckt er in der Zielkurve. Oder er kommt als Letzter hereingetrödelt. Im Schritt.«

Ich sagte: »Was hat das denn zu bedeuten, dass dieser junge Mann bei Klofft arbeitet?«

Er hob die Augenbrauen. »Na, na, Doktor! Wollen Sie mich verarschen?« Er warf einen Blick hinunter zu den Dreien, die wie zuvor die Köpfe zusammensteckten, dann sah er wieder mich an. »Das schöne Käthchen und Herr Schmickler, ihr Ermittler, haben einen Maulwurf in Kloffts Betrieb!«

Ich sagte: »Roger!« Dann lächelte ich: »Glauben Sie das

wirklich?« Als ich sah, dass sein Gesicht sich zuzog, sagte ich: »Entschuldigen Sie, Herr Manderscheidt... aber ist das nicht ein bisschen weit hergeholt? Ein Maulwurf bei *Klofft Ventile*? Entschuldigen Sie, aber das ist doch kein Milieu für einen James-Bond-Film!«

Er sagte: »Entschuldigen Sie, Herr Doktor, aber man sieht, dass Sie null Ahnung haben. Null, nothing!« Ich holte Luft, um ihm die passende Antwort zu geben, aber er ließ mich dazu nicht kommen, er sagte: »Ist Ihnen in Ihren Lehrbüchern schon mal das Wort Industriespionage begegnet? Hätten Sie gedacht, dass Klofft schon mehrfach Leute geschasst hat, die bei ihm angestellt waren und im Auftrag von ausländischen Firmen versucht haben, Produktionsunterlagen rauszuschmuggeln?«

Ich sagte: »Mein lieber Herr Manderscheidt –«

Er schnitt mir das Wort ab: »Und jetzt sagen Sie mir nicht, das hat doch nichts mit dem Rausschmiss von Frau Fuchs zu tun! Glauben Sie nicht, dass diese Frau alles tun wird, um den alten Klofft hinzuhängen? Und dass sie dazu jeden Dreck gebrauchen kann, den er im Betrieb hinterlassen hat oder noch anrichtet? Und sehen Sie etwa nicht, dass diese Frau in der Lage ist, so einen Burschen wie den da nach Belieben um den Finger zu wickeln und ihn zu jeder Sauerei anzustiften?«

Als ein leises Donnergrollen hörbar wurde, wandte er sich von mir ab und hob sein Fernglas. Das Feld, immer noch fast geschlossen, kam aus der letzten Kurve gestürmt und bog auf die Zielgerade ein. *Black Desire* lag noch immer in Führung, allerdings schoben sich zwei, drei andere Pferde neben ihn, die Jockeys peitschten die schweißnassen

Flanken, das Tempo steigerte sich noch einmal, sie schienen ihn zu überholen, aber dann setzte auch das Mädchen seine Gerte ein, kurz, aber entschieden, und der schwarze Koloss streckte den Hals und schob ihn als Erster über die Ziellinie.

Ein wildes Stimmengetöse brach aus. Manderscheidt sagte vernehmlich: »Jetzt leck mich doch am Arsch!« Er wollte sich zu mir wenden, sagte: »Pardon… aber –« und unterbrach sich. Ich sah, warum er verstummt war: Die Nachwuchskraft der Firma Klofft gab Katharina und Henri Schmickler die Hand, sie verabschiedeten sich, der junge Mann begann, die Tribünentreppe zu den Ausgängen emporzusteigen.

Manderscheidt sagte: »Tut mir leid, Doktor, aber jetzt müssen Sie zurück doch das Taxi nehmen. Schönen Tag noch.« Er fing den Blick seines Theologiestudenten auf, der aufgestanden war und sich ein wenig unschlüssig umschaute, deutete kurz mit dem Daumen auf seine eigene Brust und folgte dem Maulwurf.

Ich blieb noch eine Weile auf der Tribüne. Es gab wieder ein Rennen zu sehen, auch einige innige Küsse zwischen Frau Fuchs und ihrem Liebsten, aber dann wurde die Sache mir langweilig, ich ging, noch bevor der Große Preis der Hypobank aufgerufen wurde. Ich schlenderte noch einmal zum Führring, die nächste Abteilung streng riechender Hochbeiner stakste im Kreis, aber das Mädchen war nicht zu sehen. Wahrscheinlich fütterte sie *Black Desire* mit einer Extraportion Mohrrüben. Oder sie streckte ihre durchgerüttelten, feinen Glieder im Entspannungsbad.

Schließlich fiel mir ein, dass ich ja gewonnen hatte. Ich

ging zum Kassenschalter, und eine rundliche, schwarzhaarige Frau mit beringten Fingern zahlte mir sage und schreibe sechshundert Euro aus. Ich fühlte mich so überwältigt, dass ich zunächst wie blind loslief und ziellos durch die weiträumige Umgebung der Rennbahn streifte, über Wiesen, an Hecken entlang, durch kleine Baumgruppen.

Irgendwann beschlich mich das Gefühl, dass ich Gesellschaft hatte. Ich blickte zurück und sah hinter mir zwei Burschen, die ich zuvor schon einmal bemerkt hatte. Sie folgten mir.

Ich begab mich so schnell wie möglich in die Nähe anderer Spaziergänger und dann zurück zum Taxi-Halteplatz. Hatten die beiden mich beobachtet, als mir mein Gewinn ausgezahlt wurde?

Erst im Taxi kam mir ein anderer Gedanke: Hatte Herbert Klofft die beiden angeworben oder anwerben lassen, um dem dreisten Verehrer seiner Frau, dem geilen Hund, einen Denkzettel zu verpassen, verpassen zu lassen? Eine kräftige Abreibung, zum Beispiel?

31

Als ich nach Hause kam, pulsierte die Lampe an meinem Anrufbeantworter. Ich hatte die Hand schon ausgestreckt, um das Band abzuhören, als ich plötzlich einhielt. Und warum *das*?

Unsinn. Frauke, wer sonst. War ihr die Zeit ohne mich schon so schnell zu leer, zu einsam geworden?

Noch einmal Unsinn. Aber wer sonst?

Cilly.

Natürlich.

Es hatte sie gequält, dass sie mich so hart zurückgewiesen hatte. Es hatte ihr leidgetan, kaum, dass ich gegangen war. Sie hatte Angst bekommen, dass sie mich auf immer und ewig verprellt hatte. Dass ich nie mehr wieder meine Hand auf ihr nacktes Knie, ihren Schenkel legen, meine Finger um das Knie schließen würde. Hatte sie mir nicht einen Ekel eingepflanzt vor einer solchen Intimität?

Ich dachte eine Weile darüber nach, aber ich konnte keinen Ekel spüren. Der Schenkel war warm gewesen, fest und glatt. Ich hatte das Leben darin unter meinen Fingern gespürt, und in der Erinnerung spürte ich es noch immer.

Ich schaltete das Tonband ein. Es war weder Cilly noch Frauke gewesen, deren Stimme das Band aufgezeichnet hatte. Es war Herbert Klofft. Allerdings hatte ich auf Anhieb Mühe, seine Stimme zu erkennen. Die Worte, mit denen er sich meldete, waren eher ein Krächzen. »Hier Klofft. Herbert Klofft.« Er lachte. »Es ist bloß der Klofft hier.«

Er lachte wieder, schien sich zu verschlucken, hustete krampfhaft, rotzte geräuschvoll, anscheinend in ein Taschentuch, brachte schließlich mit schwacher Stimme hervor: »'tschuldigung, Doktor.« Er holte Luft. »Guten Morgen, Doktor. Hier Herbert Klofft.« Er lachte wieder, aber offenbar mit Vorsicht. »Na ja, das werden Sie ja schon gemerkt haben.«

Nach ein paar rasselnden Atemzügen sagte er bedächtig: »Ich wollte hören, wie es Ihnen geht. Hoffentlich besser als mir.« Er lachte. »Mir geht's beschissen.« Er schwieg einen Augenblick lang. Dann sagte er: »Ach Quatsch, glauben

Sie's nur ja nicht. Hören Sie lieber auf meine Frau. Die sagt immer, mir kann man kein Wort glauben.«

Er räusperte sich gewaltig. Dann sagte er: »Also, Sie haben doch gesagt, dass wir vielleicht vor der Verhandlung noch mal Schach spielen können. Na, das ist doch ein Angebot…« Er räusperte sich noch einmal. »Und wie wär's denn mit heute Morgen, zum Beispiel? Die Gelegenheit wäre günstig.« Er lachte, geriet um ein Haar wieder ins Husten. Nach einer kleinen Pause sagte er: »Ich hab eine sturmfreie Bude. Kein Mensch da, außer mir. Meine Frau ist abgehauen. Olga ist auch nicht mehr da. Wird auch sonst keine Sau mehr kommen. Wir wären ganz ungestört.«

Er schwieg eine Weile, als wartete er auf eine Antwort. Plötzlich sagte er: »Na, okay… war nur so eine Idee.« Er legte noch einmal eine Pause ein. Dann sagte er: »Machen Sie's gut, Anwalt.« Er schien den Hörer ablegen zu wollen, aber dann sagte er auch noch: »Und ein schönes Wochenende!«

Verdammt. Natürlich war ich selbst daran schuld. Ich hatte ja seine Frage, ob wir noch einmal spielen könnten, nicht verneint. Ich hätte doch sagen können: »Ich weiß nicht. Aber ich glaube, eher nicht. Wissen Sie, Hochkeppel hat mich so mit Arbeit eingedeckt, dass ich kaum noch zum Schlafen komme. Von Freizeit gar nicht zu reden. Wie bitte? Na ja, Leuteschinder will ich nicht gerade sagen. Aber er nimmt einen ran, das ist schon richtig.«

Hatte ich aber nicht gesagt. Also brauchte ich mich nicht zu wundern, dass er nach einer Woche nachfasste und mich an meine Zusage erinnerte. Peinlich für mich, aber durchaus verständlich.

Und es schien ihm tatsächlich nicht gutzugehen. War diese Husterei ein neues Symptom der voranschreitenden Krankheit? Spürte er, wie sie sich weiterfraß in ihm, in seinem Hirn, in seinen Muskeln? Cilly abgehauen, Olga auch nicht mehr da. Wird auch sonst keine Sau mehr kommen?

Hockte er da allein in seinem Lehnstuhl an der offenen Balkontür? Hatte in dem totenstillen Haus die Angst ihn gepackt? Die panische Angst, der Tod strecke sachte die Knochenhand nach ihm aus?

Verdammt. Verflucht. Ich wollte aber nicht zu ihm fahren. Mich an seiner Seite in diesem Haus begraben. Zusehen, wie das spastische Muskelzucken über ihn kam. Wie er sich in die Hose... pisste, ja, was denn sonst? Sollte ich ihn etwa säubern und trockenlegen, wenn schon sonst keine Sau mehr sich um ihn kümmerte?

Ich löschte den Anruf und wählte Fraukes Nummer.

Sie meldete sich nicht.

Ich ließ mich auf dem Sofa nieder, starrte vor mich hin. Nach einer Weile ließ ich den Kopf auf die Lehne zurücksinken.

Irgendjemand hatte mir mal gesagt, er finde diese Position sehr bequem, sehr entspannend, weil man in ihr nur die weiße Zimmerdecke zu Gesicht bekomme, aber er vertrage das leider nicht, manchmal überkomme ihn sehr schnell ein Schwindel, wenn er so nach oben schaue, es nutze auch nichts, die Augen zu schließen, dann sei es mit der Entspannung vorbei, ihm werde übel, und er müsse den Kopf möglichst schnell wieder heben. Hochkeppel? Nein, selbst wenn er sich diese undisziplinierte Position schon einmal erlaubt hatte, würde er es mir nicht eingestehen.

Hochkeppels Frau? Ja, sicher, die mollige, freundliche Gattin. Sie hatte es mir irgendwann erzählt, bei einer Geselligkeit, vielleicht beim Juristenball. Sie hatte mich gefragt, wie ich denn den Stress vertrüge, vor Gericht, aber auch in der Kanzlei, in der Kanzlei gebe es doch wahrscheinlich auch gerade genug davon, sie kenne doch ihren Mann.

Ich hatte geantwortet, ach, das sei so schlimm nicht, ich käme ganz gut damit zurecht, und sie hatte, als wäre sie schwerhörig und glaubte, ich hätte ihre Vermutung bestätigt, mir von diesem Anti-Stress-Rezept berichtet, das sie leider nicht anwenden könne, des Schwindels wegen. Aber ich als junger Mensch kennte wahrscheinlich solche Schwindelanfälle gar nicht, und ich könne es ja mal probieren.

Wie alt mochte sie sein? Fünfundsechzig vielleicht. Oder auch älter, doch. Wenn *er* ein Jahr jünger war als Klofft, dann mochte sie auch schon siebzig sein, wie Cilly.

Plötzlich kam mir die Erinnerung an Herrn Manderscheidts Geschichte vom geilen Hund. Wollte Klofft mich in sein Haus holen, um mit mir abzurechnen? Und würde er, sobald ich ihm die Zusage gegeben hatte, sein Schlägerkommando in Marsch setzen, um mir – auf der Rückfahrt wahrscheinlich, weil er mir zuvor noch die Meinung sagen wollte – einen Denkzettel zu verpassen?

Quatsch. Was für ein Quatsch! Der Mann war am Ende, er litt wie ein Hund, in seiner Einsamkeit. Und womöglich war er sogar drauf und dran zu sterben. Selbst wenn er den Verdacht gehabt haben sollte, zwischen seiner Frau und mir habe sich etwas angebahnt, selbst wenn er die Absicht gehabt haben sollte, sich dafür an mir zu rächen – davon konnte jetzt doch nicht die Rede sein. Er hatte mich um Hilfe gerufen!

Womöglich hätte ich in den nächsten Minuten wieder Zweifel an meiner Auslegung bekommen und mir eine andere Version überlegt, vielleicht doch wieder die Denkzettel-Theorie, aber ich kam nicht dazu. Das Telefon klingelte. Es war Frauke.

Sie war anscheinend übellaunig, legte gleich los und fragte mich, was ich wolle und ob mir die Decke auf den Kopf gefallen sei. Nein, ganz im Gegenteil. Aber *ihr* sei es ja offenbar in der Wohnung zu eng geworden. Wieso denn das? Na, sie sei doch unterwegs gewesen; oder ob sie nur nicht ans Telefon hätte gehen wollen?

Ach, dummes Zeug! Sie sei um die Ecke ins Café Krämer gegangen, weil sie Lust auf was Süßes gehabt habe. Aber das sei ja schrecklich, so ein Café am verkaufsoffenen Samstagnachmittag, lauter alte Weiber mit Einkaufstüten und zurechtgemacht, aber durchgeschwitzt, und der Kuchen sei auch nicht besonders gewesen, die Hälfte habe sie stehenlassen.

Ich sagte, na ja, vielleicht könne ich ihr was Besseres bieten. Sie sagte, da sei sie aber mal gespannt. Ich fragte, ob ich sie zum Abendessen denn ins ›Étoile‹ einladen dürfe.

Nach einem Zögern fragte sie: »Meinst du ›L'Étoile‹… das Restaurant?«

»Ja, natürlich. Heute Abend.«

Sie fragte mich, ob ich im Lotto gewonnen hätte. Ich sagte: »Nein. Aber beim Pferderennen.« Sie fragte, ob ich mich schon am frühen Morgen betrunken hätte, und ich erzählte ihr die Geschichte von Herrn Manderscheidt und dem halbkriminellen Milieu und seinem Theologiestudenten mit der Piepsstimme und vor allem von *Black Desire* und dem Mädchen, das verheizt werden sollte und mir sechshundert Euro eingebracht hatte.

Fraukes Laune besserte sich wesentlich, und als ich sie am Abend abholte, trug sie ein kleines Schwarzes, das ich noch nicht kannte, sehr schlicht, sehr elegant, und dazu das Halsband, das ich ihr zu Weihnachten geschenkt habe. Bei der Zusammenstellung des Menüs und der Getränke war sie nicht ganz so schlicht, wir begannen mit einem Glas Champagner, zum Hauptgang schlug sie eine Flasche Côtes du Rhône vor, die knapp unter neunzig Euro kostete, mein Seeteufel war verhältnismäßig billig, aber am Ende zahlte ich reichlich zweihundert Euro.

Immerhin war der Abend das Geld wert, Frauke war sehr gut aufgelegt, sie unterhielt sich und mich recht kurzweilig, und ich hatte sogar große Mühe, mich nicht darauf festlegen zu lassen, mit ihr gemeinsam am folgenden Tag, dem Sonntag, auf die Rennbahn zu gehen. Ich ließ das Auto stehen, und wir fuhren mit dem Taxi zu mir.

Am Sonntagmorgen waren wir noch mit den Zeitungen beschäftigt, als das Telefon klingelte.

32

Es war Klofft. Sein Krächzen kam so eruptiv durchs Telefon, dass ich erschrak, ich entfernte den Hörer ein wenig vom Ohr. Frauke blickte von ihrer Zeitung auf. Ich sagte: »Guten Morgen, Herr Klofft. Ich hab Ihren Anruf gestern noch abgehört, aber es war zu spät. Ich bin erst gestern Abend nach Hause gekommen.«

Frauke senkte ihre Augen wieder auf die Zeitung. Sie mag keine Lügen, und deshalb wollte sie offenbar jeden Anschein einer Teilnahme an dem, was ich da mit meinem Mandanten trieb, vermeiden. Ich sagte: »Ich hätte allerdings auch nicht kommen können. Ich war verabredet.«

Frauke blickte noch einmal einen Wimpernschlag lang von ihrer Zeitung auf.

Klofft krächzte: »Macht ja nichts, macht ja nichts. Schnee von gestern.«

Nach einem Zögern sagte ich: »Aber ich hätte Sie gleich auch angerufen.«

»Fabelhaft, ja. Wirklich.« Er schwieg einen Augenblick lang, dann brachte er wie unter einer schmerzhaften Spannung heraus: »Fabelhaft. Heißt das … dass Sie heute Morgen … kommen wollen?«

Verflucht! Nein, ich will nicht im Geringsten, verehrter Herr Klofft! Ich will hier mit meiner Freundin, mit meinem Schatz sitzen bleiben und in Ruhe zu Ende frühstücken und die Sonntagszeitungen durchstudieren, und danach möchte ich mit ihr vielleicht auf den Flohmarkt gehen, wenn's auch heute einen geben sollte, den Flohmarkt, verstehen Sie, dessen Besuch Sie uns schon beim letzten Mal verdorben haben mit Ihrer verdammten Einladung zu einem Spielchen. Und danach gehen wir vielleicht auf den Rennplatz zum Mittagessen und zum Pferderennen, und da werde ich das Lederzeug der Pferde und die Stiefel der Jockeys schnuppern und einsaugen, und den Schweißgeruch der Pferde und meinetwegen auch ihre Fürze, aber nicht die

Pisse, mit der Sie, sehr geschätzter Mandant, Ihr Unterzeug und Ihre Hose einnässen.

Denn auf dem Flohmarkt, auf dem Flohmarkt und auf der Rennbahn, verehrter Herr Klofft, da kann ich das Leben riechen. Aber in Ihrem Haus, in dieser Leichenhalle im Grünen, da rieche ich nur noch den Tod.

Da er beharrlich auf meine Antwort wartete, wurde die Pause peinlich. Ich sagte: »Nun …« Ich warf einen Blick auf Frauke, die sich über ihre Zeitung beugte. Ich sagte langsam: »Nun, es ist also so … dass ich –«

Er unterbrach mich mit einem unartikulierten, hohen Ton, der fast klang wie ein Quieken. Dann räusperte er sich heftig, und schließlich brachte er hervor: »Sagen Sie mir nicht, bitte nicht, dass Sie … dass Sie schon wieder eine Verabredung haben, ich meine …«, und dann fuhr er in immer schnellerem Tempo fort: »… ich will sagen, dass Sie sich natürlich verabreden können, mit wem und wie oft Sie wollen, aber es wäre mir, nun, gerade heute, es wäre mir … sehr … unwillkommen, und warum, ja, warum? Weil mir heute … ach, mir ist heute so … so … wie …«

Er brach ab. Ich wusste nicht, was ich sagen sollte. Ich hörte leise, ächzende Atemzüge, halbe Laute, die ihm offenbar wider Willen entfuhren, als habe er unendlich Wichtiges mitzuteilen, aber es mangele ihm an den Worten. Dann sagte er: »Mir ist heute so …«

Ich fragte: »Wie denn? – Wie ist Ihnen denn?«

Wieder brabbelte und stammelte er vor sich hin.

Ich fragte: »Sind Sie allein?«

Er sagte: »Ja. Allein im Haus. Alle weg.« Er ächzte. »Alle verschwunden.«

Ich fragte alarmiert: »Soll ich Ihren Arzt anrufen?«

Er fuhr mich an: »Sind Sie meschugge?! Der verfrachtet mich doch ins Krankenhaus! Sofort.« Nach einer Pause sagte er: »Der entsorgt mich.«

Ich wollte ihm auf diesen Unsinn eine Antwort geben, aber ich war mir nicht sicher, ob es eine angemessene Antwort sein würde.

Unversehens sagte er mit kleiner, aber klarer Stimme: »Anwalt... wenn's geht, dann kommen Sie. Kommen Sie, bitte.« Nach wieder einer Pause sagte er: »Ich brauche Sie, Anwalt. Bitte.«

Ich sagte: »Es kann ein bisschen dauern. Ich hab gestern Abend mein Auto in der Innenstadt stehenlassen. Aber ich komme. So schnell wie möglich.«

Frauke hob den Kopf und sah mich an.

Er sagte: »Danke.« Dann legte er auf.

Ich stand auf, sah Frauke an. »Es tut mir leid. Aber ich kann ihn nicht da sitzenlassen. Es geht ihm offenbar sehr schlecht. Und es ist niemand bei ihm, der sich um ihn kümmert.«

Frauke nickte. Dann sagte sie: »Ist er nicht ein widerwärtiges Ekel?«

Ich sagte: »Das war er. Und vielleicht ist er es immer noch, manchmal. Aber er ist schwer krank.«

Sie fragte: »Wo ist denn Cilly? Frau Klofft?«

»Keine Ahnung. Vielleicht weiß er das nicht einmal selbst. In ihrem Atelier, vielleicht.«

Sie nickte.

Ich sagte: »Entschuldige, aber ich muss jetzt wirklich...«

Sie sagte: »Ja, ja, geh nur.« Sie sah um sich. »Ich räume

hier noch auf. Und dann gehe ich auch. Den Schlüssel werfe ich in den Briefkasten.«

Ich bestellte mir ein Taxi, lief mit schnellen Schritten auf dem Bürgersteig hin und her, bis es kam, ließ mich zum Parkplatz des ›Étoile‹ fahren.

Während ich mit meinem Auto zur Ausfahrt des Parkplatzes fuhr und die Schranke öffnete, überkam mich noch einmal meine Vermutung, ich führe meinem Denkzettel entgegen, der Tracht Prügel, wenn nicht Schlimmerem, die Klofft für mich geordert hatte. Überhitzte Phantasien. Genauso überhitzt vielleicht wie mein Verlangen nach Cilly. Die Realität war prosaischer, aber nicht weniger brutal: Cilly hatte kein Verlangen nach mir. Und mit Klofft ging es zu Ende.

Als ich von der Schnellstraße abbog und auf die Allee der alten Ulmen gelangte, überfiel mich plötzlich die Frage, wie ich denn ins Haus kommen sollte, wenn niemand bei ihm war? Er konnte doch nicht die Treppe herunterkommen und mir die Tür öffnen?

Vielleicht würde er mit seinem Gehkarren bis an den Treppenlift kutschieren, sich auf den Lift setzen und die Treppe hinabfahren. Vielleicht hatte Olga ihm einen zweiten Gehkarren an den Fuß der Treppe gestellt, und mit dem würde er sich dann zur Tür bewegen und sie öffnen?

Ja, ja, vielleicht *hatte* er das einmal gekonnt! Aber so, wie ich ihn die letzten Male erlebt hatte, war er mittlerweile dazu kaum noch fähig. Er hatte doch schon hin und her geschwankt, wenn er sich nur in seinen Drehstuhl gesetzt hatte, er hatte sich doch nur aufs Ungefähre in den Stuhl plumpsen lassen!

Mein Mund verzerrte sich, ich zog den Kopf ein wenig ein, als ich in meiner Einbildung das jähe, polternde Geräusch hörte, das aus dem Haus drang, nachdem das Glockenspiel ein Weilchen verklungen war. Danach hörte ich nur noch ein leises Stöhnen. Und dann einen grässlichen, geborstenen Schrei: »Hilfe!«

Er war aus seinem Treppenlift gefallen und danach die Treppe hinab in die Diele gestürzt, lag dort unten mit gebrochenen, absurd verdrehten Gliedern.

Ich lauschte angespannt, nachdem ich das Glockenspiel betätigt hatte. Aber es war kaum verklungen, als der Lautsprecher über der Klingel knackte. Ich hörte Kloffts Stimme, verzerrt, aber sie war zu erkennen: »Kommen Sie rein, ich bin oben!« Der Türöffner brummte, ich trat ein.

In der Diele war niemand zu sehen. Ich ging die Treppe empor. Die Tür zu seinem Zimmer stand offen. Ich trat ein, behutsam, als besuchte ich einen bettlägerig Kranken.

Er saß in seinem Drehstuhl hinter dem Arbeitstisch, auf dem das Schachspiel aufgebaut war. Er lächelte mich an, nein: er versuchte mich anzulächeln. Aber seine Gesichtszüge bewegten sich kaum. Es blieb bei dieser stereotypen, ein wenig grinsenden Grimasse, die mich bei meinem letzten Besuch so gereizt hatte. Die Starre hatte sich seit dieser letzten Begegnung noch verfestigt. Weil er ein wenig vornübergebeugt in seinem Stuhl saß, die Hände unter dem Tisch, musste er mich wie von tief unten anblicken. Mir fiel auf, dass seine Augen starr wirkten, starr und fast so, als habe er sie in einem heftigen Schreck weit aufgerissen.

Es war die Krankheit, da war ich sicher. Die Akinese, ja.

Ich reichte ihm die Hand und bedachte zu spät, dass ihn

das in Verlegenheit bringen könnte. Er brachte seine Rechte unter dem Tisch hervor, streckte sie langsam aus, sie zitterte. Ich nahm die Hand, drückte sie, aber nur kurz, und ließ sie los. Er legte sie auf den Tisch, sie zitterte, deutlich, obwohl er sie auf der Tischplatte zu stabilisieren versuchte. Auch von diesem Symptom hatte ich gelesen, es war der Tremor.

Er zog die Hand wieder unter den Tisch.

Ich setzte mich in den Stuhl ihm gegenüber. Er wies auf das Schachspiel: »Olga hat es schon gestern herausgeholt. Und ich hab's aufgestellt.«

Ich nickte. Dann fragte ich: »Ist sie heute gar nicht da?«

Er sagte: »Sie kommt nachher. Will mir eine Suppe machen. Und ein Stück Kuchen. Selbstgebacken. Dessert. Mehr geht heute nicht. Weil ihr Mann nicht arbeitet. Hängt zu Hause rum und ...« Er gab einen Laut von sich, der vielleicht ein Lachen hatte sein sollen. Er sagte: »Arschloch.«

Ich nickte. Er sagte: »Einen Schluck trinken?« Er wies auf den Weinkühler, aus dem eine Weinflasche und eine Flasche Mineralwasser herausschauten. »Hat meine Frau mir heute Morgen hingestellt.«

Ich sah, dass das Wasserglas, aus dem er getrunken hatte, leer war. Als er langsam die Hand unter dem Tisch hervorbrachte und sie zitternd in Richtung des Kühlers bewegte, sagte ich: »Moment mal!« Ich stand auf, nahm die Wasserflasche aus dem Kühler und goss ihm ein. Dann goss ich Wasser auch für mich in das leere Glas, das auf einem kleinen Tablett neben dem Kühler stand. Ich setzte mich wieder und trank.

Er hatte die Hand auf den Tisch neben sein Glas gelegt.

Sie zitterte verhalten. Er schaute unschlüssig auf das Glas. Das Zittern wurde heftiger, als er die Hand hob, um nach dem Glas zu greifen.

Ich sagte: »Moment, Moment, ich …« Ich sprang auf, ging um den Tisch herum, trat neben ihn und griff nach dem Glas. Plötzlich wurde mir bewusst, dass ich im Begriff war, ihn auf unverzeihliche Art zu beleidigen. Ich sagte: »Ich weiß nicht … darf ich?«

Er sagte: »Bitte.«

Ich führte das Glas behutsam an seine Lippen. Er legte den Kopf ein wenig nach hinten und trank, was ich ihm in den Mund goss, vorsichtig, aber offenbar durstig. Erst als das Glas zu drei Viertel leer war, gab er einen unartikulierten Laut von sich und sagte, als ich das Glas von seinen Lippen nahm: »Genug!«

Ich stellte das Glas ab, goss es wieder voll und setzte mich auf meinen Platz. Während ich trank, sagte er: »Danke!«, und nach einer Weile fügte er hinzu: »Ja, ja, mein Lieber!«

Er schwieg eine lange Zeit, dann fuhr er fort: »Ja, ja, der Lack ist ab.« Er lachte krächzend, mit starrem Blick. »Und nicht nur der Lack. Da haben sich mittlerweile Löcher aufgetan, faustgroße, mein Lieber. Rostlöcher. Eklige Lücken. Sieht aus, als ob das Ding den Brand hätte, irgendeine stinkige Krankheit. Und da gibt es nichts mehr zuzuspachteln und zu überspritzen und polieren. Nein, nein, da kannst du nur das ganze Teil wegschmeißen.«

Ich sagte: »Na, na! Jetzt wollen wir doch nicht gleich übertreiben!«

Es schien, als hätte er nicht gehört, was ich gesagt hatte. Er wies auf den Tisch in der Ecke, auf dem der Computer stand. »Ich bin zum Glück ja vorbereitet. Hab ja vorgesorgt. Für solche Tage wie heute. Tage, an denen keine Sau mehr da ist, die sich um mich kümmert. An denen sich alle verziehen und mich hier auf meiner Insel zurücklassen. Wie einen Schiffbrüchigen, der den Aussatz hat.«

Er hob den starren Blick, verstärkte sein Grinsen ein wenig. »Kann es sein, dass man diese Seuche den Aussatz nennt, weil derjenige, der sie sich einfängt, von seinen Mitmenschen ausgesetzt wird?«

»Ich weiß es nicht.« Ich wollte ihn von dieser Schiene herunterholen, die ihn nur tiefer in seine Depression hineinführen würde. Ich fragte: »Aber wie meinen Sie das … dass Sie vorgesorgt haben für solche Tage?«

Er wies wieder auf den Tisch in der Ecke. »Na, unter anderem, indem ich mir sämtliche wichtigen Leitungen auch hierher hab legen lassen. Ich hab ein Mikro hier und den Lautsprecher für die Türsprechanlage. Und der Türöffner gehört natürlich dazu. Sonst hätte ich Sie doch gar nicht hereinlassen können.« Ich nickte. »Ja. Natürlich.«

»Und wenn ich's für nötig halte, dann kann ich mir auch die Gestalten ansehen, die hier hereinwollen.«

»Wie denn das?«

Er wollte wieder grinsen, und plötzlich lief ihm der Speichel aus dem Mundwinkel, er versuchte mit einem schlürfenden Geräusch, ihn einzufangen, fuhr sich an die Hosentasche, nestelte ein Taschentuch heraus und wischte sich das Kinn und den Mund ab. Dann sagte er: »Mit der Türkamera, natürlich.«

»Mit der Türkamera? Aber an der Tür ist doch keine Kamera angebracht?«

»Na, das wäre ja auch noch schöner, wenn Sie die gleich sehen würden.« Er drehte sich in seinem Sessel zum Computer hin, betätigte ein paar Tasten, und auf dem Bildschirm erschien ein Videobild des Hauseingangs, seitlich von oben aufgenommen.

Einen Augenblick lang war ich versucht, ihm zu unterstellen, dass er mir ein Standbild vorführte, aber dann flatterte plötzlich eine Blaumeise ins Bild, ließ sich auf der untersten Treppenstufe nieder, wendete sich hin und her und zeigte dabei ihren gelben Bauch, hüpfte plötzlich von der Treppe in das Blumenbeet daneben und verschwand.

Er wartete offenbar voller Stolz auf meine Reaktion. Ich sagte: »Fühlt Ihre Frau sich von solchen Einrichtungen nicht… eingeengt?«

»Meine Frau?« Er zuckte die ein wenig vorstehende Schulter. »Kann schon sein. Aber die weiß sich zu wehren, keine Sorge.« Er lachte. »Sie hat ja auch geglaubt, ich hätte ihr Atelier verwanzt. Und mit versteckten Kameras vollgestopft. Hat eine ziemlich teure Elektronikfirma damit beauftragt, alles abzusuchen und clean zu machen. Heimlich. Aber ich bin trotzdem dahintergekommen. Ich war mit dem Chef bekannt. Hatte selbst ein paarmal mit ihm zusammengearbeitet. Das Ergebnis seiner Recherche in ihrem Atelier war null. Nicht seine Rechnung, natürlich.« Er lachte. »Sie hat fast zehntausend dafür blechen müssen. Nun ja… Vertrauen ist gut – Kontrolle ist besser. Aber sauteuer.«

Er lachte. Dann fragte er: »Wissen Sie, von wem der Spruch stammt?«

»Vertrauen ist gut…? Von Lenin, heißt es.«

Er nickte. »Kluger Junge!«

»Aber das ist offenbar falsch. Was diesen Spruch angeht, meine ich. Ich hab irgendwo gelesen, dass es bei Lenin so einen Spruch gar nicht gibt. In seinen Werken, wissen Sie, in diesen zig Bänden, die in Moskau und in Ost-Berlin herausgegeben worden sind.«

»Kenne ich. Habe ich sogar. In der deutschen Übersetzung. Schöne Bände. Hab ich mal in der Buchhandlung im Bahnhof Friedrichstraße gekauft, damals noch im Osten. Waren spottbillig. Eins zu eins natürlich, aber immer noch spottbillig. Bloß stehen sie jetzt dann doch auf dem Lager. Hab immer mal in Ruhe reinschauen wollen.« Er stieß die Luft durch die Nase. »Zu spät jetzt. Wie so vieles.«

Was hatte dieser Mann mit Lenin anfangen wollen? Steckte in ihm ein verkappter Bolschewik? Ich traute ihm alles zu, selbst das. Wahrscheinlich stammte er aus kleinbürgerlichem Milieu. Und aus dem kamen bekanntlich mehr Revolutionäre als aus der Arbeiterklasse. Oder hatte er aus erster Hand erfahren wollen, wie man Menschen manipuliert?

Oder war er nur der typische Aufsteiger, der alles frisst oder zu fressen versucht, was ihm für die höhere Bildung erforderlich scheint?

Er hatte mit seinem Stuhl eine halbe Drehung vollzogen und schaute hinaus in die grünen Wipfel. Nach einer Weile sagte er unvermittelt: »Meine Frau hat mir nie nachspioniert. Jedenfalls hab ich so etwas nie bemerkt.« Er lachte. »Wahrscheinlich hat sie nie was von Lenin gehört. Oder von dem, was er angeblich gesagt hat.«

Ich sagte: »Oder sie hat nichts von Kontrolle gehalten. So etwas war ihr zuwider, früher einmal. Denke ich.«

Er schwenkte seinen Stuhl halb zurück, sah mich an, nickte. Nach einer Pause sagte er: »Oder sie hat mich nie geliebt.«

Ich war so überrascht, dass ich einen Augenblick lang schwieg. Am Ende runzelte ich die Stirn, als fände ich seine Bemerkung ganz unpassend. Ich fragte: »Wie meinen Sie das?«

»Ganz einfach. Wer nicht liebt, ist auch nicht eifersüchtig. Will sagen, der hat auch kein Verlangen nach Kontrolle. Oder?«

»Wollen Sie sagen, dass … dass Liebe und Eifersucht … dass sie sozusagen zueinander gehören?«

»Ja. Ist es denn nicht so?«

Die starren, weit aufgerissenen Augen schienen mich zu belauern. Der verzerrte Mund schien zu lächeln.

»Ich weiß nicht.« Dann sagte ich: »Aber ich glaube nicht, dass das so ist. Sicher, es gibt wahrscheinlich nicht wenige Menschen, die –«

Er fiel mir ins Wort: »Ja, ja, schon gut, natürlich gibt es die! Es gibt diese Leute, die erfahren oder schon lange wissen, dass ein anderer oder ein paar von dieser Sorte, dass Hinz und Kunz ihre Frau vögeln! Leute, die erfahren, dass ihre eigene Frau sich von einem anderen oder mehreren anderen flachlegen lässt! Und denen das am Arsch vorbeigeht! Solche Leute, meinen Sie?!«

»Ich würde das anders ausdrücken, aber … ja, im Wesentlichen meine ich so etwas. Und solche Leute … lieben vielleicht ihren Partner sehr, und es ist ihnen auch keineswegs gleichgültig, dass er … schon mal einen anderen hat, aber … sie können damit leben. Sie laufen nicht Amok deshalb.«

Er nickte nachdrücklich. »Nicht Amok – nein, das tun sie nicht!« Er blickte hinaus, rückte sich ein wenig in seinem Lehnstuhl zurecht. Dann sagte er: »Ich will Ihnen mal was erzählen.« Er rieb sich die Stirn, tat einen tiefen Atemzug, fuhr schließlich fort: »Ich bin in dieser Stadt hier geboren. Und aufgewachsen.«

O Gott! Wie weit wollte er den Bogen denn schlagen?

Er sagte: »In einem Vorort. Ist im Krieg ziemlich brutal zerbombt worden, aber sie haben die Löcher mittlerweile geschlossen und einiges sogar so wie früher wiederhergestellt, ganz hübsch. Heute wohnen die Türken da. Haben das Viertel heimlich, still und leise überrollt. Auch in dem Haus, in dem wir gewohnt haben. Es war ein Dreifensterhaus, gebaut um die Jahrhundertwende oder kurz vorher. So wie die meisten in der Straße. In den Gründerjahren. Vom Geld, das wir im deutsch-französischen Krieg den Franzosen abgenommen haben.«

Er unterbrach sich, schaute mich an: »Sie kennen das Dreifensterhaus?«

Ich zögerte. »Ich bin mir nicht sicher …«

»Das heißt, Sie kennen es nicht! Doch kein kluger Junge.«

Ich sagte ungehalten: »Was soll das? Ich nehme an, es hat drei Fenster!«

Er warf mir einen spöttischen Blick zu. »So, nehmen Sie an! Richtig, jawoll, Volltreffer! Es hat drei Fenster, jawoll! Aber es hat sie *mehrfach, in mehreren Reihen*, Sie Schlauberger! Es gibt sie nämlich zweigeschossig oder dreigeschossig oder auch vier-, fünfgeschossig, die Dreifensterhäuser, je nachdem wie der Bebauungsplan war. Oder wie viel Kies der Bauherr hatte. Aber die drei Fenster vornheraus hatten sie in *jedem* ihrer Geschosse! Klar? Nur unten nicht, natürlich. Da musste ja noch die Haustür rein. Alles klar, Schlauberger?«

»Ja, danke, hab ich verstanden. Aber jetzt sagen Sie mir mal, Sie Siebengescheiter, warum ich das wissen sollte?«

Er streckte den Kopf ein wenig vor: »Weil Sie in dieser Stadt leben! Herr Doktor! Und weil Sie an allen Ecken und Enden auf solche Häuser stoßen!« Er schüttelte den Kopf, dann fragte er mit einem zweifelsvollen Blick: »Worüber haben Sie eigentlich promoviert?«

Da war sie, die Frage, die ich schon seit einiger Zeit befürchtet hatte. Allerdings hatte ich sie eher von Cilly erwartet als von ihm. Aber es war unangenehm genug, dass *er* sie ausgerechnet jetzt stellte.

33

Ich zögerte, doch dann sagte ich: »Über Wirkungen des germanischen Treuebegriffs in Rechtsvorstellungen des Mittelalters.«

Er starrte mich eine Weile an, dann sagte er: »Tatsächlich? Kein Scherz? So heißt das Ding?«

»Wortwörtlich so. Das ist der Titel meiner Dissertation.«

»Und solche… Wirkungen gibt es tatsächlich?«

»Nicht viele, ja. Aber einige schon. Tatsächlich.«

»Also, wissen Sie! Wer hätte…«, ein heftiges Lachen überkam ihn, er unterdrückte es mühsam und fuhr mit angestrengter, hoher Stimme fort, »… wer hätte das von den alten Germanen gedacht! Ich habe nur gewusst, dass sie

Bären gejagt und Met gesoffen haben. Und dicke blonde Weiber gestemmt, natürlich!« Er ließ dem Lachen freien Lauf, geriet auch wieder ins Husten, überwand das nach einigem Rotzen und Speien.

Ich zeigte auf das Wasserglas, sah ihn fragend an, er winkte ab. Schließlich hing er erschöpft in seinem Lehnstuhl, die Augen noch nass vom Lachen. Er sagte: »Ausgerechnet Sie als Fachmann für Treue! Wunderbar!«

Mich beschlich ein unbehagliches Gefühl, aber ich schwieg. Er zog sein Taschentuch, wischte sich die Augen aus und sagte derweil: »Aber dann werden Sie die Geschichte, die ich Ihnen erzählen wollte, bestimmt verstehen.«

Er steckte das Tuch weg, richtete sich ein wenig auf, sah hinaus. »Also. Das Dreifensterhaus. Ein sehr verbreiteter Wohnhaustyp. In dieser Stadt. Überall im Rheinland. In ganz Deutschland, denke ich. Und vermutlich auch darüber hinaus, Nordfrankreich, zum Beispiel. Belgien! War ursprünglich womöglich als Einfamilienhaus konzipiert. Wurde aber wegen des gewaltigen Bevölkerungszuwachses der Städte provisorisch als Mietshaus für mehrere Parteien eingerichtet. Provisorisch und dauerhaft.«

Er begann, mit der Rechten eine Art Skizze in die Luft zu malen. »Drei Zimmer pro Etage, eins hinten raus, neben dem Treppenhaus, und zwei nach vorn, nämlich ein größeres, mit zwei Fenstern, und ein handtuchschmales, mit dem dritten Fenster. In dem schmalen konnte man die Küche unterbringen. Und in den beiden größeren konnte pro Etage dann schon eine sechs- oder siebenköpfige Familie unterkommen und schlafen. Mussten halt ein bisschen zusammenrücken.«

Er sah mich an, hob den Zeigefinger, senkte ihn aber sofort wieder. »Und der große Vorteil dieses Haustyps war, dass er an den Seiten keine Fenster benötigte! Man konnte die Dinger also reihenweise nebeneinanderstellen, dicht an dicht. Was die Baukosten senkte. Und übrigens auch die Heizkosten. Obwohl damals noch niemand darüber geredet hat. Braunkohlebriketts waren billig. Der Kohlenmann zog mit seinem Pferdewagen oder der Handkarre durch die Straßen und schüttete einem, wenn's nötig war, zwei oder drei Sack durch die Luken unter dem Erdgeschoss in den Keller.«

Er schwieg, nickte, begann wieder, die Lippen stumm zu bewegen, als rufe er die Erinnerung in sich wach und genieße sie. Nach einer Weile sagte er:

»Unser Haus stand in einer Reihe mit drei anderen Dreifensterhäusern. Alle vier die gleiche Höhe, zwei Obergeschosse. Machte mit dem Erdgeschoss also pro Haus drei Wohnungen für drei Mietsparteien. Nebenan wohnte der Hauseigentümer, das ganze Haus nur für seine Familie. Hatten zwei Wohnzimmer. Und ein Klavier. Waren gar nicht so viele, nur der Hausherr, seine alte Mutter und seine Tochter. Seine Frau war nie zu Hause, war schwer krank, in einem Heim untergebracht. Ja. Und ein Dienstmädchen hatten sie, Gundel. Die wohnte in einer Mansarde über der zweiten Etage.«

Meine Ungeduld setzte mir zu. Mein Gott, worauf wollte er hinaus? Ich bewegte mich unwillkürlich, suchte mir eine andere Sitzposition. Er sagte: »Moment … bin gleich so weit!«

Nach einer kleinen Pause fuhr er ein wenig beschleunigt

fort: »Sie müssen wissen, dass unsere Häuser schon etwas vergrößert waren. Jedes hatte einen schmalen Anbau, halbe Hausbreite, zum Hof hin. Bei uns, auf der ersten Etage, war darin die Küche untergebracht und dahinter das Bad… na ja: ein Zimmer mit der Badewanne. Unverkleidet das Ding. Auf vier Löwenfüßen. Und dahinter… dahinter eine Veranda, aus Holz gezimmert. Blumenkästen auf der Brüstung, auch ein paar Tomatenstöcke.«

Er holte Luft, bewegte sich in seinem Stuhl. »Und von diesem Ausguck, dieser Veranda, die sich durch meine Phantasie zeitweise in das Steuerhaus eines Piratenseglers verwandelte, von dort oben die Aussicht in die Höfe des Blocks, der Blick auf einen buntscheckigen Flickenteppich aus schmalen Streifen, wie unser Hof, der Blick aber auch auf grüne, wuchernde Winkel, Schuppen mit Flachdächern aus grauem Blech, eine Lagerhalle in dem Hof eines größeren Hauses, die zu einer Lebensmittelhandlung gehörte. Und auf die… die unverhüllten Rückseiten anderer Häuser.«

Er nickte, dann gab er einen Laut von sich, als lache er. Er sagte: »In dem Haus gegenüber wohnte ein Mädchen. Gegenüber, in einem der Häuser auf der anderen Seite des Blocks, also ziemlich weit weg. Altes Haus, die Rückseite, die ich sehen konnte, aus unverputzten rotbraunen Ziegelsteinen, wie all die Anbauten ringsherum. Der Putz wäre halt zu teuer geworden, hinten heraus. Außerdem war das ja auch ein kerniges, schönes Material, dieser braune Ziegelstein. Na, ist ja auch egal.«

Er hielt ein, fuhr dann fort. »Das Mädchen also. War ein Bild von einem Mädchen. So alt wie ich, also sieben oder acht, als ich sie zum ersten Mal sah. Und dann halt jedes

Jahr ein Jahr älter. Und größer. Und schöner.« Er seufzte. »Blond. Lange, dicke Zöpfe. Weiße Zähne. Genau so, wie die Nazi-Maler die schönen germanischen, die deutschen Mädchen gemalt haben. Ich weiß nicht, ob Sie mal so ein Bild von damals gesehen haben.«

Ich nickte. »Ich denke, ja.«

Er versuchte zu grinsen. »Aha, Sie denken!«

Ich sagte wie beiläufig: »Adolf Ziegler. Sepp Hilz.«

Er zog die Augenbrauen hoch, versuchte, den Mund zu runden. »Donnerschlag! Was ist *das* denn?! Sie wissen ja tatsächlich was davon?!«

Ich lächelte, schüttelte bedauernd den Kopf, als hätte ich Mitleid mit seiner Besserwisserei. Dann sagte ich betont nüchtern: »Meine Freundin arbeitet beim Feuilleton. Sie ist Kunstexpertin.«

»Die Frau sollten Sie sich warmhalten! Von der können Sie was lernen, scheint mir.«

Ich sagte: »Ja. Selbstverständlich. Ich vermute, dass *Sie Ihre* Kunstkenntnisse im Wesentlichen Ihrer Ehefrau verdanken.«

Er sah mich starr an, wandte dann den Blick zur Seite. Er sah den Weinkühler, hob eine Hand und wies darauf. »Jetzt könnten Sie mir mal ein Glas von dem Wein eingießen.«

Während ich dabei war, den Korken zu ziehen, fragte er: »Kennen Sie denn auch den Spitznamen von Adolf Ziegler?«

Als ich den Kopf schüttelte, sagte er: »Reichsschamhaarmaler. Er malte ja weibliche Akte wie aus dem Bilderbuch der Nazis. Unter Hitler war er dann Präsident der Reichskammer für Bildende Künste geworden. Daher.«

»Hübsch.«

Er sah mir zu, wie ich den Wein eingoss, wedelte ungeduldig mit der Hand, als ich nach dem Probeschluck einhielt. Ich goss das Glas voll.

Er sagte: »Weniger offiziell wurde er dann auch *Meister des deutschen Schamhaares* genannt. Aber der Spitzname von Hilz war auch nicht schlecht.«

»Und wie war der?«

»Hilz war ja auch ein Fan der deutschen Bauerntöchter, dieser Hochgewachsenen mit der weißen Haut und dem Samtband um den Hals, er hat sie reihenweise zu Aktgemälden verarbeitet. Und er hat eine Zeitlang auch im Stil von Wilhelm Leibl gemalt. Deshalb haben sie ihn dann den Unterleibl genannt.«

Der Mann war hinfällig, mehr oder weniger. Aber seine Neigung zum Anzüglich-Anrüchigen, wenn schon nicht Obszönen schien ungebrochen.

Ich sah, dass er nicht wusste, wie er das Weinglas zum Mund führen sollte, also trat ich neben ihn und legte meine Rechte an das Glas. Ohne ein weiteres Wort bog er den Kopf ein wenig zurück und wartete darauf, dass ich ihn trinken ließ. Ich führte das Glas an seine Lippen, gab ihm einen Schluck, setzte das Glas ab.

Er ließ den Wein im Mund rollen, schluckte, dann sagte er: »Was ist – wollen Sie jetzt neben mir stehen bleiben und mir Schlückchen für Schlückchen verabreichen? Das bringt es doch nicht! Also los – ex und hopp!«

Ich hatte starke Zweifel daran, dass ihm das bekommen würde, aber was sollte ich tun? Ich hob das Glas an, und er trank es leer, in einem kräftigen Schluck nach dem anderen.

Als ich das Glas abstellte, wies er mit einer kurzen Handbewegung auf den Kühler. Ich füllte das Glas noch einmal, dann setzte ich mich auf meinen Platz ihm gegenüber.

Er zögerte einen Augenblick, als sei er nicht schlüssig, ob er eine weitere Zufuhr verlangen sollte. Schließlich ließ er das. Er sagte: »Das Mädchen von gegenüber also.«

Er nickte, dann fuhr er fort: »Sie ging mit der Tochter unseres Hauseigentümers zur Schule. Gingen in eine Klasse. Zuerst sah ich sie wohl gemeinsam, auf dem Schulweg. Die blonden Zöpfe von hinten. Sie baumelten, flogen hin und wieder in die Höhe. Oder zur Seite. Wenn die Unterhaltung lebhaft wurde. Und Kniestrümpfe. Weiße Kniestrümpfe, meine ich. Nicht solche gerippten, braunen langen. Wie sie viele trugen. Mit Leibchen, an das sie angeknöpft wurden. Auch Jungen. Nein, was sie trug, hatte Schick.« Er lachte.

Nach einem schnellen Seitenblick auf das Glas, dann auf mich, sagte er: »Und dann sah ich sie ja auch von vorn. Aus größerer Nähe. Sie kam zu Luise. Das war die Tochter unseres Hauseigentümers. Zum Aufgabenmachen. Und zum Spielen.« Er lachte. »Mit Luise war ich oft zusammen. Zum Spielen und zum Spinnen. Manchmal krochen wir auch gemeinsam unters Bett. Ins Dunkle. Ich weiß nicht mehr, unter welchem Vorwand wir das taten. Wahrscheinlich mussten wir uns vor Verbrechern, die in die Wohnung eingedrungen waren, verstecken. Jedenfalls krochen wir da aneinander. Im Dunkeln, unter dem Bett. Und rieben uns aneinander. Und wussten nicht, warum wir so aufgeregt dabei waren.«

Plötzlich sagte er heftig: »Quatsch! Natürlich wussten wir, warum wir aufgeregt waren! Weil wir was Verbotenes taten. Aber Schönes. Es hatte was mit Unkeuschheit zu tun. Sechstes Gebot, das kannten wir. Na ja, zu mehr als Reiben ist es ja nicht gekommen. Seite an Seite, mehr war da nicht.«

Er seufzte. »Bloß hab ich das mit Nora … Nora hieß sie, die mit den blonden Zöpfen, mit Nora hab ich das nie geschafft. Luise kam nie mit ihr zu mir. Und wenn Nora bei ihr war, hatte ich keinen Zutritt. Zumindest habe ich mich nie getraut, zu den beiden hinüberzugehen. Durch das Pförtchen in der Bruchsteinmauer zwischen den beiden Höfen. War vielleicht dumm. Vielleicht haben sie auf mich gewartet. Aber eingeladen wurde ich jedenfalls nicht.«

Er lachte. »Versteckt vor mir haben sie sich aber auch nicht. Wenn ich mir auf der Veranda zu schaffen machte, mit Späherblicken hin und wieder, hinüber zu dem Anbau auf der anderen Seite, hinter der Mauer … dann zeigten sie sich manchmal. Plötzlich ging ein Fenster auf, in dem Anbau drüben, ein Küchenfenster oder eins in dem Wohnzimmerchen daneben. Und dann hörte man ein Gepolter und Gekicher und Gewusel. Und dann erschienen sie aus dem Halbdunkel und zeigten sich im Fenster und machten ihre Faxen. Verkleidet natürlich, mit dem Fuchspelz der Oma oder mit einem ihrer abgelegten Hüte, verrenkten die Arme und die spillrigen Leiber und verschwanden wieder und lachten sich halb tot. Und ich … ich guckte mir die Augen aus, nach dem blonden Schätzchen.«

Er nickte, lächelte, schwieg eine Weile. Dann sagte er: »Natürlich sahen auch andere Knaben, was da für ein Goldstück herumlief. Ich weiß nicht, ob sie auch auf dem Korso zu sehen war, diesem Stück Vorstadtboulevard unter Lindenbäumen, der von der Hauptstraße hinabführte bis zu einer schönen Parkanlage, nahe am Fluss. Im Frühling und Sommer versammelte sich dort das junge Volk, die Halbwüchsigen, die Flaumbärtigen, die Stimmbrüchigen, die das angenehme Pochen der Hormone verspürten. Und die Mädchen, die mit den leichten Schwellungen in der Bluse. Man begab sich auf den Korso und wanderte. Auf und ab, erst zum Begucken, danach auch zum Berühren. Zum Fummeln, ja. In der Parkanlage, im Dämmerschatten der Bäume und Büsche.«

Er holte Atem, und dann sagte er abrupt: »Ich war nicht dabei. Auf dem Korso. Deshalb weiß ich auch nicht, ob *sie* dorthin ging. Und an dem Spiel teilnahm.« Nach einer kleinen Pause sagte er: »Ich konnte nicht dabei sein. Ich war nicht gesellschaftsfähig. Waren alles höhere Schüler. Die Jungen vom Gymnasium, nein, von der Oberschule, wie das damals hieß. Und die Mädchen vom Lyzeum, nein, das hieß auch nicht mehr so! Hieß auch Oberschule, glaube ich, Oberschule für Mädchen. Ich ging bloß zur Mittelschule. So hieß damals die Realschule. War jedenfalls unterklassig.«

Ich wollte ihn davon überzeugen, dass ich zuhörte und Anteil nahm, ich sagte: »Na, na … unterklassig?! Ich dachte, bei den Nazis hat es das nicht mehr gegeben?«

»Sie haben vielleicht eine Ahnung! Nein, nein, mein Lieber, das hat's zu allen Zeiten gegeben und wird's auch weiter geben, die Leute, die malochen und malochen müssen, und die anderen. Die mit dem Furz im Kopf. Die, die meinen, sie seien was Besseres.« Er sah mich an. »Außerdem hatte ich ja die Schule geschmissen. Hab Schlosser gelernt. Und damit war ich sowieso unterklassig. Und war auch nicht in der Hitlerjugend. Mein Vater hätte mir den Arsch versohlt, wenn ich auf die Idee gekommen wäre. Aber die Jungs vom Korso waren meist drin.«

Er lachte, stieß die Luft durch die Nase. »Einige liefen am Samstag in der Uniform herum, ein paar mit der Affenschaukel, der geflochtenen Schnur von der Schulter zur Brusttasche, rotweiß oder grün. Grün war Fähnleinführer.« Er lachte. »Wenn ich mich auf diesem Korso hätte blicken lassen … ich weiß nicht. Vielleicht hätten sie mir ihre Fahrtenmesser unter die Nase gehalten. Und die Mädchen hätten dabeigestanden und geglotzt. Fahrtenmesser, ja. So was trug man schon mal mit sich. Samstags am Koppel der Uniform. Alltags zum Angeben. So wie den Kamm im Kniestrumpf.«

Er dachte einen Augenblick lang nach, dann sagte er: »Aber genau genommen … genau genommen ging mir diese ganze Angeberei am Arsch vorbei. Ehrlich – ich wär mir blöd vorgekommen, wenn ich da des Abends, fein gemacht und mit dem Kamm im Strumpf, herumgeeiert wäre. So lange, bis ich eine in die Parkanlage hätte abschleppen können. Das ganze Theater war mir wurscht. Mit einer Ausnahme.«

Er legte eine Pause ein, nickte heftig. »Bis auf Nora. Verstehst du – bis auf Nora! Ich hatte den Verdacht, nein, ich litt an der Angst, dass sie dabei war, des Abends auf dem Korso. Dass sie am Ende mit einem dieser Blödmänner im Park verschwand. Ich glaube, ich habe sogar überlegt, ob ich mal hingehen und das kontrollieren sollte. Wahrscheinlich träumte ich sogar davon, dem Flachwichser einen Kinnhaken zu verpassen. Und dass Nora dann mit mir gehen würde, irgendwohin, mit mir allein.«

Er beugte sich vor, fixierte mich. »Verstehst du, Anwalt?! Ich war eifersüchtig! Wahnsinnig eifersüchtig! Und das wegen eines Mädchens, in dessen Nähe ich noch nie gekommen war!« Er stieß heftig die Luft aus. »Mit dem ich nicht einmal ein Wort gewechselt hatte! Geschweige, dass ich sie berührt hätte! Ich war in sie verliebt, klar, das war ich. Aber mehr war doch nicht! Und trotzdem war sie … betrachtete ich sie … ich sah sie an als etwas, das mir gehörte! Und war wahnsinnig eifersüchtig! Verstehst du jetzt, Anwalt? Verstehst du, dass das zusammengehört – Liebe und Eifersucht? Wie Kopf und Arsch!«

Ich sah ihn skeptisch an. Er nickte heftig. »Doch, doch, mein Lieber! Du kannst mir ruhig glauben!«

Ich sah, dass er die Hand ausstreckte und nach dem Glas greifen wollte. Ich stand auf, trat neben ihn und führte das Glas an seine Lippen.

34

Als ich das Glas nach dem ersten Schluck zurücknahm und eine Pause einlegen wollte, sagte er rauh: »Lass doch die Faxen! Los, rein damit!«

Er trank wieder das Glas leer.

Ich stellte das Glas ab und setzte mich auf meinen Platz. Er warf mir einen wütenden Blick zu. Ich sagte: »Wenn Sie was wollen, können Sie es mir ja sagen.«

Er sagte: »Korinthenkacker!«

Ich gab keine Antwort. Ich goss das Glas voll und setzte mich wieder.

Nach einer Weile sagte er: »Mit Ihrem Theater reißen Sie einen total raus aus so einer Geschichte!«

Ich gab keine Antwort.

Er warf mir einen Blick zu. »Aber vielleicht war das ja auch Ihre Absicht?«

Ich sagte: »Quatsch!«

Er ließ den Ansatz eines Grinsens erkennen, sah hinaus. »Na schön. Die mit den blonden Zöpfen also. Aber …«, er hob mit einem Seitenblick die Augenbrauen, »das war ja keineswegs der *erste* Anfall von Eifersucht, den ich erlitten habe! Ich hatte schon mal so gelitten. Sie werden es natürlich nicht glauben, aber das war schon im Kindergarten. Ja. Mit fünf habe ich mich schon mal verliebt. Und das absurderweise in Zwillinge. Vielleicht wollte ich vorsorgen für den Fall, dass eine mir abspringen würde.«

Er lachte. »Ich hab sie jeden Mittag nach Hause gebracht, eine Straße weiter als die meine. Und ich wurde fuchsteufelswild, wenn irgendein Lümmel sich an meinen Geleitzug heranmachen wollte. Die beiden haben sich auch immer lammfromm an mich gehalten. Sind nie vom Kurs abgewichen. Waren übrigens beide hellblond. Und hatten beide schöne Zöpfe.«

Mit einem leicht verzerrten Lächeln sah er hinaus in den Garten, bewegte stumm die Lippen. Schließlich sagte er: »Aber nicht, dass Sie glauben, das hätte was mit diesem Typ zu tun. Und nur mit diesen Blonden. Die ja tatsächlich auffallen in der Menge. Und an denen die Kerle eher mal hängenbleiben.« Er schüttelte den Kopf. »Meine Frau war früher dunkel. Aber ich war geradezu verrückt nach ihr. Und als ich sie hatte, hab ich von Anfang an unter der Angst gelitten, da kommt irgendeiner des Weges, der ihr im Handumdrehen den Verstand raubt und der sie dann aufs Kreuz legt. Irgendeiner von diesem Malervolk, ein windiger Professor oder bloß ein Anfänger, ein Pinselquäler-Lehrling, aber ein geiler. Bei dem bloßen Gedanken hätte ich schon Amok laufen können!«

Er sah mich an. Seine Augen funkelten. »Morde begehen… hätte ich können!«

Nach einer Weile glitt sein Blick von mir ab. Unversehens richtete er seine Augen auf das Glas. Er drehte seinen Stuhl ein wenig, legte die Hand auf den Fuß des Glases, beugte sich darüber, brachte seine Lippen an den Rand des Glases und sog schlürfend den Wein in den Mund. Dann hob er mit beiden Händen das Glas, dessen oberen Teil er mit den Lippen festhielt, und goss sich den ganzen Rest in den Mund. Als das Glas leer war, setzte er es ein wenig zu heftig ab, ließ die Luft, die er mit dem Wein geschluckt hatte, in einem Rülpser entweichen und sah mich triumphierend an.

Er fragte: »Na… was sagen Sie jetzt, Anwalt?!«

»Ich bin tief beeindruckt.«

Dass die ironische Bedeutung dieses Satzes nicht zu verkennen war, schien ihn nicht zu irritieren. Er lächelte, selbstgefällig, wie ich zu sehen glaubte, und genoss es offenbar, dass er mein Konzept, seinen Alkoholkonsum einzuschränken, aus eigener Kraft durchkreuzt hatte. Er schaute auf seine Hemdbrust, auf die einiges von dem Wein, den er in sich hineingeschüttet hatte, hinabgetropft war, zog sein Taschentuch und tupfte das Hemd ab.

Er sagte: »Ich weiß nicht, ob Sie's jetzt kapiert haben. Aber eigentlich müsste das langen.«

»Was kapiert? Keine Liebe ohne Eifersucht?«

»Ja, natürlich, was denn sonst?!« Er lächelte. »Na schön, vielleicht haben Sie bisher ja nur Freundinnen gehabt, die so potthässlich waren, dass kein Schwanz sonst sich für sie interessiert hat! Dann könnte ich natürlich verstehen, dass Sie noch nie unter der Eifersucht gelitten haben.«

Er legte eine Pause ein, als erwartete er tatsächlich, dass ich darauf antwortete. Ich ließ ihn eine Weile warten, dann sagte ich: »Was glauben Sie eigentlich, hat Ihre Frau empfunden, früher, als Sie noch mit Ihren Freunden nach Ungarn gereist sind oder in ein anderes Revier, oder was immer Sie… in Ihren Glanzzeiten getrieben haben?«

Er drehte seinen Stuhl zur Balkontür, richtete den Blick hinaus auf die Baumkronen, deren dichte Blätter sich im Spätsommerwind bewegten. Er sank ein wenig in seinem Stuhl zusammen, saß da, leicht verkrümmt. Als er zu sprechen begann, war seine Stimme plötzlich so leise, dass ich sie kaum verstand.

Er sagte: »Ich war ja noch nicht fertig. Noch nicht ganz. Ich wollte sagen… Wenn du nicht eifersüchtig bist, es nie warst, dann weißt du auch nicht, wie das ist, wenn du… den Menschen suchst, den du liebst. Wenn du hinter ihm herfährst. Hinter ihm herjagst, weil du Angst hast, er ist zu dem anderen gegangen. Und wenn du ihn dann nicht findest. Wieso denn, er müsste doch hier sein? Nach allem, was er gesagt hat, müsste er hier sein! Aber ist er nicht. Er hat dich getäuscht. Er *wollte* nicht, dass du ihn findest! Dass du ihn störst bei seinem Abenteuer mit dem anderen. Er hat seinen Abgang vernebelt. Hat dich betrogen und noch einmal betrogen.«

Er streifte mich mit einem Seitenblick. »Kennst du alles nicht. Das Messer in deiner Brust, du kennst es nicht. Nicht wahr, Doktor? Keine Ahnung. Den germanischen Treuebegriff, den kennst du. Aber nicht das Messer, das irgendein Drecksack dir in die Brust gepflanzt hat. Unter freundlicher Mitwirkung deiner Frau. Und das sie gemeinsam jetzt umdrehen, langsam. Jeden Tag eine kleine Drehung weiter. Mit jedem Telefonat, das abgebrochen wird, wenn du hereinkommst. Jeder Besorgung, die angeblich irgendwo in der Stadt gemacht werden muss. Jedem Kinobesuch.«

Plötzlich lachte er. »Und so weiter und so weiter. Wollte ich gar nicht sagen, eigentlich. Ich wollte dir nur erzählen, wie oft ich die Rückseite dieses Hauses abgesucht habe, die Backsteinrückseite. Ich wusste ja, wo sie wohnte, die mit den blonden Zöpfen. Aber ich hab sie nie gefunden. Wenn sie sich überhaupt mal an den Fenstern zum Hof gezeigt hat, dann anscheinend nie, wenn ich auf unserer Veranda stand und sie suchte. Und immer wieder diese Frage: Wo mochte sie jetzt sein? Und mit wem war sie zusammen?«

Wieder begann er, stumm die Lippen zu bewegen, zu nicken. Unversehens die Stirn ein wenig zusammenzuziehen, anscheinend mühsam, sie dann wieder zu glätten. Nach einer Weile sagte er: »Ich hab sie verloren. Damals schon, jedes Mal, wenn die Vorstellung in den Fenstern des Anbaus drüben vorüber war. Wenn die Fenster sich geschlossen hatten. Und dann für immer. Nach dem Krieg. Sie war mit ihrer Familie evakuiert worden. Ich auch. Als wir zurückkamen, war unser Haus, das Dreifensterhaus, arg ramponiert. Wir zogen in ein anderes Viertel.«

Er seufzte. »Wo sie geblieben ist, weiß ich nicht. Ich

weiß auch nicht, ob ich sie lange gesucht habe. Ich glaube nicht. Sie war verschwunden. Ich hab sie nicht mehr zu sehen bekommen. Aber eins… eins ist merkwürdig…«

Er schien eine Weile nach den richtigen Worten zu suchen. Schließlich sagte er: »Dieser Hof… die Höfe des Vorstadtblocks, in dem wir wohnten… dieser Flickenteppich aus schütterem Gras und Pflastersteinen und wucherndem Grün und Blechdächern und Abstellschuppen und altem, schiefem Gemäuer und den Rückseiten der alten Häuser… das ist in mir haftengeblieben. Wie eine alte Fotografie, die zwar vergilbt ist, aber noch immer deutlich, und es fehlen nur die Männer mit den Schnurrbärten und die Frauen mit den Kittelschürzen, ja, und so ein kleiner blonder Engel mit blonden Zöpfen und Jungen mit Manchesterhosen, die so einen eigenartigen Geruch ausströmten, diesen Samtgeruch, in dem auch ein Hauch von Haarpomade mitschwang und von zerquetschten Fürzen und vielleicht auch von Fahrradöl und… ich weiß nicht… ich weiß nicht.«

Plötzlich sah ich, dass seine Lippen zu zittern begannen. Er sagte: »Das ist doch alles nur… nur Schrott, altes Zeug, diese ehemaligen Hinterhöfe und der… der Müll, der sich darin angesammelt hatte, eins wie das andere war doch nur noch zum Wegschmeißen und Unterpflügen gut, und genau das ist ja auch damit passiert, die Entrümpler haben das besorgt, die Bagger, und es hatte ja auch nichts Besseres verdient. Aber… aber es lebt in dir weiter, und manchmal wird es ganz stark und schiebt sich in den Vordergrund, so deutlich, dass du glaubst, du lebst noch immer in diesem alten Haus mit der schmalen Küche und der Badewanne mit den Löwenfüßen und der Veranda mit den Tomatenstöcken. Und weißt du, wann das passiert?«

Er sah mich an, seine Lippen zitterten, und ich sah, dass ihm Tränen in die Augen traten. Er sagte: »Es passiert immer dann, genau dann, wenn es dir so beschissen geht wie mir heute. Heute Morgen, als ich dich angerufen habe und dich gefragt habe, ob du nicht zu mir kommen wolltest. Zum Schach! Ja, von wegen Schach! Ich hab gedacht, ich sterbe, und ich wollte nicht allein sein, in der Sterbestunde, und spüren, wie ich kalt werde, starr werde, vom Herzen her und immer weiter, unaufhaltsam in die Arme und Hände hinein, die Beine, ich wollte verflucht noch mal nicht allein sein und niemanden haben, den ich ansehen und dem ich sagen konnte, hilf mir, ich hab Angst. Aber mir ist niemand eingefallen, dem ich das hätte sagen können. Den ich hätte bitten können, mir zu helfen. Außer dir, Anwalt.«

Die Tränen drangen ihm aus den Augen, die beiden ersten, eine auf jeder Seite, liefen ihm die Wangen hinab. Er zog die Nase hoch, wischte sich mit dem Handrücken über die Wangen. Plötzlich lächelte er. »Und es hat ja auch geholfen. Du bist gekommen und – siehe da: Ich lebe immer noch.«

Er zog noch einmal die Nase hoch. »Aber das wollte ich eigentlich gar nicht sagen. Weißt du, was ich sagen wollte? Ich wollte sagen, dass mir, solange du noch nicht da warst, nur eines geholfen hat. Du wirst es nicht glauben, aber es waren diese Hinterhöfe. Die Erinnerung daran. Und an die Zeiten, die ich dort erlebt habe. Bis in den Krieg hinein. Ich war, ich meine, damals ... mir konnte damals doch eigentlich gar nichts passieren. Wenn ich am frühen Abend draußen gewesen war, auf dem Balkon, und die Rückseite dieses Hauses gegenüber, die rotbraune Fensterwand da hinten, vergeblich abgesucht hatte und den Schmerz in der Brust verspürte, weil ich argwöhnte, dass sie unterwegs war, auf dem Korso, dann …«

Er überlegte einen Augenblick lang, dann sagte er: »Na ja … dann ging ich zurück in die Küche. Es war eigentlich ganz einfach: Ich ging in die Küche, wo meine Mutter das Abendessen kochte. Ich ging zurück nach Hause, verstehst du? Meine Mutter war da, und es roch gut aus ihren Töpfen. Und mein Alter war da und las die Zeitung, und meist hatte er was gefunden, was er mir vorlesen und worüber er diskutieren wollte. Gut, er war ein harter Knochen, und ich hab so manches Ding von ihm eingefangen, Kopfnüsse, und die oft aus heiterem Himmel, die Begründung und Belehrung erfolgte danach. Aber ich wusste, dass er mich nie im Stich lassen würde. Ich fühlte mich bei ihm … gut aufgehoben. Geborgen. Ja. Und ebenso bei meiner Mutter. Und ihren Töpfen.«

Ich sah, dass auf seiner mir zugewandten Wange wieder eine Träne herabrann. Er warf einen Blick zur Seite, ich dachte, er wollte sich vergewissern, dass ich mich nicht mokierte über seine Rührseligkeit. Aber er sah nicht auf mein Gesicht, sondern auf den Weinkühler.

Ich stand auf, ging auf seine Seite, holte die Flasche aus dem Weinkühler und goss ihm ein. Er schwenkte seinen Stuhl zurück, legte den Kopf nach hinten, und ich ließ ihn trinken. Nach dem ersten Schluck sagte er: »Das genügt!«

Ich stellte das Glas ab. Er sagte: »Danke, Anwalt.«

Als ich wieder auf meinem Platz saß, sagte er: »Und ich

wette, dass ich in diesem großen Häuserblock nicht der Einzige war, dem es so ging. Später, am Abend, wenn es dunkel geworden war, brannten in vielen Fenstern der Hinterhäuser die Lampen. In manchen waren es nackte Glühbirnen, die am Kabel von der Decke hingen. Andere brannten unter kunstvollen, selbstgefertigten Lampenschirmen, hinter weißen Gardinen. Die Leute saßen an Tischen, sie gingen hin und her, sprachen miteinander. Und niemand war allein. Man brauchte nur hinauszusehen auf die vielen Lichtpunkte, die über den Höfen leuchteten.«

Er wischte sich mit dem Handrücken über die Wangen, sah mich an. »Vielleicht hab ich nur Schiss gehabt heute Morgen.« Er lächelte. »Weil niemand bei mir war. Hab mich allein gefühlt. Einsam. Dieses alte Haus kann wirklich still sein wie ein Grab. Es war totenstill hier heute Morgen. Hab mir deshalb vielleicht eingebildet, mein Herz stottert und stockt. Der Tod hat seine klapprigen Finger danach ausgestreckt und quetscht es zusammen.« Er schüttelte den Kopf, lachte. »Tut mir leid, dass ich Sie belästigt habe.«

Ich sagte: »Sie haben überhaupt keinen Grund, sich zu entschuldigen.«

Er nickte. Dann sagte er: »Danke.« Und dann sagte er: »Und jetzt raus hier!«

»Aber –«

»Raus hier!«

Ich stand auf, zögerte, reichte ihm die Hand.

Er schüttelte ein wenig unwillig den Kopf. »Schon gut!«

Ich wandte mich ab und ging. Als ich fast schon die Tür erreicht hatte, rief er: »Halt!«

Ich wandte mich zurück. Er saß da ein wenig zusammengekrümmt in seinem Stuhl, wand sich und verzog das Gesicht, als spüre er einen körperlichen Schmerz. Ich wollte schon zu ihm zurückgehen, als er sagte: »Sie wollten doch immer noch was von mir wissen. Zwei Fragen. Zwei Sachen, die Sie wissen müssten, bevor Sie in die Verhandlung gehen. Stimmt doch, oder?«

»Ja, das ist richtig. Erstens …«

Er winkte ab. »Sie brauchen mir nichts vorzusagen. Ich hab's nicht vergessen.« Er richtete sich auf. »Erstens: Ja. Katharina Fuchs hat mir gedroht. Als ich ihr diesen Urlaubswunsch abgelehnt habe. Sie hat gesagt, dann werde sie halt krank werden. Nach dem, was Sie mir gesagt haben, wird das vom Gericht ja schon als unzulässige Drohung angesehen.« Er stieß die Luft durch die Nase. »Und sie hat auch noch gesagt, ich glaubte doch wohl nicht, dass ich noch immer nach Lust und Laune über ihr Privatleben bestimmen könnte.«

Ich fragte: »Und warum haben Sie mir das nicht sagen wollen?«

Er winkte ab. »Moment, Moment! Ich war ja noch nicht fertig! Zweitens: Noch einmal ja. Es stimmt: Ich habe bei ihrem letzten Besuch versucht, sie noch einmal schwachzumachen. Wollte noch einmal ran bei ihr. Dieses Aus zwischen uns beiden war mir denn doch zu plötzlich gekommen. Außerdem …«, er lächelte schief, »außerdem wollte ich den Kerl, dem ich dieses Aus zu verdanken hatte, diesen Ganoven, der sie um den Verstand gebracht hat, diesen Schweinehund wollte ich … Ich wollte ihm Hörner aufsetzen. Er sollte es spüren, ahnen, ja, er sollte es ruhig erfahren, dass sie noch einmal und schon wieder … die Beine für mich breitgemacht hatte. Die rasende Eifersucht sollte ihn packen, er sollte die Höllenqualen erleben, die ich zuvor durchgemacht hatte!«

Das Grinsen verschwand. Er sagte: »War ja nicht so einfach bei mir. Mit diesem Alterswurm im Gebein. Ich sagte ihr, zuerst müsse sie … mit den Lippen ran. Dem Mund. Und dann könne sie, wenn sie es gut mache, bei mir aufsitzen. Und wenn sie das tue, jetzt, sofort, und noch ein zweites Mal, zum Abschied sozusagen, nach ihrer Reise … dann würde ich ihr den Urlaub genehmigen. Trotz des Auslandsauftrags. Das sei dann halt höhere Gewalt. Dringende private Angelegenheit.«

Er lachte. Dann zuckte er die schiefe Schulter. »Ich hab's nicht für möglich gehalten. Aber sie hat sich tatsächlich darauf eingelassen. Ich weiß nicht … Vielleicht hat sie doch den Krach gescheut, mit Rechtsanwalt und allem Drum und Dran. Vielleicht war ihr die … diese gewaltlose Lösung doch lieber. Sie hat sich jedenfalls auf mein Angebot eingelassen. Und es hat funktioniert! Als sie sich vor mich kniete, spürte ich es schon, die Reaktion. Und am Ende – was heißt am Ende, das war ja noch die Einleitung, und sie hätte schon bald tatsächlich aufsitzen können. Aber urplötzlich …«

Er schüttelte den Kopf, starrte auf die Tischplatte. Nach einer Weile sagte er: »Urplötzlich springt sie auf. Fummelt ein Taschentuch aus den Jeans heraus. Spuckt rein und wischt sich wie besessen den Mund ab, spuckt noch einmal in das Tuch. Und dann sagt sie: ›Nein! Ich kann das nicht! Und ich mag das nicht! Ich will das nicht!‹ Und stürmt wie gejagt aus dem Zimmer und poltert die Treppe hinunter, und weg war sie.«

Nach einer Weile sagte ich: »Und diesen … Akt wollten

Sie im Prozess natürlich nicht aufs Tapet kommen lassen. Und um sicherzugehen und Frau Fuchs nicht unnötig zu reizen, wollten Sie ebenso totschweigen, dass sie Ihnen mit der Krankheit gedroht hat.«

Er hörte mir zu, sah mich aus seiner halb gebückten Haltung mit den starren Augen an.

Ich sagte: »Aber womöglich ist auch Frau Fuchs nicht daran interessiert, ihre letzte ... ihr letztes Beisammensein mit Ihnen vor Gericht zur Sprache zu bringen. Vielleicht ist sie mit ihrer eigenen Rolle bei dieser Begegnung nicht so ganz glücklich. Vielleicht will sie zumindest vermeiden, dass ihr ... neuer Freund Wind davon bekommt.«

Er zeigte keine Reaktion. Ich sagte: »Was für ein Kuddelmuddel!«

Nach einer kleinen Pause sagte er: »Jedenfalls können Sie jetzt doch Ihr Mandat niederlegen. Damit haben Sie mir ja auch schon mal gedroht.« Er kratzte sich mit zitternden Fingern an der Wange. »Es kann doch niemand von Ihnen verlangen, dass Sie einen Menschen vertreten, der seine lohnabhängige Angestellte zum Sex nötigt!«

Er lachte. »Damit würden Sie allerdings Ihren Chef ganz schön in die Bredouille bringen. Am Ende müsste er sich doch noch höchstpersönlich um seinen alten Freund kümmern.«

Sehr wahr. Der Gedanke war mir auch schon durch den Kopf gefahren.

Er sagte: »Und jetzt raus hier. Ohne Verzug!« Er hob die Stimme: »Raus!«

35

Ich hatte kaum sein Haus verlassen, als ich anfing, mir Sorgen zu machen. Er brauchte ja nur aufzustehen, musste vielleicht zur Toilette gehen, stand auf und wollte die Griffe seines Karrens packen, geriet daneben und stürzte schwer zu Boden. Lag da, hilflos. Er war doch zumindest angetrunken, er hatte mehr als die Hälfte der Flasche Wein getrunken.

Wann würde Olga denn kommen, um ihm das Stück selbstgebackenen Kuchen zu bringen und ihm die Suppe zu machen? Wenn ihr Mann tatsächlich solch ein unangenehmer Zeitgenosse war, wie Klofft meinte, wer wollte dann wissen, ob er ihr nicht eine Szene machte, als sie gehen wollte. Eifersucht, ja. Auch, wenn Olgas Liebesdienste an Klofft ihnen ein solides Monatseinkommen beschert hatten und weiter bescheren würden. Auch und vielleicht gerade dann.

Die Eifersucht loderte auf, als er sah, wie sie das Stück Kuchen einpackte. Es schien ihm zu groß geraten, weiß der Himmel, was noch, er schlug ihr auf die Finger, sie schlug zurück, und dann hatte er sie verprügelt und am Ende sie eingesperrt. Klofft würde vergeblich warten. Er würde am Boden liegen, mit gebrochenem Schenkelhals, würde um Hilfe rufen. Und am Ende nur noch leise wimmern.

Cilly? Der Himmel mochte wissen, wo sie war. Und was sie trieb.

Das Bild, das ich mir von ihr gemacht hatte, trübte sich ein. Was mich dabei störte, waren nicht so sehr die Abstriche, die ich notgedrungen daran machen musste. Mich störte vielmehr, dass des ungeachtet sich immer wieder ein anderes Bild davor schob: Cilly auf der Liege in ihrem Garten, beim Sonnenbaden. Gebräunt und nackt.

Ich überlegte, ob ich sie in ihrem Atelier anrufen sollte, auf Verdacht. Ob ich ihr sagen sollte, ihrem Mann gehe es nach meinem Eindruck schlecht. Sehr schlecht. Und ob ich hinzufügen sollte, ich verstünde nicht, wie sie den Mann in diesem Zustand sich selbst überlassen könne. Allein. Diesen hilflosen Menschen.

Ich verdrängte den Gedanken. Ich scheute die Antwort, die sie mir geben würde. Die Antwort, die ich im Voraus zu kennen glaubte. Eine abweisende Antwort, ungerührt, emotionslos. Kalt. Und dann wieder der nüchterne Hinweis auf das, was dieser Mann ihr angetan habe, ein Leben lang.

Und nicht minder scheute ich es, mich zugleich dieser merkwürdigen Anziehungskraft auszusetzen, dem Reiz, den diese Frau auf mich ausübte.

Ich flüchtete mich zu Frauke. Ich weiß nicht, ob sie seit meinem überhasteten Aufbruch vom Frühstück auf mich gewartet hatte, sie war jedenfalls zu Hause. Und ihre erste Frage lautete: »Wie geht es ihm denn?«

Ich sagte: »Der Mann ist schwerkrank. Es würde mich nicht wundern…«, ich zögerte einen Augenblick, aber dann sagte ich: »… wenn er heute oder morgen stirbt.«

Ich erschrak selbst über diese lapidare Prognose. Hatte nicht in mir selbst der Zweifel sich geregt, dass er mir die körperliche Krise nur vorgespielt hatte, damit ich zu ihm kam und mit ihm plauderte und mir seine Jugenderinnerungen und seine Einsamkeitsängste anhörte, die selbstverschuldeten?

Frauke fragte: »Aber was fehlt ihm denn eigentlich?«

»Das weiß niemand so genau.«

»Ist er denn nicht in Behandlung?«

»Soviel ich weiß, nicht.«

»Aber das ist doch nicht möglich! Sorgt Cilly Gehrke denn nicht dafür?«

Ich zuckte die Schultern. Dann sagte ich: »Ich weiß, dass er von Ärzten … keine hohe Meinung hat. Und er gehört wohl zu den Leuten, die Krankheit für etwas Ehrenrühriges halten.«

Sie schüttelte den Kopf. Dann sah sie mich an. »Hast du vor, für ihn zu sorgen? Ich meine, den Arzt zu holen oder … ihn zum Arzt zu bringen, auch wenn er das nicht will? Und dich auch sonst um ihn zu kümmern?«

»Das ginge wohl über meine Kräfte.« Nach einem Zögern sagte ich: »Aber ich werde ihn nicht im Stich lassen.«

»Wie meinst du das?«

»Ich meine …« Ich schwieg eine ganze Weile, bevor ich fortfuhr: »Sieh mal, ich weiß, dass er … ein widerwärtiges Ekel war. Solange es ihm gutging, und sogar jetzt noch. Sonst wäre er wohl nicht so versessen darauf, diese Frau kleinzumachen. Diese Frau, die er rausgeschmissen hat.«

Sie nickte.

Ich sagte: »Er will sie nicht nur kleinmachen. Es geht ihm darum, sie kaputtzumachen, ja. Und in dieser Weise kaputtgemacht hat er im Lauf seines Lebens auch einige andere, denke ich. Wenn ich seine Sprache spräche, würde ich sagen: ›Er ist ein Sauhund!‹«

»Aber das kann dich nicht davon abhalten, ihn …«

»Sieh mal – er ist in seinem Leben auch nicht immer gut behandelt worden! Er hat sich hochgearbeitet, weißt du, und ich könnte mir vorstellen, dass er das nicht von ungefähr getan hat. Er ist von manchen … Leuten arg gekränkt und gedemütigt worden. Deklassiert worden. Er hat viel eingesteckt, denke ich. Und als er es dann geschafft hatte, hat er sich revanchiert. Er hat ausgeteilt.«

»Ist das etwa deine neue Lebensphilosophie?«

Ich merkte, dass ich mich vergaloppiert hatte. Ich sagte: »Natürlich nicht. Natürlich denke ich nicht, dass man so etwas gegeneinander aufrechnen kann … etwa nach dem Schema: Soundso viele Leute haben ihm Böses getan, also darf er ebenso vielen Leuten auch was Böses tun. Nein, nein, so geht das natürlich nicht. Aber ich denke …«

Ich brauchte wieder einige Zeit, bevor ich wusste, wie es weiterging. »Ich denke … nein, ich *weiß*, ich weiß, dass er schrecklich vereinsamt ist und dass er darunter leidet, leidet wie ein Hund. Natürlich, Cilly … seine Frau, meine ich, kümmert sich auch um ihn, immer wieder mal, aber ich glaube nicht, dass sie ihn dabei auch nur einen Funken Wärme spüren lässt, ich verdenke es ihr ja auch nicht, nach dieser Ehe, aber glücklich kann er nicht sein bei dieser Art von … Zuwendung. Und sonst …«

Ich zuckte die Achseln. »Sonst hat er noch eine Polin, die ihn versorgt und ihn zum Klo bringt und … aufräumt, wenn das zu spät geschehen ist, und von ihm anfassen lässt sie sich auch, wenn es ihn danach verlangt, oder nach mehr. Er wird sie gut dafür bezahlen. Nehme ich an. Ja, und einen Fahrer hat er noch, einen Getreuen, den er in seinen Jahren als Unternehmer zum herrschaftlichen Chauffeur gedrillt hat. Aber das ist es denn auch, soviel ich weiß. Na gut, eine Fußpflegerin wird er haben, mit der er hin und wieder ein wenig schäkern kann. Und einen Friseur, natürlich, einen Friseur wird er haben, der zu ihm nach Hause kommt. Aber damit hört's dann auch auf. Der Rest ist und so weiter.«

Sie schwieg eine Weile. Dann sagte sie: »Und das willst du ausgleichen. Dieses Manko an … Lebenskontakten, an dem er leidet.«

»Ich weiß nicht, ob ich das ausgleichen kann. Nein, natürlich kann ich das nicht. Aber ich weiß, dass er … dass er auf seine Art … mich schätzt. Das bedeutet, dass er mir vertraut. Dass er es mag, mit mir zusammen zu sein. Auch wenn wir uns streiten.« Nach einer Pause fügte ich hinzu: »Und ich weiß, dass ich ihn heute Morgen aus einem tiefen Loch herausgeholt habe. Aus einer absolut trostlosen Situation. Trost- und hoffnungslos. Ja. Vielleicht war sie sogar lebensbedrohlich.«

Ich war mir nicht sicher, ob ich nicht allzu dramatische Worte gewählt und Frauke damit peinlich berührt hatte. Ich sagte: »Wie auch immer … ich werde ihn in einer solchen Not nicht alleinlassen, wenn er das Gefühl hat, dass ich ihm helfen kann. Ich weiß nicht, ob du das verstehen kannst.«

Sie nickte.

Wir fuhren auf die Rennbahn und bekamen dort noch ein vorzügliches Mittagessen. Rennen fanden an diesem Sonntag nicht statt, aber das Wetter war schön, und wir spazierten durch die weitläufigen Anlagen, ruhten uns auf einer der vielen Bänke aus, und auch auf dem Rasen, und kehrten noch einmal in das Restaurant zurück, zu Kaffee und Kuchen. Den Rest des Tages verbrachten wir in Fraukes Wohnung.

Am Abend, als wir mit Schnittchen und Bier, das ich in

der Kneipe nebenan geholt hatte, vor dem Fernsehapparat saßen, dämmerte mir, dass der schwierigere Teil meiner Bewältigung des Phänomens Klofft mir noch bevorstand, am nächsten Morgen, wenn ich meinen Chef wiedersah. Ich musste ihm zumindest berichten, dass mein Mandant mir die beiden Fragen, die mir bedeutsam erschienen waren, beantwortet hatte. Und dass die lästige Pflicht, die Hochkeppel mir aufgebürdet hatte, mich mittlerweile mehr in Anspruch nahm, als ihm selbst lieb sein würde.

Gegen zehn am Abend verabschiedete ich mich von Frauke. Ich hatte ihr gesagt, ich müsse am anderen Morgen früh antreten. In Wahrheit hatte ich keinen Termin bei Gericht; aber ich wollte, bevor ich ins Büro fuhr, im Hause Klofft anrufen und mich nach Kloffts Befinden erkundigen, und das mochte ich nicht in Fraukes Beisein tun.

Ich schlief unruhig und stand früh auf. Als ich unter der Dusche stand, fiel mich plötzlich die Angst an, der Tod könnte ihn in der vergangenen Nacht denn doch gepackt und ausgelöscht haben, das Herz vielleicht, irgendein Schock, dem er nicht mehr gewachsen war. Ich sah geradezu bildhaft die Jedermann-Bühne vor mir, angesichts derer ihm in Salzburg ein solch tiefer Schreck in die Glieder gefahren war, ich hörte die Stimme, die ihn rief, erst von fern, dann näher und schließlich so laut, als stünde der Rufer neben ihm und brülle ihm seinen Namen ins Ohr.

Ich trocknete mich hastig ab und rief bei Klofft an. Cilly meldete sich, offenbar verwundert wegen der frühen Morgenstunde. Ich fragte, wie es ihrem Mann gehe. Sie sagte, gut. Und warum? Ob es für die Frage einen besonderen Anlass gebe?

Er hatte ihr offenbar unser Treffen am Sonntagmorgen und den Grund dafür verschwiegen. Ich erzählte ihr, dass er mich angerufen hatte und dass ich zu ihm gefahren sei.

Sie fragte: »Hatte er einen besonderen Grund? Ich meine, wollte er Ihnen etwas Neues zu dieser… Kündigungsgeschichte sagen?«

Ich antwortete: »Auch das. Aber vor allem hat er mich angerufen, weil es ihm schlechtging. Sehr schlecht.«

Sie schwieg einen Augenblick lang. Dann fragte sie: »Meinen Sie körperlich?«

»Nicht nur. Körperlich und… seelisch. Aber nicht zuletzt körperlich, ja. Ich habe einen Augenblick lang Angst gehabt, er stirbt, während er mit mir telefoniert.«

»Ach!« Sie schwieg eine Weile. Dann sagte sie: »Als ich ihm gestern Morgen aus dem Bett und ins Bad geholfen und ihn angezogen habe, da war er wie immer. Und auch später, als ich ihm das Frühstück brachte. Sonst wäre ich doch nicht gegangen. Aber ich habe gedacht, ich kann ihn so lange allein lassen. So lange, bis Olga kommt. Sie wollte ihm um die Mittagszeit ein Stück Kuchen bringen und ihm eine Suppe machen.«

Ich sagte: »Ich weiß.«

»Und das hat sie auch getan. Um welche Zeit hat er Sie denn angerufen?«

»Um halb elf vielleicht. Nicht ganz.«

Sie gab einen unbestimmten Laut von sich.

Es fiel mir schwer, aber ich sagte dann doch: »Wissen Sie… ich bin alles andere als ein Mediziner, aber ich denke… ich hatte gestern Morgen den Eindruck, dass er… dass er sich in einem sehr labilen Gesundheitszustand befindet.

Ziemlich brisant. Ziemlich gefährlich. Und dass man ihn … dass man ihn strenggenommen nicht allein lassen kann. Er kann ja jederzeit einmal aufstehen und stolpern, und schon stürzt er zu Tode! Oder er bekommt so eine … eine Wallung, diese Schweißausbrüche, sein Blutdruck spielt verrückt, was weiß ich, und er bräuchte sofort einen Arzt, aber er kann ihn selbst nicht mehr rufen, oder er ist zu stur, um das zu tun, und …«

»Aber lieber Alexander … wie soll ich das denn verhindern? Ich kann doch nicht Tag und Nacht bei ihm sitzen und auf jede Bewegung, jeden … Schweißtropfen achten, den er vergießt, und …« Plötzlich hörte ich einen unterdrückten Laut, ein Husten, nein, es war kein Husten, aber als sie weitersprach, klang ihre Stimme angespannt und eng, hoch, als zwinge sie sich, weiterzusprechen, sie sagte: »Sehen Sie, er will doch allein schlafen, und ich will das ja auch, aber was glauben Sie, wie oft ich des Nachts wach werde und lausche, weil ich glaube, ich hätte dieses große Gepolter gehört, das Getöse, mit dem er die Treppe hinunterfällt, weil er sich eine Flasche Wein holen wollte und versucht hat, auf den Treppenlift zu steigen, und schwindlig geworden ist und …«

Sie schluchzte wild auf. »Wie soll ich das verhindern!?!«

Ich war zu Tode erschreckt. Ich rief: »Cilly! Cilly! Nicht doch!« Eine Weile lang hörte ich nur unartikulierte Geräusche aus dem Telefon. Ich sagte: »Bitte nicht, Cilly, bitte! Ich wollte doch nicht …«

Nach einer Pause, in der ich sie atmen hörte, sagte sie: »Schon gut.« Ihre Stimme klang wieder, wie ich sie kannte, ein wenig kühl, aber nicht unfreundlich. »Entschuldige bitte. Ich weiß ja, dass es gefährlich ist, ihn allein zu lassen. Du hast ja recht. Aber er weiß auch, dass er mich jederzeit anrufen kann. Im Atelier oder wo immer ich bin. Er wusste, dass ich im Atelier war. Er hätte nur anzurufen brauchen. Na schön, diesmal hat er dich angerufen.«

Ich lauschte auf ihre Stimme. War da ein Unterton mitgeschwungen? Ein Unterton von Eifersucht?

Unsinn! Das war nun mit Sicherheit eine verstiegene Vermutung. Aber so oder so gab es da einen offenen Punkt, den ich noch klären musste. Ich räusperte mich, dann sagte ich: »Er hat mir übrigens die beiden Fragen beantwortet, auf die Sie nicht antworten wollten.«

»Ach, ja. Hat er das?«

»Ja.«

Nach einer kleinen Pause sagte sie: »Wolltest du jetzt mit ihm sprechen?«

»Nein! Nein, ich …«

»Du kannst auch beruhigt sein, ich war eben bei ihm, es ist alles okay. Er ist wie immer.«

»Ja, ja, das ist schon klar. Ich … ich melde mich wieder, wenn ich darf.«

»Natürlich darfst du das.«

Hochkeppel war schon im Büro, als ich ankam. Simone sagte ein wenig vorwurfsvoll: »Er hat schon gefragt, ob Sie einen Termin hätten.« Ich stellte mein Köfferchen in mein Büro und ging zu ihm. Er ließ die Zeitung sinken, in der er gelesen hatte oder vorgeblich gelesen hatte, nickte und wies auf den Lehnstuhl vor seinem Schreibtisch.

Ich ließ mich nieder und fragte: »Ich hoffe, Ihr Wochenende war erholsam?«

»Danke, ja.« Er zögerte, dann fragte er: »Und wie war Ihres?«

»Nicht ganz so erholsam.«

»Ach ja?« Er fragte, als hätte ihn meine Antwort überrascht. Aber ich war mir plötzlich sicher, dass er schon über alles Bescheid wusste, bis hin zu dem letzten Wort, das ich heute Morgen mit Cilly gewechselt hatte. Sie hatte Zeit genug gehabt, ihn anzurufen, ob zu Hause oder im Büro, und ihm alles zu erzählen. Es wurmte mich, dass sie ihm offenbar mehr vertraute als mir. Er sagte: »Ich hoffe, es hat keinen Streit mit Frau Leisner gegeben?«

»Nein, nein, im Gegenteil.« Ich holte Atem, dann sagte ich: »Ich war also bei Klofft. Am Samstagmorgen. Er hat mich angerufen. Er war allein. Seine Frau war weggefahren. In ihr Atelier. Und die Polin, die sich um ihn kümmert, war auch nicht da. Ihr Mann legt am Wochenende wohl Wert darauf, dass sie … ihm zur Verfügung steht.«

Er hörte aufmerksam zu. Man hätte glauben können, dass alles, was ich ihm mitteilte, neu für ihn war.

Ich sagte: »Er war offenbar in großer Not, als er mich anrief. Es war wohl einer dieser Anfälle, wie ich sie schon bei ihm erlebt habe. Hitzeschübe. Und Herzrasen, nehme ich an. Vielleicht auch Atemnot. Akute Sterbensangst, könnte man sagen. Als ich dann zu ihm kam, ging es ihm besser. Das Alleinsein hat ihn wohl bedrückt. Die Angst, hilflos zu sein. Sich selbst nicht helfen zu können.«

Er lüftete die Brille ein wenig. »Warum hat er nicht seine Frau angerufen? Sie wäre doch sofort gekommen?«

Ich zog, als wüsste ich keine Antwort, die Mundwinkel abwärts, zuckte die Schultern.

Er ging auf diese Geste nicht ein, fragte stattdessen: »Warum lässt er den Arzt nicht kommen?«

»Er traut den Ärzten nicht. Das hat er mir jedenfalls klargemacht.«

»Ja, ja! Und vor allem glaubt er, es bräche ihm ein Zacken aus der Krone, ihm, dem großen Klofft, wenn er sich krank und schwach in die Hände eines anderen begibt, der ihm sagt, was er zu tun und zu lassen hat!«

Ich sagte: »Das glaube ich nicht. Ich glaube, über dieses Problem … über seine Lage denkt er mittlerweile ein wenig anders. Erheblich differenzierter, denke ich.«

Er hob die Augenbrauen, starrte mich einen Augenblick lang an. Dann ließ er die Augenbrauen sinken, wandte den Blick von mir. Schließlich fragte er: »War's das?«

»Nein.«

Er sah mich an, als sei er gespannt auf das, was er schon wusste, da war ich mittlerweile sicher.

Ich sagte: »Er hat mir die beiden Fragen beantwortet, über die wir hier auch schon einmal diskutiert haben.«

Er runzelte die Stirn. »Zwei Fragen?«

»Ja. Zwei Fragen, zu denen Frau Klofft schon … etwas gehört hatte; die sie mir aber nicht beantworten wollte.«

Er sagte: »Ah ja, ah ja! – Und?«

Ich sagte: »Frau Fuchs hat ihm tatsächlich gedroht, sie werde krank werden, wenn er ihr den Urlaub nicht genehmige. Und er hat ihr tatsächlich angeboten, sie könne den Urlaub nehmen, wenn sie ihn … noch einmal befriedige … nein, präzise gesagt: noch zweimal. Einmal sofort, noch während dieses letzten Gesprächs, und das zweite Mal nach ihrer Rückkehr aus dem Urlaub.«

Er sagte, mit kaum sich öffnendem Mund: »Es ist nicht zu glauben! Dieses alte Schwein!«

Mich streifte flüchtig die Erinnerung an den Jagdausflug, zu dem er in Kloffts Gesellschaft nach Ungarn gereist war, und an Julischka, so hieß sie doch. Ich sagte: »Aber das war es noch nicht ganz. Frau Fuchs hat sich darauf eingelassen. Sie hat ihn … oral … in Form gebracht. Allerdings ist es … zur Immissio nicht gekommen. Es hat sie wohl der Ekel gepackt, und sie ist davongerannt.«

Er starrte mich schweigend an.

Ich sagte: »Aber an der Nötigung ändert das wohl nichts.«

»Nein. Wohl kaum.« Er schwieg eine Weile, dann sagte er: »Es tut mir leid, Alex, dass ich Sie mit einem solchen … einem solchen Dreck belastet habe. Das hab ich nicht gewusst. Glauben Sie mir. Ich hab mit vielem gerechnet, aber nicht mit so etwas! Das können Sie mir glauben!«

»Ich glaub's Ihnen ja.« Ich lachte. »Und ich kann immer noch, bevor alle Stricke reißen, seinen Rat befolgen.«

»Seinen Rat?« Er schien ein wenig alarmiert. »Was hat er Ihnen denn geraten?«

»Er hat gesagt, jetzt könne ich das Mandat ja niederlegen. Wie ich es ihm ja auch schon angedroht hätte. Es könne doch niemand von mir erwarten, dass ich einen … Menschen wie ihn vor Gericht verträte.«

»Das hat er gesagt?!«

»Ja. Genau so.«

Er schluckte laut. Dann sagte er: »Aber das würden Sie doch nicht tun?« Er sah mich mit offenem Mund an. »Das Mandat niederlegen, ich meine … das würden Sie mir doch nicht antun? Uns doch nicht antun?«

Während ich seinen Blick erwiderte, merkte ich, dass ich unwillkürlich die Stirn runzelte.

Er sagte: »Ich hab Ihnen doch erklärt, dass wir diesen Fall nicht verlieren dürfen. Nicht aufgeben dürfen. Weil sonst jeder denkt, ich hätte ihn absichtlich verloren. Oder aufgegeben. Aus alter Rachsucht. Um Klofft eins auszuwischen. Jeder würde denken, ich hätte Sie vorgeschickt. Und Sie aus dem Hintergrund gesteuert. Solch einen Eindruck sollten wir doch nicht zulassen, nicht wahr? Verstehen Sie, warum ich gesagt habe, das würden Sie uns doch nicht antun?«

»Ja, ja, ich hab's verstanden! Und ich hab auch nichts vergessen.« Ich schüttelte den Kopf. »Sie können beruhigt sein. Ich werde das Mandat nicht niederlegen.«

Er nickte, offenbar hochzufrieden.

Ich stand auf, sah ihn an. »Ich werde diesen Mann nicht im Stich lassen. Was immer er verbrochen hat.«

Er nickte. Dann sagte er hastig: »Vielleicht haben wir ja auch Glück. Es könnte ja sein, dass Frau Fuchs selbst kein großes Interesse daran hat, diesen … Sexkram auszubreiten. Weil sie nicht will, dass ihr neuer Freund davon erfährt.« Er lachte. »Vielleicht ist der etwas pingelig in puncto puncti.« Dann fragte er hastig: »Wie viel Zeit haben wir noch? Bis zum Gütetermin, meine ich?«

»Gut zwei Wochen.«

Er nickte. »Sagen Sie mir, wenn Sie noch Fragen haben. Das heißt, wir sollten uns ohnehin noch einmal zusammensetzen und die ganze Geschichte durchsprechen. In allen Facetten. Und allen Eventualitäten. Der Richter ist Doktor Pandlitz?«

»Ja.« Er schien mir so aufgedreht, dass ich befürchtete, er werde jetzt endlos weiterschwätzen. »Ich mach mich dann auch mal an die Arbeit.«

»Ja, gut. Haben Sie viel heute?«

»Nein. Aber ich will einiges aufarbeiten.«

»Ja, tun Sie das. Aber nicht zu viel.« Er lachte.

Ich stand noch bei Simone und Frau Enke, als er schon in Hut und Mantel sein Büro verließ. Er sagte: »Ich hab noch einen Termin. Und danach fahre ich zum Essen nach Hause. Mahlzeit miteinander!«

Die Damen antworteten im Chor: »Mahlzeit, Herr Doktor Hochkeppel!«

36

In den folgenden Tagen rief ich Klofft noch zweimal an. Jedes Mal war Cilly am Apparat, und jedes Mal sagte sie mir, es gehe ihm gut, aber er schlafe gerade in seinem Stuhl. Mir war nicht behaglich dabei, und ich wollte nicht wieder bis zum Wochenende warten und das Wochenende opfern, um dieses ungute Gefühl auszuräumen. Ich rief am Freitagmittag, als ich meine Gerichtstermine erledigt hatte, bei ihm an. Wieder meldete sich Cilly.

Ich sagte, ich müsse ihn sehen, um ihm ein Papier zu zeigen, und ob ich vorbeikommen könne.

Sie antwortete, ja, natürlich; dann würden ja wider Erwarten wir uns auch noch einmal sehen.

Diesmal fuhr ich, da ich vom Gericht kam, nicht über die Uferstraße, sondern durch den alten Vorort. Es war ein heißer Tag, der Altweibersommer hatte begonnen, und die Frauen hatten noch einmal ihre Sommerkleider angezogen und die Sandalen, sie hatten auf die Strümpfe verzichtet. Nur die älteren Türkinnen liefen in ihren schweren, fußlangen Kitteln herum, ihre braunen, faltigen Gesichter unter den Kopftüchern hätten vom Schweiß glänzen müssen, aber sie waren wie ausgedörrt. Wieder schwamm in meiner Phantasie das Bild von Cilly an die Oberfläche. Die gebräunten zarten Glieder ausgestreckt auf der Liege in ihrem Garten.

Ich hielt an einer Ampel und glaubte, aus einer offenstehenden Tür den ein wenig muffigen, aber kühlen Geruch des alten Hauses zu riechen, glaubte, die matt glänzenden Boden- und Wandfliesen des Flurs zu sehen, die dämmrigen Holzstiegen. Dann traf mich durch das offene Fenster ein Windhauch, ich roch frisches Gemüse, Obst, die üppige Auslage, die der Händler an der Ecke vor seinem Laden aufgebaut hatte.

Nicht Olga, Cilly öffnete mir die Tür. Sie trug ihren Malerkittel und grüne Sandalen an den nackten Füßen. Das Grün war ein aparter Kontrast zum Rot des Lacks auf ihren Zehennägeln.

Sie ließ mich herein, schloss die Tür hinter mir und sagte halblaut: »Ich hab schon gedacht, wir sehen uns in diesem Leben nicht mehr.« Sie lachte leise.

Ich antwortete, unwillkürlich ebenso gedämpft wie sie: »Tut mir leid… aber ich hab wirklich viel zu tun!«

»Und das ist alles? Wirklich?«

Sie warf einen Blick nach oben, als wolle sie prüfen, ob jemand da oben stand und uns belauschte. Dann legte sie die Hand an meinen Arm, führte mich vom Eingang weg, in den Hintergrund der Diele, blieb schließlich stehen, trat dicht vor mich. Die Hand ließ sie an meinem Arm.

Sie sagte: »Keine Verstimmung? Kein Groll wegen unserer Meinungsverschiedenheit?« Ihre Augen glänzten im Halbdunkel. »Kein Überdruss an diesem alten Weib? An seinen unberechenbaren Launen? Und Stimmungen?«

Ich sagte: »Was soll das? Du bist doch kein altes Weib!«

Ich weiß, wie beim ersten Mal, als wir uns auf dem Sofa in ihrem Atelier küssten, nicht mehr, wie es dazu gekommen ist, ob die Annäherung von mir ausging oder von ihr, aber plötzlich hingen unsere Lippen aneinander, und diesmal war es kein sanfter Kuss, den sie mir gab, ich spürte ihre Zunge, und dann auch ihre Zähne, und schließlich schob sie ihren Bauch nach vorn und drängte ihn an den meinen.

Ich wich nicht zurück, obwohl in meinem Kopf die Frage pochte, ob sie das Risiko nicht scheute, es war doch ein hohes Risiko, das wir eingingen, das zumal *sie* einging, selbst wenn Olga nicht im Haus war und Karl nicht und auch sonst keiner der gewiss nicht wenigen Dienstboten, der Gärtner oder die Putzfrau oder wer auch immer. Ich wich nicht zurück.

Ich fühlte mich wie in einem Traum, ja, in einem Kindertraum, absurderweise, es war ein Traum von etwas Verbotenem, einem Abenteuer, einer Expedition auf einem verwinkelten, üppig überwachsenen Pfad, dessen Betreten mir strikt untersagt worden war, auf dem mir aber, nachdem ich in den Wildwuchs eingedrungen war, ungeahnte Wunder widerfuhren. Ihr Parfum entwickelte, nachdem ich ihr so nahe gekommen war wie nie zuvor, einen geradezu magischen Duft, der mich einhüllte und umnebelte.

Der Griff, mit dem sie meinen Arm hielt, verstärkte sich, ich spürte jeden einzelnen der gespreizten Finger. Dann zog sie mich mit sich durch eine Tür in einen Gang, der womöglich zur Küche führte, und von dem Gang in einen schmalen Raum, in dem ringsum Regale standen und dessen dämmriges Licht durch ein niedriges Fenster gleich unter der Decke hereinfiel.

Was ich empfand, war ein wildes Chaos von Empfindungen und Gefühlen. Ich glaubte, die Wärme von draußen zu spüren, sie hatte sich auf das Fenster gelegt und strahlte nach innen aus, aber die Kühle dieses Raums behauptete sich, sie tat mir wohl. Es war der Spätsommer, der die Lebensgeister animierte. Unter den Geruch von Cillys Parfum mischte sich ein etwas herberes Odeur, das mit meiner Erregung gekoppelt war, aber auch ein Hauch wie von regennassem Gras und strotzenden Blättern, dazu von unbestimmbaren Nuancen, die aus den Regalen kamen, fremde, exotische Gewürze, Essig, exquisite Soßen in Gläsern und Flaschen, eine Erinnerung an den Geruch der besseren, der reichen Leute in der Villa von damals.

Schließlich realisierte ich, dass ich hinter Cilly stand, sehr nahe. Ich tat das, was sie offenbar von mir erwartete und wonach es mich in einem hitzigen Ausbruch von Begierde verlangte. Und im innigsten aller Kontakte empfand ich das, was ich mir erhofft hatte, und sie empfand es wohl so wie ich.

Aber noch während ich mich selbstvergessen auf diesem magischen Weg voranarbeitete, spürte ich, dass die Spannung in mir plötzlich sich auflöste und schließlich erlosch. Ich spürte, dass ich unaufhaltsam erschlaffte. Eine Weile lang versuchte ich, den Abbau zu ignorieren, ich hoffte, dass der Prozess sich umkehrte. Doch schließlich musste ich einsehen, dass nichts mehr möglich war. Ich sagte mit belegter Stimme: »Tut mir leid … Aber …«

Während ich meine Kleider ordnete, richtete sie sich auf. Sie lächelte. Dann legte sie die Hand leicht an meinen Arm und führte mich hinaus, zurück in die Diele. Wieder warf sie einen Blick hinauf zum Obergeschoss.

Als sie sich wieder mir zuwandte, sagte ich halblaut: »Ich weiß nicht, was das war … So etwas ist mir noch nie passiert … Wirklich noch nie! Tut mir wirklich leid. Sehr, sehr leid!«

Sie sagte, ohne große Bemühung, ihre Stimme zu dämpfen: »Du brauchst dich nicht zu entschuldigen, Dummkopf! Und es mag ja sein, dass dir das noch nie passiert ist, du … Supermännchen! Aber du kannst sicher sein, dass es dir nicht zum letzten Mal passiert ist. Und dass es auch anderen passiert, und nicht zuletzt den starken Männern, die nicht oft genug davon reden können, wie er ihnen steht!«

Ich runzelte die Stirn.

Sie sagte: »Ja, ja, schon gut. Ich benehme mich sofort auch wieder. Und ich wollte dir auch nicht auf die Füße treten. Ich wollte dir ja nur klarmachen, dass du dich nicht zu schämen brauchst. Weißt du, manche Männer haben da eine eingebaute Notbremse. Freu dich darüber!« Sie lächelte, rüttelte mich am Arm. »Vielleicht ist dir Frauke eingefallen. Gerade noch rechtzeitig. Du hast an sie gedacht, vielleicht nur im Hinterkopf. Aber das hat genügt. Vorbei war es mit der Herrlichkeit.«

Ich sagte: »Du bist sehr freundlich zu mir. Danke!«

Sie sagte: »Quatsch!« Dann fragte sie: »Willst du jetzt zu ihm gehen?«

Ich sagte: »Nein! Jetzt … nein, nein! Jetzt nicht.«

»Aber du hast doch ein Papier mitgebracht, das du ihm zeigen wolltest?«

»Ach das … Das hat Zeit. Ich kann ja wieder kommen.«

»Das will ich hoffen. Aber wir können doch trotzdem mal schauen, ob er wach ist? Wahrscheinlich würde er sich freuen, wenn er dich sieht.«

»Nein, nein … ich denke …«

Sie sah mich lächelnd an. Ich wusste nicht, was ich noch sagen sollte. Sie fragte: »Hast du Hemmungen, ihm jetzt unter die Augen zu treten? Schlechtes Gewissen? Schiss?«

»Ach was, wie –«

Sie sagte: »Komm! Sei ein Mann! Und damit du auch siehst, dass er noch lebt. Dass ich ihn noch nicht heimlich umgebracht und begraben habe!«

Sie fasste mich am Arm und zog mich zur Treppe. Ich folgte ihr hinauf. Es wäre mir lächerlich vorgekommen, sie zu überholen und ihr gemäß Etikette voranzugehen.

Als wir vor seiner Tür angelangt waren, hielt sie ein, sah mich an und legte den Finger über die Lippen. Sie griff die Klinke und öffnete die Tür sehr behutsam.

Der Monitor des Computers war eingeschaltet. Aber Klofft hing mit geschlossenen Augen ein wenig schief in seinem Lehnstuhl, den Kopf auf der Schulter und langsam, aber ruhig atmend. Er schlief offenbar.

Mir fuhr der Gedanke durch den Kopf, dass er unseren unvollendeten, aber hitzigen Fehltritt beobachtet hatte, vielleicht durch geheime Kameras in der Diele und in dieser dämmrigen Kammer. Und dass er sich jetzt nur schlafend stellte.

Sie lächelte mich an. Dann schloss sie behutsam die Tür.

37

Am späten Sonntagnachmittag, als ich mit Frauke an ihrem Esstisch saß und Scrabble spielte, rief Herr Manderscheidt mich auf meinem Handy an. Frauke sah kurz von ihren Steinen auf, senkte den Blick dann wieder und schien wie zuvor über die Frage nachzugrübeln, wie sie ihre restlichen zwölf Steine auf einmal auslegen konnte.

Herr Manderscheidt sagte: »Entschuldigen Sie die Störung, Herr Doktor. Ich wollte Sie nur kurz darüber informieren, dass Herr Schmickler wieder da ist.«

»Ah ja. Und… haben Sie auch schon herausgefunden, ob er einen besonderen Grund dafür hat? Außer dem schönen Käthchen?«

»Nun, ich nehme an, dass er schon gekommen ist, weil er ihr vor dem Gütetermin noch ein bisschen Beistand leisten will. Der Termin ist doch schon bald, nicht wahr?«

Ich musste mich einen Moment besinnen. Dann sagte ich: »Ja. Morgen in einer Woche. Aber Sie wollen mich jetzt nicht zum Pferderennen mitnehmen? Um die beiden zu beobachten?«

»Nein, nein! Pferderennen ist heute nicht.« Nach einer kleinen Pause sagte er: »Allerdings Eishockey.«

»Was? Frau Fuchs geht mit ihm auch noch zum Eishockey?!«

»Na klar! Interessantes Spiel! Haben Sie noch nichts vom Lokalderby gehört?«

»Nein, tut mir leid!«

»Braucht Ihnen nicht leidzutun. Ist ja *Ihr* Schaden. Nein, nein ... außer der üblichen Abschleckerei wird es da heute auch nicht viel zu sehen geben. Das Spiel, klar. Aber sonst ...« Er zögerte. Dann sagte er: »Na ja, es sei denn ... dieser Jüngling aus Kloffts Betrieb kommt auch wieder und trifft sich mit den beiden. Sie erinnern sich, der Bursche, mit dem sie auf der Tribüne zusammengesessen und getuschelt haben ... Der Maulwurf, über den Sie sich verlustiert haben. Hab ich Ihnen übrigens gesagt, dass ich recht gehabt habe? Er arbeitet tatsächlich in Kloffts Betrieb. Wenn auch nicht mehr lange, vermute ich. In der Personalabteilung, denken Sie mal. Vielleicht hat er ja für Frau Fuchs die Fälle rausgesucht, in denen Klofft mit schmutzigen Tricks die Leute rausgedrückt hat. Oder Schlimmeres. Munition für den Anwalt von Frau Fuchs.«

Ich sagte: »Herr Manderscheidt ...«

Er sagte: »Na, ist ja auch egal. Übrigens, da fällt mir ein ... Sie haben doch beim Rennen ganz schön abgesahnt! Hab ich recht?«

Ich sagte: »Ja, ich hab gewonnen, wenn Sie das meinen.«

»Kann man sagen, doch. Ich hab die Quote gesehen. Nicht schlecht für Ihren Fuffziger!«

Ich sagte: »Herr Manderscheidt! Ich bin hier bei meiner ... Verlobten, und wir sind dabei, uns auf einen gemütlichen Sonntagabend einzurichten!«

Ich ahnte es mehr, als ich es sah, dass Frauke mich mit offenem Mund anstarrte.

Manderscheidt sagte: »Oh, das tut mir leid! Das hab ich ja nicht gewusst!« Er lachte. »Ich hab gedacht, ein Mann wie Sie arbeitet die Wochenenden durch! Bitte vielmals um Verzeihung, und –«

Ich fiel ihm ins Wort: »Wiederhören, Herr Manderscheidt.«

Er sagte hastig: »Ja, selbstverständlich, und… halt, halt, noch nicht auflegen! Da fällt mir noch was ein, was Sie wissen sollten! Denke ich. Wissen *müssten*.«

Er schwieg. Nach einer Weile sagte ich: »Ja, was denn zum Teufel?«

»Momentchen, Momentchen, ich wusste ja nicht, ob Sie es auch wissen wollen!«

»Also?!«

Er legte noch einmal eine kurze Pause ein, dann sagte er: »Klofft will demnächst *auch* mal mit mir hinter den beiden hergehen. Um zu sehen, was sie so auf offener Straße veranstalten. Oder im Restaurant.«

»Wie bitte?!«

»Ja. Will er. Hat er mir gesagt.« Er stieß die Luft durch die Nase. »Will sich selbst ein Bild machen.«

Ich sagte: »Das werden Sie doch wohl nicht zulassen?!«

Er tat, als wisse er nicht, was ich meinte: »Wieso?«

Ich fragte: »Wollen Sie ihn umbringen?!«

»Doktor… ich hab Ihnen schon mal gesagt, dass ich nicht der Therapeut meiner Kunden bin. Außerdem ist er mein Auftraggeber. Wenn er will –«

Ich fiel ihm ins Wort: »Aber er kann… verdammt noch mal, wie soll das denn gehen?! Er kann sich ohne seinen Rollkarren doch keinen Schritt voranbewegen! Er wird sich auf der Straße, wenn Sie ihn da hinstellen, auf der Stelle lang aufs Pflaster legen! Wollen Sie –«

Diesmal ließ er mich nicht ausreden: »Moment, Moment! Halten Sie mich für blöd? Das weiß ich doch alles! Also, damit Sie sich beruhigen: Ich werde ihn mit der freundlichen Hilfe von Karl, das ist sein Chauffeur, in mein Auto hieven. Auf den Rücksitz. Der ist zwar nicht so bequem wie der in seiner Staatskarosse, aber da kann er in aller Ruhe hocken und beobachten, was in der Welt so vor sich geht. Und weil ich Spezialblenden für die Fenster des Rücksitzes habe, die ich aufsetzen werde, kann er zwar rausgucken, aber ihn kann von draußen niemand erkennen. Sonst noch Fragen?«

Ich sagte: »Herr Manderscheidt… ich habe Sie bisher für einen verantwortungsvollen Menschen gehalten. Aber wenn Sie das tun, dann sind Sie für mich… ein gewissenloser…« Ich schluckte das Wort, das mir auf der Zunge lag, hinunter.

Er sagte: »Moment, Herr Doktor! Das muss ich mir von Ihnen nicht sagen lassen! Der Mann ist schließlich schon seit einiger Zeit erwachsen! Der muss doch wissen, was er will und was ihm bekommt! Außerdem habe ich einen Vertrag mit ihm, und nach diesem Papier kann *er* bestimmen, wo die Musik spielt. Und vielleicht wissen Sie's noch nicht, aber wenn nicht, dann werden Sie es sogar in *Ihrem* Job bestimmt noch lernen: Der Kunde ist König!«

Ich schaltete ihn ab, warf das Handy auf den Tisch. Es rutschte über die Platte, stieß an meine Buchstabenleiste, die Buchstaben purzelten durcheinander.

Frauke sah mich schweigend an. Ich sagte: »Dieser verdammte Wichtigtuer will Klofft auf die Pirsch mitnehmen.

Das nächste Mal, wenn er hinter Frau Fuchs und ihrem Liebhaber herspioniert!«

»Und was ist daran so schlimm?«

»Dieses Traumpaar benimmt sich auf der Straße fast so, als wären sie in einer Absteige!« Ich schirmte meine Buchstaben mit der Hand ab und baute wieder auf.

Frauke schüttelte den Kopf. »Na ja, sie werden halt verliebt sein.«

»Kann man sagen, ja. Sie schieben sich die Zungen in den Hals, und…« Sie runzelte die Stirn. »Sehr anschaulich!«

»Mag ja sein, Pardon, aber wenn ich mir vorstelle, dass Herr Manderscheidt seinen Auftraggeber an die besten Aussichtsplätze kutschiert, damit der das alles auch mitbekommt, dann wird mir vor lauter Anschaulichkeit übel.«

»Na gut, das wird Herrn Klofft nicht gefallen, den beiden bei diesem… dieser Exhibition zuzusehen –«

»Es wird ihm nicht gefallen?! Es wird ihn umbringen!«

Sie sah mich eine Weile schweigend an. Dann sagte sie: »Ich komme nicht dahinter. Der Mann *kann* dir doch gar nicht sympathisch sein! So, wie du gebaut bist.«

»Wie bin ich denn gebaut?«

Sie machte eine wegwerfende Geste und zog die Augenbrauen zusammen, wandte sich wieder ihren Buchstaben zu. Der Abend wurde gleichwohl noch gerettet, denn plötzlich hatte sie die Erleuchtung: Mit dem Wort Prophylaxe wurde sie zwar nicht alle ihre Buchstaben, wohl aber die schwierigsten los, und im nächsten Durchgang schaffte sie dann auch den Rest und gewann das Spiel.

In der darauffolgenden Nacht wurde ich plötzlich wach. Frauke lag, eines der langen, glatten Beine über das Bettlaken geschlagen und angewinkelt, in tiefem Schlaf neben mir, sie nuckelte hin und wieder friedlich in das Kissen hinein, das sie sich unter den Kopf gestopft hatte.

Ich war mit bangen Erwartungen zu ihr gefahren, aber meine Befürchtungen hatten sich auch diesmal nicht bewahrheitet. Das Debakel bei Cilly hatte sich nicht wiederholt, mit Frauke war der Akt so gewesen, wie wir es gewohnt waren und genossen. Während ich darüber nachdachte und mich daran erfreute, kam mir unversehens der Gedanke, ob das tatsächlich der wichtigste Aspekt dieses Abenteuers war.

Allerdings: Cilly selbst schien von den bösen Folgen, die sie mir prophezeit und vor denen sie mich gewarnt hatte, als sie bei meinem ersten Übergriff mich ins Leere laufen ließ, nicht sehr betroffen. Dass sie nach unserem Ausflug in die Vorratskammer ein schlechtes Gewissen gehabt hätte, dass sie unter dem Gefühl gelitten hätte, mich missbraucht zu haben, davon hatte ich nichts gespürt. Eher hatte ich den Eindruck gehabt, dass sie sich über mich lustig machte bei der Vorstellung, dass *ich* ein schlechtes Gewissen hatte und deshalb ihrem Mann nicht mehr unter die Augen treten wollte.

Aber vielleicht war sie nur so selbstbewusst, so diszipliniert, mich nicht merken zu lassen, was nach diesem missglückten Ehebruch in ihr vorging. Diszipliniert genug, um Haltung zu bewahren. Oder war sie tatsächlich so flatterhaft, so leichtfertig, in ihrem Alter und immer noch, dass sie schon auf dem Rückweg zwischen Vorratskammer und Diele dieses Erlebnis als eine Erfahrung mehr mit einem impotenten Mann abgebucht hatte?

Nein. Die Folgen eines solchen Abenteuers, vor denen sie mich gewarnt hatte, waren nicht nur irgendein dummes Zeug, das sie von sich gegeben hatte, um eine peinliche Situation zu überspielen. Oder um sich interessant zu machen. Und auch wenn sie selbst allem Anschein nach nicht darunter litt: Ich hatte sie zu spüren bekommen, die Folgen, schon jetzt. Und der Himmel mochte wissen, wie lange ich sie zu spüren bekommen würde.

Nicht, dass ich an dem Gefühl gelitten hätte, ich sei in eine alte Frau... ich hätte mich mit ihr... verbunden, auf die intimste aller Arten. Nein, an ihr Alter hatte ich nicht gedacht. Ich hatte sehr deutlich empfunden, dass sie nach mir verlangte, sie hatte mir ein Lebenszeichen gegeben, das überzeugender nicht sein konnte. Und sie hatte damit mein Verlangen angestachelt und überhand nehmen lassen. Bis zu diesem rätselhaften... Schwächeanfall.

Nein. Die Folgen, die mich belasteten, betrafen mein Verhältnis zu Frauke, und Cilly hatte sie mir vorhergesagt. Ich hatte Fraukes Vertrauen missbraucht. Ich glaubte nicht, dass sie von meinem Fehltritt erfahren oder dass sie ihn mir angemerkt hatte. Aber sooft ich sie ansah, litt ich unter dem Gefühl, dass ich ihr etwas Wichtiges verheimlichte. Wann immer die Rede auf Cilly kam – ich würde Frauke die Wahrheit verschweigen, ich würde sie belügen müssen. Wann immer wir Cilly begegneten – ich würde mich hüten müssen, durch irgendeinen dummen Satz, irgendeine unbedachte Geste zu verraten, dass ich mit ihr ein Geheimnis hatte.

Wenn ich Frauke nicht sehr weh tun, wenn ich nicht den Bruch mit ihr riskieren wollte, dann durfte sie nie und nimmer erfahren, dass ich mit Cilly jene größte, rückhaltlose Vertraulichkeit eingegangen war, die sie, Frauke, für unser beider Privileg hielt. Ich hatte sie verraten, an eine andere Frau.

Ich betrachtete im Halbdämmer der Straßenlampen vor dem Fenster dieses lange, glatte, schöne Bein, dessen Anblick ich niemandem sonst gönnte. Ich erinnerte mich an die ziehende Pein, die ich empfand, wenn Frauke schon einmal einen Minirock trug, und wie ich darüber gegrübelt hatte, warum sie sich mit diesem teuflischen Kleidungsstück in die Öffentlichkeit begab. Wollte sie die Kerle wild machen?

Und ich erinnerte mich an den Abscheu, die Empörung, die mich aufgewühlt hatten, als Klofft mir ungerührt, nein, nicht ungerührt: als er mir anscheinend voller Stolz von seinen Treuebrüchen erzählt, mich mit seinen Jagdgeschichten oder seiner Lobpreisung der Vorzüge von Olga und ihrer Verdienste um sein Wohlbefinden in Verlegenheit gestürzt hatte.

Würde ein Fremder, dem *ich* von meinem Abenteuer in der Vorratskammer erzählte, mich auch so verabscheuen? Sich über mich auch so empören? Und wenn ja – täte er das denn zu Unrecht?

Eine Weile quälte ich mich mit dieser Frage ab, obwohl es darauf keine Antwort gab, die mich hätte zufriedenstellen können. Dann fiel mir wieder eine andere Frage ein, ein Rätsel, das mich schon beschäftigt hatte, als ich Frauke von Manderscheidts Plan berichtete, meinem Mandanten die nackte Wahrheit vorzuführen.

Warum hatte der Detektiv mir von diesem Plan erzählt?

Hätte er mir berichtet, dass es neue Verdachtsmomente gegen Dr. Wehling gab, den Hausarzt, der schon mal ein falsches Attest ausstellte, wenn die Patientin attraktiv war und ihn dafür im Bett belohnte, oder hätte er mir grobe Vergehen von Klofft aufgezählt, die der junge Mann in seiner Personalabteilung, der Maulwurf bei *Klofft Ventile*, ausspioniert und meiner Prozessgegnerin verraten hatte – ich hätte mich nicht gewundert. Das wäre halt typisch für Manderscheidt gewesen, diesen verhinderten James Bond, der gern ein bisschen mit seinen Fertigkeiten und Erfolgen prahlte.

Aber der Plan, mit Klofft hinter dessen ehemaliger Geliebten und deren neuem Liebhaber herzufahren, war zum Prahlen kaum geeignet. Die Blenden an den Rückfenstern, die Klofft eine freie Sicht erlaubten, aber ihn von draußen unerkennbar machten, na gut, ja, das klang ein bisschen nach Null-Null-Sieben und Ian Fleming. Aber die Idee zu dieser Spionagetour war nicht einmal auf Manderscheidts Mist gewachsen. Sie kam von Klofft selbst. Warum nur hatte Manderscheidt mir davon erzählt?

Meine Grübeleien kehrten zurück zu Dr. Wehling und seinen gymnastischen Übungen in der Wohnungstür von Frau Fuchs, dann zu dem Maulwurf beim Pferderennen, dann zu dem Mädchen, das den rabenschwarzen Galopper zum Sieg geritten und mir sechshundert Euro eingebracht hatte. Vielleicht hatte ich Manderscheidts Angebote, mich für den Prozess zu munitionieren, zu geringgeschätzt, zu hochnäsig zurückgewiesen.

Ich war dabei, wieder einzuschlafen, als plötzlich ein neuer Gedanke mich zusammenfahren ließ: Hatte Manderscheidt mich angerufen, weil er hoffte, dass *ich* Klofft von dieser verrückten Spionagetour abhielte?

War es möglich, dass er meine Bedenken gegen einen solchen Plan, die möglichen Folgen, die ich ihm schon einmal, wegen seiner Fotos von Frau Fuchs und Herrn Wehling, ausgemalt hatte, ernst nahm? Hatte er selbst sich aber gescheut, Klofft von der Tour abzuraten, hatte er es sich nicht zugetraut? Ich hätte das verstehen können; Manderscheidt hätte, wenn er selbst seinem Auftraggeber einen solchen guten Rat hätte geben wollen, das Risiko eingehen müssen, von Klofft auf der Stelle gefeuert und durch einen willfährigeren Domestiken ersetzt zu werden.

Aber wie sollte *ich* diesen starrköpfigen Herrscher von seinem Plan abhalten? Sollte ich ihm von meinem Ausflug auf die Terrasse des Restaurants im Rennpark erzählen? Sollte ich ihm sagen, ich fürchtete, er werde solch ein Schauspiel nicht aushalten? Sollte ich ihm sagen, ich hätte gesehen, wie er sich jäh mit der Hand an die Brust fuhr und zur Seite kippte und schwer auf den Boden aufschlug? Und starb?

Ich weiß nicht, wie lange ich wach lag und mir den Kopf zermarterte und was alles sonst noch mir in den Sinn kam. Mein eigener Treubruch, der Ehebruch, den ich mit Kloffts Frau begangen, der Verrat an ihm, dessen ich mich schuldig gemacht hatte, wurde mir wieder bewusst und peinigte mich. Schließlich schlief ich ein.

38

Vier Tage später, am Donnerstag, rief Manderscheidt mich wieder auf meinem Handy an. Ich verließ gerade den letzten Termin bei Gericht, den ich an diesem Vormittag hatte. Ich sah die Nummer auf meinem Display und spürte, wie sich mein Magen zusammenzog.

Ich nahm das Gespräch an und sagte: »Herr Manderscheidt? Was gibt es denn?«

»Sind Sie's, Doktor?«

»Ja, wer denn sonst? Also?«

Er räusperte sich. »Ich wollte Ihnen nur sagen, dass ich jetzt losfahre und Herrn Klofft zu Hause abhole. Wir werden dann ...«, er unterbrach sich, räusperte sich noch einmal, »... also, mein Mann hat mich eben angerufen und mir gesagt, dass ... dass unser Paar das Haus verlassen hat und mit dem Auto losgefahren ist. Er folgt ihnen.« Nach einer kurzen Pause fragte er, offenbar angespannt: »Kommen Sie?«

Ich antwortete: »Ja. Wohin?«

Er schien mir erleichtert, als er sagte: »Lassen Sie Ihr Handy an. Ich sag Ihnen, wohin es geht, sobald ich es weiß. Im Augenblick fahren sie über die Hängebrücke. Sie wollen anscheinend rüber aufs rechte Ufer.«

»Okay. Danke.«

Ich lief durchs Parkhaus zu meinem Auto, als handele es sich um einen Notfall. Es war ein schöner, nicht zu warmer Spätsommermittag, nur wenige weiße Wölkchen schwammen auf dem tiefblauen Himmel. Ich öffnete das Schiebedach und war froh, dass der Fahrtwind mir die Stirn kühlte.

Als ich auf die Hängebrücke fuhr, meldete sich wieder

mein Handy. Manderscheidt sagte: »Sie haben offenbar ihr Ziel erreicht. Sie haben sich auf einer Bank am Ufer niedergelassen. Oben auf dem Damm der Allee. Ende.«

Ich wunderte mich, dass er mir den Ort nicht ein wenig genauer beschrieben hatte. Ich wollte ihn schon zurückrufen, aber dann wurde mir klar, dass er Klofft, seinen Passagier auf dem Rücksitz, nicht wissen lassen wollte, mit wem er gesprochen hatte und dass ich ihnen folgte.

Ich fuhr langsam die Allee entlang. Plötzlich sah ich vor mir, halb verdeckt durch die Bäume der Allee, Manderscheidts Familienkutsche, er hatte das Auto rückwärts und schräg in einer der Lücken zwischen den Alleebäumen auf der rechten Seite eingeparkt, so dass ein Passagier auf dem Rücksitz durchs Seitenfenster eine halbwegs gute Sicht nach hinten haben konnte. Ich trat auf die Bremse und hielt an, um von dem Passagier auf dem Rücksitz nicht erkannt zu werden.

Und dann sah ich auf halbem Wege zwischen mir und Manderscheidts Auto Katharina Fuchs und Henri Schmickler. Sie saßen auf einer der Bänke mit Blick auf den Strom. Er hatte den Arm um ihre Schulter gelegt, und sie schienen ganz in den Anblick des Panoramas versunken. Die Sonne funkelte auf den Wellen des Stroms und in ein paar Fenstern auf dem anderen Ufer, einige Lastkähne und ein weißer Ausflugsdampfer waren auf dem Wasser unterwegs.

Ich setzte ein Stück zurück und parkte in einer anderen Lücke zwischen den Bäumen. Am Wochenende hätte ich keinen Platz mehr gefunden, schon samstagmorgens waren die Parkplätze verstopft, und solange es noch warm war, lagen die Leute bis zum Sonntagabend auf den Wiesen von der Dammkrone bis hinunter ans Wasser. Heute, am Donnerstag, war es noch verhältnismäßig ruhig hier.

Herr Schmickler küsste Frau Fuchs, und sie zeigte ihm, dass sie damit sehr einverstanden war, sie legte den Kopf hingebungsvoll in den Nacken, und er fuhr mit seinem Mund von ihrem Mund hinab über das Kinn, bedeckte ihren Hals mit vielen kleinen Küssen und schien sich endlich über ihrem Brustansatz festzusaugen.

Mir wurde siedend heiß. Ich warf einen Blick hinüber zu Manderscheidts Auto. Ich weiß nicht, was ich erwartete, aber womöglich fürchtete ich, dass der Detektiv plötzlich herausspringen würde, er riss die Tür zum Rücksitz auf und beugte sich über Klofft, der mit merkwürdig verdrehten Gliedern leblos auf dem Polster lag, Manderscheidt zog sein Handy aus der Tasche, tippte mit fahrigen Fingern eine Nummer ein, starrte, während er auf Antwort wartete, auf das funkelnde Wasser.

Aber in Wahrheit stieg Manderscheidt nicht aus. Nichts rührte sich. Ich fuhr mein Seitenfenster hinunter, ließ die frische Luft herein. Ein lautes Blöken ließ mich zusammenfahren. Ein tief im Wasser liegender, stromauf stampfender Lastkahn schien sich mit seinem Horn über das Überholmanöver des Ausflugsdampfers beschwert zu haben.

Als ich wieder zu der Bank der beiden Liebenden schaute, waren Frau Fuchs und Herr Schmickler verschwunden. Nein – nicht verschwunden. Durch den Spalt zwischen den Sitzbrettern und dem untersten Brett der Lehne sah ich Kleidungsstücke, die sich heftig bewegten. Die beiden schienen sich auf der Bank ausgestreckt zu haben. Sie würden doch wohl nicht …

Ich hörte eine Frau lachen. Frau Fuchs, natürlich. Dann fiel eine Männerstimme in das Lachen ein. Die Frau und der Mann lachten so hingegeben, so hemmungslos wie Kinder, wenn sie rangeln und sich kitzeln.

Und dann hörte ich das näselnde Geräusch eines Anlassers, gleich darauf das dumpfe Blubbern des Auspuffs von Herrn Manderscheidts frisiertem Motor. Der Wagen schob sich aus der Parklücke heraus und fuhr die Allee zurück, in die Richtung, aus der wir gekommen waren. Herbert Klofft hatte wohl genug gesehen.

Oder hatte Manderscheidt die Observation abgebrochen? Hatte sein Passagier angefangen, nach Atem zu ringen, hatte er absonderliche Laute von sich gegeben? War sein Zerberus mit ihm auf dem Weg zum nächsten Krankenhaus?

Ich fuhr in hohem Tempo über die Allee zurück, bis ich Manderscheidts Auto vor mir sah. Halbwegs beruhigt war ich erst, als das Auto hinter der Brücke auf die Schnellstraße abbog. Sie fuhren offenbar zu Kloffts Haus.

Sobald ich in meinem Büro war, rief ich jedoch die Nummer der Villa an. Es dauerte eine ganze Weile, aber dann meldete sich eine rauhe Frauenstimme: »Hier bei Herr Klofft!«

Ich fragte: »Olga, sind Sie's?«

Sie gab keine Antwort.

Ich sagte: »Hier ist Alexander Zabel. Der junge Mensch, wissen Sie! Der Anwalt von Herrn Klofft!«

»Ja, ja!« Sie tat so, als hätte sie das schon lange gewusst.

»Okay, Olga… ich muss dringend mit Herrn Klofft sprechen!« Ich erschrak, als mir bewusst wurde, dass ich ihm gar keinen handfesten Grund für meinen Anruf nennen konnte. Ich konnte ihn ja nicht fragen, wie er denn den Live-act seiner ungetreuen Geliebten verkraftet habe.

Sie sagte: »Darf Herr Klofft nicht stören!«

»Wirklich nicht? Geht es … geht es ihm denn schlecht?«

Einen Augenblick lang schwieg sie. Dann sagte sie: »Moment.«

Es gab ein Geflüster und Geraschel im Telefon, dann hörte ich eine Männerstimme. »Ja, bitte? Karl Schaffrath hier.«

»Ach, Gott sei Dank, Karl! Herr Schaffrath, Entschuldigung! Ich wollte nur wissen, wie es Herrn Klofft geht!«

Er sagte: »Na ja. So einigermaßen.« Nach einem kurzen Zögern fragte er: »Waren Sie mit auf der Tour?«

»Nein, ich … ich hab's nur aus der Ferne gesehen.«

Er gab einen Brummton von sich. Dann sagte er: »Muss wohl strapaziös für ihn gewesen sein.«

»Hat man ihm was angemerkt? Ich meine … war er körperlich angeschlagen?«

»Na ja … Er hat einen ziemlich roten Kopf gehabt. Und Schweiß. Aber den hat er ja nun schon mal. Ich hab ihn gefragt, aber da ist er gleich aus der Hose gefahren. Mehr ging sowieso nicht.«

»Warum das?«

»Na ja, Olga und ich haben ihn auf sein Zimmer gebracht. Und dann hat er uns beide sofort rausgeschmissen. Gesellschaft nicht nötig. Unerwünscht. Feierabend.«

Ich fragte: »Ist denn Frau Klofft nicht da?«

»Nein.«

Als ich schon nachbohren wollte, sagte er: »Ist wahrscheinlich in ihrem Atelier. In der alten Fabrik. Kennen Sie ja.«

Woher wusste er, dass ich das Atelier kannte?

Er schwieg wieder eine Weile, bevor er sagte: »Sonst hätte er die Tour ja gar nicht machen können.«

»Wieso nicht?«

Er zögerte, dann sagte er: »Ich nehme an, er möchte sie nicht wissen lassen, dass er noch immer so … an Katharina hängt.«

»Ja. Ja, das verstehe ich.«

Er schwieg.

Ich sagte: »Sagen Sie ihm bitte einen schönen Gruß von mir. Wenn Sie wieder mit ihm sprechen können.«

»Mache ich.«

39

Am Nachmittag kam Hochkeppel, als er vom Mittagessen zurückkehrte, in mein Büro und sagte, wir hätten uns doch noch mal zusammensetzen und alle Aspekte des Falles Klofft durchsprechen wollen. Leider habe er es früher nicht geschafft, aber ob ich denn am Abend Zeit hätte, er werde dann länger im Büro bleiben. Wenn ich wollte, könnten wir auch zusammen was Gutes essen gehen und dabei wenigstens das Wichtigste besprechen. Ich hätte doch sicher eine Aufstellung der Punkte, die mir besonders heikel erschienen, die könnten wir dann miteinander durchgehen.

Ich hatte solch eine Liste nicht, und ich hatte auch nicht die geringste Lust, mit ihm den Abend in einem seiner Fresslokale zu verbringen, wahrscheinlich hatte er einen neuen Tipp bekommen und würde die halbe Zeit damit verbringen, mich auf die Qualitäten oder die Mängel dieser Küche hinzuweisen und zu berichten, wo bei den Sterneköchen der Stadt und des nahen oder auch ferneren Auslands er diese oder jene lukullische Rarität, die uns aufgetischt wurde, schon erheblich besser gegessen hatte, und am Ende würden wir, schwer von den Aperitifs und Digestifs, vom Fressen und zwei Flaschen dunkelrotem Bordeaux uns im Taxi nach Hause karren lassen und ins Bett fallen und zwei Minuten später grunzend schnarchen, ich nicht anders als er.

Ich sagte, das sei aber nicht nötig, dass er mir einen Abend opfere, den er wahrscheinlich ja auch lieber mit seiner lieben Frau verbringe, und ich könne doch versuchen, heute Nachmittag früher fertig zu sein, und dann käme ich zu ihm und wir könnten die wichtigsten Punkte noch im Büro bereden und dann beide unseren Feierabend machen. Er sträubte sich ein wenig, wahrscheinlich war er darauf aus, die neue Adresse zu testen, einmal aus Fresslust, dann aber wohl auch, weil er seine Frau oder seine Geschäftsspezis nicht in ein ungetestetes Restaurant ausführen wollte.

Schließlich ging er auf meinen Vorschlag ein, und es kam so, wie ich es befürchtet hatte. Er geriet ins Erzählen, und die einzige wesentliche Information, die dabei heraussprang, war wieder eine, die er mir offenbar bis zuletzt hatte verschweigen wollen: Klofft war mit Panda, Herrn Dr. Pandlitz, dem uns zugeteilten Richter, schon einmal in einem früheren Fall, in dem er einen seiner Arbeitnehmer gepiesackt hatte, aneinandergerasselt; und in einem anderen, späteren Prozess hatte er auch noch vergeblich versucht, Panda gleich als befangen abzulehnen.

Gute Karten. Und Hochkeppel übertraf sich selbst, als er, nachdem er mir das gesteckt hatte, mit bekümmerter Miene sagte: »Tut mir wirklich leid, Alex! Aber das ändert nichts daran, dass wir diesen Prozess unter allen Umständen gewinnen müssen. Ich hab Ihnen ja schon mal erklärt, warum.« Als ich die Augenbrauen hochzog, sagte er: »Ich will … Ich möchte nicht mein Gesicht verlieren. Und ich will nicht auch noch Sie diskreditieren. Als mein … willfähriges Werkzeug. Verstehen Sie?«

Ich seufzte. Er sagte: »Versuchen Sie, Herrn Pandlitz' Vorurteile auszuräumen, Alex!« Und nach einer kleinen Pause setzte er hinzu: »Sie schaffen das!«

Am Samstag rief ich noch einmal bei Klofft an. Wieder meldete sich Cilly. Sie sagte in einem fast schon geschäftsmäßigen Ton, es gehe ihm gut, aber er schlafe. Eben um elf habe er nach der Zeitungslektüre gesagt, er wolle lieber sich ins Bett legen, als im Stuhl einschlafen, und Olga habe ihn ins Bett gebracht.

Ich sagte, ich hätte ihn auch nur vor dem Gütetermin am Montag noch einmal sprechen und ihn fragen wollen, ob er mir irgendetwas mit auf den Weg zu geben habe.

Sie erwiderte, das glaube sie nicht. Sie habe ihn heute Morgen nach dem Prozess gefragt, und er habe geantwortet, der erste Akt gehe am Montag über die Bühne, aber es sei wohl anzunehmen, dass sein Anwalt das nicht vergessen habe und sich gebührend anstrenge, dafür werde er ja schließlich bezahlt. Sie lachte.

Unsere letzte Begegnung ließen wir unerwähnt.

Ich verbrachte ein ruhiges Wochenende mit Frauke. Sonderlich beunruhigt fühlte ich mich nicht vor dem Termin.

Ich hatte meine Hausaufgaben gemacht, und jedermann, der sich den Fall ein wenig genauer ansah, würde wissen, dass ich einen schweren Stand hatte. Zu verlieren hatte ich eigentlich nichts, nicht einmal bei Hochkeppel, denn gerade der wusste, dass er mir auf hinterhältige, auf abgefeimte Art eine Last aufgeladen hatte, die er selbst nicht hatte tragen wollen.

Um zehn vor zehn war ich schon im Gericht. Ich holte mir in der Cafeteria noch einen Kaffee und schlenderte damit zu dem kleinen Saal, in dem der Gütetermin stattfinden sollte. Die Tür stand offen, ein paar Leute hatten sich dort zusammengefunden, sie schauten in den Saal, schüttelten die Köpfe. Ich trat heran, reckte mich und schaute den Leuten ungläubig über die Schulter. Die wenigen Reihen der Stühle für die Zuschauer waren offenbar voll besetzt.

Ich trank meinen Kaffee, zog meine Robe an und drängte mich in den Saal. Am Tisch der Klägerin saß die bildschöne Frau Fuchs mit den goldblonden, kurzgeschnittenen Haaren, gekleidet in ein schlichtes, graues Kostüm und eine weiße Bluse mit Jabot, graue Seidenstrümpfe und dunkelgraue Pumps. Neben ihr und im Gespräch halb über sie gebeugt stand der braungebrannte Herr Schmickler in einem olivfarbenen Tweedjackett mit blassgrünem Hemd und dezent gemusterter Seidenkrawatte, dunkelgrüner Hose und handgearbeiteten, mokkafarbenen Schuhen.

Katharina Fuchs musterte mich mit ihren braunen, schimmernden Augen. Ich war mir nicht sicher, ob ein Funken des Wiedererkennens darin aufglomm, aber ich glaube eher nicht; sie war auf der Rennbahn ja mit schöneren Dingen beschäftigt gewesen, ich war ihr dort wohl kaum aufgefallen. Ich neigte den Kopf zu einem angedeuteten Diener, sie reagierte nicht. Wahrscheinlich sah sie in mir den Feind, den Söldner ihres ehemaligen Liebhabers.

Ich ließ mich am Tisch des Beklagten nieder und packte meine Akte aus. Unterdessen trat Panda ein.

Er war mit leicht eingezogenem Kopf wie ein riesiger Rabe in der normalhohen Tür des Richterzimmers erschienen, bewegte mit ein paar geschwinden Schritten seine schwarzumhüllte, mächtige Fülle hinter den Richtertisch, stand nun dort hoch aufgerichtet und ließ die dunklen Augen durch den Saal wandern. Schließlich sagte er: »Würde bitte jemand die Tür schließen?«

Es gab ein leichtes Gepolter, irgendein Hilfswilliger war durch den Auftritt wohl so erschreckt worden, dass er bei dem Bemühen, das Verlangen des Richters umgehend zu erfüllen, ins Stolpern geraten war. Die Tür wurde geschlossen. Panda sagte: »Ich danke Ihnen.«

Er ließ sich nieder auf seinen Ledersessel, schlug die Akte auf, die er mitgebracht hatte, richtete den Blick auf Katharina Fuchs, von ihr zu Henri Schmickler, der sich stiekum auf einen Stuhl in der ersten Reihe zurückgezogen hatte, aber dank seiner Bräune aus der Menge hervorstach, sah dann wieder Katharina an und fragte: »Sie sind Frau Fuchs?«

Sie stand auf und antwortete: »Ja, Herr… Herr Vorsitzender. Katharina Fuchs.«

Panda hob die Hand, als wolle er sie begütigen, und sagte: »Behalten Sie doch Platz, bitte!«

Frau Fuchs setzte sich ein wenig zögernd.

Panda sagte: »Sie wissen, dass Sie an diesem Termin noch gar nicht hätten teilnehmen müssen?«

Sie schluckte, dann sagte sie: »Ja, das weiß ich… Herr Vorsitzender.« Er nickte, sah wieder in seine Akte, hob dann den Blick erneut zu Frau Fuchs. »Ihr Anwalt ist noch nicht erschienen?«

»Nein, ich…«

Wie aufs Stichwort sprang die Tür auf, Gladke kam herein, versuchte, die Tür hinter sich zuzuwerfen, und eilte mit wehender Robe zu seinem Platz, sagte noch im Vorwärtseilen: »Ich bitte um Vergebung, Herr Doktor Pandlitz, aber ich bin –«

»Ja, ja, schon gut, ersparen Sie uns den Rest! Aber ich verhandle nicht gern bei offener Tür!«

Gladke warf einen irritierten Blick zurück. Die Tür war wieder aufgesprungen, sie öffnete sich langsam und wie von Geisterhand bewegt in den Saal hinein. Gladke eilte mit wehender Robe zurück, als ein Zuhörer, vermutlich der, der sich schon einmal nützlich gemacht hatte, aufstand, die Türklinke wie ein rohes Ei fasste und die Tür geräuschlos schloss.

Panda sagte: »Danke schön!«

Der Zuhörer erstarrte eine Sekunde lang, dann machte er einen Diener und setzte sich wieder.

Panda sah ein wenig unwillig auf Gladke, der unterdessen seine Mandantin mit einem Handkuss begrüßt hatte, dann auch Herrn Schmickler einen Händedruck zukommen ließ, bevor er die Robe raffte und sich auf den Stuhl neben Frau Fuchs setzte, den Aktenkoffer hob und mehrere Aktenstücke auspackte, schließlich mit einem zufriedenen Aufatmen, als habe er gerade noch den letzten Bus bekommen, sich zurücklehnte und die Hände auf dem Tisch faltete.

Der Richter warf ihm noch einen scharfen Blick zu, dann eröffnete er die Verhandlung. Er fasste kurz und sehr exakt Gladkes Klageschrift und den gegenwärtigen Sachstand zusammen und sah dann mich an. »Herr Doktor Zabel?«

Ich bedankte mich bei Panda, was Gladke mit einem süffisanten Lächeln quittierte, und nahm Stellung zu der Klage. Ich beschränkte mich auf die beiden zentralen Argumente in Gladkes Schrift, die Zurückweisung von Klofft's Behauptung, Frau Fuchs habe sich zu Unrecht krankschreiben lassen, und Gladkes Entgegnung auf den Vorwurf, Frau Fuchs habe eigenmächtig einen nicht genehmigten Urlaub angetreten und genommen, dazu seine ausführliche Darlegung der medizinischen und therapeutischen Qualitäten des Hotels *Beauté du Lac.*

Da Kloffts Argument, das Attest sei erschlichen, unzweifelhaft halsbrecherisch war, ließ ich die Finger davon, ungeachtet der Recherchen von Herrn Manderscheidt, die Herrn Dr. Wehling, den Hausarzt, als korrupten Lüstling hatten entlarven sollen. Ich hatte mir wohl überlegt, ob ich stattdessen nicht doch – und gegen den Willen meines Mandanten – Katharinas Drohung, sie werde halt krank werden, wenn sie den Urlaub nicht bekomme, ins Spiel bringen könnte.

Ich musste dann zwar mit Kloffts Protest rechnen, aber die Befürchtung, die er vermutlich hegte, Katharina werde, um sich zu revanchieren, die Nötigung, die er begangen hatte, anprangern, schien mir ziemlich unbegründet. Ich glaubte nicht, dass das schöne, heute deutlich auf Dame gestylte Käthchen in Anwesenheit ihres neuen Liebhabers sich nach den Details dieser Nötigung mochte ausfragen lassen, um im schlimmsten Fall zugeben zu müssen, dass sie auf die ominösen Wünsche ihres Chefs recht weit eingegangen war.

Meine Position war einerseits erbärmlich schwach, andererseits fühlte ich mich, da Gladkes Auftritt den Richter anscheinend verärgert hatte, im Aufwind. Ich riskierte also diesen zweischneidigen Hinweis, dass Frau Fuchs ihrem Arbeitgeber gedroht hatte. Allerdings gab ich die Drohung, um die Dame und ihren Anwalt nicht doch allzu sehr zu reizen, ein wenig verschleiert wieder und nicht in der groben Form, in der sie wahrscheinlich ausgesprochen worden war.

Ich sagte, wenn mein Mandant in seinem Kündigungsschreiben von einem erschlichenen Attest gesprochen habe, dann habe nicht zuletzt die Klägerin ihn dazu provoziert. Sie habe nämlich in der Diskussion um den Urlaub, den sie so Knall auf Fall und ungeachtet der prekären Auftragslage der Firma habe antreten wollen, mehrfach angedeutet, dass sie, wenn ihr dieser Urlaub verweigert werde, ja auch krank werden könne und dass der Betrieb auch dann ja ohne sie fertig werden müsse.

Ich sah, während ich meine Stellungnahme vortrug, dass Gladke zusammenzuckte, sich zu Frau Fuchs beugte und auf sie eintuschelte. Sie tuschelte zurück.

Ich sagte, vielleicht habe Frau Fuchs ja nur sagen wollen, dass wir alle uns in Gottes Hand befänden und niemand gegen eine jähe Krankheit oder gar Schlimmeres gefeit sei. Aber man könne es gewiss auch meinem Mandanten nicht verdenken, wenn er angesichts solcher Äußerungen Zweifel an dem darauffolgenden Leiden von Frau Fuchs bekommen habe. Zumal dieses Leiden über Nacht und gerade rechtzeitig zum Beginn des geplanten Urlaubs die Patientin ereilt habe.

Im Augenwinkel sah ich, dass der goldblonde Schopf von Frau Fuchs sich heftig bewegte, und als ich, wie beiläufig und nach der Fortsetzung meiner Argumentation suchend, meine Augen über sie hinweggleiten ließ, begegnete ich ihrem empörten Blick, sie hatte sich steil aufgerichtet, ihre zarten Wangen trugen rote Flecken, und sie bewegte die Lippen. Ich glaubte, den Ausruf »Unverschämtheit!« ablesen zu können.

Und während ich meinen angeblich suchenden Blick von ihr weggleiten ließ, sah ich auch noch Herrn Manderscheidt. Er stand mit einigen anderen Leuten, die keinen Sitzplatz mehr gefunden hatten, in dem engen Gang zwischen den Sitzreihen und der Seitenwand des Saals, besaß tatsächlich die Frechheit, mir anerkennend zuzunicken, lächelte breit und hob den Daumen. Ich wandte meinen Blick zum Richtertisch, aber zum Glück verharrte Panda in seiner Pose, den Kopf ein wenig schräg und halb gesenkt, so dass die dicken Wangen tiefe Falten schlugen, die Robe aufgeplustert wie das Gefieder einer riesenhaften, brütenden Räbin.

Zu Gladkes Argumentation gegen den Kündigungsgrund, Frau Fuchs habe ihren nicht genehmigten Urlaub eigenmächtig angetreten, erklärte ich, man könne doch nicht so tun, als habe mein Mandant keinen Anlass gehabt anzunehmen, dass Frau Fuchs sich aus eigener, angemaßter Kompetenz den Urlaub genehmigt habe, den sie so dringend habe antreten wollen – aus Gründen, die sie bis heute weder ihrem Arbeitgeber noch dem Gericht erläutert habe.

Man müsse wissen, dass Frau Fuchs im Verlauf des letzten Jahres zunehmend durch einen laxen Umgang mit ihrer Arbeitszeit aufgefallen sei. Sie habe ihre Präsenzpflicht an ihrem –

Ich wurde durch ein scharfes Klatschen unterbrochen, das vom Tisch der Klägerin gekommen war. Katharina Fuchs hatte offenbar empört mit der flachen Hand auf den Tisch geschlagen, Gladke war gerade dabei, ihre Hand, die noch auf dem Tisch lag, beruhigend zu tätscheln und ihr etwas ins Ohr zu flüstern.

Der Richter, der zusammengefahren war, musterte die Szene mit stark gerunzelter Stirn. Er sagte: »Mäßigen Sie sich, Frau Klägerin!« Nach einer bedrohlich wirkenden Pause wandte er sich zu mir: »Fahren Sie bitte fort, Herr Doktor Zabel!«

»Vielen Dank, Herr Vorsitzender!« Ich räusperte mich und sagte: »Ich hatte sagen wollen … vor dieser bedauerlichen Unterbrechung, die ich …«, ich wandte mich dem Tisch der Klägerin zu, Gladke musterte mich mit einem verhaltenen, arroganten Lächeln, Katharina Fuchs funkelte mich aus den schönen braunen Augen an, ich lächelte zurück, »… Unterbrechung, die ich natürlich verstehen kann, denn das, was ich zu sagen habe, ist nicht sehr angenehm für die Klägerin.«

Ich rückte die Schultern unter der Robe zurecht, wandte mich dem Richter zu, schlug die Arme übereinander und sagte lächelnd: »Frau Fuchs hat also zunehmend ihre Präsenzpflicht am Arbeitsplatz vernachlässigt, und dazu bieten wir als Beweis an: Erstens, einschlägige Notizen des Prokuristen der Firma, Herrn Gerhard Pauly, und zweitens:

ebensolche Notizen des Leiters der Fertigungsabteilung, also des direkten Vorgesetzten von Frau Fuchs, Herrn Doktor-Ingenieur Ralf Vogel, und drittens: einschlägige Beobachtungen dreier Zeugen, allesamt Arbeitskollegen von Frau Fuchs, die mit ihr im täglichen Arbeitsablauf ständig in Kontakt standen.«

Ich legte eine Pause ein, schlug meine Akte auf und tat, als suchte ich etwas, nickte dann bestätigend und schlug die Akte wieder zu. Ich sah, dass Katharina Fuchs anhaltend und heftig den Kopf schüttelte, als sei das, was ich vortrug, ganz unerhört und unglaublich. Des ungeachtet herrschte im Zuhörerraum ein gespanntes Schweigen.

Ich fuhr fort, außerdem könne und dürfe man nicht beiseiteschieben, dass die Personalabteilung von *Klofft Ventile* vom Beginn der Woche an, in der Frau Fuchs sich habe krankschreiben lassen, mehrfach, aber vergeblich versucht habe, die Patientin telefonisch zu Hause zu erreichen, um sich nach ihrem Befinden zu erkundigen, und dass man sogar einen Angestellten der Personalabteilung zu ihr geschickt habe, auch das mehrfach, aber vergeblich.

Ich warf den rechten Arm empor, so dass der Ärmel der Robe sich dramatisch bewegte, und rief aus: »Was für einen Eindruck sollte, angesichts eines solchen Tatbestandes, mein Mandant denn von der Krankheit dieser Angestellten gewinnen, zumal sie exakt um ebendiese Zeit –«

Die Störung, die mich diesmal unterbrach, war noch heftiger als die erste: Es klopfte an die Tür, ziemlich hart, und unmittelbar danach schwang die Tür auf, es erschien Karl Schaffrath, in seiner graublauen Chauffeursuniform, die Mütze in der Linken haltend. Karl trat beiseite, hinter ihm rollte Herbert Klofft, auf seinen Karren gestützt, in das Sälchen. Karl schloss die Tür und ging hinter Klofft her, die Hände halb erhoben, als fürchte er, dass Klofft jeden Augenblick taumeln und stürzen könne.

40

Der Richter saß regungslos in seinem Sessel, nur die dunklen Augen bewegten sich, sie musterten Klofft von oben bis unten. Dieser rollte auf den Richter zu, hielt schließlich an und sagte mit ein wenig krächzender Stimme: »Tut mir leid, Herr Pandlitz, aber es ist für einen Behinderten ein schwieriges Unterfangen, in der Nähe dieses Gerichts ... dieses Gerichts einen Parkplatz zu finden. Und ohne meinen treuen Mitarbeiter hier ...«, er wandte sich halb um, deutete auf Karl, »... ohne ihn wäre es sogar unmöglich gewesen. Ich finde, das ist ein unglaublicher Skandal. Und das auf die Gefahr hin, dass Sie wieder mal anderer Meinung sind als ich!«

Panda richtete sich auf, hob die flache Hand und bewegte sie ein paarmal abwärts, als wolle er Kloffts Redefluss dämpfen. Er sagte: »Das lassen wir jetzt mal! Sie wissen doch, dass Sie zu diesem Gütetermin gar nicht hätten erscheinen brauchen. Und Ihr Anwalt vertritt Sie ausgezeichnet, nach meinem Eindruck.«

Auf diese Anmerkung ging Klofft nicht ein. Stattdessen sagte er: »Gütetermin?!« Er lachte mühsam. »Gütetermin, ja, ja, das kennen wir schon!«

Panda zog die Brauen zusammen, winkte ab. Dann sah

er über seine Schulter nach hinten. »Hier stehen noch zwei Stühle … vielleicht können Sie, Herr …« Er deutete auf Karl.

Karl zögerte kurz, dann trat er vor, ging mit einem Diener an Panda vorbei und holte einen Stuhl, der hinter dem Richter stand, kam damit nach vorn und schaute mich fragend an. Ich hatte unterdes mit steinerner Miene Klofft begrüßt, nahm Karl den Stuhl ab und stellte ihn neben meinen an den Tisch des Beklagten.

Karl half Klofft, sich auf den Stuhl zu setzen. Klofft, der einen solch unbequemen Sitz schon lange nicht mehr benutzt hatte, ächzte unterdrückt, aber deutlich, als er sich niederließ, gab seinem treuen Mitarbeiter halblaut mehrere Anweisungen, ihm zu einer anderen Position zu verhelfen, die Karl jedes Mal mit fragendem Blick zu befolgen versuchte.

Der Saal verfolgte in angespanntem Schweigen den Vorgang. Panda sah mit zusammengezogenen Brauen zu. Schließlich schob Klofft mit einer jähen, ärgerlichen Bewegung Karl zur Seite. Karl rollte den Karren zurück und reihte sich neben der Tür unter die Zuhörer ein, die in den Seitengängen standen.

Der Richter senkte den Kopf. Dann blickte er auf und sagte: »Fahren Sie bitte fort, Herr Doktor Zabel.«

Ich blickte auf meine Akte, tat, als müsse ich mich sammeln, kämpfte meinen Zorn auf Klofft hinunter, räusperte mich und sagte: »Ich will diese Verhandlung nicht noch länger stören und aufhalten, ich werde mich kurzfassen.« Nach einem Blick empor zur Decke und einer kleinen Pause fuhr ich fort: »Wie ich schon sagte, hatte mein Mandant sehr gute Gründe anzunehmen, dass die Klägerin durchaus eigenmächtig den Urlaub angetreten hatte, der ihr aus zwingenden betrieblichen Gründen verweigert worden war.«

Mich streifte der Gedanke, Gott möge verhüten, dass Gladke oder gar Panda auf den Gedanken kämen, diese zwingenden betrieblichen Gründe unter die Lupe zu nehmen, und womöglich bei Gaston Weber in Thionville landeten. Ich sagte: »Erlauben Sie mir abschließend noch ein Wort zu dem Hotel, in dem Frau Fuchs ihren Urlaub verbracht hat«, ich sah schon wieder eine heftige Bewegung am Tisch der Klägerin, »und zu dem Berg von Materialien zu diesem Punkt, mit dem der Kollege Gladke das Gericht zu überschütten für nötig gehalten hat.«

Ich richtete mich auf, holte Luft und sagte dann lächelnd: »Dieses Hotel *Beauté du Lac* ist, um es im Jargon der Reisebranche auszudrücken, ein Luxusschuppen. Arabische Scheichs, französische und amerikanische Schauspieler und Regisseure, deutsche Unternehmer samt ihren Gattinnen«, ich fügte nach einer kleinen Pause hinzu: »und manchmal auch ohne sie«, wartete das unterdrückte Lachen ab, das hinter mir aufkam, und den strafenden Blick, den Panda in den Zuhörerraum warf, beschloss alsdann meinen Satz mit der Behauptung: »... sie alle gehören zu den Stammgästen dieses Hotels. Freilich ...!«

Ich unterbrach mich nach diesem Ausruf. Panda hatte die Hand gehoben. Noch immer herrschte Unruhe im Saal, Geraune, Lachen. Panda sagte: »Ich bitte dringend um Ruhe im Zuhörerraum!« Er schwieg, ließ nur die dunklen Augen wandern. Die Geräuschkulisse erstarb. Panda richtete den Blick auf mich: »Und Sie, Herr Anwalt, wollen sich bitte auf die Sache beschränken!« Da ich die Augen gesenkt hatte, sah ich, dass Kloffts Brust und Bauch zu meiner Rechten bebten. Er sah auf zu mir und lachte unterdrückt.

»Selbstverständlich, Herr Vorsitzender!« Ich nahm das Wort wieder auf, bei dem Panda mich unterbrochen hatte: »Freilich … hat dieser Luxusschuppen sich in den vergangenen Jahren einen ganzen Apparat von medizinisch-therapeutischem … nun ja: Kokolores angegliedert …« Gladke sagte unterdrückt, aber deutlich: »Unglaublich!« Ich fuhr fort: »… bis hin zu leibhaftigen Ärzten, die für ein vermutlich saftiges Honorar den Gästen den Eindruck vermitteln, man lasse ihnen, zwischen Tennisspielen und Cocktailstunde, auch noch eine Heilbehandlung angedeihen. Ich will nicht in die Details gehen, das wäre zu zeitaufwendig, aber wir wissen doch alle, was von solcher Scharlatanerie, von den einschlägigen Instituten, von Schönheitsfarmen, Anti-Aging-Kliniken und ähnlichen Unternehmen, zu halten ist.«

»In den vergangenen Jahren«, ich griff in meinen Koffer, holte einen dicken Packen Fotokopien hervor, die Frauke mir aus dem Archiv ihrer Zeitung besorgt hatte, »ist eine Unzahl von kritischen Auseinandersetzungen mit dieser … Branche veröffentlicht worden. Ich habe hier«, ich hob den Packen hoch, »eine kleine Auswahl aus dem vergangenen Jahr zusammengestellt. Ich will damit nicht das Gericht überschütten, aber ich werde ihm, wenn es das wünscht, dieses Material natürlich gern zur Verfügung stellen. Unwesentlich ist es jedenfalls nicht. Denn in seinem Licht erscheinen die zahlreichen Gutachten, die die Klägerin aus ihrem Urlaubshotel mitgebracht hat, denn doch … ein wenig fragwürdig.«

Ich legte den Packen ab. »Damit möchte ich fürs Erste enden. Ich danke Ihnen für Ihre Geduld.«

Ich lehnte mich zurück. Klofft hob die Hände und spendete zittrigen, aber lautlosen Applaus. Der Richter schickte ihm einen bösen Blick und sagte dann: »Vielen Dank, Herr Doktor Zabel. Herr Gladke … möchten Sie zum Vortrag des Kollegen …?«

»Aber ja, aber ja, Herr Vorsitzender …« Er richtete sich auf, schüttelte die Ärmel seiner Robe zurecht. Ich sah, dass Frau Fuchs vornübergebeugt am Tisch saß, die Arme aufgestützt. In der Rechten hielt sie ein kleines, zusammengedrücktes Taschentuch, mit dem sie sich die Augen wischte. Ihre Schultern zitterten.

Gladke sagte: »Hohes Gericht! Ich habe selten in einem Fall, dessen … menschliche Komponente so offensichtlich ist und jedes … jeden aufgeschlossenen Beobachter unmittelbar anrührt, ich habe selten eine so … so rüde, so kalte Rechtfertigung einer Kündigung gehört, die in Wahrheit in jeder Hinsicht unzulässig und unwirksam ist. Eine derartige Gefühllosigkeit …«

Panda sagte, ohne die Stimme zu heben: »Zur Sache bitte, Herr Anwalt!«

»Sofort, Herr Vorsitzender!« Ich merkte, dass Gladke wütend war. Er fuhr fort: »Aber niemand, niemand, Herr Vorsitzender, sollte und kann über die menschliche Komponente dieses Falles hinweggehen! Wir sehen hier eine Frau, die elf Jahre lang, elf wichtige Jahre ihres jungen Lebens hat sie treu, treu und oft bis zur Aufopferung, einem Unternehmer ihre Kraft zur Verfügung gestellt.«

Ich sah, dass Klofft sich heftig bewegte. Er zog ein Bein

an, stützte beide Hände auf die Tischkante. Ich sah ihn an, legte ihm die Hand auf den Arm, um ihn zu beruhigen. Er schüttelte die Hand ab.

Gladke fuhr fort: »Und was geschieht dann? Wie wird solche Treue belohnt? Aus vergleichsweise nichtigem Anlass schmeißt der Unternehmer diese Frau raus. Er lässt sie, wie wir eben mit eigenen Ohren gehört haben, durch seinen Anwalt bedenkenlos beschuldigen, sie hätte ihre Arbeit vernachlässigt. Er setzt sie, mit erfundenen und erlogenen Begründungen, von heute auf morgen auf die Straße! Und das nach elf Jahren, ich sage es noch einmal: elf Jahren treuer und aufopferungsvoller Dienste! Und nun …«

Er konnte seinen Satz nicht vollenden. Mit einer gewaltigen Kraftanstrengung kam Klofft auf die Beine, er hielt sich mit verkrampften Händen am Tisch fest und schrie laut: »Treu?! Aufopferungsvoll?!«

Von hinten kam Karl herangeeilt, er fasste Klofft unter die Achsel und stützte ihn. Klofft schrie: »Wovon reden Sie, Sie Rechtsverdreher?«

Panda rief mit donnernder Stimme: »Herr Klofft!«

Klofft antwortete krächzend, aber nicht weniger durchdringend: »Sehen Sie sich diese Frau doch mal an! Das ist eine Schlampe, wie sie im Buch steht! Treu? Die ist so treu wie eine läufige Hündin!«

Panda donnerte: »Ich rufe Sie zum letzten Mal zur Ordnung, Herr Klofft!«

Klofft antwortete mit schwacher, aber deutlicher Stimme: »Rufen Sie doch wen oder was Sie wollen! Der Staat hat Ihnen ja den Freibrief gegeben. Glauben Sie, ich kapiere nicht, was hier gespielt wird? Wie oft lässt die Nutte Sie denn ran für ein nettes Urteil? Ohne mich, mein Lieber, dabei sehe ich nicht auch noch zu! Ich gehe!«

Karl zischelte mir zu: »Stützen Sie ihn mal!«

Ich fasste Klofft unter der Achsel. Karl eilte davon.

Ich sagte unterdrückt: »Einen Augenblick, Herr Klofft! Wir bringen Sie raus!«

Er sagte rauh: »Sie bringen gar nichts! Sie bleiben gefälligst hier! Was meinen Sie denn, für was ich Sie bezahle!« Sein Kopf war feuerrot, seine Stirn nass von Schweiß.

Karl kam mit dem Karren wieder. Er stellte ihn so auf, dass Klofft die Griffe erreichen konnte, Klofft packte sie mit beiden Händen und rollte fort vom Tisch des Beklagten. Karl folgte ihm, beide Arme leicht angehoben.

Der Richter, hoch aufgerichtet, verfolgte das Manöver schweigend. Ein Zuhörer öffnete die Tür des Saals. Klofft, gefolgt von Karl, rollte hinaus. Der Zuhörer schloss die Tür hinter ihnen. Vom Tisch der Klägerin war ein schluchzender Laut zu hören.

Ich sagte: »Herr Vorsitzender, verzeihen Sie, ... aber ich möchte für das Benehmen meines Mandanten um Entschuldigung bitten ...«

»Daran tun Sie gut, Herr Anwalt!«

Ich sagte: »Er ist ... durch diese Verhandlung in einen Zustand geraten, dem er ... nicht gewachsen war ... Er ist sehr krank.«

»Das mag sein. Aber zunächst einmal ...«, er ließ sich in seinem Sessel nieder, »etwas anderes.« Er hob das Mikrofon seines Tonbandgeräts an die Lippen: »Der Beklagte Herbert Klofft wird wegen ungebührlichen Benehmens vor Gericht zu einem Ordnungsgeld von neunhundert Euro, ersatzweise drei Tagen Ordnungshaft, verurteilt.« Er legte das Mikrofon ab, sah mich an: »Und damit ist er noch unter dem Limit weggekommen, das brauche ich Ihnen nicht zu erklären.«

»Nein, Herr Vorsitzender, das brauchen Sie nicht.«

Er nickte, dann sah er Gladke an: »Herr Gladke, möchten Sie bitte Ihren Vortrag fortsetzen?«

Gladke sagte: »Herr Vorsitzender, nach Rücksprache mit meiner Mandantin möchte ich auf Weiteres verzichten. Im Übrigen verweise ich auf unsere Klageschrift.«

»Ja, natürlich. Gut.« Die dunklen Augen sahen mich an. »Sie noch etwas, Herr Anwalt?«

»Nein, danke, Herr Vorsitzender.«

Der Richter sagte: »In Anbetracht dieses ... ungewöhnlichen Zwischenfalls wird die Verhandlung unterbrochen ...« Er sah auf die Uhr, überlegte. Dann sagte er: »... auf die Dauer einer Viertelstunde.« Er erhob sich, ging mit schnellen Schritten hinaus, zog vor dem Türrahmen den Kopf ein.

41

Sobald sich die Tür hinter Panda geschlossen hatte, brach ein allgemeines Gebrabbel im Saal aus. Es schien, als gebe es niemanden unter den Anwesenden, der sich nicht ein Urteil über diesen Fall gebildet hatte und möglichst umgehend andere davon in Kenntnis setzen wollte. Ich sah zwei Kollegen aus anderen Kanzleien, die offenbar auf dem Weg zu mir waren. Ich wandte mich ab und drängte mit anderen zur Tür hinaus.

Eine schon etwas reifere Dame, an deren Busen ich im Gedränge geriet, sagte mit schwimmenden Augen zu mir: »Ich glaube nicht, dass Sie den Prozess gewinnen können. Aber Sie haben sich bis jetzt hervorragend geschlagen, das sage ich Ihnen!«

Was war los mit dieser Dame? Mit dem, was ich von mir gegeben hatte und wie ich es von mir gegeben hatte, konnte ich doch nur bei alten Knackern wie Klofft oder Hochkeppel Eindruck gemacht haben. Aber doch nicht bei einer Frau?

Oder hatte ihr Gatte sie mit einer Gottesgabe wie dieser Katharina Fuchs betrogen?

Ich verwies mir selbst dieses lästerliche Wort. Mich hatte wahrhaftig ein heißer Schwall von Mitleid angefallen, als ich Katharina Fuchs hatte aufschluchzen hören. Ich wusste, dass ihr Jammer nicht von dem Bruch mit Klofft herrührte und nicht von seinem blamablen Abgang aus dem Gerichtssaal. *Ich* war es gewesen, der sie wirklich übel verletzt hatte. Meine boshaften Formulierungen, die infamen Andeutungen, die ich selbst im Schwung meines Vortrags auch noch genossen hatte, waren ihr so unter die Haut gedrungen, dass sie ihre Tränen nicht zurückhalten konnte.

Gladke hatte recht gehabt: Ich war gefühlskalt und rüde gewesen. Erst der Beifall, den Klofft mir spendete, hatte mich stutzig gemacht.

Ich trat in eine Fensternische und versuchte, die Selbstvorwürfe, die mich quälten, hinunterzuwürgen. Plötzlich hörte ich eine Stimme. Manderscheidts Stimme, natürlich. Dieser Mann ließ sich nicht abschütteln.

Er sagte: »Mein lieber Mann, Doktor, so was hätte ich

Ihnen gar nicht zugetraut! Sie sind ja tatsächlich ein richtig scharfer Hund! So, wie Sie die Kleine zusammengefaltet haben! Die war ja völlig aufgelöst! Respekt!«

Ich wandte mich zu ihm, sah ihn wütend an. Er merkte wohl, dass etwas nicht stimmte. Er sagte: »Also, ich sag nur, was so der allgemeine Eindruck im Saal war. Die Leute haben wirklich Spaß an Ihnen gehabt.«

Er lächelte ein wenig verlegen. Aber das war natürlich noch nicht alles, was er loswerden wollte. Wahrscheinlich wollte er mir noch ein wenig Trost mehr spenden, ein wenig Balsam auf die Wunden träufeln, die er bei mir vermutete. Er sagte: »Und dann kommt dieser alte Esel, dieser Stier von Klofft und trampelt alles über den Haufen, was Sie so genial aufgebaut haben! Wirklich, ich hätte ihn aus dem Saal jagen mögen! So eine Idiotie! Bloß, weil er dieser Frau nicht verzeihen kann, dass sie ihm den Laufpass gegeben hat! Legt sich abermals mit dem Pandlitz an! Unglaublich!«

Ich sah ihn an, ohne eine Reaktion zu zeigen. Er versuchte, zum Abschluss zu kommen, ihm war auf einmal anscheinend unbehaglich in meiner Gesellschaft.

Er sagte: »Ich bin mal gespannt, was für einen Vergleich er in seinem Kämmerchen auskocht! Natürlich kann man nie was vorhersagen bei einem Gütetermin, und bei diesem Richter sowieso nicht. Aber ich bin sicher, dass Sie, wenn der Alte nicht gekommen wäre und nicht die Nerven verloren hätte, einen sehr viel besseren Deal gemacht hätten. Darauf würde ich sogar wetten. Was meinen Sie, Doktor?«

Ich sagte: »Warten wir's ab.«

Manderscheidt meinte, dass er jetzt einen Kaffee gebrauchen könne, und als ich nickte, fragte er, ob er mir einen mitbringen solle. Ich gab ihm das Geld und sah ihn erleichtert in Richtung der Cafeteria verschwinden. Bis er zurückkam, hatten mich zwei gesetzte Herren, die sich als Mitglieder des Präsidiums der Industrie- und Handelskammer vorstellten, in ein Gespräch verwickelt, das mir zwar nicht weniger widerwärtig war als Manderscheidts Komplimente, das mich aber zumindest gegen ihn abschirmte. Er gab mir bei seiner Rückkehr meinen Kaffee und schlenderte alsdann mit dem seinen zurück in den Saal. Mein Kaffee stach den beiden gesetzten Herren in die Nase, sie entschuldigten sich und trotteten, da ihre Sekretärinnen nicht anwesend waren, höchstselbst zur Cafeteria.

Ich trank meinen Kaffee, sah in meiner Einbildung noch einmal Frau Fuchs mit diesem lächerlich kleinen, feinen Tüchlein ihre Tränen trocknen und musste noch einmal meine Unzufriedenheit mit mir selbst abwürgen. Plötzlich sah ich, dass Herr Manderscheidt in der Tür des Saals erschienen war. Er fing meinen Blick auf, hob den Zeigefinger, deutete dann wiederholt hinter sich. Ich machte mich eilig auf den Weg zum Saal, jemand rief: »Es geht weiter!«, und ich kam gerade noch in den Saal, bevor das Gedränge an der Tür einsetzte.

Panda stand hoch aufgerichtet an seinem Platz und beobachtete die Zuhörer, die sich murmelnd und hustend in die Stuhlreihen und die Seitengänge schoben. Jemand warf noch einen Blick hinaus und schloss die Tür. Pandas majestätischer Blick ließ die Geräuschkulisse ersterben.

Der Richter sagte: »Nehmen Sie Platz, bitte!« Nachdem auch das Geraschel und Gescharre vergangen war, setzte er sich, räusperte sich, hob sein Mikrofon und trug in gemessenem Tempo vor: »Im Kündigungs-Rechtsstreit Fuchs gegen Klofft schlägt das Gericht den Parteien den folgenden Vergleich vor: Erstens, die Parteien sind darüber einig, dass das zwischen ihnen bestehende Arbeitsverhältnis aufgrund arbeitgeberseitiger, betriebsbedingter Kündigung vom 10. September 2007 sein Ende am 31. März 2008 finden wird. Zweitens: Bis zum Beendigungszeitpunkt wird das Arbeitsverhältnis ordnungsgemäß abgewickelt. Drittens: Der Beklagte verpflichtet sich, an die Klägerin zum Ausgleich für den Verlust des Arbeitsplatzes eine Abfindung gemäß Paragraphen neun und zehn des Kündigungsschutzgesetzes in Höhe von neunundneunzigtausend Euro zu zahlen. Viertens: Der Beklagte erklärt, dass er die Vorwürfe vertragswidrigen Verhaltens, die er in seinem Kündigungsschreiben vom 21. Juli erhoben hat, nicht aufrechterhält. Fünftens: Mit Erfüllung dieses Vergleichs sind alle wechselseitigen Ansprüche der Parteien aus dem Arbeitsverhältnis und seiner Beendigung sowie der vorliegende Rechtsstreit erledigt.«

Der Richter stützte beide Ellbogen auf den Tisch und verschränkte die Hände. Nach einem Blick in die Runde sagte er: »Ich habe mündlich noch eine Anmerkung hinzuzufügen: Angesichts der vor diesem Gericht manifest gewordenen, offenkundigen schweren Zerrüttung des Arbeitsverhältnisses geht das Gericht davon aus, dass der Beklagte die Klägerin mit sofortiger Wirkung von ihren Pflichten aus dem Arbeitsverhältnis freistellt. Der Beklagte sollte das unmittelbar nach dem Vergleichsabschluss vor Gericht zu Protokoll geben.« Nach einer kleinen Pause sagte er: »Bleibt mir noch die Frage, ob die Parteien diesen Vorschlag annehmen.«

Gladke tuschelte kurz und eindringlich mit seiner Mandantin, sie begann zu nicken. Ich sagte: »Wenn Sie erlauben, Herr Vorsitzender, möchte ich das gern mit meinem Mandanten besprechen.«

Panda sagte: »Das kann ich verstehen. Dann schlage ich vor, dass wir uns, wenn Sie damit einverstanden sind, der Einfachheit halber in der gleichen Besetzung noch einmal zu einem zweiten Gütetermin zusammenfinden, sagen wir …«, er schlug seinen Kalender auf, blätterte kurz, blickte auf und sagte: »… zum Beispiel heute in einer Woche, also am 17. September, um zwölf Uhr? Würde das passen?«

Gladke und ich begannen in unseren Kalendern zu blättern und sagten fast unisono: »Ja, das würde passen.« Panda trug den Termin in seinen Kalender ein. Dann stand er auf und sagte: »Bis dahin dann. Schönen Tag noch.« Er eilte zur Tür des Richterzimmers, zog den Kopf ein und verschwand.

Gladke grinste. Er beugte sich zu mir hinüber und sagte: »Das nenn ich mal einen Vergleich! Wie?! Was sagen *Sie* dazu?«

»Warten Sie's doch ab.«

Ich notierte die wesentlichen Punkte von Pandas Vergleichsvorschlag und steckte das Blatt in meine Brusttasche. Als ich aufstand, begegnete ich dem Blick von Katharina Fuchs. Sie stand, während Herr Schmickler sich von hinten über sie beugte und sie mit beiden Armen bis hinab zu ihrem Bauch an sich presste, am Tisch der Klägerin und lächelte mich, aus der Umarmung ihres Galans heraus, spöttisch an. Es war mir recht, sie half mir, meine Gewissensbisse loszuwerden.

Ich versuchte, jedem Gespräch aus dem Weg zu gehen,

lief mit einem freundlichen Lächeln an allen vorbei, die mir mit der offenkundigen Absicht, ihre Anteilnahme zu bekunden, entgegentraten, stieg auch zu Fuß und durch das Treppenhaus in die Tiefgarage hinab und schaffte es tatsächlich, ohne mich ansprechen zu lassen, bis in mein Auto, das ich ein wenig abseits der Haupttrampelpfade geparkt hatte. Nachdem ich die Tür hinter mir zugeschlagen hatte, holte ich tief Luft.

Was für eine Katastrophe, dieser »Vergleichs«-Vorschlag! Was für ein Desaster!

Panda hatte Klofft, den anmaßenden Herrscher, schmerzhaft gezüchtigt. Ich war mir nicht sicher, wie er den Fall *vor* Kloffts Auftritt bei diesem Gütetermin beurteilt hatte. Ich hatte jedenfalls das Gefühl gehabt, dass ich mit meiner Antwort auf Gladkes Klageschrift bei Panda gepunktet hatte. Und ich hatte zu hoffen begonnen, dass ich mit einem halbwegs glimpflichen Vergleich würde nach Hause gehen können. Aber Kloffts Auftritt hatte alles verdorben. Er hatte natürlich den Richter penetrant an die Schwierigkeiten erinnert, die er ihm schon früher gemacht hatte. Und nicht zuletzt an seinen, wenn auch gescheiterten Versuch, ihn als befangen abzulehnen.

Der Richter hatte ihm gezeigt, wer am längeren Hebel saß. Er hatte meinem Mandanten eine Lektion erteilt, die ihn womöglich umbringen würde.

Klofft würde diesen Vergleich, der keiner war, nicht annehmen. Er konnte ihn nicht annehmen, ohne von seinen sämtlichen Prinzipien und Wertvorstellungen für immer Abschied zu nehmen.

42

Auf dem Weg zurück begann ich an der ersten Ampel, die auf Rot stand, zu überlegen, wie Pandlitz auf diesen Vergleichsvorschlag gekommen war.

Dass es sich um eine betriebsbedingte Kündigung handele, hatte er hineingeschrieben, damit Frau Fuchs keine Komplikationen mit der Arbeitsagentur oder der Krankenversicherung zu befürchten brauchte, und auch, dass das Arbeitsverhältnis »ordnungsgemäß« abzuwickeln sei. Aus dem gleichen Grund hatte er Katharinas sofortige Freistellung im Betrieb nicht in den Text aufgenommen, sondern angeordnet, dass Kloft sie gesondert bei Gericht zu Protokoll geben müsse.

Die Abfindung, die der Richter meinem Mandanten auferlegen wollte, war in der Tat ein stolzer Betrag. Aber nach ein wenig Nachdenken kam ich dahinter, warum er sie so angesetzt hatte: Nach einer gängigen Faustformel berechnet man eine Abfindung aufgrund des Bruttomonatsgehalts, multipliziert mit der Zahl der Jahre, die der Betroffene dem Betrieb angehört hat, und multipliziert das Ergebnis noch einmal mit einem Faktor, der zwischen 0,5 und 2,0 schwanken kann.

Katharina bezog zuletzt ein Monatsgehalt von 6000 Euro, und dieser Betrag malgenommen mit den elf Jahren ihrer Betriebszugehörigkeit machte 66.000 Euro. Ja, und diesen Betrag wiederum hatte er noch einmal mit 1,5 multipliziert. Das war großzügig, aber es blieb im Rahmen des Möglichen.

Kloft würde das anders sehen. Er hatte seine Geliebte für ihren doppelten Treubruch, den an seinem Lebenswerk, dem Unternehmen, und den an ihm selbst, ihren abscheulichen Treubruch mit diesem Schweizer Schönling, Reisefuzzi, Tennisspieler, Bergsteiger, Segler, Surfbrettfahrer, er hatte sie hart bestrafen, ihr eine schmerzende Narbe fürs Leben verpassen wollen. Und jetzt schickte dieser selbstgefällige Richter sich an, stattdessen ihn, das Opfer dieses Treubruchs, moralisch zu ruinieren, er wollte ihm das Geld aus der Tasche ziehen und es diesem Weib in den Rachen werfen.

Sie würde ihn für immer verlassen, ein neues Leben beginnen. Sie würde mit dem Schönling und mit ihrer Beute in die Schweiz ziehen, auf die Berge steigen, in den Seen baden. Vielleicht würde sie eine neue, noch ein wenig besser bezahlte Stelle finden. Sie hatte ihn verraten und alleingelassen.

Und zum Lohn würde sie, anders als er, ein glückliches Leben führen.

Als ich einen freien Parkplatz sah, fuhr ich hinein und rief Hochkeppel an. Er war früh ins Büro gekommen, Simone sagte: »Er hat schon nach Ihnen gefragt.«

Hochkeppel meldete sich mit den Worten: »Ja, Alex? Wie ist es ausgegangen?«

Ich sagte: »Ich weiß nicht, was Sie erwartet haben. Aber ich habe Ihnen leider einen GAU zu melden.«

Er schwieg einen Augenblick lang, dann fragte er: »Was soll das heißen?«

»Das soll heißen, dass Pandlitz einen Vergleich vorgeschlagen hat, den Klofft nicht annehmen wird. Nicht annehmen kann, wenn Sie mich fragen.«

»Was im Einzelnen?«

»Klofft soll ihr betriebsbedingt auf den 31. März kündigen. Er soll sie ab sofort bis zu diesem Zeitpunkt freistellen. Und er soll ihr neunundneunzigtausend als Abfindung zahlen.«

Er schwieg wieder eine Weile, dann fragte er: »Wie ist es dazu gekommen?«

»Ich weiß nicht mit Sicherheit, woran es lag. Ich hatte eigentlich den Eindruck, dass es ganz gut lief. Aber dann hat Klofft seinen alten Lieblingsfeind Pandlitz provoziert. Ihn und den ganzen Saal, mehr oder weniger.«

»Wieso das denn? War er denn da?«

»Anfangs nicht. Aber nach einer Weile ist er dann mitten in die Verhandlung geplatzt. Mit seinem Chauffeur. Und schließlich hat er irgendwann dazwischengebrüllt. Während Gladke vortrug. Gladke hatte gesagt, seine Mandantin habe der Firma Klofft treu gedient. Und Klofft hat gebrüllt, von wegen treu. Diese Frau sei nicht treu, sondern eine Schlampe, wie sie im Buch steht. Und eine läufige Hündin, ja, das hat er auch noch in den Saal gebrüllt. Und dann hat er den Saal verlassen.«

»Das ist nicht wahr!«

»Ja, ja! Wenn Sie das noch ein paarmal sagen, glaube ich es vielleicht auch nicht mehr!«

Nach einer Weile sagte er: »Was tun Sie jetzt?«

»Jetzt fahre ich zu ihm und informiere ihn. Das ist ja leider ziemlich schnell zu schaffen.«

Als er wieder schwieg, sagte ich: »Also, dann bis nachher!«

Er sagte hastig: »Alexander!«

»Ja?«

Nach einer Pause sagte er: »Sie wissen, dass Sie jetzt einen triftigen Grund hätten, das Mandat niederzulegen?«

»Ja, das weiß ich. Aber das werde ich nicht tun.«

»Warum nicht?«

Ich lachte. Dann sagte ich: »Der Treue wegen, vermutlich. Bis später.«

Ich beendete das Gespräch und rief bei Klofft an. Cilly meldete sich.

Ich fragte: »Ist er schon zu Hause?«

»Ja. Karl und ich haben ihn ins Bett gebracht. Ich weiß nicht, ob er schläft. Aber er wollte liegen. Und seine Ruhe haben.«

Ich sagte, ich müsse ihm das Ergebnis der Verhandlung mitteilen. Sie zögerte, dann fragte sie: »Und?«

Ich brauchte eine Weile, bis ich herausbrachte: »Ich bin mir nicht sicher, wie er es verkraftet. Es ist… schlecht für uns. Sehr schlecht.«

Sie sagte: »Okay. Ich bin hier.«

Sie trug, als sie mir öffnete, nicht ihren Malerkittel, sondern weiße Jeans und eine blauweiß kleinkarierte Bluse, weiße Sandalen und ein hellblaues Stirnband. Sie hob den Kopf und gab mir einen Kuss auf die Wange. Dann ging sie mir voraus die Treppe empor. Sie legte die Hand auf die Klinke der Tür zur Linken, wartete, bis ich neben ihr stand, öffnete dann die Tür.

Klofft lag, in einen dunkelgrauen Trainingsanzug und Socken gekleidet, mit geschlossenen Augen auf einem breiten Bett an der Rückwand des Zimmers. Auf einem Nachttisch standen drei Bücherstapel und eine große Schirmlampe, davor ein Eimer. Man konnte leise Kloffts Atem hören.

Cilly trat auf Zehenspitzen an das Bett heran. Sie sagte: »Herbert?«

Er rührte sich nicht.

Sie trat noch einen Schritt näher. »Herbert? Doktor Zabel ist hier.«

Seine Lider öffneten sich. Die Augen irrten eine Weile an der Zimmerdecke und dann im Zimmer herum, bis sie sich auf Cilly fixierten.

Sie sagte: »Herr Doktor Zabel ist hier. Er will... dich informieren.«

Er gab einen undefinierbaren Laut von sich, bewegte die Hand, als wolle er mich heranwinken, klopfte dann auf die rechte Seite des Betts.

Cilly rückte einen Stuhl heran, nahm den Eimer und stellte ihn auf die andere Seite des Betts.

Ich setzte mich auf den Stuhl. Kloffts Augen, die über die Zimmerdecke gewandert waren, nahmen mich wahr, sie blieben auf meinem Gesicht ruhen. Er lächelte, ein wenig mühsam. Sein Gesicht erschien mir merkwürdig schief und noch starrer als zuvor.

Hinter mir hörte ich ein schwaches Geräusch. Cilly hatte das Zimmer verlassen und die Tür hinter sich geschlossen.

Klofft sagte: »Weißt du, was ich geträumt habe?«

»Nein. Aber Sie werden es mir sicher sagen.«

»Ja. Das werde ich wohl.« Er lächelte. »Ich weiß nicht, warum ich dir Sachen erzähle, die ich noch nie einem anderen erzählt habe.«

Er lächelte mich an, aber er schwieg. Schließlich sagte ich: »Ist das so?«

»Ja, das ist so. Du wärest wahrscheinlich ein guter Kriminalbeamter geworden.« Nach einer kleinen Pause sagte er: »Ach, Quatsch. Du bist jedenfalls ein sehr guter Anwalt.« Er schloss die Augen.

Ich fürchtete, er könne einschlafen. Nach einer Weile sagte ich: »Was haben Sie denn geträumt?«

Er lächelte schweigend. Aber plötzlich sagte er: »Ich hab von meiner Mutter geträumt.«

Als er wieder lange schwieg, sagte ich: »Das war schön, nehme ich an?«

»Darauf kannst du dich verlassen!« Er öffnete die Augen, sah mich an. »Alles, was ich von ihr träumen könnte, egal was… es wäre schön, verstehst du?! Es gibt da nichts, absolut nichts, was nicht schön wäre! Verstehst du?«

»Natürlich. Natürlich verstehe ich das.«

Er schloss die Augen wieder, bewegte stumm die Lippen. Dann sagte er: »Nicht, dass sie zimperlich mit mir umgegangen wäre! O nein, ich hab oft genug eine von ihr gescheuert bekommen.« Er sprach ein wenig mühsam, Satz für Satz. »Sie gehörte nicht zu den Müttern, die so was aufschieben. Die ihren Kindern mit den Vätern drohen. ›Warte nur, wenn der Papa nach Hause kommt!‹ O nein. Nur in besonders schweren Fällen hat sie meinen Alten dann auch noch in Kenntnis gesetzt. Und der hat mir dann noch eine zusätzliche Abreibung verpasst. Aber die alltäglichen Fälle erledigte sie selbst. Und sofort.«

Er lachte. »Und die Dinger, die sie austeilte, die hatten's in sich, das kann ich dir sagen! Und das waren nicht wenige im Lauf der Zeit.« Er lachte wieder. »Nun ja, die alltäglichen Fälle… das waren bei mir ja auch nicht gerade wenige. Irgendwas hatte ich meistens auf dem Kerbholz, wenn ich nach Hause kam. Und das meiste davon bekam sie halt mit. Ich weiß auch nicht, wie... wahrscheinlich hat sie es mir angesehen.«

Ich sagte: »Meine Mutter auch. Ich wurde dann schon rot, wenn sie mich bloß ansah.«

Er lachte. »Ja, genau. Frauen können das wahrscheinlich. Im Unterschied zu...«, er unterbrach sich, fuhr dann fort: »Also ich, zum Beispiel... mir kann ein Weib die Hucke volllügen, bevor ich was merke! Ich lasse mich betrügen, wo ich dabei bin!«

Ich sagte: »Glauben Sie das wirklich? Ich hatte immer gedacht, Sie seien eher... sehr misstrauisch.«

»Was?!« Er dachte einen Augenblick nach, dann machte er eine wegwerfende Handbewegung. »Ach Quatsch, darüber wollte ich ja auch gar nicht sprechen!«

»Sie wollten über Ihre Mutter sprechen.«

»Genau! Und die war echt! Treu wie Gold. Ich hab sie nie bei einer Lüge erwischt, tatsächlich!«

Er wollte offenbar meine Reaktion sehen, hob den Kopf an, verdrehte die Augen, um mein Gesicht zu sehen.

Ich nickte, lächelte ihm zu. Er ließ den Kopf zurücksinken. »Treu wie Gold.« Er lachte. »Und knochenhart, wenn's sein musste!« Er schüttelte den Kopf auf dem Kissen. »Komisch, was da alles zusammenkommt, in der Erinnerung, wenn man älter wird. Was da alles hochkommt...«

Plötzlich griff er nach oben, versuchte, das Kissen in seinem Nacken zusammenzustopfen, so dass er mich ohne Mühe ansehen konnte. Ich half ihm dabei.

Als ich wieder saß, atmete er auf, als sei ihm eine Erleichterung widerfahren. Er wartete einen Augenblick, dann sagte er: »Wir hatten in diesem Anbau ... vielleicht erinnerst du dich, in dem Dreifensterhaus mit dem schmalen Anbau im Hof, in dem wir auf der ersten Etage die Küche hatten und dahinter das Badezimmer und die Veranda ...«

Ich nickte und lächelte.

Er sagte: »In dem Zimmerchen zwischen Küche und Veranda, dem, wo die Badewanne stand, die mit den Löwenfüßen, und daneben der Ofen aus gehämmertem, rötlichem Kupferblech ... da stand also auch eine Kommode. Es war ein altes Ding, wahrscheinlich hatte sie früher mal zu einem ehelichen Schlafzimmer gehört und war ausrangiert worden, auf der Marmorplatte stand auch noch das, was sie in der Heimat meiner Eltern eine Waschlavur genannt haben, ich nehme an, dieses Wort hatten sie von der französischen Besatzung nach dem Ersten Weltkrieg übernommen, es war eine große irdene Schüssel und dazu eine große irdene Kanne, gelblich, und beide mit einem blauen Bandornament am Rand, und aus dem französischen *lavoir* machten sie dann die Waschlavur.«

Er lachte. »Aus *dépot* für Polizeigewahrsam, für Gefängnis haben sie übrigens ›Dibbo‹ gemacht. *Dépot* gleich Dibbo, klar! Wenn einer in den Knast gekommen war, dann haben sie gesagt: »›Dä es em Dibbo!‹« Hübsch, nicht wahr?«

»Ja. Gemütlich, könnte man fast sagen.«

»Genau! Aber ich komme ins Quatschen! Nein, was ich sagen wollte: In dieser Kommode verwahrte ich meine Schiffsmodelle. Wiking-Schiffsmodelle, kennst du natürlich nicht mehr. Bei den Nazis waren die groß im Schwang. Warte mal, auf den Schachteln stand ... ja: ›Unter dem Protektorat des Reichsbundes deutsche Seegeltung‹! Ich hatte nur Kriegsschiffe. Nicht wegen dem Nazikram, unsere deutsche Kriegsmarine und so, nein … die Modelle haben mich interessiert. Alle grau, zwei Zerstörer, ein Kreuzer. Schlachtschiffe waren zu teuer. Aber ein ganzes Nest von Schnellbooten hatte ich, das Stück nicht größer als eine Kakerlake. Und dann haben wir Seeschlacht gespielt. Sind mit den Dingern gegeneinander aufgefahren und haben uns gegenseitig mit Knöpfen beschossen, mit Knöpfen aus dem Flohspiel, kennst du das denn wenigstens?«

Ich sagte: »Ja, kenne ich. Hab ich selbst gehabt. Diese bunten Scheibchen, die man in eine Schale schnipsen muss. Und ich kenne auch Wiking-Modelle. Aber nur Autos.«

»Ja. Die haben sie nach dem Krieg gebaut. Und für die Kriegsschiffe zahlst du mittlerweile Liebhaberpreise. Hundert Euro wie nix. Okay. Aber jetzt lenk mich nicht dauernd ab, ich will dir doch die Geschichte von meiner Mutter erzählen!«

»Okay.«

»Also. Die Wiking-Modelle waren also in der alten Kommode. Aber da war noch was. Bloß habe ich nie herausfinden können, woher es kam und was es war. Ein Geruch, ja, aber kein gewöhnlicher. Einer, der tief in den Fächern dieser Kommode saß. Ein süßer, aber sehr zarter Geruch. Nein … stark war er, intensiv. Und zugleich sehr zart. Veilchen. Aber nur ähnlich. Viel besser. Vielleicht hatte meine Tante, die Hutmacherin war und mit feinen Leuten zu tun hatte, meiner Mutter mal ein Stück besonderer, besonders teurer Seife mitgebracht, so was in schwarzem Papier mit knallbunten Ranken. Seife aus Kolumbien oder Daressalam, oder der Teufel weiß woher.«

Er lächelte. »Die Tante hatte ein Faible für solche Extras. Und vielleicht hatte meine Mutter die Seife eine Weile in der Kommode aufbewahrt, aber nie gebraucht. Weil sie ihr zu schade war für das Bad am Samstag. Am Winternachmittag, wenn Schnee auf den Fensterbrettern lag. Und es draußen dunkel wurde… und das Feuer rot hinter den Kaminglasscheibchen des Badeofens waberte. Marienglas haben wir gesagt, aber das war falsch, klar. Der Ofen bullerte jedenfalls. Um das eiskalte Kämmerchen zwischen Küche und Veranda aufzuwärmen. Also. Für das Bad begnügte sie sich mit der Blumenseife in der Dreierpackung. Aus der Drogerie, drei Häuser weiter nebenan.«

Allmählich war er immer langsamer geworden, stockte zwischen den Sätzen, räusperte sich öfter. Er sagte: »Verdammt, ist das schwer! Aber ich will ja auch, dass du alles verstehst!«

Ich sagte: »Bis jetzt hab ich alles verstanden. Glaube ich jedenfalls.«

»Okay. Vielleicht hat meine Mutter eines Tages die Seife aus der Kommode rausgenommen… und schweren Herzens weggeworfen. Aber es half ja nichts, die Seife roch nach gar nichts mehr. Sie hatte ihren Geruch restlos an das Holz der Kommode abgegeben. Und darin saß er und drang immer wieder einmal aus dem Holz heraus. Und streifte meine Nase und… ja, verdammt noch mal: und verzauberte mich. Es war tatsächlich so! Dieser Geruch verzauberte mich, ich weiß kein anderes Wort dafür!«

»Ich glaube, ich kann's verstehen.«

»Wirklich?« Er strahlte mich mit der schiefen Grimasse an, als hätte ich ihm ein kostbares Geschenk gemacht.

»Und weißt du auch, was dieser Geruch für mich bedeutete?«

»Sag es mir.«

Er zögerte. »Ich weiß nicht. Klingt wahrscheinlich ziemlich komisch. Lächerlich vielleicht.«

»Sag es doch einfach mal.«

43

Er zögerte noch einmal, aber dann sagte er, fast triumphierend: »Liebe! Ja, es war ganz einfach Liebe! Das war es, was dieser Geruch … in mir wachrief! Verstehst du … Ich fühlte mich … so zart und doch so stark angerührt, wie … also, ich fühlte mich … glücklich, und zugleich war mir … weh und wund. Ums Herz, so sagt man doch, nicht wahr? Weh und wund ums Herz. Es war … warte mal … ja!«

Er verzog die starre Grimasse zu einem Lächeln. »Ja, es war so ein Gefühl wie das, wenn ich der Kleinen begegnete! Der mit den blonden Zöpfen. Das Glücksgefühl, sobald ich sie sah. Und die Sehnsucht … das Leid, wenn sie an mir vorüberging. Ohne dass ich wusste, ob sie jemals wiederkommen würde.« Er hob den Kopf an. »Kennst du *Liebesfreud, Liebesleid?* Von Kreisler?«

Ich schüttelte den Kopf. »Nein.«

»War ein Wiener Geigenvirtuose. Fritz Kreisler. Und Komponist. In den zwanziger Jahren berühmt.« Er ließ den Kopf zurücksinken. »Vielleicht schenke ich es dir mal. Ganz simple Melodie. Aber solch … solch schräge Doppelgriffe auf der Violine. Geht ans Herz.« Er lachte. »Schon wieder das Herz. Ums Herz, ans Herz. Weiß gar nicht, was mit mir los ist.« Er lachte wieder, dann schloss er die Augen, atmete tief auf.

Nach einer Weile sah ich auf die Uhr. Irgendwann musste ich mit meiner Botschaft herausrücken. Ich beobachtete seine Brust, die sich unter der Trainingsjacke kaum erkennbar hob und senkte. Ich konnte ihn doch jetzt nicht aufrütteln und ihm diesen abgefeimten, niederträchtigen Racheakt seines Lieblingsfeindes servieren, ihn abermals in Turbulenzen bringen?

Unvermittelt sagte er: »Ich muss dir noch was geben. Kann sein, dass ich jetzt wieder einpenne, aber du musst es jetzt bekommen, und ich möchte es nicht vergessen.« Er schlug die Augen auf, hob den Kopf an und blickte auf den Nachttisch. »Da oben, guck mal, in dem obersten Buch auf dem mittleren Stapel… da steckt ein Briefumschlag drin. Der ist für dich.«

Ich nahm das Buch, es war eine zweisprachige Ausgabe von Novellen Maupassants. Darin steckte ein Briefumschlag, darauf in einer großen, offenbar nicht ganz festen Handschrift geschrieben: »Herrn Dr. Zabel – von Klofft.« Ich zog den Briefumschlag heraus. Der Umschlag war verschlossen.

Er sagte: »Du kannst ihn später lesen.« Er lachte. »Ich hab keine Lust, jetzt zu diskutieren. Oder dumme Fragen zu beantworten.« Ich sah ihn an, steckte dann den Brief in die Tasche.

Er sagte: »Du kannst das Buch wieder auf den Stapel legen.«

Ich fragte: »Kannst du Französisch?«

»Ein bisschen.« Er ließ den Kopf nach hinten sinken, schloss die Augen. »Hab ich in der Volkshochschule gelernt. Drei Trimester lang. War mir nachher ganz nützlich.«

Ich blätterte in dem Buch. Plötzlich fragte er: »Kennst du *La maison Tellier*?«

»Nein. Ich hab's hier gerade.«

»Schöne Geschichte. Nach dem Krieg hat Max Ophüls einen Film daraus gemacht. *Plaisir*. Zusammen mit zwei anderen Geschichten. Stehen auch in dem Buch da. Zauberhafter Film.« Er lachte. »Eine Puffmutter schließt ihr Haus vorübergehend und macht mit ihrem halben Dutzend Mädchen einen Ausflug aufs Land, zur Erstkommunion einer Nichte. Natürlich schnallen die Bauernkerle sofort, was mit ihnen los ist, und wollen an sie ran. Aber sie gehen mit der Verwandtschaft und den Kindern in die kleine Kirche und knien da, schick und ein bisschen aufgedonnert, aber brav in den alten Bänken und singen mit der Gemeinde, alle im Sonntagsstaat, die Kirchenlieder. Und die Kinder mit ihren weißen Kränzchen und die Knaben mit den kurzgeschorenen Köpfen und den abstehenden Ohren und dem Grünzeug am Revers haben so wahnsinnig schrille Stimmen, und sie singen auch noch so laut und so inbrünstig… Wahnsinnig komisch! Das Lied, das auch die Schiffskapelle gespielt hat, als die ›Titanic‹ unterging. *Plus près de toi, mon Dieu, plus près de toi…* Näher, mein Gott zu dir. Sehr komisch. Und zugleich… irgendwie ergreifend.« Er lachte. »Zu Herzen gehend.«

Plötzlich schlug er die Augen auf. »Nicht, dass du jetzt da was durcheinander schmeißt!« Er hob den Zeigefinger: »Das, was ich dir vorhin beschrieben habe, Liebe, du weißt schon, Freud und Leid – das hat mit Sex überhaupt nichts zu tun! Sex, das fand statt mit anderen Jungen, auf der Kellertreppe. Hinter dem Kaninchenstall. Und allein, natürlich. In Phantasien über erwachsene, füllige, schwarzbehaarte Frauen. Ich hab mit fünf mal eine gesehen, nackt, zufällig, und das hat mich lange beschäftigt. Und unruhig gemacht. Aber Mädchen ... nein, die waren etwas ... etwas Höheres. – Nichts Schmutziges.« Er hob den Kopf, sah mich an. »War das bei dir auch so?«

»Ich weiß nicht ... ich glaube, ja.«

Er ließ den Kopf nach hinten sinken. »Liebe hatte nichts mit Sex zu tun. Es war ein wahnsinnig starkes Gefühl. Aber mit Sex hatte es nichts zu tun. Das mit dem Sex, dem richtigen, das hat erst später angefangen.« Er nagte an seinen Lippen, überlegte eine Weile, dann sagte er: »Merkwürdig: Und der Sex, der richtige, hatte umgekehrt ... er hatte oft auch mit Liebe nichts zu tun! Wenn der mich packte, der Sex, ein paar Jährchen später, dann wollte ich ... nur noch rammeln. Nichts dagegen, wenn die Frau auch noch sympathisch war. Nett. Doch das musste sie gar nicht sein.«

Nach einer Pause sagte er mit stockender Stimme: »Bei Mädchen aber ... bei der Kleinen mit den Zöpfen, oder bei anderen Mädchen, für die ich zeitweise schwärmte ... Ich hätte mir selbst auf die Finger geschlagen ... nein, mitten ins Gesicht, wenn mir da ein Gedanke an ... an das, was ihre Kleider verhüllten, in den Sinn gekommen wäre.« Er dachte einen Augenblick nach, dann stieß er hervor: »Quatsch, nein! Es war ganz ausgeschlossen, dass so ein Gedanke in mir hochgekommen wäre! Es gab da nichts, gar nichts! Nicht einmal den Ansatz eines solchen Gedankens!«

Nach einer Weile hob er den Kopf vom Kissen, lachte. »Willst du eigentlich überhaupt nicht mehr verschwinden? Willst du sämtliche Geheimnisse meines verdammten Lebens aus mir herausholen?«

Ich stand auf. Ich hatte meine Chance verpasst. Ich konnte ihm jetzt nicht mehr über den GAU meiner bisherigen Karriere berichten. Und über sein höchstpersönliches Desaster. Ich fürchtete, er könnte dem Schock erliegen. Da traf mich noch ein anderer Gedanke: Wollte *er* denn gar nicht wissen, was der Richter entschieden hatte? Er hätte mich doch danach fragen müssen!

Oder war er nach seinem Auftritt vor Gericht so aufgewühlt, so verwirrt, dass er vergessen hatte, was heute Morgen auf dem Programm gestanden hatte?

Er sagte: »Einen Augenblick noch!« Er sah mich mühsam lächelnd an. »Du hast die Pointe der Geschichte von meiner Mutter ja noch gar nicht gehört!«

»Okay. Erzähl sie mir, bevor ich gehe.«

Er nickte. »Also. Eines Tages stritt ich mich mit meinem Freund um das Schlachtschiff, das Modell, das er hatte. Es war die ›Admiral Tirpitz‹, ein wunderbares Stück. Vier achtunddreißiger Zwillingstürme, drehbar. Natürlich hatte der Pott eine größere Feuerkraft als das Kleinzeug. Das heißt, wer ihn kommandierte, bekam mehr Knöpfe aus dem Flohspiel. Und Jochen Trump, das war der Freund, der konnte mit den Dingern umgehen, das muss der Neid ihm lassen. Wenn ich meine Schnellboote zum Torpedoangriff schickte, und der beschoss sie von der ›Tirpitz‹ aus … mein lieber Mann, da flogen die kleinen grauen Käfer gleich reihenweise durch die Luft!«

Er schnaufte. »Klar, dass ich auch mal die ›Tirpitz‹ haben wollte! Wenigstens mal für eine Schlacht. Und das hatte er mir auch versprochen. Aber an diesem Tag, wir hatten die Waschlavur auf die Seite geschoben und unsere Flotten zum Appell und zur Einteilung auf der Kommode aufgebaut, und ich erinnerte ihn an sein Versprechen und griff mir die ›Tirpitz‹ und wollte sie auf meine Seite ziehen, aber da packte er mein Handgelenk – nicht das Schiff natürlich, dem hätte ja was passieren können! –, mein Handgelenk also und hielt es fest und versuchte, meine Hand mit dem Schiff auf seine Seite zu ziehen. Aber ich hielt dagegen, und während wir so rangen, beide wütend, aber zugleich ängstlich bemüht, dass der ›Tirpitz‹ nichts geschah und wir nicht aus Versehen einen ihrer Masten abknickten … mittendrin also lässt der Idiot plötzlich mein Handgelenk los und …«

Er seufzte, atmete schwer aus. »Na ja, kannst dir ja denken, was passierte. Mein Ellbogen fährt zurück, fegt auch eines meiner Modelle von der Kommode, zum Glück ist dem nichts passiert, aber mein Ellbogen haut auch noch gegen die Waschlavur, und die rutscht über den Rand der Marmorplatte, und bautz kladderadatsch!«

Er nickte. Dann sagte er: »Total im Eimer! Die große steinerne Schüssel und auch die Kanne. Von dem schönen Bandornament gab's nur noch kleine Stückchen zu sehen. Nicht mehr zu erkennen. Na ja. Die Seeschlacht haben wir an diesem Tag ausfallen lassen. Hatten alle Hände voll zu tun, vor der Heimkehr meiner Mutter die Trümmer der Waschlavur zusammenzukratzen und wegzuschaffen, sogar unter die niedrige Kommode hatten sie sich verkrümelt. Na ja, und Jochen Trump hatte dann auch nicht mehr viel

Zeit, er packte seine Modelle ein und machte sich davon. Feiger Hund.«

Nachdem er eine Weile lang offenbar nachgedacht hatte, fragte ich: »Und deine Mutter?«

»Ja. Meine Mutter. Sie hat ihre Einkäufe in der Küche ausgepackt und verstaut, aber sie wollte und wollte nicht in das Badezimmer gehen. Obwohl wir auf der Veranda dahinter auch noch einen Vorratsschrank hatten. Einen mit Fliegengitter. Na ja, und ich brachte es nicht fertig, ihr ungefragt vom Schicksal der Waschlavur zu berichten. Schließlich hielt ich es nicht mehr aus und ging selbst in das Badezimmer. Ich trat an die Kommode, als ob ich da etwas suchte, stand da und beugte mich sogar ein wenig vor und sog den wunderbaren Geruch ein und versuchte, mich von ihm wegtragen zu lassen.«

Er schüttelte den Kopf. »Ja, und dann kam meine Mutter doch noch herein. Sie warf mir einen scharfen Blick zu, sah auf die Kommode und fragte: ›Wo ist die Waschlavur?! Herbert?!‹ Ich hatte überlegt, was ich ihr sagen sollte. Ich wollte ihr sagen, dass das gute Stück leider zerbrochen sei, durch meine Schuld, und dass mir das sehr leidtue, einmal, weil die Lavur so schön gewesen sei, und vor allem aber, weil ich doch wisse, wie sehr sie an diesem Erbstück gehangen habe. Ich weiß nicht mehr, ob ich sogar überlegt habe, sie in den Arm zu nehmen und ihr einen Kuss auf die Wange zu geben. Aber ich glaube eher nicht. So etwas tat man nicht, damals. Und als Junge schon gar nicht.«

Er machte eine wegwerfende Handbewegung. »Ist aber auch egal. Ich tat sowieso nichts. Ich tat nichts, und ich sagte nichts. Ich stand da, stumm wie ein Fisch, und brachte es gerade noch fertig, verlegen die Achseln zu zucken. Und dann schlug es aber auch schon ein. Sie verpasste mir eine Backpfeife, wie ich noch nie eine bekommen hatte und keine mehr danach bekam. Und ich war gerade dabei, mich wieder aufrecht zu stellen, als ich auch noch die nächste bekam, noch so ein Kaliber, diesmal auf die andere Backe. Und dann sah sie mir mit zusammengezogener Stirn in die Augen und wandte sich ab und ging hinaus in die Küche.«

Er hob die Rechte und brachte sie an die Stirn und rieb sich heftig. Dann sagte er: »Und ich traute mich nicht, hinter ihr herzugehen und vielleicht doch noch das zu sagen, was ich ihr hatte sagen wollen. Ich blieb da stehen, und schließlich beugte ich mich wieder über die Kommode und sog ihren Geruch ein, die Backen brannten mir, die Reue drehte meinen Magen um, und meine Schmach kam noch dazu, und das Verlangen wurde übermächtig, mich in diesen Geruch einhüllen und wegtragen zu lassen. Es war ein… ich weiß nicht, wie ich es nennen soll, es war ein… ein Gefühlsaufruhr, wahnsinnig! Es fühlte sich an, als würde ich auf den Kopf gestellt und rundgedreht und… Einfach Wahnsinn!«

Nach einer Pause seufzte er. »Na ja. Das war die Geschichte.« Er dachte noch einmal eine Zeitlang nach, dann sagte er: »Aber jetzt merke ich, dass sie eigentlich gar keine Pointe hat.«

»Finde ich nicht.«

»Doch. Aber vielleicht bekommt sie eine, wenn ich noch ein kleines Stück weitererzähle. Nur ein ganz kleines Stück.«

»Erzähl!«

Er sagte: »Irgendwann hörte ich die Küchentür gehen. Ich öffnete meine Tür zur Küche und lauschte. Mir schien, dass meine Mutter die Treppe hinunterging. Ich schloss meine Tür und trat ans Fenster. Und dann sah ich sie, sie ging auf den Hof und trat an die Mülltonne, die an der Mauer, neben dem Pförtchen zum Hof nebenan stand. Sie hob den Deckel hoch und sah hinein. Eine lange Zeit tat sie nichts, sah nur in die Tonne hinein. Schließlich hob sie die Hand, griff in die Tonne und brachte einen großen Scherben der Waschlavur hervor. Es war ein Scherben der Wasserkanne, ein Randstück, auf dem das Bandornament noch gut zu erkennen war. Sie betrachtete den Scherben, wieder eine lange Zeit, dann warf sie ihn zurück in die Tonne. Klappte den Deckel zu.«

Er schwieg. Ich sagte: »Das ist aber eine schöne Pointe. Finde ich.«

Er sagte mit geschlossenen Augen: »Nein. Eine schöne Pointe wäre gewesen, wenn ich ihr, nachdem sie wieder heraufgekommen war, all das gesagt hätte, was ich ihr hatte sagen wollen. Das und vielleicht noch ein bisschen mehr.« Er seufzte. »Hab ich aber nicht. Nicht an diesem Tage, und auch an keinem der Tage, die noch folgten. Es gab – wie sagt man? – keine Gelegenheit mehr dazu. Bis zu ihrem Tod. Bis sie gestorben war.«

Eine Weile schwieg er. Unversehens riss er die Augen auf, hob den Arm. »Jetzt aber raus, endgültig! Das ist ja schrecklich mit dir!«

Als ich aufgestanden war, sagte er: »Und vergiss den Brief nicht!«

Ich rückte den Stuhl an die Wand, holte den Eimer von

der anderen Seite des Betts und stellte ihn an seinen ursprünglichen Platz. An der Tür wandte ich mich noch einmal zurück. Er lächelte mich an. Ich winkte ihm und ging hinaus.

44

Auf dem Treppenabsatz blieb ich stehen. Ich beugte mich nach vorn und stützte mich auf den Pfosten des Treppengeländers, senkte den Kopf. Nach einer Weile griff ich in die Tasche, zog den Brief heraus, warf noch einen Blick darauf, dann riss ich den Umschlag auf.

Er enthielt einen Briefbogen mit Kloffts Briefkopf. Der Text war mit dem Computer geschrieben und gedruckt, nur die Anrede und die Unterschrift waren von Hand eingetragen, in dieser großen, ein wenig unsicheren Handschrift. Der Brief begann:

Lieber Alexander,

ich habe diesen Text, wie Du am Datum siehst, vor der Güteverhandlung geschrieben. Ich möchte mir nicht ausgerechnet von Herrn Pandlitz vorschreiben lassen, was ich zu tun und zu lassen habe. Es handelt sich um den

VORSCHLAG EINES VERGLEICHS MIT KATHARINA FUCHS

Er hatte tatsächlich einen förmlichen Vergleichsvorschlag ausgearbeitet. Sein Konzept ähnelte stark dem des Richters

Pandlitz, er hatte sogar die Vorkehrungen eingebaut, um Katharina vor eventuellen Problemen mit Arbeitsagentur und Krankenkasse oder Rentenversicherung zu bewahren. Der Himmel mochte wissen, woher er diese technischen Kniffe bezogen hatte.

In zwei Punkten unterschied sich der Vorschlag allerdings von dem des Richters: Er wollte Katharina die Wahl lassen, ob sie das Arbeitsverhältnis beenden oder fortsetzen wollte. Für den zweiten Fall wollte er sich bereit erklären, keinen seiner Vorwürfe gegen sie aufrechtzuerhalten. Außerdem wollte er ihr sämtliche Kosten des Rechtsstreits ersetzen.

Für den Fall jedoch, dass sie das Arbeitsverhältnis beenden wollte, offerierte er ihr, wie auch von Pandlitz vorgesehen, eine betriebsbedingte Kündigung zum 31. März des kommenden Jahres und ihre sofortige Freistellung bis zu diesem Zeitpunkt. Dazu und anders als Pandlitz eine Abfindung von 125.400 Euro. Ich rechnete nach und fand alsbald, dass er die Summe von elf Monatsgehältern nicht mit 1,5, sondern mit 1,9 malgenommen hatte. Er hatte wahrscheinlich dieselbe Faustregel wie ich angewandt, für die letzte Multiplikation aber nahezu den höchsten Faktor verwendet.

Ich flüsterte: »Was verspricht er sich davon?« Ich konnte mir nicht vorstellen, dass er ihr ein so großzügiges, bis zur Selbstverleugnung reichendes Angebot machen würde, ohne damit einen bestimmten Zweck zu verfolgen.

Ich hörte eine halblaute Stimme: »Alex…?« Ich blickte auf. Cilly stand am Fuß der Treppe. Sie hatte die Hände ineinander verschlungen und blickte empor zu mir. »Willst du nicht herunterkommen? Ist etwas… ist etwas passiert?«

»Nein, nein, alles in Ordnung!« Ich stieg die Treppe hinunter, blieb bei ihr stehen, lächelte sie an. »Ich nehme an, dass er mittlerweile schläft.«

Sie fragte: »Hast du's ihm gesagt?« Ihre Augen waren stark geweitet. »Ich meine, dass der Richter ihm diesen … diesen Kniefall auferlegt hat?«

Kniefall? Ich konnte mich nicht erinnern, von Kniefall gesprochen zu haben.

Ich sagte: »Nein. Ich hab ihm nichts vom Gericht und von dem Vergleichsvorschlag gesagt.«

Sie sah mich forschend an. Ich sagte: »Ich hab Angst gehabt, es haut ihn um. Angst, er bekommt einen Infarkt. Oder so was.«

Sie nickte. Dann fragte sie: »Wie lange kannst du das denn aufschieben?«

»Bis zu dem zweiten Gütetermin in einer Woche. Also bis nächsten Montag.«

Sie nickte, lächelte mich an. Unversehens küsste sie mich auf die Wange. Sie schien sehr erleichtert.

Ich wusste auch diesmal nicht, was ich davon halten sollte. Irgendetwas musste ihr große Angst gemacht haben. Plötzlich fiel mir Hochkeppel ein.

War es möglich, dass er sie nach unserem Gespräch vorhin angerufen und informiert hatte? Die Zeit dafür hätte er gehabt, bis ich an der Villa Klofft angekommen war. Hatte ich nicht schon einmal den Verdacht gehabt, dass Cilly mit Hochkeppel konspirierte? Und er mit ihr?

Sie deutete auf den Bogen, den ich noch immer in der Hand hielt. »Was ist das? Du warst so versunken vorhin …«

»Ja …« Ich hatte Mühe, mich auf ihre Frage zu konzentrieren. Dann lachte ich: »Das hier? Das ist ein geradezu unglaubliches Dokument. Aber absolut authentisch.«

Sie sah mich verwundert an.

Ich überlegte einen Augenblick. Aber wenn Hochkeppel ihr tatsächlich alles brühwarm erzählte, dann würde sie ohnehin sehr bald auch darüber Bescheid wissen, dass ihr Mann, der uneinsichtige Despot, im Streit mit Katharina Fuchs ganz unerwartet einlenkte. Nein: zu Kreuz kroch.

Ich sagte: »Dein Mann bietet seiner Exgeliebten einen Vergleich an, nach dem sie sich die Finger lecken müsste. Dieser Entwurf hier«, ich hob das Blatt und schüttelte es ein wenig, »ist für sie noch günstiger als das, was der Richter vorgeschlagen hat. Er will ihr sogar die Wahl lassen, ob sie geht oder an ihrem Arbeitsplatz bleibt.«

Sie sah mich mit gerunzelter Stirn an.

Ich fragte: »Na, was hältst du davon?«

Sie sagte: »Er will sie zurückhaben, denke ich.«

»Ja, könnte man glauben. Aber er lässt ihr ja die Wahl. Sie kann auch gehen, wohin sie will. Und für diesen Fall bietet er ihr sogar eine fette Abfindung an. Fetter als die des Richters.«

Sie zuckte die Schultern. Dann schwieg sie. Sie verzog den Mund und begann, an der Unterlippe zu nagen. Schließlich sagte sie: »Hör mal… Wenn das so ist…«

»Wenn was so ist?«

Nach einem tiefen Atemzug sagte sie: »Wenn sie bei seinem Angebot tatsächlich noch besser wegkommt als bei dem Urteil des Richters…«

Ich sagte: »Das war kein Urteil. Das ist ein Vergleichsvorschlag.«

»Ist doch egal! Du weißt doch, was ich meine!«

»Ja. Entschuldige.«

Sie zog die Stirn zusammen, dachte nach. Dann sagte sie: »Also, wenn *er* sie besserstellen will als der Richter … dann brauchst du ihm dieses … diesen Spruch des Richters doch gar nicht mehr … mitzuteilen?«

»Aber …«

»Dann ist das doch Schnee von gestern! Das, was der Richter sagt! Das ist doch überholt durch Herberts Angebot!«

Ich schüttelte den Kopf. »Aber ich muss ihn doch informieren, wenn das Gericht in seinem Verfahren einen Vergleich vorschlägt! Gut, ich kann diese Information vielleicht aufschieben, einen Tag oder zwei! Wenn das durch seinen Gesundheitszustand geboten ist. Aber ich bin sein Anwalt! Ich kann ihm doch nicht eine … einen so wichtigen Vorgang verheimlichen!«

Sie warf einen Blick nach oben, fasste mich am Arm und zog mich in den Hintergrund der Diele. Für einen Augenblick flammte wieder die Begierde in mir empor, die sie vor drei Tagen schon einmal entfacht hatte. Wollte sie mich noch einmal mit sich in die Kammer ziehen?

Sie blieb im Halbdunkel vor den Türen im Hintergrund mit mir stehen, hielt mich fest, schaute mich mit ihren dunklen, schimmernden Augen an. Sie flüsterte eindringlich: »Aber du hast doch gesagt, du hast Angst gehabt, dieses Urteil bringt ihn um? Er bekommt einen Infarkt, wenn er es hört? Das hast du doch gesagt, oder?!«

»Ja, natürlich, das hab ich gesagt, ja …«

Sie sagte in durchdringendem Flüsterton: »Willst du ihn

jetzt denn umbringen?!« Und dann sagte sie auch noch: »Du bist doch sein Anwalt!«

Es verschlug mir die Sprache. Aber sie wandte diesen Blick nicht von mir, und am Ende wusste ich mir keinen anderen Rat mehr, ich sagte: »Also, das muss ich mit Hochkeppel bereden. Das kann ich wirklich nicht allein entscheiden!«

Sie sagte: »Ja, tu das. Berede es mit deinem Chef.« Sie ließ meinen Arm los. »Und denk an das, was ich dir gesagt habe. Und nicht zuletzt an das, was du selbst gesagt hast!«

Sie brachte mich zur Tür. Als ich ihr die Hand geben wollte, fasste sie mit beiden Händen meinen Kopf, beugte ihn zu sich und gab mir einen Kuss auf die Stirn und einen zweiten auf den Mund.

45

Auf dem Weg zum Büro kam mir der Gedanke, dass ich selten einmal dieses Haus verlassen hatte, ohne irgendein Problem mit mir zu schleppen, eine neue Erfahrung, die mich überrascht und die ich nicht verstanden hatte. Lag es daran, dass die Menschen, die in diesem Haus lebten, so viel älter waren als ich?

Plötzlich fiel mir die Geschichte ein, die Klofft mir von seiner Mutter erzählt hatte, und die zweite Pointe, mit der er noch immer nicht zufrieden war: Dass er seiner Mutter nicht all das gesagt hatte, was er ihr hatte sagen wollen, weder an dem Tag, an dem die Waschlavur zerbrach, noch an einem der Tage, die folgten, nie und nimmermehr, bis sie gestorben war. Und ich glaubte, plötzlich zu verstehen, warum dieser alte, todkranke Mann sich bemüht hatte, seinen Streit mit Katharina Fuchs auszuräumen.

Allerdings verstand ich gar nicht, warum Cilly eine so eklatante Manipulation mit Pandlitz' Vergleich von mir verlangte. Sollte ich meinen Mandanten hintergehen, nur weil sie ihn schonen wollte? Und wenn sie schon tatsächlich befürchtete, dass ihr Mann, sobald ich ihm diese Nachricht überbrächte, mit Schlaganfall oder gleich mit Tod abginge – hätte es ihr dann nicht sogar willkommen sein müssen, dass ich sie auf diese sozusagen legale Weise von ihrem Kreuz befreite? Warum wollte sie ihn schonen, das Ekel?

Hochkeppel sagte, als ich sein Büro betrat: »Wo waren Sie denn so lange?«

Ich sagte: »Bei Klofft. Aber das wissen Sie doch?«

Er maulte: »Ja, sicher… die Adresse wusste ich. Aber ich hab doch nicht geahnt, dass Sie so ewig lange bei ihm da hocken bleiben!«

»Er hat mir einiges erzählt. Aus seinem Leben.«

»Aha.« Er blinzelte mich an. Es sah aus, als sei er misstrauisch. »Aus seinem Leben…«

»Genau. Und um Sie nicht hinzuhalten, will ich gleich auch gestehen, dass ich ihm von Pandlitz' Vergleich kein Wort gesagt habe.«

»Und warum nicht?«

Er schien nicht überrascht zu sein. Und mein Verdacht schien mir bestätigt: Cilly hatte ihn angerufen, sobald ich ihr Haus verlassen hatte, und ihn über alles informiert, was sie von mir erfahren hatte.

Ich beantwortete seine Frage: »Weil ich Angst hatte, ihn umzubringen.«

»Umzubringen?!«

»Ja. Umzubringen. Sein Zustand war so, dass ich … nicht wusste, wie er Pandlitz' Schlag hinnehmen würde. Und verkraften könnte.«

Er lächelte böse. »Sie meinen, er hat sich mit seinem … Wutausbruch vor Gericht selbst so in Rage gebracht, so exaltiert, dass er in Gefahr war zu kollabieren? Und dass Pandlitz' Vergleich ihm den Rest hätte geben können?«

»Richtig. Genau so. Ich gebe Ihnen das Corpus Delicti, Augenblick!«

»Na, na! Nun machen Sie den Pandlitz aber nicht gleich zum Mörder!«

Ich öffnete mein Köfferchen und reichte ihm meine Notizen von Pandlitz' Vorschlag. Er überflog das Blatt. Gab einmal einen Laut von sich, als unterdrücke er ein Lachen, ließ das Blatt sinken. »Und das war jetzt alles?«

Ja, natürlich, er wartete noch auf Kloffts Vergleichsvorschlag, Cilly hatte ihm selbstverständlich auch davon erzählt.

Ich sagte: »Nein, da ist noch etwas.«

Er sah mich gespannt an. Ich sagte: »Klofft hat mir einen Vergleichsvorschlag gegeben, den er eigenhändig gebastelt hat.«

»Ach, du lieber Gott!«

Er wollte die Rolle des Ahnungslosen anscheinend durchhalten. Ich hätte Lust gehabt, ihm zu sagen: »Nun lassen Sie doch dieses Theater, Sie wissen doch längst Bescheid! Und ich weiß auch, durch wen, Sie alter Heimlichtuer!« Aber ich schwieg, griff in die Tasche und gab ihm Kloffts Brief.

Er las wieder sehr schnell, verzichtete auch darauf, überrascht zu tun. Mit einem Nicken gab er mir den Brief zurück. »Eine Kopie bitte für mich.« Er rückte sich in seinem Sessel zurecht und sagte: »Tja, dann setzen Sie sich mal mit Herrn Gladke in Verbindung. Ich nehme an, dass er gegen diesen Vergleich nichts einzuwenden haben wird. Und seine Mandantin noch weniger.« Er lachte: »Die Frau ist ja die reine Glücksmarie!«

»Kann man sagen, ja. Aber was halten Sie von diesem Angebot? Ich meine, warum spielt er auf einmal den Großzügigen?«

»Weil er Pandlitz zuvorkommen wollte, ist doch klar! Er wollte ihm eins auswischen, wollte ihn abhängen!«

»Verstehe ich nicht ganz.«

»Was ist denn daran so schwierig?« Er schien ärgerlich zu werden. »Sobald er wusste, was Pandlitz ausgekocht hatte, hat er dieses Ding da«, er wies auf Kloffts Blatt, »zu Papier gebracht. Damit jeder glaubt, er hat schon wieder das Heft in der Hand behalten.«

»Aber er hat das doch schon in der vergangenen Woche geschrieben! Er verweist doch eigens auf das Datum?«

Er lächelte, schüttelte wie bedauernd den Kopf. »Fallen Sie denn auf jeden Trick von ihm herein?!«

Ich geriet fast aus der Fassung bei so viel sturer Abneigung. Unbeirrbarem Hass. Ich sagte, ein wenig laut: »Haben Sie mal daran gedacht, dass er von Pandlitz' Vorschlag erst durch mich erfahren konnte?! Und in meiner Anwesenheit hat er dieses Papier jedenfalls nicht geschrieben!«

Er lächelte. »Sie müssen tatsächlich noch einiges lernen, Alexander, nichts für ungut! Haben *Sie* denn schon mal daran gedacht, dass er mit hoher Wahrscheinlichkeit einen Aufpasser im Gerichtssaal sitzen hatte? Der auch Sie bespitzeln sollte? Und der ihn sofort, nachdem Pandlitz seinen Vergleich verkündet hatte, angerufen und brühwarm informiert hat?«

Mir wurde heiß; Manderscheidt war mir eingefallen. Ich sagte, aber es war nur noch ein schwacher Versuch des Widerspruchs: »Lieber Herr Hochkeppel, es ist doch völlig unmöglich, dass Ihr Freund Klofft, der Laie Klofft, in der knappen Dreiviertelstunde, die ich vom Gericht bis zu ihm gebraucht habe, einschließlich meines Telefonats mit Ihnen, wie er in dieser Zeit den komplizierten Text seines Vorschlags hätte formulieren, nein: recherchieren *und* formulieren können!«

Ich fuhr mir mit der Hand an die Stirn. »Und tippen noch dazu! Können Sie mir mal sagen, wie er das mit seinen Zitterfingern hätte schaffen sollen?!«

Er winkte ab, sagte lächelnd: »Lassen Sie's gut sein, Alex! Ich kenne ihn ein bisschen besser als Sie! Ich weiß, wie zerfressen von Ehrgeiz dieser Mann ist. Von Geltungssucht! Von der Manie, immer der Erste, der Bessere, der Tüchtigere zu sein. Der Klügere! Und wie besessen von der Furcht, er könne sein Gesicht verlieren! Irgendwann seinen Meister finden, der ihm zeigt, wo's langgeht.«

Er hielt ein, als hätte diese Aufzählung ihn erschöpft. Nahm die Brille ab, rieb sich übers Gesicht. Dann sagte er: »Okay. Sehen Sie zu, dass Sie Gladke möglichst bald zu fassen kriegen. Und dann schlagen Sie ihm diesen … diese Kapitulation von Klofft vor. Je schneller das Ding vom Tisch ist, umso besser.«

Es war mir eine innige Freude, noch ein Problem für ihn in petto zu haben. Ich sagte: »Es gibt da aber noch einen Punkt, den ich gern mit Ihnen geklärt hätte.«

Er sah mich an, sagte dann: »Ach ja.« Es klang, als hätte er sich gerade ebenfalls an dieses Problem erinnert. Natürlich. Cilly hatte ihm auch *das* gesagt. Und ihn um Hilfe gebeten.

Ich sagte: »Frau Klofft wünscht, dass ich ihrem Mann den Vorschlag Pandlitz' verschweige. Sie meint, er könne sich darüber so sehr aufregen, dass er womöglich … einen Schaden erleidet. Oder sogar stirbt.«

Er schaute aus dem Fenster. Dann nickte er. »Das ist natürlich eine haarige Geschichte. Andererseits: An dem, was Pandlitz will, würde ja kein Abstrich gemacht. Kloffts Angebot ist ja noch großzügiger als das von Pandlitz.«

Er schwieg eine Weile. Dann sah er mich an. »Okay. Erfüllen Sie ihr den Wunsch. Wenn wir auffallen, werde ich sagen, dass ich Sie angewiesen habe. Ihrer Diskretion kann ich ja sicher sein. Nicht wahr?«

46

Seine Bindung an Cilly musste noch immer stark sein, stärker als ich bisher geglaubt hatte. Wenn das nicht so wäre, hätte er ihren abenteuerlichen Vorschlag mit erhobenen Augenbrauen und einem indignierten Kopfschütteln vom Tisch gewischt. Und er hätte es mir übel vermerkt, dass ich diese Idee überhaupt an ihn weitergeleitet hatte. Er hätte mich an die Pflichten des Anwalts erinnert und mich gefragt, ob die Vorlesungen und Seminare über ethische Fragen des Berufs, die ich absolviert hatte, alle für die Katz gewesen seien.

Ich war mir einmal fast sicher gewesen, dass er eine Affäre mit Cilly gehabt hatte oder sogar ein lange dauerndes Verhältnis. Er war der Anwalt ihres Vaters gewesen, des emsigen Gurken-Gehrke, und hatte sie wahrscheinlich schon kennengelernt, als sie noch ein sehr junges Mädchen war. Vielleicht hatte er sich nicht getraut, um sie anzuhalten, und als er dann endlich die Zeit für reif hielt, war der schöne Herbert Klofft hereingeschneit, der Erfinder mit den breiten Schultern, und hatte sie ihm gestohlen. Bruno Hochkeppel hatte resigniert und seine liebe blonde Frau geheiratet.

Dass er dann doch noch mit seiner Cilly zusammenkam, hatte er absurderweise seinem Rivalen zu verdanken: Der rüde Klofft hatte seine Ehe mit ihr schon bald in die erste Krise geritten, und nachdem es drei oder vier solcher Krisen geworden waren, hatte sie bei ihrem alten Freund Rat und Trost und, natürlich, auch ein wenig Liebe gesucht. Und Bruno Hochkeppel, hingerissen, hatte sich in das erste große Abenteuer seines Lebens gestürzt, das erste, das vermutlich zugleich auch das letzte gewesen sein würde. Freilich war er clever genug gewesen, die Liaison vor dem gefährlichen Klofft geheimzuhalten. Und vor allen anderen, natürlich. Und natürlich war auch Cilly clever genug.

Ja, ja, und so lebten sie herrlich und in Freuden und so weiter und so fort! Wollte ich mir tatsächlich Hochkeppels Abweichen vom Pfad der anwaltlichen Pflichten mit so einer Schmonzette aus den Heftchen erklären, die es am Kiosk zu kaufen gibt? Nein. Wahrscheinlich hatte sie ihn von Anfang an kurzgehalten, ihre Liebesdienste an ihm dosiert. Seine Begierde immer wieder enttäuscht und damit immer wieder angestachelt. So, wie sie es mit mir gemacht hatte.

Nein und noch einmal nein! Was für ein Unsinn! Ich glaubte nicht, dass Hochkeppel noch sexuelle Bedürfnisse hatte. Der Mann war siebenundsiebzig! Klofft, ja, gut, der war sogar ein Jahr älter und noch immer so begierig, dass er die schöne Frau Fuchs in eine Situation genötigt hatte, an die sie sich lieber nicht mehr erinnern mochte. Und der sich so aufführte, als wolle er lieber jetzt als erst in fünf Minuten seine vierschrötige Magd besteigen.

Egal, das war ein anderer Fall. Und was dann war es, diese enge Bindung Hochkeppels an Cilly, die in der Tat sehr eng sein musste? So eng, dass er sogar bereit war, Cilly zuliebe ein krummes Ding auf sich zu nehmen und zudem seinen verhassten Freund zu schonen?

Mir fiel ein, was Klofft über den Unterschied zwischen Sex und Liebe gesagt hatte. Aber dass ich ausgerechnet ihn als Experten für die Beziehungen zwischen den Geschlechtern beanspruchen sollte, ging mir arg gegen den Strich. Ich schob das Rätselraten auf.

Gladke war sofort zu erreichen, als ich in seiner Kanzlei anrief. Er sagte: »Was denn, hat Ihr Mandant schon den großen Katzenjammer bekommen? Er will doch nicht etwa Herrn Pandlitz' salomonischen Spruch akzeptieren?«

Ich sagte: »Nein, das will er keineswegs. Ausnahmsweise irren Sie mal, Herr Gladke.«

»Da bin ich aber wirklich gespannt. Will er dann doch lieber vor die Kammer gehen?«

»Nein, das will er auch nicht. Einen Wurf haben Sie noch frei, verehrter Kollege.«

»Sorry, aber Ihre Prozesstaktik übersteigt meine Phantasie! Nun sagen Sie schon! Was will er denn?«

Ich sagte: »Er will Ihrer Mandantin einen Vergleich vorschlagen.« Gladke gab ein künstliches »Ha-ha!« von sich. Dann sagte er: »Pardon, aber ich musste tatsächlich lachen!« Er machte noch einmal angestrengt »ha-ha!«, fuhr dann fort: »Er glaubt doch wohl nicht im Ernst, dass meine Mandantin irgendein faules Ding akzeptieren wird, in dem auch nur ein Komma weniger steht, als der weise Richter Pandlitz es für nötig befunden hat!«

»Nun vergessen Sie mal, was Herr Klofft glaubt, darum geht es ja auch nicht. Ich möchte jedenfalls mit Ihnen den Vorschlag meines Mandanten besprechen.«

»Und Sie versprechen mir, dass das nicht nur verlorene Zeit ist?«

»Ich verspreche Ihnen gar nichts. Wann also? Morgen? Oder können Sie noch heute Abend?«

Ich verfluchte mich, als er nach kurzem Überlegen und Blättern in Papieren sagte: »Okay. Sieben Uhr in unserer Kanzlei?«

Mein Anruf schien ihn in Spenderlaune versetzt zu haben, er hatte belegte Brötchen kommen lassen und Bier kühl gestellt. Er überflog Kloffts Papier noch im Stehen, sah mich einmal völlig verblüfft an, las das Papier noch einmal. Als er sich danach zu mir an den kleinen Konferenztisch in seinem Zimmer setzte, hatte er allerdings die Fassung wiedergefunden. Er grinste: »Glaubt er im Ernst, sie würde sich noch einmal unter seine Fuchtel begeben?«

Ich sagte: »Ich hab doch eben erst gesagt, es geht nicht um das, was mein Mandant denkt. Offenkundig ist, dass er ihr eine Alternative anbietet: Sie kann bleiben, sie kann gehen.«

Er nickte, schwieg eine Weile. Dann sagte er: »Haben *Sie* ihm dabei die Hand geführt?«

»Nein. Da steht ja auch, dass er das schon *vor* dem Gütetermin geschrieben hat.«

»Ja, ja.« Er dachte noch einmal eine Weile nach, schüttelte den Kopf und nahm sich ein Brötchen, biss hinein. Ich goss mir Bier ein und nahm mir ebenfalls ein Brötchen.

Mit vollem Mund sagte er: »Wenn ich ihr diese Alternative vorschlage, ich meine … dass sie auch in der Firma bleiben kann … dann springt sie mir mit sonst was ins Gesicht.«

»Ist sie tatsächlich so aufgedreht?«

»Aufgedreht?! Na schön, wenn Sie das so nennen möchten … Ja, sie ist es jedenfalls.«

Ich zuckte die Schultern. »Ich kann versuchen, es ihm auszureden. Er hat es ja nur gut gemeint.«

Gladke machte »ha-ha-ha!«.

Noch einmal versuchte er, Kloffts Papier zu ändern, und diesmal sogar mit einer dreisten Forderung. Als wir an die Abfindung kamen, dachte er ein Weilchen nach, dann sagte er: »Er hat die Bruttogehälter mit 1,9 malgenommen. Stimmt's?«

»Das weiß ich nicht, es sieht so aus, ja.«

Er schüttelte den Kopf. »Ist das nicht ein bisschen kleinkariert? Ich meine, wenn schon, denn schon! Also, sagen wir: Der Faktor ist nicht 1,9, sondern 2,0, wie sich das für einen königlichen Kaufmann gehört! Macht also insgesamt«, er bewegte stumm die Lippen, sagte dann: »Einhundertzweiunddreißigtausend Euro. Na, ist das ein Wort?« Er grinste mich an.

»Nein, das ist kein Wort! Das ist, mit Verlaub, eine Unverschämtheit!«

Er ließ sich sein Grinsen nicht nehmen. »Warum werden Sie denn gleich so pampig! Sie müssen Herrn Klofft, auch wenn Sie ihn vertreten, doch nicht alles gleich nachmachen!«

Ich sagte: »Also, um das jetzt klarzustellen: Ich bin nicht hierhergekommen, um zu feilschen. Ich halte diese Abfindung, die mein Mandant vorschlägt, für ein großzügiges Angebot, ein sehr großzügiges. Und ich werde ihm von jeder Änderung, die nur darauf abzielt, ihm noch mehr Geld aus der Tasche zu holen, abraten. Dringend abraten!«

Ich holte Luft. Dann sagte ich: »Und um auch das noch klarzustellen: Ich werde meinen Mandanten nicht mit Ihrer Forderung konfrontieren, die Alternative, die er Frau Fuchs bieten möchte, zu streichen. Die Alternative, dass sie, wenn sie es möchte, auch im Betrieb und in ihrer Position bleiben kann. Er hat sich nämlich etwas dabei gedacht. Und wenn es nur die Idee war, dass sie erfahren sollte, wie viel ihm … an einer Beilegung des Konflikts gelegen war.« Ich zuckte die Schultern. »Und dann müssen Sie, verehrter Kollege, halt in Kauf nehmen, dass sie Ihnen mit dem Hintern ins Gesicht springt. Das werden Sie doch wohl aushalten, oder glauben Sie nicht?«

Er sagte: »Hejejej!« Der Laut sollte wohl ebenso Erstaunen über meine Aufwallung wie spöttische Anerkennung bedeuten. Aber Gladke schien, so oder so, beeindruckt.

Wahrscheinlich wusste er auch, dass er dieses Geschenk eines Vergleichs nicht ablehnen konnte, ohne sich den Ruf zu holen, er sei nicht mehr bei Trost.

Wir einigten uns auf einen Text, der alle wesentlichen Elemente von Klofftts Vorschlag enthielt und den er noch am Abend von Katharina Fuchs absegnen ließ. Ich fuhr am nächsten Morgen zu Klofft, nachdem ich mich bei Cilly angemeldet hatte.

Sie sagte: »Er ist noch gar nicht aufgestanden. Hat sich das Frühstück und die Zeitungen ans Bett bringen lassen. Und jetzt schläft er. Ich hab gerade nach ihm geschaut.« Sie lachte. »Aber du kennst sein Schlafzimmer ja schon. Er wird dich sicher sehen wollen.«

Er wollte mich sehen, ja. Aber er schlug kaum die Augen auf, als ich zu ihm kam. Er ließ sich von mir den Text der Vereinbarung vorlesen, und ich war mir nicht sicher, ob er mit geschlossenen Augen zuhörte oder nicht doch schlief.

Als ich fertig war, riss er die Augen auf und sagte: »Das ist ja eigentlich das, was ich aufgeschrieben habe?«

»Ziemlich genau das, ja. Und es ist nichts Wesentliches hinzugefügt worden.«

Er lachte. »Da wird Herr Pandlitz aber platt sein!«

Herr Pandlitz dürfte in der Tat platt gewesen sein, aber er ließ es sich nicht anmerken. Der Vergleich wurde protokolliert und genehmigt, und alle gingen zufrieden nach Hause. Frau Fuchs erwiderte, bevor Herr Schmickler sie in die Arme schloss, sogar mein Nicken zum Abschied. Einen Tag später fuhren die beiden in die Schweiz, wie ich durch einen Anruf Leo Manderscheidts erfuhr. Und wenig später löste sie ihre Wohnung auf.

Klofft nahm meinen Bericht über den Abschluss des Verfahrens auch diesmal im Bett entgegen. Bevor er wieder einschlief, sagte er: »Aber wir müssen noch mal Schach spielen. Jetzt haben wir doch die Zeit dafür! Oder?!«

Ich sagte: »Doch, doch, das müssten wir. Diese Woche allerdings wird's wahrscheinlich nicht mehr gehen. Ruf mich danach doch einfach an, wenn du Lust hast. Ich sehe dann zu, ob ich's einrichten kann.« Er sagte mit geschlossenen Augen: »Okay. Wird gemacht.«

Aber er rief nicht an. Ich erkundigte mich immer wieder einmal bei Cilly, wie es ihm gehe. Sie antwortete fast immer: »Unverändert.«

Anfang November, bevor ich mit Frauke eine Woche zum Skifahren fuhr, fasste ich mir ein Herz und sagte zu Cilly: »Also… weißt du, ich will dir keine Ratschläge geben, nur finde ich das denn doch beunruhigend, wenn er immer nur schläft und…«

Sie sagte: »Ja, das finde ich auch.«

»Ja, aber…« Ich räusperte mich. »Müsste er nicht dringend in ärztliche Behandlung?«

»Ja, das müsste er.« Sie sagte, sie habe ihm seit dieser Katastrophe im Gerichtssaal immer wieder zuzureden versucht, doch er habe sich jedes Mal so aufgeregt, dass sie Angst um ihn bekommen habe. Und deshalb habe sie in der vergangenen Woche den Arzt bestellt, ohne ihm vorher etwas zu sagen.

Ich fragte gespannt: »Und?!«

Sie sagte: »Er hat den Arzt rausgeschmissen. Hat ihn am Ende mit seinem Karren aus dem Zimmer rausgedrängt. Ich habe ihn lange nicht mehr so vital gesehen. So lebendig!«

Nach einer kleinen Pause sagte sie: »Wahrscheinlich müsste ich jede Woche mal den Arzt bestellen. Um ihn munter zu halten.« Sie lachte.

47

In der Woche vor Weihnachten ist Herbert Klofft gestorben, während der Nacht und unbemerkt. Frauke erfuhr es am Morgen danach und rief mich an. Als ich sie nach der Todesursache fragte, druckste sie ein wenig herum; dann sagte sie, sie wisse nichts Genaues, aber die Freundin von Cilly, eine Malerin, der sie die Information verdanke, habe ein wenig vage von Gift gesprochen oder irgendwelchen Symptomen, die auf Gift schließen ließen.

Tatsächlich stünden seit dem Morgen ein Streifenwagen und einige andere Autos, mit denen wohl Zivilpolizisten gekommen seien, vor der Tür der Villa. Und als sie, Frauke, eben versucht habe, Cilly anzurufen, habe sich ein Mann gemeldet und »hier bei Klofft« gesagt, und dann habe er gesagt, Frau Klofft sei im Augenblick nicht zu sprechen, und sie möge ihren Namen und ihre Telefonnummer hinterlassen, er werde es ausrichten.

Ich sagte, es könne nach Lage der Dinge doch wohl nicht ausgeschlossen werden, dass Klofft selbst seinem Leben ein Ende gesetzt habe. Und in jedem Fall wäre die Polizei, wenn an der Todesursache solche Zweifel bestünden, auf dem Plan erschienen und hätte zunächst einmal das Regiment übernommen. Sie solle also keine voreiligen Schlüsse ziehen.

Sie sagte, das tue sie doch auch nicht. Sie habe mich nur informieren wollen.

Ich bedankte mich und rief bei Hochkeppel an, weil ich es für möglich hielt, dass er noch zu Hause war; in der Weihnachtszeit nimmt er es mit den Bürostunden nicht so genau, unter anderem, weil er, wie seine Frau mir einmal verraten hat, ihr gern beim Plätzchenbacken hilft.

Seine Frau meldete sich. Sie sagte, er sei schon früh aus dem Haus gegangen. Er sei zu Frau Klofft gefahren, die angerufen habe, weil sie etwas Dringendes mit ihm zu besprechen gehabt habe, sehr Dringendes wohl.

Ich sagte, das sei wohl so; in der vergangenen Nacht sei Herbert Klofft gestorben.

Frau Hochkeppel schien sehr betroffen zu sein.

Ich verwarf den Gedanken, Cilly sofort anzurufen oder ihr zu schreiben und ihr mein Beileid auszusprechen. Aber natürlich ließ diese Nachricht mir keine Ruhe.

War es möglich, dass Cilly ihren Mann vergiftet hatte? Ich hatte mich im Verlauf des Falles Klofft schon mehrfach getäuscht, nicht nur in Herbert Klofft, sondern auch in Cilly, aber zuletzt schien mir doch, als hätten die beiden sich miteinander arrangiert, eine Art Abmachung für den Rest ihres Lebens getroffen, so schwer das für mich auch zu verstehen sein mochte. Freilich konnte ich nicht ausschließen, dass ein neuer, spontaner Streit eskaliert war und Cilly zu dieser Tat getrieben hatte.

Aber hätte eine so intelligente Frau einen Mord so dilettantisch begangen, dass schon der Hausarzt oder Notarzt die Spuren entdeckt und gleich die Polizei mit großem Aufgebot herbeigerufen hätte?

Hochkeppel kam erst nach der Mittagszeit ins Büro. Simone rief mich an und sagte: »Sie sollen bitte sofort zu ihm kommen.«

Als ich in sein Büro eintrat, saß er hinter seinem Schreibtisch und schob einige Papiere hin und her, las darin. Dann hob er den Blick, ein wenig abwesend.

Ich sagte: »Ich hab schon davon gehört.«

»Wirklich? Wie denn?«

»Durch meine Freundin. Frau Leisner, Frauke Leisner. Die für die Zeitung arbeitet.«

»Ach!« Er sah mich mit offenem Mund an. »Ist das schon eine Pressenachricht?«

»Nein… das heißt, ich weiß es nicht.« Nach einer kleinen Pause sagte ich: »Aber es würde mich nicht wundern, ja. Wenn tatsächlich all diese Polizeiautos vor dem Haus gestanden haben… das ist natürlich aufgefallen in dieser stillen Straße.«

Er schüttelte den Kopf, warf einen abwesenden Blick auf seine Papiere.

Ich fragte: »Wie ist denn der Stand… der Ermittlungen?«

Er rieb sich eine Weile das Kinn. Dann sagte er: »Ich glaube nicht, dass es zu einer Anklage kommt. Sicher, sie sind da gleich mit der schweren Artillerie angerückt. Ich weiß nicht, was der Notarzt ihnen erzählt hat, nachdem er den Tod festgestellt hatte. Etwas Schaum vor dem Mund, ja, das hatte er. Nicht der Notarzt. Herbert Klofft. Weißlichen Schaum. Aber sie haben sofort die Leute von der KTU geschickt, mit allem Brimborium der Spurensicherung, das ganze Haus war voll von ihnen. Deshalb hat Cilly, Frau Klofft, meine ich, sich ja auch so erschreckt. Hat mich sofort angerufen.«

Ich dachte: Ihn hat sie angerufen. Den alten Hochkeppel. Nicht mich.

Natürlich. Was hatte ich mir denn auch eingebildet? Dass diese Frau, diese alte, interessante Frau sich in mich verguckt hatte, dass sie jäh noch einmal entflammt war, nichts anderes mehr im Kopf gehabt hatte als meine breite Brust, die kräftigen Arme, meine dichten Haare, die glatte Haut, diese ganzen, so hinreißend-läppischen Accessoires meiner Jugend? Dass sie mich, koste es, was es wolle, hatte haben wollen?

Ja, ja! Ich hatte ihr gefallen, das war wohl so. Sie hatte auch mit dem Gedanken gespielt, wie es wäre, mit mir… noch so ein Wort, das mir zuwider war: Liebe zu machen. Sie hatte mich herausgefordert, mit einer groben, einer bewusst ordinären und umso klareren Sprache. Aber selbst in der Minute, als sie mich in die dämmrige Kammer zog, hatte sie die Kontrolle über das behalten, was ihr und mir geschah. Und auch noch als dieses Experiment gescheitert war, an *mir* gescheitert, hatte sie die Kontrolle nicht verloren. Sie hatte Haltung bewahrt.

Es war ein wenig absurd, aber am Ende empfand ich Eifersucht auf Hochkeppel, den Vertrauensmann. Doch auch er konnte sich, wie sich dann herausstellte, dieser Stellung nicht uneingeschränkt erfreuen.

Zur Beisetzung kamen vier- oder fünfhundert Leute, die breiten Wege des Friedhofs waren zeitweise verstopft. Die Stadt hatte einen der Bürgermeister geschickt, der allerdings keine Abschiedsrede hielt, ich nehme an, auf Wunsch der Witwe. Es gab aber auch Musik, ein Bläserquintett zog von der Leichenhalle bis zum Grab dem Trauerzug voran und spielte unter anderem den Trauermarsch von Chopin, ein wenig beschleunigt, vermutlich, um den Schritt der Besucher nicht zu stark abzubremsen. Frauke wusste, dass Klofft das Ensemble gesponsert hatte.

Die meisten Trauergäste kannte sie allerdings auch nicht. Natürlich waren es nicht zuletzt die Betriebsangehörigen von *Klofft Ventile*, vielleicht aber auch einige Schaulustige. Die lokale Boulevardzeitung hatte zwei Tage vorher berichtet, dass die Leiche zur Beisetzung freigegeben worden sei, nachdem der Mordverdacht sich nicht bestätigt habe. Nach dem Befund der Gerichtsmedizin und den Ermittlungen der Kriminalpolizei habe der Unternehmer sich für den Freitod entschieden, da er an einer unheilbaren und sehr qualvollen Krankheit gelitten habe. Er habe dem Vernehmen nach ein Zyanid-Präparat eingenommen, das binnen kürzester Zeit zum Tod führe.

Wir hatten in der Leichenhalle keinen Platz mehr gefunden und draußen gewartet, bis der Sarg herausgefahren wurde. In einem günstigen Moment hatten wir uns in den Zug eingereiht und waren auf diese Weise ziemlich früh ans Grab gelangt. Frauke drängte sich nach vorn, ich folgte ihr, und am Ende standen wir an der rechten Seite des offenen Grabs und hatten einen freien Blick auf den Fuß des Grabs, an dem ein großer Mann in schwarzem Anzug offenbar darauf wartete, dass die Gäste ihre Aufstellung vollzogen hatten und die gebotene Stille eingekehrt war.

Ich kannte den Mann, er war ein berufsmäßiger Leichenprediger, der von Familien ohne Religion engagiert wurde, um der Verlegenheit einer Beerdigung ohne Drum und Dran zu entgehen. Er war, soviel ich wusste, gut im Geschäft, wahrscheinlich, weil er mit seinem Auftreten und seiner gesalbten Stimme tatsächlich den Eindruck erweckte, es handele sich um eine offizielle Zeremonie.

Dass mein Mandant ihn sich gewünscht hatte, glaubte ich nicht. Ich hatte angenommen, Klofft sei katholisch, und das war er wohl auch einmal gewesen. Vermutlich hatte sich sein Verhältnis zur Kirche abgekühlt, und ich mochte nicht glauben, dass er, als er den Tod kommen spürte, sich dazu bequemt hätte, nach einem Priester zu rufen – selbst wenn die katholische Kirche mittlerweile auch Selbstmörder begrub. Wahrscheinlich hatte seine Frau den Leichenprediger engagiert.

Cilly, die zum schwarzen Wintermantel einen kleinen Hut mit Schleier trug, stand seitlich einen Schritt hinter dem Prediger. Ihr linker Arm ruhte in der Armbeuge eines mittelgroßen, stämmigen Mannes mit schwarzem Homburg, der in einen Wintermantel mit schwarzem Pelzkragen gekleidet war. Ein Bruder? Ein Schwager? Ich hatte nie gehört, dass Klofft oder Cilly selbst einen Bruder oder eine Schwester gehabt hätten. Und dann begriff ich, dass Gaston Weber aus Thionville gekommen war, um an der Beisetzung seines Geschäfts- und Jagdfreundes teilzunehmen. Ich spürte einen kleinen Stich in der Brust.

Hochkeppel stand mit seiner Frau dahinter, in der zweiten Reihe. Ich sah, wie er von Zeit zu Zeit den Kopf reckte, um zu verfolgen, was da vorn passierte. Ob seine liebe Frau ihn am Ärmel zupfte, wenn er das zu auffällig tat?

Gaston Weber nahm den Homburg ab, als der Leichenredner sein gewaltiges Organ erhob: »Herr und Gott! Lass dein Angesicht leuchten über unserem Bruder Herbert…

und zeige an ihm, der von uns gegangen ist, die unendliche Macht deiner Liebe! Nimm ihn auf in dein Reich … und in die ewige Gemeinschaft mit dir!«

Ob er dort noch nicht angekommen war? Dass er zunächst in das Fegefeuer gemusst hätte, glaubte ich nicht. Und ich konnte mir ebenso wenig vorstellen, dass er, wegen seiner Missetaten, in die Hölle hätte hinabfahren müssen. Sollte denn das Gute, das er ja auch getan hatte, so ganz und gar vergessen sein?

Ich weiß nicht, wie es irgendeinem im Glauben erzogenen Menschen gelingen soll, die Allegorien seiner Kinderjahre unbeschadet in die Welt des Erwachsenen zu transferieren. Bei der Vorstellung von Klofts Höllenfahrt dachte ich unausweichlich an Peterchens Mondfahrt, und mein nächster Gedanke betraf den Maikäfer Sumsemann mit dem abgehackten Bein, nein: den ohne das Bein. Mich überkam ein Lachen, ich stieß die Luft durch die Nase.

Frauke sah mich verwundert an. Ich beugte mich zu ihrem Ohr und flüsterte: »Ich hab an Peterchens Mondfahrt gedacht.« Sie rief mich mit einem bitterbösen Blick zur Ordnung.

Woran mochte Klofft gedacht haben, als er den Tod zum endgültigen Showdown herannahen fühlte? An Himmel? An Hölle? Hatte er Angst gehabt?

Hatte er sich noch einmal an den Sommerabend vor der Domtreppe in Salzburg erinnert und an die Stimme, die von weitem immer näher kam und schließlich ihm gellend ins Ohr platzte und sein Mark erschütterte: »Jedermann!«?

Hatte er während seiner letzten Nacht in der Dunkelheit den Kopf vom schweißnassen Kissen gehoben und versucht, die Schwärze der Zimmerecke zu durchdringen, des Winkels, aus dem er seinen Namen hatte flüstern hören?

Ich glaube nicht, dass er Angst gehabt hat. Ja, ja, er hatte sich Sorgen gemacht, siech und hilflos zu werden und zu bleiben. Aber er hat am Ende auch fertiggebracht, was nur wenige können, nämlich über seinen eigenen Schatten zu springen. Er hat in seinem Leben viel Schlechtes getan, aber feige ist er nicht gewesen. Und vielleicht ist das auch das Beste, was man von einem wie ihm erwarten kann.

Der Leichenprediger trug seinen Schluss vor: »…und führe den Tag herauf, der alles Stückwerk vollendet. Amen!« Während die Leichenträger den Sarg ins Grab ließen, spielte das Bläserensemble »Näher, mein Gott zu dir!«.

Ich danke Marlis Kettenbach, meiner Frau, für die wie immer verlässliche Begleitung und Hilfe bei der Entstehung des Manuskripts, Barbara Fetten und Dr. Stefan Strunden für die freundschaftliche Rechtsberatung, meinem Freund Klaus Sauer für seine kritischen und ermunternden Anmerkungen, meinem Freund Frank Sondermann für Informationen aus der Geschäftswelt und nicht zuletzt Ursula Baumhauer, meiner Lektorin, die mich auch diesmal gestützt und vorangebracht hat, wann immer ich schwankte.

H. W. Kettenbach

Hans Werner Kettenbach im Diogenes Verlag

»Schon lange hat niemand mehr – zumindest in der deutschen Literatur – so erbarmungslos und so unterhaltsam zugleich den Zustand unserer Welt beschrieben.« *Die Zeit, Hamburg*

»Hans Werner Kettenbach erzählt in einer eigenartigen Mischung von Zartheit, Humor und Melancholie, aber immer auf erregende Art glaubwürdig.«
Neue Zürcher Zeitung

»Dieses Nie-zuviel-an-Wörtern, diese unglaubliche Leichtigkeit und Selbstverständlichkeit ... ja, das ist in der zeitgenössischen Literatur einzigartig!«
Visa Magazin, Wien

»Ein beweglicher ›Weiterschreiber‹ nicht nur der Nachkriegsgeschichte, sondern der Geschichte der Bundesrepublik ist Hans Werner Kettenbach. Seine Romane aus dem bundesrepublikanischen Tiergarten sind viel unterhaltsamer und spitzer als alle Weiterschreibungen Bölls.« *Kommune, Frankfurt*

Minnie oder Ein Fall von Geringfügigkeit
Roman

Hinter dem Horizont
Eine New Yorker Liebesgeschichte

Sterbetage
Roman

Schmatz oder Die Sackgasse
Roman

Davids Rache
Roman

Die Konkurrentin
Roman

Kleinstadtaffäre
Roman

Zu Gast bei Dr. Buzzard
Roman

Das starke Geschlecht
Roman

Tante Joice und die Lust am Leben
Geschichten und anderes

Hans Werner Kettenbach
Die Konkurrentin

Roman

Eine sympathische Frau strebt das höchste Amt der Stadt an. Doch sie hat starke Gegner, die versuchen, ihr den Weg zu verbauen. *Die Konkurrentin* ist ein satirischer Politthriller über die Rituale und Taktiken, ohne die in der Demokratie keine Wahlen zu gewinnen sind. Es ist zugleich ein ergreifender Roman über den Konflikt zweier ungleicher Schwestern und damit die Erinnerung an ein dramatisches Kapitel deutscher Geschichte.

»Auf eine wunderbar persönliche, oft gekonnt abschweifende und tiefgehende Weise baut der Autor ein subversives Spannungsfeld auf, das zwischen Ambler und Böll zu liegen scheint. Kettenbach entwirft ein ebenso präzises wie detailliertes Tableau von Personen, Parteien und saftig-rheinischem Plebs. Warmherzig und doch genau beobachtend, ironisch und kenntnisreich kommen diese Notizen aus der Provinz ins tiefenscharfe Bild – gleichermaßen aktuell wie zeitlos.«
Grit Schorn / Aachener Nachrichten

»In Kettenbachs Roman spielt eine Schmiergeld-Affäre in der Lokalpolitik eine Rolle. Die Wirklichkeit hat im Nachhinein diesen Fall einer kühnen Fiktion bestätigt.«
Anton Thuswaldner / Süddeutsche Zeitung, München

»Kettenbach jongliert mit den Mitteln des Krimis, gefährlich gut sind hier aber vor allem die satirischen Hiebe gegen die Bigotterie mancher Politiker.«
Birgit Warnhold / Literarische Welt, Berlin

Bernhard Schlink im Diogenes Verlag

»Makellos-schlichte Prosa. Schlink ist ein Meister der deutschen Sprache. Er schreibt verständlich, durchsichtig, intelligent. Wie beiläufig gelingt es ihm, Komplexität der Figuren, der Handlungskonstellation und des moralischen Diskurses zu erzeugen.«
Eckhard Fuhr / Die Welt, Berlin

»Bernhard Schlink gelingt das in der deutschen Literatur seltene Kunststück, so behutsam wie möglich, vor allem ohne moralische Bevormundung des Lesers, zu verfahren und dennoch durch die suggestive Präzision seiner Sprache ein Höchstmaß an Anschaulichkeit zu erreichen.« *Werner Fuld / Focus, München*

Die gordische Schleife
Roman

Selbs Betrug
Roman

Der Vorleser
Roman
Auch als Diogenes Hörbuch erschienen, gelesen von Hans Korte

Liebesfluchten
Geschichten
Die Geschichte *Der Seitensprung* auch als Diogenes Hörbuch erschienen, gelesen von Charles Brauer

Selbs Mord
Roman

Vergewisserungen
Über Politik, Recht, Schreiben und Glauben

Die Heimkehr
Roman
Auch als Diogenes Hörbuch erschienen, gelesen von Hans Korte

Vergangenheitsschuld
Beiträge zu einem deutschen Thema

Das Wochenende
Roman
Auch als Diogenes Hörbuch erschienen, gelesen von Hans Korte

Sommerlügen
Geschichten
Auch als Diogenes Hörbuch erschienen, gelesen von Hans Korte

Gedanken über das Schreiben
Heidelberger Poetikvorlesungen

Selb-Trilogie
Selbs Justiz · Selbs Betrug · Selbs Mord
Drei Bände im Schuber
Auch als Diogenes Hörbuch erschienen, 2 MP3-CD, gelesen von Hans Korte

Außerdem erschienen:

Bernhard Schlink & Walter Popp
Selbs Justiz
Roman
Auch als Diogenes Hörbuch erschienen, gelesen von Hans Korte

Erich Hackl im Diogenes Verlag

»Seine Fähigkeit, aus den zur Meldung geschrumpften Fakten wieder die Wirklichkeit der Ereignisse zu entwickeln, die Präzision und zurückgehaltene Kraft der Sprache lassen an Kleist denken.«
Süddeutsche Zeitung, München

»Erich Hackl schreibt ›Chroniken‹, wie er selbst sagt, ›Musterstücke des Weltlaufs‹, die erzählen, was sich tatsächlich ereignet hat – und doch keine Historien sind, sondern Literatur, die an das Vorbild Heinrich von Kleists erinnern.«
Ruth Klüger / Die Welt, Berlin

Auroras Anlaß
Erzählung

Abschied von Sidonie
Erzählung

Materialien zu Abschied von Sidonie
Herausgegeben von Ursula Baumhauer

König Wamba
Ein Märchen. Mit Zeichnungen von Paul Flora

Sara und Simón
Eine endlose Geschichte

In fester Umarmung
Geschichten und Berichte

Entwurf einer Liebe auf den ersten Blick
Erzählung

Die Hochzeit von Auschwitz
Eine Begebenheit

Anprobieren eines Vaters
Geschichten und Erwägungen

Als ob ein Engel
Erzählung nach dem Leben

Familie Salzmann
Erzählung aus unserer Mitte